너의 모든 버전

Every version of you

너의 모든 버전

그레이스 챈 지음

성수지 옮김

글

브라이언을 위해

차례

1부   현실의 붕괴   8

2부   가이아의 성장   152

3부   발생, 정체, 그리고 변형   250

4부   완성   316

작가의 말   406

한국 독자 여러분께   409

현실의 붕괴

1

하늘이 참으로 이상한 밤이다. 선명했던 파란색 하늘이, 드넓게 펼쳐진 수평선이 저해상도로 보이면서 픽셀 여러 개로 나뉘어 있다. 일몰과 동시에 바닷물에 반사되던 해의 형상이 점점 더 부풀어 오른다. 하늘에는 딱 그 해의 크기만 한 구멍이 뚫려 있다. 밀물과 썰물이 해변을 때린다. 하나, 둘, 셋. 물이 모래 위로 들어오면 그다음에는 하나, 둘, 셋, 넷. 곡선형 물결이 밀려 나간다.

타오이는 무릎을 꿇고 앉아 맥주가 얼마 남지 않은 맥주병을 들어 빙빙 돌리고 있었다. 주변의 모래 바위에 드리워진 긴 그림자만이 그녀와 함께다. 불그스름한 암벽으로 둘러싸여 다른 사람 눈에는 띄지 않는 곳이었다. 물론 그녀에게도 다른 사람이 보이는 건 아니었지만 모닥불 피울 땔감을 모으며 웃고 소리치는 '그들'의 소리만은 선명히 들려왔다.

타오이는 네이빈이 자신을 여기에 끌고 오도록 내버려 뒀다. 일종의 의무감이라고도 표현할 수 있겠지만 거의 습관에 가까운 것이었다. 새해 전야마다 매번 겪는 일이었으니 말이다. 또한, 파티를 여는 사람이 자크였으므로 그 파티에 빠지면 안 될 것 같기도 했다.

손에 든 맥주병의 차디찬 기운이 그녀의 손바닥을 통해 온몸으로 뻗어나갔다. 타오이는 병을 들어 입에 가져다 댔다. 목을 쭉 타고 넘어가는 마지막 맥주 한 모금. 불투명한 바닷물은 마치 산들바람에 실크 치마가 살랑이는 것처럼 찰싹이며 주름을 만든다. 타오이는 거센 바람이 자신의 구불구불한 머리카락을 목 뒤로 넘겨주기를 바랐다. 하지만 그건 헛된 기대였다. '가이아Gaia'의 공기는 지하철이 지나가는 터널 속처럼 퀴퀴할 뿐이었으므로.

모래사장 위, 마른 풀이 서로 부딪히며 바스락거리는 소리가 났다. 네이빈이 다가오고 있다는 신호였다. 반소매 셔츠와 카키 바지, 큰 키에 마른 몸, 딱 떨어지는 앞머리, 눈썹, 연약한 미소. 거의 다른 사람 같았다. 그는 타오이에게 맥주 한 병을 더 내밀었다.

타오이는 고개를 저었다. "맛 더럽게 없어."

"그래도 지난번 맥주보다는 낫지 않아?"

타오이는 지난해, 자크가 실험용으로 빚은 맥주 맛을 떠올리며 떨떠름한 미소를 지었다.

네이빈은 손가락으로 그녀의 앞머리를 어루만졌다. "돌아가서 어울려 놀자. 불은 같이 붙여야지."

그는 타오이를 잡아 일으켰다. 타오이는 그를 따라 바위투성이 길에서 빠져나와 물가를 따라 걸었다. 타오이는 툭 튀어나온 그의 뼈를 만지고 싶었다. 아마도 그와 자기 자신 둘 다 현실에 존재하는 사람이라는 걸 확인하고 싶어서였을 것이다.

'그들'은 모래사장과 바닷물 사이에 얕은 구덩이를 파 땔감으로 채웠다. 타오이와 네이빈처럼 소위 '캡스톤디자인'이라 부르는 종합 설계 교육을 받은 20대 열댓 명이었다. 그들은 유쾌한 농담을 주고받으며 둘을 힐끔 쳐다보았다. 가상 현실 세대. 기계 덕에 태어나 변화의 정점에서 '잠재력'이라는 이름으로 존재하는 운 좋은 세대.

자크는 사람들 사이를 자유롭게 옮겨 다녔다. 그리고 사람들은 그런 자크에게 얕은 물에 모여드는 모기떼처럼 달라붙었다. 주황색 티셔츠에 무릎까지 오는 사롱 치마를 걸친 자크는 특히나 소년 같다. 그는 땔감 쪽으로 몸을 숙였다. 긴 구릿빛 손가락 사이로 삐져나온 성냥, 불이 붙은 그 모습이 마치 지휘자의 지휘봉처럼 보였다. 모닥불을 피우자 모두가 환호했다. 역시 원칙대로 하면 한 번에 성공하는 법이다.

타오이가 실시간 인터페이스를 소환한다. 시야 한쪽에는 새해가 시작하기까지 남은 시간이 네온사인으로 표시되고 있었다. 2087년 12월 31일 오후 9시, 2088년 맞이 세 시간 젠! 스크롤을 끝없이 내려야 할 만큼 새로운 소식이 끊임없이 올라왔다. 심지어 해변을 보던 타오이의 눈앞까지 가릴 정도였다. 친구들은 연주회에서 춤을 췄고, 전자 불꽃놀이가 한창인 와중에 카트 경주가 이어지고 있었다. 쿵쿵거리는 리듬의 배경음악, 자극제인 '스팀 샷' 잔끼리 부딪히는 소리까지. 이 모든 것에 집중하자 모든 장면의 조각이 디졸브 효과로 이어진 4초짜리 영상으로 만들어졌다.

에블린이 그녀를 향해 걸어왔다. 타오이는 카운트다운 화면과 영상을 눈앞에서 치워버린다. 오늘 밤, 작은 체구를 가진 친구의 모습이 사뭇 달라 보였다. 에블린이 자주 입던 파스텔색 드레스는 그대로였지만 곱게 땋은 머리는 진한 갈색으로 빛났다. 양 볼에 그려 넣은 고스 스타일 헤나는 꽤 새로웠다. 마치 트렌디해 보이고 싶은 풋내기 같았다. 이런 에블린의 모습은 무척 사랑스럽다.

에블린은 타오이의 엉덩이에 자기 엉덩이를 툭 퉁겼다. "괜찮은 거야?"

"괜찮은데, 뭐가?"

"아니. 조용하길래."

타오이는 양손으로 팔꿈치를 감쌌다. 그러고는 팔꿈치 안쪽에 대칭으로 폭 파인 곳을 누르며 말했다. "아, 그냥 좀 피곤해서. 오늘 일이 바빴거든."

"아, 그러시겠죠. 잘나가는 진정성 컨설턴트 씨." 에블린이 두 단어를 또박또박 뱉으며 싱긋 웃음을 날렸다.

'진정성 컨설턴트'… 일한 지 반년이나 지났는데도 타오이의 귀에는 이 타이틀이 여전히 이상하게만 들렸다. 그녀는 사람들이 더 많은 물건을 살 수 있게 교묘한 작전을 피우는 마케팅 분야에서 벗어나고 싶었다. 그래서 길 잃은 영혼이 진정한 자신에게 돌아갈 수 있도록 인도하는 기업 '트루 U'로 이직했다. 아직은 새로운 직무에 대해 파악하는 중이다.

"사람들이 아바타에 너무 목을 매. 모두가 특별해 보이고 싶어 하는 거 알지?"

"타오이, 너 너무 비관적인 척 하는 거 아냐? 속으로는 안 그런 거 다 알고 있어. 몇 달만 있어 봐. 너도 네 상사처럼 행복하다고 떠들고 다닐 걸? 근데 그 상사 이름이 뭐였더라, 앤디? 개리?"

"그리핀이야. 아니 어떻게 한 글자도 못 맞춰?"

"아 맞아, 그리핀! 지난달에 네가 나 끌고 갔던 파티에서 그 사람이 나한테 했던 말 기억해? 무표정으로 눈만 크게 뜨고 '당신의 길을 찾아야 해요' 이랬던 거."

"맞아. 하루에 그 말 열 번도 더 해. 이제 내 뇌가 그 사람이 하는 말은 자동으로 걸러낸다니까?"

"그 사람 내가 구글 지도 쓴다고 했더니 입꼬리에 미동조차 없더라?"

타오이는 웃음이 터졌다. "그래도 자기 일에서는 프로인 사람이야. 한번 만날 수 있게 약속 잡아줄까?"

"됐거든? 아주 그러기만 해. 내 가상 비트에서 너도 사라지는 수가 있어."

한 번 더 웃음을 터뜨린 타오이는 모닥불이 피어오르는 곳으로 향했다. 에블린의 시선은 자크에게 머물러 있었다. 모닥불에서 나오는 불빛이 그의 기분을 드러내는 입꼬리와 반짝이는 검은 눈동자를 밝혔다. 그의 그을린 피부가 유독 더 따뜻해 보였다.

타오이는 자크를 바라보는 에블린을 잠시 쳐다보다가 서서히 자리를 벗어났다.

* * *

타오이는 모닥불로부터 스무 걸음 정도 떨어져 있는 물과 맞닿은 곳을 찾았다. 그리고는 모래에 파고들 듯 앉아 자리를 잡았다. 수평선에 보이는 태양이 바다로 다홍빛 피를 흘리고 있었다. 어둠으로 물든 하늘에 하얀 반점 하나가 반짝, 하고 빛났다. 오늘의 첫 별. 깜깜한 하늘에 별들이 별자리를 그리지 않고 천천히 여기저기 흩뿌려져 있었다. 완벽한 원 모양의 새하얀 보름달이 언제 떴는지 아무도 모르게 갑자기 나타났다. 그녀는 어지러움과 쓸쓸함에 머리를 뒤로 젖혔다. 현실 세계에서 별을 마지막으로 본 게 언제인지 기억조차 나지 않는다.

그녀는 가상 인터페이스를 불러와 연락처 목록을 열었다. 가장 자주 연락하는 연락처 맨 위에 엄마의 얼굴이 자리하고 있었다. 점 잖게 꽉 다문 입, 한쪽으로 기울어진 얼굴. 타오이는 짧은 메시지를 썼다.

엄마. 새해 복 많이 받으세요. 새해맞이는 잘 준비하고 계신 거죠?

메시지를 보낸 후 잘 전송되었음을 알리는 창이 뜨기를 기다렸다.

어느새 네이빈이 옆에 와 있었다. 양손을 땅에 짚고는 무릎을 꿇고 앉았다. "또 도망치려고?"

전송이 완료되었지만 아직 '읽지 않음'으로 뜨는 메시지 화면을 닫고 네이빈에게 미소를 지어 보였다. 그의 날카로운 콧날과 우뚝 솟은 광대뼈. 그 모습 너머로 빛이 나타났다 사라지기를 반복했다. 한쪽에서는 몸을 데우는 모닥불이, 또 다른 한쪽에는 어깨를 내어 주는 네이빈이 있었다. 타오이에게도 비로소 안정감이 찾아왔다.

"사이보그 씨, 잠시 쉬는 시간이 필요했을 뿐이에요."

"마실 것 좀 가져다줄까?"

"좋아. 맥주만 빼고."

그는 자리에서 일어나 술, 찹쌀떡, 아이스크림이 가득 채워진 모 닥불 옆 상자로 향했다. 누군가 축구 경기 영상을 막 띄운 참이었다. 네이빈이 왁자지껄한 그곳에 다다랐을 때 사람들은 질 게 뻔한 경 기를 왜 틀었냐며 자크에게 야유를 보내고 있었다. 야유가 더욱 심해지자 에블린은 자크의 목에 팔을 두르고 그의 귀에 무언가 속삭였다. 자크는 고개가 뒤로 넘어갈 정도로 크게 웃었다. 목깃까지 오는 그의 머리카락이 에블린의 머리카락과 어우러진다. 둘은 무리에서 벗어나 똑 닮은 두 개의 돛처럼 달빛을 잡으러 바다로 달려갔다. 그렇게 두 사람은 물보라 속으로 사라지고 있었다.

타오이가 밟은 모래는 축축했다. 그녀는 모래 속으로 손을 집어넣고 한 움큼 쥐어 코에 가져다 댔다. 베이비 파우더 비슷한 향 말고는 아무 냄새도 나지 않았다. 그녀의 기억 속 작은 구덩이 어딘가에 존재하는 바다는 새똥과 부서진 조개껍데기가 섞인 곳이었다. 소금물로 축축해진 모래, 썩는 해초 더미에서 유황과 요오드 연기가 올라와 톡 쏘는 냄새를 풍기는 그런 곳.

네이빈이 블렌디드 위스키 두 캔을 가지고 돌아왔다.

"벌써 자정이네? 시간 너무 빠르다."

"하루가? 아니면 한 해가?"

"둘 다. 그런데 무슨 일 있어?" 네이빈은 편하게 앉아 타오이의 캔에 건배했다.

"전혀." 타오이는 그의 진심 어린 시선을 제대로 마주할 수 없었다.

"너 바다 좋아했잖아."

"여기는 바다가 아니잖아."

타오이의 말에 네이빈은 입을 꾹 다물었다. 타오이는 이어서 바로 덧붙였다. "미안."

"플라스틱 쓰레기 더미에서 산성물 좀 튀기면서 놀아볼까?"

타오이가 캔 뚜껑을 열었다. 고막 속에서 파도 소리가 크게 울렸다. 꼭 최악의 영화 OST가 제멋대로 재생되고 있는 것 같았다. 파도의 리듬, 부드러운 모래, 완벽한 모닥불, 0.5캐럿짜리 다이아몬드 같은 별이 흩뿌려진 하늘. 이 모든 것이 그녀에게 다가와 내려앉았다.

위스키를 한 모금 들이키자 그 시큼함에 구역질이 올라왔다.

속 깊은 곳부터 메스꺼움이 느껴졌다. 타오이는 캔을 내려두고 휘청이며 일어났다. 네이빈이 뭐라고 말하는 것 같은데, 무슨 말인지 하나도 들리지 않았다. 그녀는 비틀거리며 달아났다.

해변을 따라 느릿느릿 걷다 보니 작은 나뭇잎들이 그녀의 맨다리를 긁었다. 타오이는 발목 높이까지 오는 베이비 파우더 향 모래 속으로 빠지며 영롱한 어둠이 삼킨 바위 틈새를 파고들었다. 오래 지나지 않아 외딴 후미에 도착하게 될 것이다. 네이빈은 그녀를 따라오고 있는 걸까? 타오이는 뒤돌아보지 않고 계속 걸었다.

또 한 차례의 구역질이 그녀를 괴롭게 했다. 간혹 시스템 오류가 있기는 했지만, 이번 구역질은 그것과 종류가 달랐다.

달빛이 세상을 흑백으로 만들었다. 잿빛 모래 위로 검은 물이 찰싹거렸다. 타오이는 다음 구역질이 연달아 올까, 바다를 향해 달렸다. 그녀는 아무 생각 없이 바다로 뛰어들었다. 바닷물이 무릎, 그리고 사타구니까지 올라온다. 처음 느꼈던 한기가 폐에 있는 공기까지 앗아갔다. 그러나 그 한기는 몇 번의 호흡을 다 하기도 전에 사라졌다. 물이 껴안은 몸은 따뜻해졌고 구역질도 한기와 함께 사라졌다.

그녀는 불규칙한 숨을 가쁘게 몰아쉬며 앞으로 성큼성큼 걸어 나갔다. 옷이 흠뻑 젖어도, 물이 목을 죄어도 문제 될 게 없었다. 발이 바닥에 닿지 않았다. 조금만 더 가면 아마 텅 빈 곳에 닿게 될 것이었다.

그녀는 물을 밟아 가까스로 몸을 돌려 왔던 곳을 뒤돌아봤다. 모닥불이 작은 주황빛 장식처럼 보였다. 그녀는 모닥불 주변에서 춤추는 사람들의 형상을 바로 알아볼 수 있었다. 그림자가 드리워진 절벽 위로 보름달이 솟아 있었다. 해안선을 더 따라가 보니 또 하나의 주황빛 장식이 보였다. 모닥불이었다. 또 다른 새해 전야 파티. 그녀는 그쪽을 슬쩍 바라보았다. 그녀가 떠나온 파티는 어느 쪽일까? 알고 보니 사실은 대각선 방향으로 헤엄쳐 나온 것인데, 그저 방향 감각을 잃은 상태로 몸을 돌린 것이었을까?

비명이 금방이라도 터져 나올 듯 목구멍을 할퀴었다. 그녀는 더 이상 어떠한 감각도 느껴지지 않는 몸을 애써 진정시켰다. 옷과 머리카락을 잡아당기는 물의 무게만으로도 몸의 윤곽을 느낄 수 있었다. 떨리는 숨을 몇 차례 쉬자 공포심이 옅어지는 것만 같았다.

그녀는 마음속으로 이렇게 말했다. "가이아, 로그아웃해 줘."

사방에서 상냥한 목소리가 울렸다. "타오이 링 님, 가이아에서 로그아웃하시려면 한 번 더 확인해 주세요."

"로그아웃 확인."

달이 사라졌다. 별빛도 꺼졌다. 절벽은 소금으로 만든 기둥처럼 흩어졌다. 그녀의 피부 구석구석 물이 닿던 곳에는 아무것도 없다. 공기 한 모금조차도.

그녀도 다른 것들처럼 사라지기 전, 바다에서 소리 높인 목소리를 들었다. 기쁨에 가득 찬 함성이었다. "해피 뉴 이어!"

* * *

타오이의 골격이 두꺼워진다. 그녀는 켜켜이 쌓인 모래와 흙을 뚫고 가이아의 최하부로 떨어지고 있다. 귓속에 크게 울리는 잡음, 코를 간질이는 금속 타는 냄새. 피부가 너무 간지러웠다.

모든 것이 희미해지는 중이었다.

그녀가 정신을 차렸을 때는 주변이 온통 푸른색이었다. 듀럭스 씨 노트Dulux Sea Note색. 처음으로 이곳에 이사 왔을 때 온라인 라이프스타일 개선 서비스에 있던 파란 벽 중 네이빈이 고른 색이다. 타오이의 시선은 천장에 붙인 스티커 벽지에 멈췄다. 만화에 나올 법한 분홍색 스프링클 도넛이 눈에 들어왔다. 거기에는 'DONUT WORRY BE HAPPY'라고 적힌 현수막도 걸려 있었다.

희망의 상징.

그녀는 찐득찐득한 용액이 담긴 통에 누운 상태로 깨어났다. 얼굴과 발가락만 수면 위로 쑥 올라와 있었다. '뉴젤Newgel'은 따뜻했지만 지금 그녀는 뼛속까지 춥다. 마치 고무 같은 그녀의 껍데기는 움직이는 방법을 잊은 듯했다. 곧이어 핀과 바늘이 몸 전체를 한 군데도 빠짐없이 뚫고 들어왔다. 그녀는 신음과 함께 '뉴팟Newpod'의 가장자리를 꽉 잡고 몸을 일으켜 세웠다.

그녀의 등을 타고 살살 흘러내린 뉴젤은 피부에서 벗겨져 나가 다시 물 같이 변했다. 질감이 변한 뉴젤은 뉴팟 바닥에 있는 넓은 구멍으로 큰 소리를 내며 빨려 내려갔다. 너무 작아서 눈에 보이지도 않는 영양소와 배설물도 함께.

뉴팟의 가장자리에서 비눗물이 솟구쳐 그녀의 몸 전체를 씻어냈다. 그다음에는 폭포처럼 깨끗한 물이, 그다음에는 뜨겁고 강한 바람이 한참을 나왔다. 마지막으로 푹신푹신한 로봇 팔 두 개가 양쪽으로 펼쳐져 그녀의 몸을 부드러운 손길로 닦아 말려주었다.

그녀는 가이아에서 깨어난 직후, 경계 공간에서 제정신으로 돌아오고 팔다리가 되살아날 때의 느낌이 좋았다. 타오이가 하루 중 가장 좋아하는 순간이었다.

"타오이 님, 돌아오신 것을 환영합니다." 아파트 AI인 써니의 목소리다.

뉴팟의 한쪽 면이 오므려지는 바람에 타오이는 다시 뉴팟 아래로 미끄러져 내려갔다. 방에는 두 대의 뉴팟이 있다. 다른 뉴팟에는 신경전도 액체와 초록색 형광 점액질에 둘러싸인 네이빈이 누워 있다. 힘이 빠진 그의 입술은 살짝 벌어진 상태였다.

타오이는 그를 자세히 살폈다. 자신과 마찬가지로 네이빈의 두피에도 머리카락이 없었다. 마치 하나의 볼링공처럼 보였다. 둘은 면도칼로 두피에 남은 머리카락까지 한 올 한 올 아주 정교하게 벗겨냈다. 전기 임펄스가 뇌를 오가려면 뉴젤에는 매끄러운 인터페이스가 필요하기 때문이었다. 전도가 최적으로 이루어지지 않으면 메스꺼움, 연결 지연, 작동 정지, 신호 소실로 이어졌다.

네이빈의 곱슬곱슬한 수염은 그의 턱부터 양쪽 귀까지 이어지면서 입을 가리고 있었다. 창백한 안색, 아픈 탓에 푹 파인 볼. 몸은 뉴팟의 너비를 따라 축 처져 있었다. 젤이 묻어 빛나는 그의 뱃살은 뉴팟의 양쪽 벽에 딱 붙은 모습이었다.

그를 바라보면 강렬한 사랑과 슬픔이 솟구치고는 했다.

타오이는 잠시 전 보았던 그의 조심스러운 다정함을 떠올려 본다. 술을 가져다주며 자신에게 편안함을 주려던 열정 넘치는 소년의 모습, 자신이 기뻐할 모습을 기대하며 막연히 바라보던 표정, 그러나 결국 불안해지고 마는 자신을 보며 쓸쓸해하던 얼굴.

네이빈은 타오이를 따라오지 않았다. 둘은 살을 맞대고 있지만 그는 지금 완전히 다른 세계에 있었다. 완벽한 모래와 파도가 있는 깜깜한 해변에서 해가 바뀌는 것을 축하하며.

2

2080년 4월

타오이는 축축한 두피에 덮여 있던 모자를 벗어 얼굴에 부채질을 했다. 멜버른의 한가을 악취도 열정적인 얼리어답터들을 막을 수는 없었다. 대기 줄은 라 트로브 스트리트La Trobe Street 빌딩에서 시작해 여러 개의 블록을 지나 엘리자베스 스트리트Elizabeth Street, 그리고 모퉁이를 돌아 먼지 가득한 햇볕이 내리쬐는 버크 스트리트 몰Bourke Street Mall까지 이어져 있었다.

"말도 안 돼!" 타오이가 말했다. 에어 필터 마스크 때문에 그녀의 목소리가 또렷하게 들리지 않았다.

'리비전ReVision'으로 실행한 게임에 고정되었던 네이빈의 시선이 다른 곳으로 움직였다. 그는 피곤해 보였다. 칙칙한 관자놀이에는 증강 현실, 즉 VR 기기가 한가득 부풀어 있었다. 마치 한 마리 거머리처럼 말이다. "뭐라고?"

"VR 기술 하나 때문에 현실 세계에서 이렇게 줄 서 있는 꼴이라니!"

"마케팅 전략이지, 뭐. 대기자 명단도 길고, 등록도 간단하고, 게다가 전 세계 동시 출시래. 그러면 다들 모여들지 않겠어? 해시태그랑 브이로그도 쓰나미처럼 올라올 거야, 아마."

네이빈의 턱에는 에어 필터 마스크가 걸려 있었다. 그는 중추 신경 억제제인 '블루 헤븐' 슬러시를 한 모금 들이켠 후 타오이에게 건넸다.

그녀는 그의 제안을 거절하고 배낭에서 물 한 병을 꺼냈다. 그녀의 리비전 보강 화면에 표기된 기온이 39도에서 40도로 바뀌었다. 두꺼운 재킷을 입고 모자와 고글까지 쓴 타오이는 채소 탈수기 속 양배추보다 더 빠르게 죽어가고 있었다.

솔직히 그녀는 그 인기에 놀라지 않았다. 가이아의 등장은 엄청난 반향을 일으켰다. 그 규모는 20세기의 PC 혁명보다 훨씬 더 컸다. '뉴로네티카—솜너스Neutonetica—Somners사'는 수년간 '초대규모 통합 현실 세계 시뮬레이션'이 가능한지를 테스트했다. 이들의 목적은 가상 현실의 기존 목표 영역이었던 일, 사회생활, 여가, 여행을 하나로 통합해 매끄러운 하나의 세계를 창조하는 것이었다. 또한 그동안 소규모로 만들어졌던 '통합 현실 세계 시뮬레이션' 대부분도 이 '가이아'라는 세계에 통합할 예정이었다. 경쟁 VR 기업들이 이런 초대기업을 상대로 하는 싸움에서 이길 가능성은 없었다.

"뉴로스킨스NeuroSkins는 벌써 팔아버린 거야?" 타오이가 물었다. 이날 가이아와 뉴팟이 출시되자마자 뉴로스킨스는 구식 기술이 되어 곧바로 쓸모가 없어졌다. 가이아의 해상도가 너무 높아서 기존 기술로는 전송할 수 없었기 때문이다.

네이빈은 고개를 저었다. "이제 돈 받고 팔 수도 없어. 곧 쓸모없어질 테니까."

"단델리온Dandelion이랑 애플Apple기술도 마찬가지일 거야. 두 곳다 사업 접은 거 알아?"

"이럴 수가. 단델리온 소식은 들었는데, 애플도 망했다고?"

"그런데 브이로거들이 그러더라? 팬들이 복제하고 개조한 지하세계에서는 기존 세계가 유지될 거라고." 한 기사에서는 그렇게 표현하기도 했다. 무한 복제되는 디지털 화석이라고.

"엄청나네."

줄은 아주 조금씩 줄어들었다. 두 사람의 앞에는 콜라겐으로 탱탱한 피부를 가지게 된 백인 커플이 자식들을 분홍색과 초록색 고무끈에 연결해 끌고 가고 있었다. 입을 떡 벌린 채로 빛나는 눈을 하고 있던 세 아이의 관자놀이에는 X자 모양의 리비전이 딱 붙어 있었다. 아마도 시청각 센터에서 만화를 상영하고 있을 것이었다. 그 뒤에는 깡마른 10대 아이 한 명이 종이봉투에서 잼이 든 도넛을 꺼내 급하게 먹어 치웠다. 그 아이 역시 리비전에 완전 푹 빠져 있었다.

리비전에서 몇 초에 한 번씩 기관총 소리가 울려 퍼졌다. 아이는 그때마다 움찔했고, 그런 아이의 설탕 범벅이 된 오른손은 총의 조준기가 되었다.

갓 구운 도넛 냄새로 타오이의 입에는 침이 고였다. 길에서 만나기 쉽지 않은 비둘기 한 마리가 사람들 다리 사이로 끼어들더니 떨어진 빵 부스러기를 낚아채고는 급히 그늘로 되돌아갔다.

타오이는 리비전 화면에 줄줄이 뜨는 알림을 자세히 읽어 보고는 대부분을 휴지통에 휙 넣어버렸다. 수업 시간표에 관한 알림 몇 개가 울렸지만 '나중에 읽음'으로 분류해 두었다. 캡스톤디자인 과정은 지금 방학 중이었다. 하지만 이번에는 포트 더글라스Port Douglas로 올라가 일하지 않기로 했다. 그레이트 이스케입스Great Escapes 투어 가이드 일도 그만두려던 참이었다. 그녀가 그곳으로 가버리고 없으면 네이빈이 잘 지내지 못할 테니까.

타오이는 네이빈을 올려다봤다. 누렇게 뜬 안색, 그리고 눈 아래 축 처진 살은 그림자로 인해 멍든 듯한 보라색을 띠었다. "견딜 만해?"

"조금 힘들기는 해."

"먹을 거라도 좀 가져다줄까?"

"괜찮을 거야. 여기 오기 전에 영양바 한 개 먹었어."

"우리 21세기 사람 맞지? 운반용 드로이드도 있고, 에어컨도 있는데. 이 무더위에 밖에 있지 않고, 시원하게 아파트에서 술이나 진탕 마실 수 있었다고…."

"그런데 배달하면 최대 5일이나 걸린다잖아!"

"5일씩이나? 와 길어도 너무 기네. 고역도 그런 고역이 어딨어?"

네이빈은 그런 타오이를 슬쩍 찔렀다. 그녀는 웃다가 한쪽으로 넘어질 뻔했고, 땅 위에는 그런 그녀의 부츠 굽 자국이 남았다.

네이빈이 말했다. "분명 너도 가이아를 사랑하게 될 거야. 미식가용 베타 버전을 네가 함께 체험했다면 좋았을 텐데… 너의 21세기를 위해 한 게 아무것도 없잖아. 네 생일 저녁 식사 때 내가 진짜 멋진 곳으로 데리고 갈게. 이 코코넛 체리 밤을 만드는데, 진짜 황홀한 맛이야."

"흠, 그냥 자극 코드만 입력해 놓은 거 아냐?"

"자극 코드는 아니야. 규칙에 어긋나거든. 가공되지도 않은 거야. 진짜로! 지난 몇 년 동안 미각 코딩이 엄청나게 좋아졌잖아. 뉴로네티카가 그 분야 일 등이고. 현실 세계 음식보다 훨씬 맛있어."

"민트 초코 쿠키보다 맛있다고?"

"물론이지!"

"너 누구냐. 네이빈 아니지?"

둘은 모퉁이를 지났다. 버크 스트리트 몰과는 다르게 엘리자베스 스트리트는 거의 방치 상태였다. 물이 잘 스미는 합성물이 깔린 도로가 아니었다. 그 옛날 아스팔트 도로는 수십 년 동안 강렬한 햇빛을 받아 이리저리 휘어버렸다. 마치 울퉁불퉁하게 굳어버린 용암처럼 말이다.

트램의 선로는 선명한 주황색 녹이 뒤덮고 있었다. 땅 한 가운데에는 움푹 파인 홈이 보였다.

네이빈은 녹아버린 슬러시 찌꺼기를 쭉 들이켜고는 그 빈 컵을 지나가던 재활용 드로이드에게 건넸다. 네이빈의 입과 혀는 파랗게 물들어 있었다. 타오이는 그런 네이빈에게 그 슬러시가 설탕 덩어리에 색소를 넣어 색을 흉내낸 것이며, 건강 회복에는 하나도 도움이 되지 않는다고 말하고 싶었다. 하지만 말을 아꼈다. 그도 이미 알고 있는 사실이었으니까.

네이빈과 타오이는 손깍지를 끼고 장갑 낀 두 손바닥을 꽉 밀착시켰다.

둘은 문을 닫은 전자 제품 가게 앞, 드러누운 여성 노숙자 두 명을 지나쳐갔다. 대부분의 사람들과는 다르게 두 여자의 머리 전체에는 머리카락이 덮여 있었다. 한 여자는 마치 자기 삶이 거기에 달려 있기라도 한 듯, 비닐봉지로 만든 데이지 체인을 꽉 붙잡고 있었다. 나머지 여자는 플란넬 셔츠를 적어도 네 겹은 입고 있는 듯했다. 둘 중 그 누구도 리비전을 착용하고 있지 않았다. 스마트글래스도, 심지어 스마트워치조차도.

정부에 신청만 하면 뉴팟 구매 금액의 80퍼센트를 보조금으로 지원받을 수 있었다. 기술부 장관은 '가이아 접속'이 기본권이라고 선언했다. 타오이는 그 지원금의 원리를 이해했다. 그것이 다소 진보적인 생각이라는 것을 타오이는 인정할 수밖에 없었다. 모든 것이 가상 세계로 이동하는 중이었다. 그 대열에 하루라도 빨리 합류해 가상 재산을 재빠르게 확보하고, 요령 있는 투자로 암호 지갑을 불려놓지 않는다면 뒤처질 것이 뻔했다.

타오이는 두 노숙자를 바라보았다. 둘은 분무기를 선풍기 앞에 가져다 대고 서로의 얼굴에 물을 뿌려주고 있었다.

거기서 몇 발짝 벗어나자 노점상 수레가 보였다. 마른 몸에 올리브 브라운 색의 피부를 가진 남자가 조화를 팔고 있었다. 그는 옆에 있는 작은 남자아이에게 외국어로 말하며 비스킷을 건넸다. 그때, 타오이는 그의 오른손에 손가락 세 개가 없는 것을 발견했다.

이들은 뉴팟을 살 수 없을 것이다. 보조금이 주어진다고 해도 여전히 4천 달러의 돈이 부족할 테니까. 뉴팟 두 대를 사려면 8천 달러가 필요했다.

조화를 팔던 마른 남자가 고개를 기울여 타오이와 가까워졌다. 그의 까만 눈동자가 그녀의 눈에 들어왔다. 흉측한 손을 내려 등 뒤로 숨기는 그. 그는 그녀의 엄마와 똑같은 갈색 피부를 가지고 있었다. 타오이는 불편한 듯 시선을 돌렸다.

* * *

오랜 기다림 끝에 두 사람은 회전문을 지나 뉴로네티카―솜너스의 새하얀 로비에 도착했다. 그들의 리비전은 각자의 관자놀이 위에서 열심히 웅, 웅― 소리를 내며 위치 추적 프로그램으로 전환되었다. 부채꼴로 된 화면 상단 부근에 형광 배너가 나타났다. 웰컴 투 유어 퓨처™!

말끔히 깎아 헤나 문신을 그린 머리, 청록색 멜빵 유니폼, 흠잡을 데 없이 세련된 모습을 한 젊은이 무리가 고객들에게 재빠르게 다가가고 있었다. 타오이는 그들이 로봇인지, 아니면 사람이 조종하는 아바타인지 구분할 수 없었다. 그들은 모여 있는 고객들에게 증정품과 e―팸플릿을 나눠주고 미소를 퍼부으며 번쩍번쩍한 로비로 안내했다. 타오이와 네이빈도 그들과 함께 복도로 향했다. 복도 끝은 기하학적인 느낌의 샹들리에와 설산 배경의 벽으로 장식된 또 다른 홀로 이어져 있었다.

청록색 유니폼을 입은 말단 직원이 그들의 주문 번호를 확인하고는 디지털 티켓 두 장을 휙 건네주었다. 그는 홀 맨 끝을 가리키며 말했다. "12번 스테이션입니다."

12번 스테이션에는 신발 상자보다 약간 더 큰 하얀색 상자들이 쌓여 있었는데, 그 앞에는 늘씬한 남자 한 명이 서 있었다. 그는 주문 번호와 신분증을 받았다. 디지털 티켓은 확인한 다음 없애 버렸다. "안녕하세요, 매니라고 합니다. 네이빈 센, 그리고 타오이 링 님. 얼리 어답터로 등록해 주셔서 정말 감사합니다. 두 분이 뉴팟 체험을 신청해 주셔서 정말 기쁩니다. 이 상자들은 공간상 압축되어 있지만 무게는 꽤 무겁습니다. 상자를 들고 갈 운반원이 필요하실 텐데, 혹시 저희 운반원을 이용하시겠습니까?"

"아니요. 저희도 운반원이 있어요." 타오이는 배낭에서 금속 큐브를 꺼내 전원 버튼을 눌렀다. 자기를 띠는 바퀴 위, 공중에 가벼운 프레임이 펼쳐졌다. '머큐리 윈드Mercury Wind'. 구식 모델이었지만 그동안 운반원의 역할을 톡톡히 해낸 아이였다. 머큐리가 가장 가까운 상자 더미에서 상자 두 개를 집어 들었고, 매니는 그 장면을 묵묵히 바라보았다.

매니가 설명했다. "조립은 간단해서 평균 6분 정도 소요될 겁니다. 문제가 생겼을 때는 뉴로네티카―솜너스 포털의 대화형 설명서를 이용하시면 됩니다. 365일 24시간 운영하는 저희 고객 지원센터로 연락을 주셔도 되고요. 설명서를 무시해 발생한 가상 현실과 신경 간 연결 오류에 대해서는 뉴로네티카―솜너스 보증 서비스를 받으실 수 없습니다."

"알겠습니다. 감사합니다." 타오이가 대답했다.

네이빈과 타오이가 출구 쪽으로 걸어가자 머큐리도 그들을 바짝 따라왔다. 리비전 프로그램이 종료되었다. 타오이는 옆을 슬쩍 바라보았다. 매니를 비롯한 청록색 유니폼을 입은 직원들이 모두 사라지고 없었다. 눈에 보이지 않는 누군가에게 신나서 지껄이며 서성이는 고객뿐이었다. 설산 전경과 기하학적인 느낌의 샹들리에도 사라지고 새하얀 벽만이 헐벗은 채로 칙칙하게 남아 있었다.

* * *

뉴로네티카—솜너스 건물의 향기 가득했던 시원함에서 벗어나 밖으로 나갔다. 뙤약볕은 훨씬 더 강렬해졌고 도시의 쓰레기 태우는 냄새가 코를 찔렀다. 둘은 대화도 거의 하지 않고 도시 남쪽으로 향하는 전기 버스에 몸을 욱여넣었다. 빈자리가 열 곳도 넘게 남아 있었지만, 타오이와 네이빈은 벽에 기대어 손잡이를 잡고 섰다. 머큐리는 몸을 접은 채 버스 구석으로 향했다. 둘의 소중한 물건은 그런 머큐리의 금속 팔이 딱 죄고 있었다. 두 사람은 2041년 미국의 멜버른 공습으로 목숨을 잃은 이들을 기리는 '페더레이션 스퀘어 추모원Federation Square Memorial' 앞에서 내렸다. 사망자들의 얼굴이 나오는 시청각 영상이 추모비의 은빛 표면을 비추고 있었다. 타오이가 그중 한 얼굴을 2초 이상 바라보자 리비전 화면에 해당 사망자의 디지털 추모 공간으로 연결되는 링크 팝업창이 떴다. 타오이는 리비전을 절전 상태로 바꿨다.

둘은 스퀘어를 가로질러 비라룽 마르Birrarung Marr를 관통하는 넓은 길을 걸어 내려갔다. 날은 점점 더 건조하고 더워지기만 했다. 먼지 덩어리들은 조그마한 알갱이 모양의 환영처럼 공중을 떠다녔다. 전부 잎이 떨어진 나무는 자비라고는 없는 햇볕을 피할 그늘 하나조차 만들어주지 못했다. 네이빈이 휘청거렸다. 아파트까지는 아직 몇 킬로미터나 더 가야 했다.

네이빈은 잠시 멈칫하더니 갑자기 머큐리 쪽으로 쓰러졌다. 이 믿음직한 드로이드는 금속 팔 관절에서 아주 작게 삐걱거리는 소리를 내며 네이빈의 무게를 지탱했다. 네이빈은 타오이의 손을 밀쳐냈다.

"발을 헛디딘 것뿐이야. 괜찮아."

타오이는 그의 얼굴을 바라보았다. 괜찮지 않아 보였다. 뺨은 분홍빛, 입술은 잿빛으로 물들어 있었다. 그는 나일론 재킷을 벗어젖히더니 속에 입은 셔츠 소매를 팔 위쪽까지 올렸다. 온몸이 열을 내뿜고 있었다. 타오이는 네이빈의 재킷을 뺏어 들었다. 자외선을 반사하고 열이 빠져나가지도 않는 원단의 그 재킷을 팔꿈치 안에 딱 걸쳤다. 네이빈에게 그 재킷을 다시 입으라고 나무라고 싶지 않았다. 이 재킷을 잠시 벗고 있으면 그는 살 수 있을 것이다. 아무리 상태가 나빠진다고 하더라도 심각한 피부 화상을 입는 정도일 것이다.

"어지러워?" 타오이가 물병을 건네주자 그는 물을 한 모금 들이켰다.

"아니."

"통증은?"

"없어."

"물 좀 더 가지고 다녀야겠어, 너."

계속 걷고 있기는 했지만 그의 걸음걸이는 균형이 하나도 맞지 않았다. 머큐리 윈드는 주인을 흉내 내는 충성스러운 개처럼 똑같이 휘청거리며 네이빈의 뒤를 쫓아갔다. 타오이는 배낭을 뒤졌다. 아니나 다를까, 항상 뭉텅이로 가지고 다니던 영양바가 다 떨어진 상태였다. 그녀는 가방을 다시 어깨에 메고 터벅터벅 쫓아갔다.

네이빈의 팔을 따라 땀이 흘러내렸다. 그리고 그 땀은 그의 왼쪽 팔꿈치 안에 모여 그곳에 끼워져 있는 금속 플러그 주변까지 에워쌌다. 네이빈의 호흡이 얕아지고 있었다.

"네이빈, 저기 벤치 있다."

네이빈의 눈동자가 반짝였다. "나 안 쉬어도 돼."

타오이가 벤치로 걸어가며 말했다. "내가 앉고 싶어서 그래, 내가."

네이빈은 마지못해 타오이를 따라갔다. 운반 드로이드는 몇 발짝 떨어져 어슬렁거렸다. 햇빛이 이미 네이빈의 이마 피부 껍질을 벗겨내고 있었다. 화창한 하늘에서 갑작스러운 돌풍이 불었다. 오래도록 가라앉아 있던 먼지 유령이 흩어지면서 새로운 먼지 유령이 나타났다. 발 쪽에 켜켜이 쌓여 있던 먼지 탑은 허물어졌다. 그 잔해들은 메말라 버린 야라 강Yarra River 바닥 틈새로 날아갔다. 강바닥에는 갈라진 틈뿐이었다. 그 위에는 음식 포장지, 커피 팩, 빅토리아 비터Victoria Bitter 맥주병만 나뒹굴고 있었다.

타오이는 밀려오는 피곤함을 견디며 부드러운 목소리로 말했다. "나 여기 기억나. 열세 살 때였나, 열네 살 때였나? 엄마랑 여기 왔었거든. 호주에 온 지 2년 정도밖에 안 됐을 때였는데, 시민권 서류 때문에 잠깐 멜버른에 들렀었어. 그때 엄청나게 큰 정전이 일어나서 열차가 지연됐었다? 전기가 다시 돌아올 때까지 시간을 때워야 해서 몇 시간 동안 주변을 걸어 다녔어. 그때는 야라 강에도 물이 좀 있었던 것 같아. 많지는 않았지만. 저기서 여자애들 몇 명이 카누를 타고 앞으로 나아가려고 했던 게 생각나. 개네한테 운이 그렇게 따라주지는 않았지만."

네이빈의 호흡이 점점 안정되어 갔다.

"네이빈, 너 마지막 수술한 지 5개월밖에 안 됐어."

네이빈의 몸통이 앞으로 기울어지면서 그의 팔꿈치가 무릎에 안착했다.

"너무 무리하지 마."

네이빈이 일어섰다. 항상 키가 컸던 그였는데, 이제는 뱃살이 나온 갈대 같았다. 몸의 윤곽은 예전만큼 선명하지 않았다. 강한 바람이 그를 휘청거리게 할 만큼 말라버렸다. 그는 양 주먹을 주머니에 구겨 넣고는 몸을 일으켜 그녀에게서 벗어났다.

"나 스무 살밖에 안 됐어. 노인네 같은 느낌 받고 싶지 않아. 그런데 나 이제 집 앞을 뛰어다니는 것도, 강가 따라 산책하는 것도 못해. 거지 같아."

"할 수 있는 날이 올 거야."

"너는 몰라. 또 다른 문제가 생길 수도 있다고. 다음번에는 그렇게 쉽게 회복할 수 없을 거야."

"그건 너도 모르는 거잖아."

네이빈의 어깨가 움찔했다. 타오이는 잠시 기다렸다. 그러다가 자신도 일어서서 그의 양 날개뼈 사이 움푹 파인 따뜻한 곳에 얼굴을 가져다 댔다. 무더위도 상관없다는 듯, 그의 허리에 양팔을 슬며시 둘렀다. 그의 척추뼈가 오래된 드로이드의 관절처럼 우뚝 솟아 그녀의 코를 눌렀다. 그에게서 땀 냄새와 단 냄새가 났다. 잠시 후 네이빈도 아주, 아주 약간, 타오이 쪽으로 등을 기울였다.

* * *

작은 아파트로 들어간 두 사람은 뉴팟을 어디에 풀어놓을지 실랑이를 했다.

타오이가 말했다. "거실이 제일 크잖아."

네이빈이 대답했다. "그러면 소파를 옮겨야 해. 뉴팟 두 대가 공간을 다 차지해 버릴 거라고. 침실에서 트레버를 꺼내면 뉴팟 두 대다 어떻게든 넣을 수 있을 거야."

'트레버Trevor는' TRV—04 모델로, 네이빈의 의료용 세척 기계였다.

"뉴팟을 침실에 두기는 싫어."

"대체 왜?"

"그냥 싫어."

"그런 이유라면 납득 못 해."

결국 손님용 침실에 뉴팟을 두기로 했다. 타오이의 엄마가 와서 같이 있어야 할 경우를 대비해 더블베드 하나를 여유로 넣어 놓은 방이었다. 네이빈이 연한 파란색 누비이불과 침대 시트를 걷어내자 케케묵은 냄새가 났다. 침대 옆에는 타오이가 온라인으로 구매한 쾌활하고 추상적인 느낌의 램프가 있었는데, 그것도 먼지로 덮여 있었다.

둘은 침대를 작게 압축해 침대 옆 탁상, 그리고 램프와 함께 옷장의 빈 곳에 쌓아 두었다. 다음으로 머큐리 윈드에게 방 한가운데에 짐을 꺼내달라고 지시했다. 각 상자의 측면에서 파이프와 전선이 튀어나와 바닥 위에 있는 전기, 물, 배수 포트 중 자신에게 맞는 곳에 각각 연결되었다.

파이프와 전선을 정리할 때는 배경음악도 함께 흘러나왔다. 상자 하나의 긴 면에서 하얀 알이 나타났다. 그다음 상자에서도 마찬가지였다. 두 개의 알은 풍선처럼 부풀어 방의 절반을 채울 정도로 커져서 서로 부딪혔다. 조금 더 부풀어 오르다가 갑자기 멈칫, 그리고는 딱딱해졌다. 알의 꼭대기에 갈라져 있는 부분 절반이 뒤로 넘어가자 초록빛으로 가득한 텅 빈 안쪽이 드러났다. 음악 소리는 더욱 커졌다. 뉴팟 위에 타오이와 네이빈의 얼굴 홀로그램이 구현되었고, 그 주변에는 형광 녹색 행성과 반짝이는 글씨가 후광을 내뿜었다. 웰컴 투 유어 퓨처™!

타오이는 텅 빈 뉴팟 내부를 들여다보았다. 딱 한 사람이 들어가 누울 수 있을 정도의 공간이었다. 그녀는 그 안에 의자가 있을 것이라 기대한 모양이었다. 몰입을 위해 머리에 쓰는 장치도 있을 거라고. "아니, 대체…"

뉴팟 안쪽 측면의 슬롯이 열리면서 반투명한 액체가 흘러나오기 시작했다.

부드러운 목소리가 흘러나왔다. "귀하의 뉴팟이 뉴젤로 채워지고 있습니다. 뉴팟을 건드리거나 뉴팟 내부에 이물질을 넣지 마십시오. 귀하의 뉴팟이 뉴젤로 채워지고 있습니다. 뉴팟을 건드리거나…"

"왜 욕조처럼 생겼지? 나는 머리에 쓰는…"

네이빈이 대답했다. "글쎄. 디자인으로 놀라게 하려고 했던 거겠지." 뉴로네티카―솜너스에서는 뉴팟의 디자인을 철저히 비밀에 부쳤다. 리비전으로 SNS 반응을 확인하던 네이빈의 눈이 휘둥그레졌다. "와, 지금 장난 아니야! #뉴젤출시, #경피기술. 두피로 전기 신호를 보내는 건 똑같은데, 새로운 젤은 피부를 통해서 몸에 식량과 영양분도 공급할 수 있대."

"그 정도라고?"

타오이는 집에 오는 길에 리비전을 절전시켜 놨던 게 기억났다.

절전 상태를 해제했더니 뉴스 속보와 SNS 포스팅이 수도 없이 쏟아져 정신을 못 차릴 지경이었다.

뉴팟에서는 심한 중저음의 바리톤 목소리가 계속 흘러나오고 있었다. "렉 걸리지 않는 가상 현실과 신경 간 커뮤니케이션! 초고해상도로 경험하는 현실 세계 시뮬레이션. 완전한 감각 통합, 최첨단 경피 흡수 기술! 뉴젤이 신체 항상성을 최대 72시간까지 유지해 줍니다. 수분 공급, 연료 충전, 영양분 공급, 그리고 배설까지. 이는 인간 경험의 절정이지요. 이게 바로 '가이아'입니다. 당신의 미래에 오신 것을 환영합니다."

뉴팟의 목소리가 멈췄다. 뉴젤이 뉴팟으로 쏟아지며 내는 콸콸콸 소리, 머릿속 공간에 나타난 상태 업데이트, 형광 녹색 지구 아래 궤도에 육중하게 떠 있는 특대형 얼굴 홀로그램만이 남아 있었다. 이 모든 게 어쩔 수 없는 운명 같았다.

* * *

타오이와 네이빈은 두피를 꼼꼼하게 면도했다. 그러고는 입고 있던 모든 옷과 착용하고 있던 리비전을 벗었다.

타오이는 네이빈이 뉴팟에 먼저 들어갈 수 있도록 도와주었다. 그는 뉴팟에 눕다가 주름진 상처로 뒤덮인 옆구리에 한쪽 팔이 닿자 움찔했다. 그녀는 몸을 앞으로 숙여 그의 상처에 입을 맞췄다. 그런 그녀의 입에는 끈적끈적한 액체가 살짝 묻어났다. 그녀는 입을 닦으며 물었다. "편해?"

네이빈은 괜찮다고 말하며 타오이의 봉긋한 가슴 주변을 장난스럽게 손으로 스치듯 만지고는 눈을 감았다. 단 몇 초 만에 그는 가이아로 떠났다. 타오이는 무거운 마음으로 그의 눈꺼풀이 움찔하는 것을 바라보았다. 그의 눈알이 움직이고 있었다. 그녀는 몸을 돌려 맨살이 드러난 자신의 배 주변을 팔로 감쌌다.

타오이의 뉴팟 깊숙이 어두운 곳에서부터 무언가 빛나고 있었다. 가까이 가서 들여다보려고 했지만 굴절된 빛의 파편일 것임이 틀림없었다. 뉴팟은 그녀가 나타난 것을 감지하고는 빛을 내며 윙윙거리기 시작했다.

타오이는 다리를 들어 뉴팟의 가장자리를 넘었다. 불안감을 삼키며 아래로 푹 내려갔다.

생각했던 것과 달리 뉴젤은 물 같은 액체의 느낌이 아니었다. 마치 플라스틱 폼 속에 들어간 느낌에 더 가까웠다. 마치 어떤 하나의 실체가 그녀의 몸이 들어갈 만한 움푹한 공간을 대충 만들고 나서, 그녀의 몸 윤곽에 맞게 다시 한번 움직여 제대로 된 모양을 만드는 것 같았다.

타오이는 아주 조심스럽게 누웠다. 뉴젤의 작은 입자가 목과 두피를 타고 올라오면서 간지러운 느낌이 들었다. 그녀의 몸은 기계의 바닥에 누워있지 않았다. 중간에 떠 있었다는 표현이 더 정확할 것이다. 그녀의 몸 곳곳에는 뉴젤이 닿았다. 뉴젤은 온 피부 위를 살금살금 움직여 겨드랑이의 주름까지, 허벅지가 접히는 부분까지 파고들었다. 코와 입만 표면 위로 빼꼼 나와 있어 숨은 쉴 수 있었다. 낯선 따스함이 음부에서부터 배꼽까지 타고 올라왔다.

그런 그녀의 머릿속에 매력적인 목소리가 들려왔다.

"가이아에서는 모든 것이 가능합니다."

3

"저는 가짜예요." 젊은 남자가 고운 입술을 오므리며 말했다. 가운데가 접히는 라즈베리 맛 지렁이 젤리 같은 입술이다.

타오이의 새 고객 이름은 '헤이븐'이다. 서류상 나이는 스물여섯 살이지만 외모만 봤을 때는 스무 살 이상으로 보이지는 않았다. 아마 더 어려 보이는 아바타를 선택한 것이 분명했다. 날씬한 어깨에는 빨간색과 검은색이 어우러진 페이즐리 셔츠가 축 늘어져 있고, 좁은 골반은 코르덴 팬츠가 감싸고 있었다. 그가 선택한 헤어스타일은 왼쪽 눈 위로 앞머리가 툭 떨어지는 다크 그린 색상의 비대칭 스타일. 눈꺼풀도 그에 맞는 녹색으로 그늘져 있었다.

"가짜라뇨?"

"만들어졌다고요. 진짜가 아니라, 나는 그냥 똑같이 만들어 놓은 거라고요."

"아." 그들은 유리로 된 테이블을 사이에 두고 각각 버블 체어에 앉아 있었다. 타오이는 그의 개인 데이터를 볼 수 있는 트루 U 권한을 가지고 있다. 그 양은 실로 어마어마했다. 그녀는 헤이븐이 태어난 순간(2061년 6월 3일 멜버른 소재 세인트 빈센트 개인 병원, 38주 차 제왕 절개, 3,41kg, 아프가 점수 9점)으로 돌아가 보기도 한다. 또한 그가 평가한 마지막 음식이 펠드스파 지구의 터키 음식 가판대에서 산 터키식 치즈피자, '치즈 피데'라는 것. 가장 최근 구매한 물품은 가상 반려동물인 포메라니안에게 줄 가상 개 뼈라는 것. '미트리스Meatless' 채팅방에서 신경이 현실 세계 신체와 분리되는 것에 어떤 장점이 있는지 논의하며 수많은 시간을 보낸다는 것을 알 수 있었다. 알고리즘은 그의 온갖 데이터를 뒤져 그의 킨제이 척도(4)와 정치 성향(놀랍게도 보수), 운동 수준(관련 기록 없음), 그에게 가장 취약한 광고 유형(귀여운 애완견 장난감과 실험적인 시 컬렉션)에 대한 예측을 바로 말해준다.

타오이가 물었다. "이런 느낌을 받은 지 얼마나 되셨어요?"

"아주, 오래요." 헤이븐은 크고 촉촉한 오른쪽 눈을 타오이에게 고정한 채 그 두 단어를 또박또박 내뱉었다. "점점 나빠지고 있어요. 제가 진짜라고 생각했었는데, 더 이상 그 사실을 믿을 수가 없어요."

"뭐가 변했나요?"

"빛을 잃어버렸어요. 불꽃을요. 저는 창작하는 사람이에요. 시인이죠. 하지만 제가 최근에 쓸 수 있는 글이라고는 AI가 명령어를 따라 만들어낸 싸구려 시들 뿐이었어요. 쓰레기 시요." 크게 한숨을 쉬는 그의 불그레한 입술이 떨렸다. "어떻게 해야 할지 모르겠어요."

타오이는 눈을 감는다. 무슨 이유에서인지 새해를 맞이한 이후 피로감이 가시지 않았다. 마치 잠들기 전에 마신 위스키로 인한 숙취가 오래 사라지지 않는 것처럼. 벌써 2월 초인데 여전히 아침에 일어나면 어찌할 바를 몰랐다. 천천히 굳어가는 나무 송진에서 살아남으려는 한 마리 파리처럼, 아침이면 침대 시트에 파묻힌 무거운 몸을 허우적대며 일어났다. 비틀거리며 주방으로 가서 커피를 한 잔 마시고, 어기적어기적 손님용 침실까지 걸어간 뒤 보통이면 이미 뉴팟에 들어가 있는 네이빈과 만난다. 하지만 가이아에서 느껴지는 피곤함은 현실의 감각과 같지 않다. 현실 세계에서의 두 눈은 분명 뻑뻑할 테지만 가이아에서는 당구공이 굴러가는 것처럼 부드럽게 느껴진다. 현실 세계에서의 머리는 분명 누가 계속해서 내리치는 것처럼 아프겠지만 가이아에서는 아무렇지도 않다.

타오이는 바로 앞에 앉아 있는 초록색 머리카락에 젤리 같은 입술을 가진 청년을 바라봤다. 그것도 제대로. 하지만 그녀는 거슬린다는 듯한 그의 시선을 느끼고는 그의 여린 어깨 쪽으로 시선을 옮겼다. 머리에 가려져 있지 않은 그의 눈 한쪽이 마치 만화경처럼 보라색에서 초록색, 초록색에서 노란색, 노란색에서 파란색, 파란색에서 다시 보라색으로 변했다.

타오이에게 갑작스레 강렬한 감정 이입의 순간이 찾아왔다. 그녀는 헤이븐에게 그 누구도 진짜인 사람이 없다고, 진짜이기를 바라는 것은 멍청한 짓이라고 말해주고 싶었다. 하지만 그 말은 회사에서 허용되는 종류의 말이 아니었다. 트루 U 제어실에는 이미 몇 가지 옵션이 있었다. 헤이븐의 의심이 사실임을 보여주기, 진정성 불어넣기, 시인인 고객에게 겸손한 멘토가 되어주기. 그녀의 시야 구석에 제안 사항을 알려주는 말풍선이 튀어나왔다. 공감대 형성을 위해 약간의 은어를 쓰려고 노력할 것. 하지만 나이대가 드러날 수 있으니 너무 많이 쓰지는 말 것!

그녀는 투명한 테이블에 팔꿈치를 기댔다. 쇄골 위 그녀의 머리카락이 흔들렸다.

그녀가 말했다. "Está bien(괜찮아요). 트루 U 같은 곳에 오는 게 얼마나 부담되는 일인지 저도 알아요. 비즈니스적인 느낌도 들고, 약간 명령어를 따라 만들어낸 느낌도 들죠. 자기 자신을 포기한 듯한 느낌도 들 거예요. 사실은 그 반대인데 말이죠. 여기 온다는 건 사실 스스로에게 투자하고 있다는 의미거든요."

헤이븐은 옅은 미소를 지었다.

"저희가 하려는 일은 눈속임이 아니에요. 누구에게나 적용되는 틀에 고객님을 맞추려는 게 아닙니다. 시간은 걸리겠지만, 노력하시다 보면 효과가 있을 거예요. 저희는 고객님의 가치관을 확인해서 고객님께서 진정한 정체성을 되찾으실 수 있도록 돕고 있어요. 진정한 자신에게 연결되도록 말이죠." 타오이는 진부한 웃음을 지었다. 진부해지기는 쉽다. 그렇게 해야 고객은 자기 자신이 타오이보다 정신적으로 더 낫다고 느낄 수 있을 것이다. 타오이는 그 사실을 너무나도 잘 알고 있었다.

헤이븐이 눈썹을 문지르며 말했다. "제 잘못된 점이 뭐라고 생각하세요?"

"그렇게 말씀하시는 걸 보니 헤이븐 씨의 정체성 피로도가 엄청난 듯 하네요."

"이럴 수가, 정말 끔찍한 표현인데요?"

"네, 꽤 흔한 증상입니다. 그래서 오히려 시도해 볼 수 있는 게 많죠. 제가 먼저 제안을 좀 드리고 싶은데, 괜찮으실까요?" 타오이가 테이블 위를 탭하자 공중에 헤이븐의 파일이 3D 형태로 나타났다.

그 옆에는 마이크 아이콘이 두근대며 그녀의 말을 받아적을 준비를 하고 있었다. "1단계, 아바타를 다시 디자인합니다. 2단계, 콘텐츠를 전부 지웁니다. 3단계, 고객님의 시와 다시 연결합니다."

타오이의 말이 공중에 글로 써졌다. 헤이븐은 다시 한번 눈썹을 문질렀다. 그가 듣고 있으므로 타오이는 계속했다.

"우선, 현재 고객님과 비슷한 인구 통계학적 특징을 가진 모든 사람의 아바타와 고객님의 아바타를 비교하는 것부터 시작할 겁니다. 이 프로그램에서는 고객님의 아바타에서만 나타나는 특성에 점수를 매깁니다. 그다음 어떤 비트를 유지할 것인지, 어떤 비트를 지울 것인지 고객님께서 직접 선택하실 수 있고요."

저 헤어스타일은 틀림없이 유지될 것이다. 정글 그린 색상의 비대칭 헤어스타일은 2월 최고 유행 트렌드니까.

헤이븐이 아랫입술을 깨물었다. "저는 다른 사람들과 다른 사람이 되고 싶지 않아요."

"2단계에 대한 설명도 들어보세요. 디자인을 끝내고 나면 저희는 고객님의 아바타를 분해해 기본 아바타로 만드는 과정을 거칠 겁니다. 이미 알고 계시겠지만 저희가 넘지 못하는 경계들도 있어요. 고객님의 유전적 구성이나, 생물학적 나이 같은 것들이요. 그다음 고객님께서 기존에 가지고 계셨던 모든 아바타를 파괴할 겁니다. 가이아 이전에 사용하셨을지 모르는 아주 옛날 아바타까지 다 찾아낼 수 있어요. 몇 년 동안 반복되었던 테마를 찾아서 다 함께 파괴해버리는 거죠. 고객님이 자신을 대표하는 요소들에 대해 잠재적으로 어떻게 의식하고 계시는지를 대대적으로 조사하는 거라고 보시면 돼요."

헤이븐이 고개를 끄덕였다. 타오이는 그의 코 전체에 미세한 주근깨가 퍼져 있다는 걸 알아차렸다. 헤이븐은 세세한 것에 신경을 쓰는 사람이니 아마 자신의 주근깨를 하나하나 세어본 적이 있을 것이다.

"또, 그게 끝나면 고객님을 트루 U의 저작권 전문가인 '사마라'에게 안내해 드릴 건데요. 아바타 상표 등록을 하시게 되면 고객님이 살아 계신 동안, 그리고 고객님의 사망 이후 10년 동안 그 아바타가 고객님의 IP가 됩니다."

헤이븐이 다시 한번 고개를 끄덕였다.

"이제 콘텐츠에 관해 말씀드릴게요."

타오이가 말을 멈췄다. 갑자기 시야에 메시지 알림창 여러 개가 떴다. 두 개는 네이빈에게서 온 것이었다. 카멜색 임스 라운지 체어 어때? 라는 문구와 함께 가구 카탈로그가 첨부된 메시지 하나. 그리고 토요일 밤 에블린, 자크와 함께 나가서 놀 건지 물어보는 메시지 하나. 네이빈은 지난주 세인트 마틴 병원에서 퇴원했다. 예정대로 직장에는 열흘 간의 휴가를 낸 뒤 쉬는 중이다. 그는 시간을 때우려 애쓰고 있음이 틀림없다.

그다음 밀린 알람들이 올라왔다. 소득세 신고 기한이 지났는데 아직도 안 하고 있었다. 전기세 공제액은 꽤 높아 말문이 막힐 정도다. 가상 회의에서의 자신감과 보디랭귀지에 관한 세미나 시리즈 전단. 자크가 새로운 몰입형 가상 세계를 출시했다고 상기시켜주는 알림. 마지막으로, 앞서 자크가 만들었다는 몰입형 가상 세계로의 초대장이 등장했다. 반짝이는 초록색 봉투에서 소리를 내면서. 2088년 2월 7일 토요일 저녁 7시, 버설트 지구에 있는 언홀리 갤러리. 〈비체화〉. 타오이의 머릿속 영역에 움직이는 지도가 펼쳐졌다.

"콘텐츠 전체 삭제를 말씀하시는 거죠?" 헤이븐이 말했다. 아마도 타오이가 할 말을 잊었다고 생각한 모양이었다.

타오이는 알림 창들을 한쪽으로 밀어버리고 자동 알림 빈도를 줄였다. "맞아요, 죄송해요. 제가 고객님 콘텐츠를 조금 더 들여다봐도 괜찮으실까요?"

헤이븐이 눈을 깜빡였다. "얼마든지요. 전체 접속 승인됐어요."

타오이는 헤이븐의 프로필을 보고 빠르게 넘긴다. 20만 장이 넘는 사진들, 1만 편이 넘는 단편 영상과 브이로그, 시뮬레이션, 8천 가지의 텍스트 입력 프로세스까지. 몇 번의 생애를 채우고 남을 정도로 많은데도 타오이가 전에 놓친 것들은 없었다.

그는 투덜거렸다. "엉망진창이에요. 10대 때 썼던 시들, 시뮬레이션에서의 첫 데이트, 가족을 기억나게 하는 물건, 세계 여행을 다니며 찍은 브이로그… 다 있거든요."

타오이는 스크롤을 움직여 본다. 푸른 눈, 숱 많은 앞머리를 가진 소녀와 손을 잡은 헤이븐. 스노보드를 타고 산비탈을 내려가며 카메라에 말을 하는 헤이븐. 인위적으로 들여 쓴 고딕체의 시들이 적힌 수많은 페이지. 해변의 파도 속에서 작은 아이를 휙 들어 올리는 시뮬레이션 속 한 여자.

헤이븐은 손으로 머리카락을 쓸어 넘겼다. 그리고 어쨌든 현재 자신의 아바타는 두 개의 시점에서 살고 있음을 밝힌다. "평생을 들여다보면서 살 수도 있어요. 절대로 벗어나지 않을 거예요. 뭐가 문제죠? 과거를 기록하며 미래를 맞이하는 게 문제인가요? 저 아닌 다른 사람들과는 상관없는 일이잖아요."

"헤이븐 씨, 얼마나 절실하세요?"

"백 퍼센트요."

"1단계에서 가장 큰 효과를 보시려면 새로운 콘텐츠를 모두 차단해야 합니다."

헤이븐의 눈이 초록색에서 노란색, 노란색에서 파란색으로 변하며 커졌다.

"극단적이기는 하지만 그게 가장 빠른 방법입니다."

"모르겠어요. 예상하지 못했던 건데…" 자기 머리를 문지르던 그는 머리카락을 한 움큼 잡았다. "새로 콘텐츠를 업로드하는 것 자체가 전혀 안 된다는 거죠?"

"맞아요."

"그러면 업로드 양을 줄이는 건 안 될까요? 하루에 두 개 정도만 올리는 걸 목표로 해서요."

"가능합니다. 감당하실 수 있는 정도라면요. 몇 주 동안 업로드 양을 제한한 후 저희는 고객님을 대표하는 패턴과 테마를 분석할 겁니다. 그다음, 프로그램에 있는 고객님의 기존 콘텐츠를 지울 거고요."

"本当ですか(정말인가요)? 제 콘텐츠를 지우신다고요?"

"처음에는 천천히 시작할 거예요. 저희 대표님께서는 이 과정을 '박피'라고 부르시죠." 웃으면 안 된다. 미소조차도. "차이를 구분할 수 있는 사람은 없겠지만, 그 강도를 계속해서 높여 나갈 겁니다."

그러자 헤이븐은 강아지가 낑낑대는 듯한 소리를 냈다.

"너무 그러지 마세요. 제가 잘 안내해 드릴게요. 그리고 약속드리죠. 이게 고객님을 완전히 바꿔 놓을 거라는 걸요."

헤이븐이 버블 체어에서 꿈틀거리자 의자가 그의 움직임에 따라 소리 없이 흔들렸다. 헤이븐 역시 멍한 표정을 지으며 초조함을 드러내기 시작했다. 보통 새로운 고객들이 오면 첫 상담이 끝나갈 때쯤 짓는 표정이다. 만약 타오이가 내기를 해야 했다면, 헤이븐이 3회 상담 후 모습을 드러내지 않을 것이라는 데 걸었을 것이다.

"좋습니다. 그다음 3단계로 갑니다. '고객님의 시'로요."

비참한 얼굴을 한 헤이븐은 자신이 신은 부츠 근처에 있는 얼룩을 바라보았다. "글쎄요, 그건 악몽인데요. 시 한 편이 생각날 때마다 저는 걱정하거든요. 제 시가 얼마나 많이 공유될지, 제 버건디나 청록색 컬렉션에 어떻게 넣을 수 있을지, 산세리프체로 써야 할지 아니면 고딕체로 써야 할지… 이런 것들을요."

멍한 느낌이 점점 더 강렬해진다. 타오이의 시선은 헤이븐의 머리 위를 헤매고 있다. 반투명한 유리문 위에 달린 벽시계는 그의 상담 시간이 2분 남짓 남았음을 알려주고 있었다. 타오이는 헤이븐에게 예술은 그 전과 더 이상 똑같지 않다고 말해주고 싶었다. 아무리 예술이라고 한들, 기계가 창조한 것과 인간이 창조한 것을 구분할 수 없게 되었다고. 심지어는 기계가 인간보다 훨씬 더 나은 예술을 만들어낼 수도 있다고 말이다. 우리는 우리가 특별하다고 잘못 생각하고 있다. 하지만 타오이가 틀렸는지도 모른다. 타오이는 예술가가 아니니까.

문 위의 벽시계가 정각을 알렸다. 그녀의 머릿속에 은은한 종소리가 울려 퍼졌다.

"상담 시간이 다 됐네요, 헤이븐 씨. 다음 주 예약 잡아드릴까요? 같은 시간으로요."

"아!" 그는 말을 미처 끝내지 못하고 어쩔 줄 몰라 하며 타오이를 슬쩍 쳐다봤다. 자신의 감정을 수집하고 있는 것일까? 아니면 그저 달력을 보며 일정을 확인하고 있는 것일까? "좋아요. 다음 주 이 시간이 가장 좋을 것 같네요."

둘은 악수를 했다. 축축하지도 않고, 굳은살도 없고, 누구는 세게 잡고 누구는 약하게 잡는 어색한 불균형도 없다. 입술에 닿는 탄산음료처럼 매끄러운 압력만 살짝 느껴질 뿐. 타오이는 헤이븐을 위해 테이블을 돌아 나가 문을 열어 주었다. 어깨가 앞으로 굽은 그가 성큼성큼 걸어 나가는데도, 검은색 타일을 밟는 그의 부츠 굽 소리는 거의 들리지 않았다. 복도를 따라 반투명한 유리문이 쭉 나 있고 각 사무실에는 또 다른 컨설턴트와 고객이 있었다.

타오이의 눈에 번잡한 로비 광경이 살짝 들어왔다. 다음 고객이 이미 기다리고 있었다. 6개월 전에 아내를 먼저 떠나보낸 뒤 강박적으로 아바타를 다시 디자인한 서른다섯 살의 여성, '가르데니아'다.

다시 한 차례 알림창이 쏟아졌다. 또 네이빈이다. 아니면 검은색은 어때? 더 클래식하지? 여기서 판매 중인 걸 찾았어! 제길, 우리 전기세 고지서 봤어? 한가할 때 알려줘. 같이 점심 어때? 그다음은 새로 먹기 시작한 비타민 영양제 브랜드의 고객 만족도 설문 조사와 의료 센터에서 온 알림이었다. 타오이 링 님, 귀하의 테레사Teresa 연례 건강 검진 기한이 12일 지났습니다. 그다음에는 오후 한 시 멕시코 출장 요리와 함께 팀 회의를 진행하겠다는 그리핀의 재알림 메시지(머릿속에 '죽은 자의 날' 가면 행진 화면이 펼쳐진다). 5년 동안 만나지 못한 동창의 베이비샤워 초대장과 홍수같이 쏟아지는 SNS 포스팅까지.

마지막으로 그 아래 조용히 묻혀 있던 재알림창이 나타났다. 타오이 님, 5일 전 신이 님께 보낸 메시지의 답장을 받지 못했습니다. 추가 메시지를 보내시겠습니까?

　타오이는 깊은 한숨을 내쉬었다. 엄마에게 건강은 괜찮은지 묻는 추가 메시지를 빠르게 보냈다. 네이빈에게는 응원의 이모티콘을 날려주었다. 다른 모든 알림은 한쪽으로 치워버리고, 준비된 미소와 함께 가르데니아를 사무실로 불러들였다.

＊　＊　＊

　"임스 라운지 체어 좀 보여줘." 그날 저녁, 수분 재공급기에 고단백 식사 팩 두 개를 박아 넣으며 타오이가 말했다.

　네이빈이 리비전을 탭했다. 그러자 그의 관자놀이에서부터 주방 아일랜드를 향해 얇은 다리의 가구가 처연하게 찍혀 있는 카탈로그가 투영됐다. 네이빈은 수척한 모습이었다. 눈 아래에는 다크서클이, 어제 정맥 주사를 맞은 팔꿈치 안쪽에는 붉은 보라색 멍이 들어 있었다.

　타오이도 피곤한 건 마찬가지였다. 트루 U에서 일을 시작한 이후, 점점 근심에 잠기고 극도의 긴장 상태를 유지하고 있었다. 꼭 다른 사람들이 흘린 더러운 물을 빨아들여 볼품없이 축 늘어진 스펀지 같아졌달까. 이건 옳지 않다. 자신의 피로를 집으로 가져와 네이빈의 피로에 더해주는 것이니까. 타오이는 이 일을 얼마나 계속할지 확신할 수 없었다.

　네이빈이 말했다. "나는 검은색 임스 라운지 체어 세트가 마음에 들어."

수분 재공급기에 삑 소리가 나자 타오이가 저녁 식사 메뉴를 주방 조리대로 가져왔다. 콩가루 냄새가 방 전체에 퍼졌다. 써니가 조용히 환기 장치를 켰다.

타오이는 카탈로그를 힐끗 보고는 포크를 내려놓았다. "이거 가상 세계 가구잖아."

"그렇지."

"진짜 의자 말하는 줄 알았는데."

"이거 진짜 의자 맞아. 진짜 '가이아' 의자라고. 진품이야. 허먼 밀러Herman Miller."

"디지털 세계 의자에 3천 달러나 날리겠다고?"

네이빈은 타오이를 바라보다가 단백질과 섬유질을 크게 한 스푼 퍼서 입 안으로 가져갔다.

"그리고 어디에 둘 건데? 가이아에도 놓을 공간이 없어. 네 사무실도 임대한 곳이고 내 사무실은 트루 U 건데. 그러면 드레스룸에 두겠다는 거야?"

네이빈은 디스플레이를 꺼버렸다. 타오이는 작은 목소리로 성의 없는 사과의 말을 건넸다. 타오이도 자신이 점점 더 예민해지고 있다는 것을 안다. 아마도 이건 새해 전날의 영향이 티 나지 않게 미친 것일 테고, 고객들이 스스로를 망칠 수 있는 새로운 방법을 끊임없이 찾아내는 것과 다를 바 없다. 그래도 그걸 네이빈에게 풀어서는 안 됐다.

네이빈이 조심스레 입을 열었다. "사실, 나 올해 우리가 뭔가를 조금 살 수 있지 않을까 생각하고 있었어."

"재산을 늘려보고 싶다는 거야?"

"응. 가이아랑 부동산 시장에 제대로 발을 내디뎌 보자는 거지. 앞으로 수요가 높아질 일만 남았으니까."

"그 수요는 뉴로네티카—솜너스 판매 방식 때문에 올라갈 수밖에 없는 거야. 우리 모두 시뮬레이션 공간이 무한하다는 걸 아는데도, 뉴로네티카에서 기계를 한 번에 몇 대씩 조금만 풀면서 공급을 제한하니까 수요가 높아질 수밖에 없는 거라고." 타오이가 갑자기 폭발했다. 방금 했던 그녀의 사과는 소용이 없어졌다.

네이빈은 어깨를 으쓱이며 상관없다는 식의 제스처를 취했지만 타오이는 그 속의 상처를 읽는다. "새로울 게 뭐 있나? 우리가 사는 이 시스템 자체가 원래 그런걸."

"거지 같은 시스템이지. 난 거기에 놀아나고 싶지는 않아."

"나도 그래. 하지만 뒤처지고 싶지 않다면 우리는 선택해야 해."

"사기당한 것 같지 않아? 실제로는 아무것도 아닌데, 고급스럽고 유일한 것처럼 보이게 하잖아. 그래서 우리가 원하도록, 아무 의미 없는 것들을 사도록 조종당하고 있는 것 같지 않아? 너, 둘도 없는 독창적인 거 좋아하던 사람이잖아. 네가 더 걱정할 거라고 생각했는데, 나는."

"그런 게 어디 있어, 타오이."

타오이는 냉담한 웃음을 흘렸다. "너무 골치 아파. 우리 역할이 서로 뒤바뀐 것 같지 않아?" 가끔 타오이는 지난 몇 년 동안 네이빈과 자신이 각자 스스로의 일부를 지웠다고 생각했다. 서로를 받아들이기 위해서. 아니면 가까운 거리와 그만큼의 친밀감으로 서로의 특색을 공유하게 되면서 정체성의 혼합이 이루어졌는지도 모른다.

네이빈은 몸을 앞쪽으로 기울여 식사를 시작했다. "그만하자. 그 문제에 대해서는 더 이상 이야기하고 싶지 않아. 나는 그냥 제안만 해본 거야."

타오이가 자리에 앉았다. "또 뭐 얘기하고 싶은 거 없어?"

"그런 거 없어. 밥이나 먹자."

써니가 끼어들었다. "제가 차분한 곡을 연주해 드려도 괜찮을까요?"

말이 끝나기 무섭게 타오이가 대답했다. "아니." 써니는 그렇게 한 시간 내내 찍 소리도 내지 않았다.

* * *

식사를 마친 네이빈은 갑작스레 심해진 통증에 비틀거리며 뉴팟이 있는 방으로 향했다. 타오이는 뉴팟 옆에서 옷을 벗는 그를 끌어안았다. 하지만 그의 몸은 이미 굳은 뒤였다. 얼굴도 무표정이었다. 타오이는 그런 네이빈을 내버려 뒀다. 네이빈은 간혹 통증이 심해질 때마다 가이아에서 잤다. 뉴팟 진통제의 약발이 떨어졌다는 것이 그 이유였다. 수면 호텔 패키지를 예약하면 아로마테라피 캡슐에서 하룻밤 묵을 수 있었다. 그곳에서의 30분짜리 마사지와 개인 맞춤형 ASMR 세션, 뷔페형 아침 식사 패키지를 누린 다음 날이면 그는 한층 더 나아진 모습으로 타오이 앞에 나타났다.

타오이는 침실에 있었다. 홀로 후회에 젖는 중이었다. 그녀는 창가에 서서 조용한 거리를 내다본다. 짙게 깔린 스모그 아래, 도시가 잠들어 있었다. 안개 너머로 새 유레카 타워Eureka Tower의 붉은 첨탑과 괴이한 신고전주의적 쇼핑 재단인 팔라틴 힐Palatine Hill이 모습을 드러냈다. 안개구름 조각에 반사된 페더레이션 스퀘어 추모원도 보였다.

그녀는 방 쪽으로 몸을 돌렸다. 네이빈과 타오이가 지금 사는 사우스뱅크Southbank 지역 아파트는 여전히 일 년 전 이사를 들어올 때 만큼이나 산뜻하고 빛나는 상태다. 써니와 청소 드로이드들이 먼지 하나 없이 깔끔하게 유지해 주고 있으니까. 크리몬느Cremorne의 비좁았던 셋방에 비하면 엄청난 발전이다. 하지만 이곳의 검은 바닥과 파란 벽은 마치 대충 입은 옷 같다. 타오이에게는 어울리지 않는 공예품, 작고 독특하며 이국적인 장식품, 그 외의 갖은 미완성작들이 한데 어우러진 아늑함이 절실했다.

리비전에서 알람이 울렸다. 새로운 메시지는 두 통. 하나는 그녀의 엄마가 보낸 메시지고, 다른 하나는 테레사에서 엄마의 건강 상태 업데이트 내용에 대해 보낸 메시지다.

타오이는 먼저 엄마의 건강 상태를 알려주는 메시지부터 열었다. 리비전은 움직이는 그녀의 시선을 추적했다.

신이 링 님, 활력 징후 정상 범위 이내. 지난 48시간 나타난 조기 경고 알림 : 하루 12시간 이상 수면, 얼굴의 표현력 감소, 움직임 속도 10퍼센트 이상 감소, 얕은 호흡, 눈물 증가, 사회적 네트워크 접근 감소.

그다음, 엄마의 메시지를 열었다.

나의 소중한 타오이에게,

테레사에서 보낸 알림은 걱정하지 말거라. 오늘도 약간 울기는 했지만, 울어야 마땅한 울음이었단다. 곧 엄마한테 와 주지 않을래? 엄마는 현실 세계에서 너를 만나는 게 더 좋아. 네게 주려고 했던 선물이 있는데, 준다는 걸 깜빡 잊고 있었네. 저걸 보면 너와 네 할머니가 생각나. 나한테 선물 달라고 꼭 말하렴.

테레사에서 보낸 알림은 걱정하지 않아도 된단다. 나는 괜찮으니까.

엄마가.

타오이는 침대 가장자리에 걸터앉았다. 그녀는 이곳에 오기 전 엄마와 살았다. 며칠, 몇 주가 지나면서 간밤의 메시지들은 점점 더 이해하기 어려워졌다. 하물며 해가 떠 있는 동안에는 말해 뭐하겠는가.

이런 느낌이 처음은 아니었으나 왠지 타오이는 두 명의 엄마를 가진 것만 같았다. 한 명은 깔끔하고 맹렬하며 자신을 보호하려는 엄마. 다른 한 명은 음침하고 슬픔으로 가득 차 있으며 비밀이 많은 엄마. 엄마는 지구처럼 스스로의 축을 중심으로 자전하는 사람이었다. 가장 밝은 면이 아주 천천히 어둡게 변하는 그런 사람. 그리고 그사이에는 과도기 상태의 엄마가 있다. 땅이 조각조각 깨져 있는 급경사를 미끄러져 내려가고 있는 듯한 엄마가.

타오이는 엄마에게 답장을 쓰기 시작했다. 하지만 여러 가지 생각이 이리저리 엉켜 제대로 된 문장을 만들 수 없었다. 멈칫하면서도 계속해서 시도하다가 결국 메시지를 내일로 미뤄 두었다. 대신 네이빈에게 짧은 메시지를 보냈다. 보고 싶어. 잘 자.

타오이는 깊은 심호흡을 세 번 하고 잘 준비를 했다. 리비전을 끄고 관자놀이에서 빼 침대 옆 책상에 올려 두었다. 그리고 베개에 머리를 폭 눕혔다. 그러자 써니는 편안하게 잠들 수 있도록 조명을 어둡게 하고, 주변 온도는 2℃ 정도 낮춰 주었다.

4

타오이는 환승역 벽에 기대어 서 있었다. 도대체 네이빈은 어디에 있는 걸까? 그녀의 시야 한쪽에 시간이 깜빡거렸다. 19시 06분. 둘은 이미 지각이었다.

역이 들썩거린다. 수백 개의 은색 문에서 아바타들이 파도처럼 밀려 나와서는, 이미 넘치는 터널 안 군중 속에 합류했다. 디지털 존재들의 바다 위에는 3D 표지판이 부표처럼 둥둥 떠 있었다. 동쪽 출구: 쿼츠 6B 지구. 서쪽 출구: 쿼츠 1C 지구. 남쪽 출구: 쿼츠 3E 지구.

타오이는 이곳에 몇 시간이고 서서 사람들을 봐도 지루하지 않을 것 같았다. 모든 아바타 하나하나가 수수께끼 같았고 또 경이로웠다. 토끼 가면을 쓰고 검은색 긴 망토를 걸친 키 큰 남자. 야광 페인트가 예술적으로 흩뿌려진 몸으로 신나서 뛰어다니는 어린 친구들. 커플 우주복을 입은 채 손을 잡고 있는 나이 든 커플.

타오이는 네이빈이 먼저 와 있으리라 생각했다. 그녀는 운동을 하고 샤워까지 한 후 거울 앞에 서서 두피 면도를 했고, 관자놀이에 있는 리비전을 벗었다. 그리고는 뉴팟에 들어가 뉴젤이 끈적한 온기로 온몸을 감쌀 때까지 기다렸다. 네이빈이 뉴팟에 들어간 지는 오래였다. 그의 뉴팟 디스플레이에 있는 상태 아이콘은 그가 아바타 드레스룸에 있음을 알려주었다. 언뜻 본 네이빈의 얼굴은 평온해 보였다. 하지만 점점 더 가까이 가서 볼수록 먹은 것이 부족해서 양 입이 축 처져 있는 것이 보였다. 나이가 몇 살은 더 들어 보이는 것 같았다. 뉴젤 기술은 대뇌 운동피질의 신호를 포착해 척수로 향하지 못하게 막는다. 그리고 그 신호의 방향을 척수 대신 '가상 신체'로 향하게 한다.

타오이는 뉴젤 아래로 가라앉았다. 롤러코스터가 올라갔다 내려가는 것 같은 느낌과 함께. 곧 치지직하는 잡음과 함께 심적인 고통도 부드럽게 완화되었다. 비공간에 둥둥 떠 있는 그녀의 주변에 묘사할 수 없는 색상들로 이루어진 기하학적 구조가 구현되었다. 두 휴머노이드가 겹쳐진 형상의 뉴로네티카—솜너스 로고 아래, 가이아 로고인 형광 녹색 지구 모양이 있었다. 타오이는 항상 이 로고가 두 개의 둥근 눈과 그 아래, 놀라서 쩍 벌어진 입을 그리고 있는 것 같다고 생각했다.

매력적인 목소리가 들렸다. "당신의 미래에 오신 것을 환영합니다."

기하학적 구조는 점점 더 구체적으로 변했다. 버설트, 쿼츠, 초크, 샌드스톤, 오닉스, 그래파이트, 펠드스파, 다이아몬드… 각기 다른 지구의 환승역 이름이 타오이의 앞에 떠다녔다.

타오이는 쿼츠를 택했다. 슉 하는 소리와 함께 아바타 신체로 바뀐 타오이가 좁은 방에서 걸어 나왔다. 로그아웃은 가이아 어디에서든 가능했지만, 로그인은 꼭 환승역에서만 해야 했다. 각 지구의 환승역이 하나가 아니기 때문이었다. 사람들이 공공장소에 떼지어 있는 것, 사유 재산을 침범하는 것, 사적인 만남 중인데 다른 사람이 불쑥 나타나는 것을 방지하기 위해 만들어진 가이아의 법이었다.

타오이는 다시 한번 네이빈의 상태를 확인했다. 그는 여전히 드레스룸이었다. 그가 보고 싶어 못 견딜 지경이었다. 수요일에 다툰 이후 하던 이야기를 마저 하지 못했다. 하지만 며칠 동안 미안한 마음에서 오는 다정함과 도움의 행위를 통해 둘만의 평범하고 평화로운 방식으로 그 다툼을 무마했다. 타오이는 네이빈에게 보낼 메시지 한 통을 거의 다 채워 썼으나 결국 삭제하고 말았다.

타오이는 자기 아바타의 부드러운 손을 보며 장갑 같다고 생각했다. 물론 그런 생각을 한 게 처음은 아니지만 말이다.

저는 가짜예요. 헤이븐이 말했다.

너네 아직 오고 있는 거야? 에블린에게서 메시지가 왔다.

응. 우리 지각.

네이빈한테 머리 좀 그만 만지라고 전해 줄래? 버설트 환승역 닫힌 거 알지?

응, 쿼츠에서 로그인하려고. 15분 안에는 도착할 것 같아.

몇 분이 지났을까. 수많은 인파 속에 네이빈이 서 있었다. 그는 타오이가 알던 처음의 그 네이빈이었다. 수술 전, 치료제가 온 몸속을 헹궈내기 전의 네이빈. 마른 몸에 바싹 구워진 구릿빛 피부를 가진 그는 바지 주머니에 손을 넣은 채로 가뿐히 군중을 통과해 타오이에게 다가왔다. 흐트러진 앞머리에 무심한 듯 긴 헤어스타일을 뽐

내면서.

과거에 대한 향수가 타오이의 온몸에 끓어오른다.

그는 타오이의 팔꿈치를 꽉 잡으며 말했다. "미안, 늦었어. 시도해본 적 없는 스타일이라 시간이 좀 걸렸네. 오늘 너 왜 이렇게 근사해?"

그의 진부한 칭찬에 타오이는 빙그레 웃음을 지었다. 타오이는 자기 모습에 변화가 없다는 걸 알고 있다. 양쪽 눈 끝에 새겨진 주름 날개, 미소 지을 때 입술 주변에 생기는 희미한 괄호 모양, 완만하게 옴폭 파인 무릎 아래 보조개. 타오이는 몇 년 동안 아바타를 바꾼 적이 없었다. 프로그램에서 자동 생성되어 점진적으로 적용된 사소한 나이 관련 변경 사항을 승인했을 때를 제외고는 말이다.

오늘 밤, 타오이는 움직이는 푸크시아꽃이 여러 줄로 피어 있는 드레스를 선택했다. 애니메이션 옷은 십 년 정도 지난 유행이다. 타오이는 몇 년 전부터 유행을 좇는 걸 포기했다. 현실 세계에서의 '패션'은 축 처진 재킷에 리전에어 모자를 의미했다. 그러면서 패션계는 가이아로 넘어왔다. 이후 반응은 가히 폭발적이었다. 하위문화에 대한 하위문화가 또 생겨났다. 민머리를 유지하는 것도, 헤어스타일을 선택하는 것도 가능했다. 특정 신체 부위를 변경할 수도, 헤나나 마스크, 특별한 보석 장신구 등으로 신체를 장식할 수도 있었다. 다만, 아바타에 가해지는 아주 사소한 변화조차도 특정 사회 무리 또는 정치적 신념과 일치함을 의미할 수 있음을 조심해야 했다.

"서둘러, 에블린 이미 와 있다잖아." 타오이가 말했다.

* * *

쿼츠 지구 중앙대로에는 아르데코 스타일의 건물들이 줄지어 서 있었다. 브랜드 백과 애니메이션 기념품을 손에 든 사람들이 금빛으로 빛나는 파사드를 드나들었다. 최신 게임, 쾌락 세계, 몰입형 세계, 장난감에 대한 덧없는 열정, '유행'에 뒤처질까 느끼는 공포의 일렁거림. 이런 특유의 광기들이 느껴지는 곳이다.

타오이와 네이빈은 홍등가를 가로질러 갔다. 연기가 자욱해 잘 보이지도 않는 문 안쪽에서 사람들이 손짓했다. 타오이의 시선이 커팅된 붉은 라텍스를 입은 호리호리한 여자에, 그다음에는 피부를 형광 격자무늬 바디아트로 장식한 중성적인 느낌의 미인에 잠시 머물렀다. 그 앞을 지키고 서 있는 사람들 사이에는 로봇, 즉 사람이 아닌 'NP non—person'도 있었다. 로봇은 신원 확인 코드가 보이게 되어 있어 로봇임을 바로 알아차릴 수 있었다. 하지만 모두를 구별할 수 있는 것은 아니다. 조금 더 세심하게 들여다보지 않으면 과연 사람인지 로봇인지 알 수 없는 경우도 더러 있다. 타오이의 반대편으로 한 여자가 스쳐 지나갔다. 여자는 가슴에 달린 주머니에 초승달처럼 휜 문자 E가 로고로 박힌 초록 재킷을 입고 있다. '에필슨 사이버시큐리티Epilson Cybersecurity'. 아마 수상한 것이 발견된 지구를 조사하기 위해 뉴로네티카—솜너스에서 고용한 민간 해커일 것이다.

타오이는 목을 더 길게 뺐다. 스쳐 지나간 여자는 길을 틀어 골목 안 홍등가의 가장 지저분한 곳으로 향했다. 누군가는 사람들이 선을 넘지 않도록 해야 한다. 아니면 최소한 누군가는 선을 그으려는 노력이라도 해야 한다. 무엇이든지 가능한 세계에서라면 더더욱.

포털 재배치가 자주 이루어지기는 하지만, 해커들은 대안을 찾으려 내내 노력 중이었다.

타오이는 네이빈의 큰 보폭에 속도를 맞추려 조금 더 속도를 내본다. 이곳, 가이아에 있는 네이빈은 숨이 차지도 않은가 보다.

둘은 쿼츠 지구에서 더 작고 오래된 버설트 지구로 건너갔다. 이 환승역에서는 유지 보수 작업이 한창이었다. 도로는 넓은 운하와 평행선을 이루고 있었다. 잔잔한 물의 흐름이 파스텔 빛 하늘을 반사해 보여주었다. 광고 배너에 가려 절반만 보이는 운하 위로 도시 공간이 희미해졌다. 아무것도 없는 디지털 공간의 가장자리임을 알리는 곳이다.

이곳에는 경사가 져 있다. 도로는 점점 좁아지고, 이어지는 골목의 양옆으로는 두 벽이 이상한 각도로 높게 서 있다. 이곳의 시설들은 고약하다. 안내 표지판도 거의 없는 것은 물론이거니와, 비실용적이고 찾기도 힘든 출입구들이 꼭 놀리는 듯하다.

'언홀리 갤러리'는 경사 꼭대기에 자리 잡고 있었다. 매표소에서부터 짧은 대기 줄이 뻗어나왔다. 에블린은 눈동자의 초점을 잃은 상태로 저 멀리 한쪽에 서 있었다. 타오이와 네이빈이 그녀에게 다가가 보지만, 에블린은 그들이 왔다는 것을 알아차리지 못했다.

그런 그녀의 이름을 네이빈이 크게 불렀다. "에블린!"

에블린이 화들짝 놀랐다. "아, 깜짝이야! 그런 식으로 놀라게 하지 말랬지!"

"트럼펫이라도 갖고 와서 불었어야 했는데 우리가 잘못했네!"

에블린은 씩 웃어 보였다. "미안. 지난주 못 본 아바타 스왑 보고 있었거든. 그럼 들어가 볼까?"

타오이가 두리번거렸다. "자크는?"

"자기가 만든 작품은 보고 싶지 않은가 봐. 다 보고 나오면 만날 수 있을 거야."

"그래."

자크는 20대 초반, 혼합 미디어 캡스톤디자인 과정에서 몰입형 세계를 제작하기 시작했다. 그가 작품을 처음 상연한 것은 학교 극장에서였다. 최근 자크는 그 이후 나타난 지하의 틈새 세계를 공략하고 있다. 그는 종종 몰입형 세계를 만드느라 몇 달 동안 파산 상태라고 한탄하기도 했다. 그래도 타오이는 자크가 그 일을 계속하기를 바랐다. 자크가 작품을 통해 무슨 말을 하려는 건지 완벽하게 이해할 수 있는 것은 아니었지만 그래도 그의 작품이 좋았다.

대기 줄에 합류한 셋은 검은색 장막이 쳐진 어두운 복도 끝까지 느릿느릿 걸어갔다. 에블린이 먼저, 네이빈이 그 뒤를 따랐다. 복도를 통과하는 타오이의 얼굴을 보드라운 직물이 쓰다듬었다.

* * *

타오이는 혼자였다. 네이빈과 에블린은 사라지고 없었다. 바닥과 벽, 천장도 사라지고 없었다. 실오라기 하나 걸치지 않은 상태로, 그녀의 사지가 허공을 휘젓고 있다. 솜덩어리가 그녀의 얼굴 전체를 문지르는 듯 피부가 간지럽다.

그녀는 몸을 돌려보려 했지만 밀어낼 수 있는 것이 없어서 계속 제자리를 발버둥친다. 게다가 어디가 앞쪽이고 어디가 뒤쪽인지도 헷갈리기 시작한다. 똑바로 누워있는 게 맞을까? 아니면 거꾸로 서 있어서 발이 하늘을 향한 걸까? 입술을 움직여 네이빈의 이름을 부른다. 목소리가 나오지 않는다. 심장이 빠르게 뛴다. 오류 속에 갇히면 이렇게 되는 건가?

그녀는 스스로 되뇌었다. 잘하고 있어. 몰입형 세계 속일 뿐이야.

이윽고 휘젓는 다리에 맞춰 그녀의 귓속에서 약한 압력이 규칙적으로 느껴진다. 더 세게 휘저을수록 누군가 바로 옆에서 공명판을 이리저리 만지는 것 같다. 압력이 파도처럼 밀려온다. 밀려온 파도가 타오이의 몸을 쿵, 쿵 친다.

양팔을 드니 더 높은 호형 고조파가 만들어졌다. 왼쪽 팔, 그다음 오른쪽 팔을 든다. 그러자 고조파가 잔물결을 만들어낸다. 여러 겹의 멜로디가 그녀의 주변을 휘감는다. 상체를 구부려 둥글게 말자, 난해하고 거친 소음이 만들어진다. 머리를 끄덕였더니 나무를 두들기는 듯한 비트가 마치 실로폰 소리처럼 청각적 배경에 흩뿌려진다. 발가락을 꿈틀거리자, 쾌활한 차임벨 소리가 더해진다.

몸의 움직임으로 교향곡 하나를 만든 것이다.

깊은 어둠 속, 은색 불빛 한 점이 보인다. 타오이는 춤을 멈춘다. 음악 소리가 희미해진다. 점은 계속해서 커지고, 마침내 그녀 주변은 온통 은빛으로 변한다. 발 디딜 곳을 찾자 쾌활한 리듬은 안정된다. 마치 이미 몇 시간을 걷고 있는 듯한 느낌이다.

타오이는 사방에서, 그리고 동시에 아무것도 아닌 곳에서 나오는 불빛이 가득 찬 은빛 복도를 걸어 내려가고 있었다. 바닥은 거울처럼 빛났지만 그녀는 아래를 내려다보면 반사되는 자기 모습이 비틀어진 모습으로 나타날 것 같다고 생각했다. 흐릿하고 기분 나쁘게. 아니면 더 끔찍하게는 자기 모습이 반사되어 나타나지 않을 것이라고.

그녀는 아래를 내려다보지 않았다.

거대한 드럼을 치는 듯한 리듬이 쿵쿵거린다. 처음에는 몰랐는데, 복도가 점점 더 넓어지고 있었다. 저 멀리 네모난 기계 눈 수백 개가 수놓아진 벌집 모양 벽이 그녀의 눈에 들어왔다. 리듬이 쿵 하고 울리면 수백 개의 눈이 일제히 깜빡였다. 눈마다 사람이 한 명씩 나왔다.

그 사람의 물결이 타오이를 향해 돌진했다. 그들의 발소리는 마치 수천 명의 목소리가 중얼중얼하는 듯했다. 가까워져 올수록 몇 명은 너무 친숙해 보여서 그녀의 마음을 어지럽혔다. 아파트 근처 커피숍에서 일하는 바리스타인가? 네이빈이 온라인에서 만났다던 전 여자친구 중 한 명인가? 부다페스트에서 길을 잃었을 때 멈춰서 길을 알려준 친절했던 남자인가? 그러나 그들이 더 가까워질수록 어쩐지 창백한 그들의 얼굴이 타오이를 기묘한 계곡으로 밀어 넣었다.

드럼 소리는 참을 수 없을 정도로 점점 커졌고, 맨 앞에 있는 사람들은 그녀의 바로 눈앞까지 다가왔다. 타오이는 눈을 질끈 감고 지칠 때까지 버텨 본다.

그녀가 흩어진다.

긴 침묵.

붉은빛, 따뜻함, 그릇이 부딪치는 소리, 젓가락이 가볍게 부딪치는 소리, 음식이 지글지글 끓는 소리. 위를 올려다본다. 그녀는 지금 쿠션이 있는 의자에 앉아 있다. 화려하게 차려입은 식당의 단골손님들도 그녀 주변의 식탁보 깔린 테이블 앞에 제각기 앉아 있었다.

맞은편에는 아리따운 여자 한 명이 앉아 있었다. 여자가 입술에 바른 크림슨 색상은 너무 진해서 거의 검은색처럼 보일 지경이다.

그 색은 그녀 몸 위에 딱 맞게 떨어지는 핏빛의 가운과 잘 어울렸다. 여자는 젓가락으로 완탕을 집어 들고는 입으로 가져간다. 그리고 그 작은 만두 안에서 나오는 뜨거운 육즙을 삼킨다. 물컹물컹한 소리를 내지 않으려 양 입술을 굳게 닫은 채 만두를 삼키는 여자. 여자는 만두의 나머지 반을 분홍색 혀 위에 올리고 다시 한번 씹는다. 이번에는 크게 쩝쩝 소리를 내면서. 여자의 두 입술이 떨어지자 검은 공백이 보인다. 그리고 한 방울의 육즙이 여자의 입 한쪽에서 벗어난다. 여자는 냅킨을 꺼내 턱을 꼭꼭 눌러 닦는다.

여자의 움직임을 따라가던 중 타오이는 피부가 따끔거리는 걸 느낀다. 타오이는 얼마나 시간이 흘렀는지도 모른 채 여자가 먹는 것을 지켜보며 의자에 그대로 앉아 있었다. 그것은 뇌로 직접 흡수되는 관음적인 기쁨이었다. 타오이는 그 기쁨이 끝나지 않기를 기도했다.

여자가 식사를 멈추더니 고개를 들었다. 여자의 눈이 테이블 건너편을 탐색하다가 타오이에게 꽂힌다. 짧고 빳빳한 속눈썹 아래 자리한 여자의 둥근 눈이 도전적으로 빛난다. 타오이는 부끄러움에 얼굴이 화끈거린다. 여자의 두 눈이 점점 더 부풀어 올라 툭 튀어나오더니 기형적으로 커졌다. 타오이는 입 모양으로 '죄송해요'라고 말해보지만, 맞은편 그 여자가 더 이상 보이지 않았다. 접시만큼 큰 한 쌍의 눈만 남아 다른 모든 걸 에워싸고 있었다. 레스토랑도 더는 보이지 않았다. 앉아 있던 좌석도 사라지고 없었다. 타오이는 여자의 왼쪽 눈으로 머리부터 빠져들고 있었다.

어둠 속으로 흩어진다.

또 한 차례의 긴 침묵.

초록색 물결 모양 줄무늬가 타오이의 시야에서 출렁인다. 타오이는 등을 대고 반듯이 누워 있었다. 젤 위로 제일 먼저 떠오른 것은 그녀의 얼굴이었다. 백색 선으로 테두리가 그려진 회색 직사각형 패널이 시야에 들어온다. 돌연, 욕조 마개가 빠졌을 때 나는 무거운 후루룩 소리가 그녀의 귀에 들려온다. 그다음, 싱싱하고 새로운 공기가 그녀의 고막으로 들어온다. 액체가 빨려 들어가는 기분 좋은 소리와 함께 그녀의 손가락이 끈적끈적한 액체에서 하나씩 떨어진다. 그녀는 젤 범벅에서 일어나 바로 앉는다.

타오이는 뉴팟 안에 있었다. 이것도 자크의 작품 중 일부인 걸까? 아니면 오류가 나서 뉴팟의 연결이 끊어진 걸까? 뉴팟 안에 있었지만 그곳은 그녀의 집은 아니었다. 이건 그녀의 뉴팟이 아니었다. 듀럭스 씨 노트색도, 그녀를 바라보고 있는 빛나는 만화 속 도넛도 없었다.

그녀가 있는 곳은 거울의 방처럼 영원할 것만 같은 방이었다. 주변에 있는 뉴팟에서 부드럽고 끈적끈적한 소리와 함께 사람들의 몸이 나타났다. 그들도 타오이처럼 말없이 앉아 주변을 둘러보았다.

뉴젤이 다 빠지자 물이 흘러 들어오고, 뜨겁고 강한 공기가 나온다. 그다음 로봇의 두 팔이 나온다. 그 두 팔은 그녀의 몸을 문지르고 또 문지른다. 피부가 떨어져 나가고 있지만 아프지는 않다. 뉴팟의 바닥에는 피부색 파편들이 떠다니고, 그동안 그녀 몸의 알려지지 않았던 틈들이 마치 여러 개의 신대륙처럼 드러난다. 그리고 그 아래 그녀의 몸 안으로, 희미한 빛을 내는 하얀 룬 문자가 빽빽하게 한 줄 한 줄 소용돌이처럼 뻗어 있었다. 그녀는 아무 소리도 나지 않는 진공 상태, 기묘한 아바타들, 핏빛의 여자를 나타내는 그 코드를 힐끗 바라본다. 그리고 그 코드는 이리저리 뒤얽혀 해독할 수 없는 또 다른 코드로 이미 바뀌어 있었다.

그녀는 마지막 코드를 보고 나서야 느낀다. 물밀듯 밀려오는 향기로운 평온함을.

마치 물에 녹는 소금처럼, 그녀가 흩어진다.

어둠.

그녀의 시야에 상자 하나가 불쑥 튀어나온다. 언홀리 갤러리를 방문해 주셔서 감사합니다. 시간이 괜찮으시다면, 자카리어스 아귈라르의 〈비체화〉에 별점을 매겨 주세요.

그리고 그 텍스트 아래 속이 텅 비어 있는 별 다섯 개가 나타났다. 타오이는 석연치는 않았지만 별 다섯 개를 선택했다.

분명 무거운 장막 위에 떠 있었는데 갑자기 낮은 천장의 로비로 이동하다니. 괘종시계가 큰 소리로 울렸다. 금빛 시침과 분침은 8시 15분을 가리키고 있었다. 칵테일 테이블에 자리 잡은 사람들은 중얼중얼하며 크게 웃었다. 그러면서 키 큰 잔에 담긴 얼음들이 달그락거렸다. 저기 두 사람은 네이빈과 에블린 같았다. 맞다, 그들이다. 타오이가 그들에게 가려고 걸음을 내딛는 순간, 바닥이 배의 갑판처럼 튀어 올랐다.

재빠르게 성큼성큼 걸어 온 네이빈이 옆에서 그녀의 허리를 낚아챘다. "아이고. 괜찮아?"

"응. 너무 서둘러 나왔나 봐." 타오이는 발을 어디에 두어야 하는지, 다리를 어떻게 움직여야 하는지를 생각했다. 그리고 흔들림 없는 네이빈의 팔에 딱 붙어 테이블로 향했다.

네이빈이 말했다. "뉴팻 서비스 좀 받아봐야겠어. 연결 문제일지도 몰라.”

“글쎄.”

에블린이 다정하게 말했다. “나도 어지럼 발작이 올 때가 가끔 있었거든? 근데 그거 알아? ‘비타슈어’ 먹은 뒤로는 그런 증상이 말끔히 사라졌어. 내가 링크 보내줄게.”

필수 비타민과 미네랄 78종, 천연 항산화제 32종으로 이루어진 비타슈어의 여성 종합+ 멀티비타민이라는 텍스트가 타오이의 알림창에 뜬다. 그녀는 테이블의 가장자리를 꽉 붙잡았다.

에블린이 말을 이어갔다. “근데 좀 괴상하지 않았어? 난 시작부터 포기하고 나올 뻔했다니까? 여기까지인가 보다 싶더라고. 애틀랜타에 사는 불쌍한 미첼 머시기처럼 오류 속에서 죽는 건 아닌지 온갖 생각이 다 들더라.”

네이빈이 말했다. “난 좋았어. 마지막 비트에서 뉴팟 나올 때가 화룡점정이던데?”

“좋지 않았다고 말하는 건 아냐. 그냥 뭐랄까… 너무 강렬했어. 왜, 현실 세계보다 더 현실 같은 거 있잖아. 자크의 코딩 실력이 날로 좋아지고 있는 것 같아. 이번 작품 좋은 평가 받았으면 좋겠어.”

“넌 어땠어, 타오이?”

타오이는 입을 열어보지만 할 수 있는 적절한 말이 딱히 떠오르지 않았다. 그녀는 여전히 비공간에서 몸부림치며, 벗겨지며, 흩어지고 있었다. 다행히 새 알림이 그녀를 구해 주었다.

자크: 다들 끝났어? 나 밖이야. 밥 먹으러 가자.

* * *

에블린은 근사한 곳에서 이 날을 기념하고 싶어 했지만, 자크에게는 매운 면 요리가 간절했다.

"내가 '피아텔리스' 식당 예약해 놨어. 작년에 거기 새우 리소토가 해트트릭을 달성했다니까? 거기서 식사하려면 몇 달은 기다려야 한다고! 오늘 너한테 중요한 밤이잖아, 자크. 그만큼 대접해 주고 싶어."

"나는 그냥 가벼운 게 먹고 싶어." 자크가 주머니에 손을 찔러 넣으며 말했다. 헐렁한 티셔츠와 카고바지를 입은 그는 스타 예술가라기보다는 굶주린 장인에 가까워 보였다.

"토요일 밤이잖아. 대기해야 할 텐데." 에블린은 가뜩이나 큰 눈을 더 크게 떴다. 그 모습은 타오이의 마음조차 흔들리게 할 정도다.

"난 상관없어. 너희는?"

자크는 타오이와 네이빈을 바라보았다. 둘 다 어깨를 으쓱였다.

"배신자들." 에블린은 홍채를 좌우로 움직여 예약을 취소했다.

탄탄면 가게는 갤러리에서 세 블록 떨어진 곳에 있었다. 철근에 플라스틱 방수포가 덧대어진 조잡한 구조로, 중앙 도로의 연석 쪽에 자리 잡은 곳이었다. 카운터 좌석이라 한 번에 여섯 명만 간신히 들어가서 앉을 수 있을 정도로 좁았다. 옆 사람들과 다닥다닥 붙어 앉아 젓가락질 시합 중인 단골손님들 앞으로 건면이 담긴 주황색 플라스틱 대접이 탕 하고 내어졌다. 턱이 축 늘어진 불친절한 중국인 주방장은 아주 열심히 음식을 준비 중이다. 끓는 물이 담긴 통에 면을 넣어 데치고, 다 익은 면을 찬물에 담근 후 대접에 나누어 담았다. 그 위에 맵고 기름진 돼지고기 국물을 재빨리 붓고 마지막으로 파를 솔솔 뿌렸다. 의자가 빌 때마다 '다음 손님!'을 외치는 것을 빼고 주방장은 아무 말도 하지 않았다. 면 가게 쇼의 등장인물, 탄탄면 코드의 정교한 패키징. 그는 NP임이 틀림없었다.

대기 줄이 있기는 했지만 빠르게 줄어들었다. 넷은 자크의 몰입형 세계에 관한 이야기는 하지 않았다. 자크가 원하지 않았기 때문이다. 그가 말했다. "1년 동안 작업했어. 너무 질려. 결과물을 볼 수 있게 돼서 감사하기는 하지만."

"우리 셋 다 너무 멋지다고 생각했는걸?" 에블린이 말했다. 그녀는 완전하게 이곳, 현재에 있다. 그녀의 시야 구석에 아바타 스왑은 보이지 않았다. "우리 모두 이번 작품 정말 잘 되길 바라."

자크는 미소를 지으며 가장 만만한 주제의 이야기로 넘어갔다. "네이빈, 잘 지냈어? 병원에 있었을 때 이후로 처음 보는 것 같네."

지난 1월, 자크는 현실 세계에서 병원에 있는 네이빈의 병문안을 갔었다. 현실 세계의 자크는 아바타보다 약간 더 나이 들어 보이고 약간 더 피곤해 보였다. 그는 네이빈이 좋아하는 간식 중 하나인 민트 초코 쿠키와 함께, 중세 VR 게임을 무더기로 사 들고 왔다.

"훨씬 더 나아졌어. 파이어 엠블럼: 레거시가 날 치료해줬거든."

자크는 크게 웃었다. "일은 아직인 거야?"

"응, 천천히 복직하려고. 지금은 그렇게 일도 많지 않아. 주변에 있는 사람들 다 그렇더라고." 네이빈은 주머니에 두 손을 넣고 발을 동동 굴렀다.

기온이 2℃ 정도 떨어졌다. 몸이 살짝 떨려서 뜨겁고 매운 면을 먹고 싶은 생각이 간절해질 수밖에 없게 만드는 날씨다. 타오이는 에블린을 홀깃 바라봤다. 에블린은 팔짱을 끼고는 어깨를 안쪽으로 구부리고 있었다. 사람들이 면을 후루룩 삼키는 것을 바라보고 있는 듯했다. 하지만 그녀의 눈에는 움직임도, 초점도 없었다. 타오이도 함께 조용히 있었다. 결속의 행위로서.

"혹시 보험 좀 소개해 줄 수 있어?"

네이빈이 킬킬 웃으며 말했다. "何で(왜)? 자크 네가 미래를 대비한다고, 지금? 이봐, 너 해킹 당했지?"

"하하. 아니야, 무서운 이야기를 들은 게 있어서 그래. 내가 진짜 아끼는 것들에 대해서는 보험을 좀 들어놔야겠다는 생각이 들더라고."

"몰입형 세계 말하는 거야?"

자크는 장난스럽게 씩 웃었다. "아니. 내 파이널 판타지 게임 저장해 놓은 거 있잖아, 그것 때문에."

타오이는 웃음이 터지고 말았다. "못 말려, 정말."

"야, 내가 거기다 투자한 시간이 얼만데. 어떤 곳에서는 내가 게이밍 귀족으로 알려져 있기도 하단다. 내 캐릭터 이겨보려고 영혼 파는 애들도 있을걸?"

네이빈이 말했다. "그렇게 말이 안 되는 건 아니지. 저장 방식 게임은 가장 인기 있는 제품 중 하나이기도 하고."

건강 보험이라면 절대 믿으려 하지 않았던 감성적이고 충동적인 자크가 몸보다 게임에 대한 보험을 먼저 생각하는 것을 타오이는 어느 정도 납득할 수 있다. 다만 자크가 그런 요청을 하게 된 가장 큰 원인은 다정한 마음이 아닐까, 하고 추측했다. 예상치 못하게 찾아온 몇 차례의 통증으로 인해 네이빈이 많은 고객층을 잃었다는 사실을 자크는 알고 있었으니까.

주방장이 '다음 손님!'이라고 소리쳤다. 넷은 그들이 대기줄 맨 앞에 있다는 사실을 깨달았다. 에블린이 먼저 들어가 맨 왼쪽 자리에 앉고, 자크는 오른쪽 끝에 자리를 잡았다. 그의 옆에 앉은 건 결국 타오이였다. 타오이가 의자에 궁둥이를 붙이자마자 거의 바로 음식이 나왔다. 맵고 따뜻한 연기가 그녀의 머리 주변을 감쌌다. 타오이는 젓가락을 집어 들고 먹기 시작했다.

에블린은 재빠르게 다 먹고서는 처리해야 할 일이 몇 가지 있다고 말하며 로그아웃했다. 에블린의 실망감이 안개처럼 짙게 깔려 있었다. 에블린은 촛불과 와인, 파스타 앞에서 천천히 대화가 이어지는 모습을 그렸을 것이다. 길가 노점에서 자신과 자크 사이에 네 명이나 끼어 앉아 있는 상태로 값싼 면 요리를 급하게 들이켜는 모습이 아니라. 네이빈도 중간에 어머니의 전화를 받고는 곧 떠났다. 그는 타오이의 팔꿈치를 만지며 "집에서 봐, 자기야." 하고는 사라졌다.

자크는 맥주 한 잔으로 매운 기를 가시게 해야겠다며 빠른 테이블 회전을 원했던 주방장의 바람을 깨트렸다. 그는 두 잔의 칭다오 맥주를 주문하고는 한 잔을 타오이에게 건넸다. 딱 붙어 앉은 둘은 양파튀김 냄새, 저녁의 쌀쌀함, 운하를 반사하는 불빛들에 집중했다. 주방장은 깨끗이 설거지한 대접들을 머리 위 선반에 금방이라도 무너질 듯한 탑처럼 쌓아 놓았다. 그리고 그런 그의 동작은 이상하리만치 친숙했다. 기시감이 타오이의 속을 뒤집었다.

"타오이, 작품 괜찮았어?"

"정말 마음에 들더라."

"그랬구나."

타오이는 작품에 대해 자크에게 물어보고 싶은 것이 많았다. 검은 진공 상태에서 들은 음악이 여전히 몸 전체에 흐르고 있다고, 피부는 거미줄처럼 이어진 코드들을 담은 연약한 반투명 용기처럼 느껴진다고. 그렇게 말하고 싶었다. 그리고 그의 마음속에 있는 핏빛의 여자를 찾고 싶었다. 그의 어깨를 잡고 흔들어 그 의미를 알아내고 싶었다. 제멋대로인 헤어스타일에, 캔버스 스니커즈를 신은 느긋한 자크가 무無에서 어떻게 그런 기이함을 만들어낼 수 있었던 것인지를.

그렇지만 그의 몰입형 세계는 아직은 너무나 막연한 감정들을 자극했다.

질문 대신 타오이는 말했다. "행복하다는 뜻은 아닌 것 같네?"

자크는 어깨를 으쓱하며, 손으로 맥주병을 빙빙 돌리기만 했다. "부족해."

"무슨 뜻이야?"

"훨씬 더 많은 걸 하고 싶은데, 참아야 해. 여기서는 말이야." 자크는 양팔을 넓게 벌리다가 바로 옆에 있는 그녀의 맥주병을 건드릴 뻔했다. "빌어먹을 거 뭐든지 할 수 있을 텐데. 나는 네가 며칠 동안 공포 상태나, 극도의 행복한 상태로 있게 하는 코드도 쓸 수 있다고. 네 머릿속에 직접 코드를 쓸 수도 있고 말이야! 머리 바깥에 쓸 수도 있어…."

그런 그의 표정이 타오이를 겁나게 했다. "하지만 그러면 안 돼. 허용되지 않는 거잖아."

"맞아, 허용되지 않지. 하지만 사실 우리 뇌부터가 그걸 못 받아

들여. 그런 식의 고쳐 쓰기를 우리 뇌는 처리할 수가 없다고. 우린 쉽게 무너져 버릴 거야. 그러니까 유연성으로 무장할 필요가 있는 거지. 보호 장치로."

"연약한 게 항상 나쁜 것만은 아니야. 연약한 것들은… 아름다울 수도 있거든."

"나도 그렇게 생각해. 하지만 가끔은 다 때려 부숴 버리고 싶은 거 알아? 우리가 쌓아온 것들을 다 무너뜨리고 싶다고. 사람들을 흔들리게 하는 게 뭔지를 보여주고 싶다는 거지."

자크는 팔짱을 테이블에 걸치고 그 위에 턱을 괸다.

타오이는 맥주를 한 모금 마셨다. 놀라울 정도로 상쾌했다. 새해에 마셨던 술보다 더. "에블린 말이야. 상처받았어."

자크가 한숨을 쉰다. "나도 알아."

"얘기해 볼 거야?"

그는 긴 손가락으로 얼굴을 문지르며 말했다. "모르겠어. 내가 에블린 남자친구는 아니잖아."

"아니라고?"

또 한숨이다. "모르겠어. 그래야 하는데. 마음이 그래야 하는 건데. 물론 에블린이 정말 좋은 사람이라는 거 알아. 쉽게 행복을 느끼는 애고, 또 쉽게 만족하는 애기도 하지. 근데 그걸 단점이라고 보는 게 내 단점인 거겠지?" 그리고 그는 주저하며 말했다. "내가 관계 정의하고 그런 타입 아닌 거 알잖아. 그런 건 너무… 숨 막힌달까."

타오이는 젓가락으로 대접을 휘적거렸다. 붉은 기름이 어떤 무늬가 되었다가, 금방 사라졌다.

자크가 재빠르게 말을 이어갔다. "너랑 네이빈을 존중하지 않는다고 말하려는 건 아니야. 사실, 가끔은 너희 둘의 관계가 부럽기도 해. 파트너 그 이상의 관계잖아. 너희는 뭐랄까, 동지 같아. 인생이라는 퀘스트에서 함께 하는 파티 구성원 같은 거지. 넌 네이빈이라는 마법사를 지키는 전사고. 마치 〈반지의 제왕〉에서 프로도와 함께 하는 샘처럼 말이야."

"네가 지금 무슨 뜻으로 그런 말을 하는 건지 모르겠어."

"그냥 너희 둘이 서로를 압박하거나, 침범하거나, 고치려 들거나 하지 않고 잘 맞는다고 말하고 있는 거야. 그런 관계 찾기 쉽지 않거든."

타오이는 젓가락을 내려놓고 자크를 바라봤다. 그는 활기찬 대화로 한껏 흥겨워하고 있었다. 갸름한 얼굴은 빛났고, 우아하게 주먹을 꼭 쥔 그의 두 손은 공중을 휘젓고 있었다.

자크와 네이빈은 캡스톤디자인 과정에서 만난 사이다. 네이빈이 스물두 살, 자크가 막 스무 살이 되었을 때였다. 네이빈은 그 시기에 수술을 끝내고 남은 공부를 위해 막 시간제로 복귀했던 참이었다. 타오이와 네이빈이 사귄 지 이미 2년이 지났을 무렵이기도 했다. 그러므로 자크는 네이빈을 만나기 전의 타오이를, 타오이가 없는 네이빈을 알지 못한다.

"모두가 압박하는 걸? 변하지 않고는 못 배겨. 그렇지 않고는 안 되거든."

5

타오이가 로그아웃했을 때도 네이빈은 아직이었다. 타오이는 그의 상태를 확인한다. 그는 오닉스 지구의 찻집에 있었다. 아직 어머니와 수다를 떠는 중인 것 같았다.

타오이는 침실로 걸어가 깨끗한 잠옷으로 갈아입고 피부에 닿는 합성 실크의 시원함을 즐겼다. 그러는 중에도 자크의 말이 그녀의 머릿속을 자꾸 맴돌았다. 요즘 사람들 대부분이 '슈퍼매치' 프로그램으로 연인을 만나기는 하지만, 가끔은 내 삶 최고의 순간 중 하나가 알고리즘에 의해 조종된다는 사실에 대해 타오이는 궁금하기도 했다. 네이빈을 향한 그녀의 사랑은 가슴 아프게도, 그녀의 삶이 온통 그를 향해 있는 듯 구현되었다. 이 둘은 만나자마자, 이미 정해진 프로그램에 따라 떨어지는 테트리스 조각처럼 함께 추락했다. 타오이는 둘이 어떻게 만났는지가 관계의 진실성을 해친다고 생각하지는 않는다.

자정이 지난 멜버른의 밤이다. 타오이는 침대 옆 탁상에서 리비전을 들어 이마 옆에 부착했다. 아주 조그만 지네 다리 같은 것들이 그녀의 피부 속으로 줄줄이 침투하자, 반투명한 인터페이스 화면이 그녀의 눈앞에 나타났다.

그녀는 침대 위에 누워 몸을 뻗었다. 생크림색 이불에서는 네이빈의 냄새가 났다. 그녀는 시뮬레이션 목록의 스크롤을 쭉 올려 2079년 7월 기록을 찾았다. 지금으로부터 거의 9년 전이다. 몇 달간 돌려보지 않던 시뮬레이션이었다.

타오이가 써니에게 말했다. "불 좀 어둡게 해줘."

그렇게 타오이는 시뮬레이션 속으로 빠져들어 갔다.

* * *

방열문 안쪽으로 들어선 타오이는 재킷에 떨어진 빗방울을 털어냈다. 후텁지근한 겨울 오후의 날씨는 결국 억수 같은 비로 이어졌다. '핏츠로이Fitzroy' 식당 주변에서 힐끔거리던 그녀는 식당의 칸막이 자리 두 곳에만 손님이 있는 것을 확인했다. 한 곳은 노인 커플이었고, 다른 한 곳은 부부와 이제 막 걸음마를 뗀 아이로 이루어진 세 가족이었다. 리비전에서 19시 10분임을 알려주었다. 새로운 알림은 없었다.

그녀가 몸을 돌려 문밖으로 나가려던 참이었다. 그건 그녀가 아니었다. 그녀는 내일 수업에 가야 했다. 이러고 있을 여유가 없었다. 그런데 캘리포니아주 사우스 버클리South Berkeley에 살고 음악, 독서, 여행, 음식(항상 화려한 고급 음식보다는 길거리 음식 선호)을 사랑하는 네이빈 센이 그녀의 슈퍼매치에서 99.8퍼센트의 커플 가능성을 지닌 것으로 나타나자, 무언가가 그녀를 멈춰 세운 것이다. 네이빈은 데이트 약속을 며칠 앞당길 것을 요청했다. 슈퍼매치에서 예정된 데이트 즉, 그래파이트 컨트리의 산에 있는 외딴 호수에서 카누를 타는 것 대신에 현실 세계에서 만나자는 것이었다. 타오이는 명확하게 싫다고 말하지 못하는 자신을 발견했다.

"어서 오세요!" 온 직원이 줄무늬 모자를 벗으며 다 같이 인사했다. 그들 중 가슴팍 주머니에 머빈이라고 수놓아진 유니폼을 입은 웨이터 하나가 재킷과 모자를 걸 수 있는 곳으로 그녀를 안내했다. 머빈은 그녀를 뒤쪽 칸막이 좌석으로 안내한 다음, 지문이 찍혀 끈적해진 코팅 메뉴판을 건넸다. 타오이는 고글과 에어 필터 마스크를 벗고 튀김 기름 냄새 속에 앉았다.

"마실 것부터 하시겠어요?"

"인기 있는 게 뭐죠?"

"'쿠키 앤 크림 밀크셰이크'가 저희 대표 음료입니다."

"그럼 그걸로 하나 주세요."

머빈이 주문을 받고 돌아갈 때, 방열문이 쉬익 소리와 함께 열리며 젊고 마른 남자 한 명이 걸어 들어왔다. 그는 입고 있던 두꺼운 나일론 재킷, 비에 흠뻑 젖은 리전에어 모자, 에어 필터 마스크와 고글을 벗었다. 그 아래에는 긴 소매 티셔츠와 면바지를 입고 있었다. 타오이를 발견한 그는, 부끄러운 듯 씩 웃으며 그녀를 향해 성큼성큼 걸어왔다. 타오이는 앉은 자리에서 그대로 얼어붙었다.

네이빈이 자리에 미끄러지듯 앉으며 말했다. "에이, 제가 먼저 와 있고 싶었는데. 아쉽네요. 공항으로 가는 열차가 지연됐는데 갑자기 비가 쏟아지기 시작하더라고요."

"오늘 비행기 타고 오신 거예요?"

"네."

"샌프란시스코에서요?"

"네. 네 시간밖에 안 걸려요."

"돌아가는 비행기는 언제인데요?"

"내일이요."

그가 미소를 지어 보였다. 열아홉 살의 그는 아주 뚜렷한 선과 각도로 그려진 얼굴, 일자 눈썹, 그리고 날카로운 코를 가지고 있었다. 피부는 광을 낸 구리처럼 따스한 색이었다. 그는 자리에 앉자마자 리비전을 탭해 비활성화하고는 관자놀이에서 벗겨냈다. 여기에 타오이는 놀랐다. 그는 혀 색깔의 분홍빛 좌석 뒤에 팔을 걸치고 편하게 앉았다. 그러고는 그녀에게 시선을 완전히 고정해 부드러운 눈빛을 보냈다. 완전한 미국식 억양에 가깝기는 했지만 약간의 중국식 억양, 그리고 그녀가 찾지 못한 다른 어딘가의 억양도 가지고 있었다. 식당 안의 다른 모든 것들이 희미해졌다.

머빈이 밀크셰이크를 가져왔다. 음료는 나선형 빨대가 꽂힌 큰 메탈 컵에 아주 차갑게 담겨 있었다.

"식사도 주문하시겠어요?"

타오이는 메뉴를 쭉 훑어보았다. 글자, 그리고 또 글자. 글자가 너무 많았다. 이렇게 많은 글자가 모여서 또 어떻게 단어가 되었지? "'템페 몬스터 버거'가 괜찮아 보이는데, 어때요?"

"'템페 몬스터 버거'와 '빈 보난자'가 저희 가게에서 가장 잘나가는 메뉴입니다."

타오이는 맞은편의 네이빈을 슬쩍 바라보았다. "하나씩 할까요?"

네이빈은 고개를 끄덕였다. "사이드 메뉴로는 고구마 프라이 주세요. 아, 저도 셰이크 한 잔 주시고요. 똑같은 걸로요. 감사합니다."

머빈은 리비전에 주문을 읊고는 종종걸음으로 사라졌다.

타오이는 밀크셰이크를 한 모금 쭉 들이켜 밀려오는 단맛을 삼켰다. 그녀는 자기 이마를 손으로 가리키며 말했다. "여기 오는 길에 뭐 보면서 오셨어요?"

"아무것도 안 봤어요. 듣기만 했죠."

"음악이요?"

네이빈의 얼굴 전체에 미소가 퍼졌다. "음악이요, 진짜 음악."

"이런. 꼰대는 아니신 거죠?"

"이봐요, 제 말 좀 끝까지 들어 보세요."

"이미 뭐라고 말씀하실지 알겠는데요? 인간이 만든 음악을 들으셨다는 거잖아요. AI 음악은 진짜 음악이 아니라고, 가짜로 만들어진 거고, 살아있지도 않고, 가장 흔하게 쓰이는 저급한 요소들만 이용한 거라고 말씀하실 거잖아요."

네이빈은 빵 웃음을 터뜨렸다. "와, 좋아요. 저보다 훨씬 더 잘 표현하시는데요? 그런데 저 정말 진지해요. 이 앨범은 들어보셔야 해요. '더 스트록스The Strokes' 노래 들어보셨어요?"

"그게 누구죠?"

"이런." 네이빈은 대답했다. "더 스트록스도 모르다니, 대체 뭐 하고 산 거예요? 분명 그쪽 맘에 쏙 들 텐데."

타오이는 얼굴을 찡그렸다. "글쎄요. 오래된 음악 많이 들어봤어요. 맞아요. 좋죠. 괜찮아요. 근데 저한텐 별로더라고요. 인간이 만든 음악이라 그런지 매혹적인 요소가 별로 없는 것 같아요. AI 음악이 인간 음악을 추월한 지는 이미 오래예요. 당신 같은 사람들에게만 그렇게 직접 와닿는 거죠."

"그럼 뭘 들으세요?"

"모던한 건 전부 다요." 그녀는 리비전을 탭해 얇은 테이블 상판에 최근 들은 플레이리스트를 투사해서 보여주었다. "제3디스코, 일렉트로 클래식, 그런지 발라드, 이런 거요."

"기본적으로 음악 산업에서 던져주는 음악이면 그냥 다 들으신다는 거네요?"

"어머. 좋은데 뭐가 문제예요?" 타오이는 사이키델릭 앨범 커버 몇 개를 휙휙 넘기며 말했다. "이건 '어리드미어Arrhythmia' 새 앨범인데, 한 번 들어보세요. 듣고나면 완전히 딴 세상이 되어 있을걸요?"

"그런 음악들은 매번 똑같은 레퍼토리에, 매년 순서만 약간씩 바꿔서 나오는 거잖아요."

"하지만 매년 더 나아지고 있죠. 제대로 안 들어 보셨군요? AI 음악은 점점 복합적으로 바뀌고 있어요. 원시적인 감정을 담기도 하면서요. 끝내준다고요."

"'코튼 캔디' 같네요."

"뭐라고요?"

"아시잖아요. 분홍색 설탕으로 만든 솜덩어리."

"'페어리 플로스' 말씀하시는 거예요?"

"아, 여기서는 그렇게 부르나요? 어쨌든 뭔지 아시죠? 약간 백 퍼센트 비정제 설탕 같다는 뜻이었어요. 당연히 처음에는 맛있죠. 근데 먹으면 먹을수록 그냥 끈적끈적 똑같은 쓰레기라는 걸 알게 되죠. 얼마 안 있다가 내가 지금 먹고 있는 게 거의 공기밖에 없구나,

하게 되고요."

"아니, 완전 꼰대신데요?"

"그쪽 취향에도 문제가 있어 보이는데요?"

타오이는 씩 웃어 보였다. "그쪽한테 좋은 징조는 아니겠네요, 그럼."

남의 시선 따위는 신경 쓰지 않고, 힘차고, 듣기 좋은 그의 웃음. 타닥타닥 타는 모닥불 소리에 사람들이 모여들 듯, 사람들의 관심을 끌만한 그런 웃음이었다. 타오이는 그 웃음소리를 듣자마자 따스함을 느꼈다. 편안했다. 물어보고 싶은 게 산더미였다. 어디에 사는지, 가족들은 어떤지, 취미는 뭔지, 꿈은 뭔지. 어디서부터 물어봐야 할지 종잡을 수 없었다.

네이빈이 먼저 질문을 던졌다. 열두 살 때 엄마와 말레이시아에서 이주해 열세 살부터 열일곱 살까지 영국식 학교에 다녔으며, 거기서 영국, 인도, 말레이시아, 싱가포르, 호주, 뉴질랜드에서 온 반친구들과 함께 공부했다는 이야기. 경영학, 인문학 성적은 뛰어났다는 이야기. 그리고 2년 전, 심리학과 커뮤니케이션학 캡스톤디자인 과정을 시작했다는 타오이의 이야기를 네이빈은 귀 기울여 들었다.

"말레이시아에서는 왜 떠나신 거예요?"

그녀는 두 손으로 컵을 들고 빙빙 돌렸다. 금속 상판에 희미한 김이 서렸다. "엄마는 항상 인종 문제라고 하셨어요. 우리는 중국인이니 항상 우리가 살던 곳에서는 이방인이었거든요. 하지만… 다른 이유도 있었다고 생각해요."

"이유는 항상 하나로 끝나지 않죠."

"맞아요. 가족 문제도 있었던 것 같아요. 엄마는 가족이랑 멀어지고 싶으셨던 것 같아요. 잘은 모르겠지만."

"아버지는요?"

타오이는 어깨를 으쓱했다. "엄마는 정자 기증과 인공 자궁으로 저를 가지셨어요. 잠깐 힘 좀 써서 실험실에 정자를 판 누군가가 제 아빠죠."

그녀는 입술을 깨물었다. 현실 세계에서의 마지막 데이트는 너무 오래전 일이었고, 비언어적 표현을 알아채는 것도 어려웠다. 그녀가 너무 많은 걸 얘기했던 걸까? 표정에 너무 모든 게 드러났던 걸까? 타오이는 통로 쪽을 힐끗 바라보았다. 걸음마를 이제 막 뗀 듯했던 아이는 노인 커플의 자리에 팝콘을 던지며 장난을 치고 있었고, 젊은 부부는 아이의 장난을 막으려 무척이나 애썼다.

네이빈은 갑자기 끼어들더니, 가벼운 이야기 주제로 자연스럽게 넘어갔다. "저도 영국식 학교 다녔어요. 엄마가 미국 교육 시스템을 싫어하셨거든요. 전 세계에 애들이 그렇게 많은데, 미국식 교육을 받은 애들은 또 그렇게 많지 않은 걸 보면 뭐. 그래서 어디 학교 나왔어요?"

"케임브리지 국제 협력 학교요. 그쪽은요?"

"真的(정말요)? 우리 같은 학교 나왔네요. 우리 동갑인가요? 저는 9월에 스무 살이 돼요."

"난 4월에 이미 스무 살이 됐어요."

"그러면 우리 같은 반이었을 수도 있겠네요!"

타오이는 이미 다 안다는 듯 툭 내뱉었다. "같은 반 아니었을 거예요. 그랬으면 기억했겠죠."

"아, 아쉽네요. 아니면 차라리 다행일 수도요. 그땐 제가 좀 별로

였거든요. 캡스톤디자인 과정은 언제 끝나요?"

"2년 뒤에 끝나기를 바라고 있기는 해요."

"이후에는요? 그다음에는 뭘 하고 싶어요?"

"모르겠어요, 솔직히. 모든 게 너무 빠르게 변하고 있잖아요. 2년 전에 있던 직업도 벌써 사라진 마당에."

"그럼 뭐 좋아하는 거 있어요?"

놀란 타오이는 다시 그를 바라보았다. "모르겠어요. 가끔 하는 아르바이트가 있는데 그 일이 좋긴 해요. '그레이트 이스케이프스' 투어 가이드 일인데, 사람들을 울룰루Uluru와 그레이트 배리어 리프Great Barrier Reef 같은 곳들로 안내하죠. 보통 방학 때 많이 해요. 그쪽으로 가서 몇 주 동안요."

"와, 그 일은 어떻게 하게 된 거예요?"

"언제였더라… 아, 열일곱 살에 울룰루에 간 적이 있어요. 학기 마무리 기념으로 가는 수학여행이었죠. 거기가 너무 좋았어요. 그래서 몇 주 더 머물렀거든요? 근데 거기서 새로운 투어 가이드를 구하고 있더라고요. 약간 충동적으로 지원한 거였는데, 그다음 방학 때 다시 가게 되었어요. 그렇게 방학 때마다 하게 됐죠."

"그 일이 재밌어요?"

"너무 좋아요. 이유는 모르겠지만. 그런데 그 장소들이 점점 사라지기 시작했잖아요. 이제는 남은 곳이 별로 없어요. 너무 슬픈데 너무 아름다운 곳이에요. 사람들을 변화시키는 장소거든요. 그런 걸 보는 게 좋아요."

네이빈은 손바닥에 턱을 괴고 말했다. "정말 멋있네요."

머빈도 거의 다 가려버릴 만큼 거대한 쟁반에 주문한 음식들이 담겨 나왔다. 갓 구운 버거 번의 냄새가 났고, 빈 보난자는 살사 소스 덩어리를 뿜어내고 있었으며, 고구마 프라이에는 아이올리 소스 드리즐이 한가득 뿌려져 있었다. 타오이의 입에 침이 고였다. 이런 음식을 마지막으로 먹은 건 몇 주 전이었다.

둘은 음식을 먹기 시작했다. 타오이의 시야 주변부가 에블린에게서 온 메시지로 환해졌다. 에블린은 잠옷을 입고 재수화rehydration된 콜리플라워 팔라펠을 먹으며, 타오이가 해주는 데이트 생중계를 기다리고 있었다.

타오이는 리비전을 절전 상태로 바꿨다. 그리고 네이빈에게 질문하기 시작했다.

그는 샌프란시스코에서 태어났다. 그의 어머니는 대만 출신 중국인이었고, 아버지는 벵골인 힌두교 신자였다. 그의 부모님은 캘리포니아 대학교에서 만났다. 둘 다 10대 후반 학업을 위해 그곳으로 이주한 사람들이었다. 그들은 네이빈이 두 살 때 헤어졌다. 네이빈은 물리학자인 어머니와 베이에어리어Bay Area에서 지냈다. 역사 교수인 아버지는 독일로 이주해 새로운 분을 만나셨다. 그리고 네이빈에게는 네 살 어린 이복형제 라메쉬가 생겼다. 네이빈은 학업을 마무리 중이었고, 수학과 철학에 집중하고 있었다. 타오이는 스무 살인데 왜 아직도 학교에 다니고 있느냐고 묻고 싶었지만 민감한 주제일지 모르겠다고 생각했다.

대신 이렇게 물었다. "나중에 뭘 하고 싶어요?"

그는 답했다. "캡스톤 과정을 가고 싶어요. 아마도 윤리학 쪽으로요. 아니면 기술 쪽? 아니면 두 분야가 겹치는 쪽일 수도 있고요. 기술이 어떻게 인간 본성에 연결될 수 있는지 그런 걸 공부하고 싶어요. 하, 좀 잘난 척 같나? 근데 저는 공부하는 게 좋아요. 항상 부모님처럼 학자가 된 제 모습을 그려 왔어요. 요즘은 쓸모없는 직업이기는 하지만."

"AI 음악 공부도 괜찮을 것 같은데요, 왜." 타오이가 싱긋 웃으며 말했다.

"すごいですね(좋네요). 근데 혹시, 지금 나 놀리는 거예요?"

타오이는 웃으며 고개를 떨궜다. 잠시 대화가 잠잠해졌다. 주방의 냄비들이 부딪치는 소리와 근처에 앉은 걸음마쟁이의 꺅꺅거리는 소리가 점점 더 커지는 듯했다. 타오이는 고구마 프라이를 깨작거리며, 끝부분이 약간 탄 조각을 찾고 있었다. 갑자기 허벅지 아래 비닐로 된 좌석이 매우 따뜻하게 느껴졌다.

그녀는 조심스레 말을 꺼냈다. "있잖아요. 평일 저녁에 데이트 수락한 건 이번이 처음이에요."

"정말요? 그럼 이번에는 왜 수락했어요?"

타오이는 답을 피하며 프라이 하나를 흔들어 보였다. "근데 왜 이렇게 서둘렀어요? 오늘 여기 오려고 국제선 비행기까지 탄 거잖아요. 솔직히 카누 타는 거 싫어하죠? 아니면 물? 자연 풍경?"

네이빈은 웃었다. "아니요… 현실 세계에서 만나는 게 그렇게 싫어요?"

"이런… 당신 가상 현실을 거부하는 러다이트 주의*자는 아닌 거죠?"

---

*   19세기 초반 영국에서 일어난 기계 파괴 운동. 시간이 지나며 산업화, 자동화, 컴퓨터화 등 신기술에 반대하는 사람을 의미함

"아니에요! 오히려 그것과는 거리가 멀죠." 그는 테이블 가장자리를 꽉 움켜쥐며 어두운 눈빛으로 그녀를 바라보았다. "어떻게 말해야 할지 잘 모르겠지만, 사실 토요일에 수술이 잡혀 있어요. 병원에 얼마나 입원해 있어야 할지 알 수도 없고요. 다만 그쪽 만날 기회를 놓치고 싶지 않았어요." 그는 머뭇거리다 수줍은 미소를 보였다.

화들짝 놀란 그녀가 소리쳤다. "何で(왜요)? 어떤 수술이요? 괜찮은 거예요?"

"신장 이식이요. 신장이 더 이상 제 기능을 못 하고 있거든요." 그는 그녀의 걱정스러워하는 얼굴을 피하며 말했다. "어렸을 때부터 '만성 자가면역 사구체신염'이라는 걸 앓았어요. 면역 체계가 가끔 말을 안 듣고 신장을 공격하는 병이에요. 어쨌든, 병원은 동맥 주사 맞으러 문지방이 닳고 닳도록 많이 가봤죠. 그게 정말 사람 못살게 굴어요."

"힘들었겠어요."

그는 어깨를 으쓱했다. "그래도 별반 다를 거 없이 살았어요."

"수술은 어떤 식으로 진행되는데요?"

"여기를 이렇게 갈라서 열어요." 그는 왼쪽 갈비뼈 아래 뒤 등에서부터 앞으로 이어지는 선을 그렸다. "제 신장을 꺼내고 거기에 인공 신장을 넣는 거예요. 그다음 기존에 붙어 있던 신장의 혈관에 인공 신장의 튜브를 잇는 거죠. 그럼 짜잔, 새롭게 태어나는 거예요."

"인공 신장이라. 왜 실험실에서 키운 인간 신장으로 안하고요? 천연 조직이 더 안전하지 않아요?"

"테레사에서는 배양 신장으로 하면 제 몸이 그 신장을 공격할 거라고 하더라고요. 똑같은 문제가 계속해서 반복될 거라고요. 그러면 10년, 15년마다 그러면 다시 수술대에 누워야 한다는 건데, 앞으로 살면서 또 수술실에 들어가고 싶지는 않아요."

"인공 신장은 뭘로 만들어진 거예요?"

"일종의 티타늄—알루미늄 합금으로요. 비활성 물질이라 생체 거부 반응이 없죠. 초현대 기술이에요. 90일마다 한 번씩 세척을 해야 하는 번거로움이 있기는 하지만."

타오이는 웃어 보이려 했지만 실패했다. "세척이라. 오븐 같네요."

네이빈은 호탕하게 웃으며 템페 버거 마지막 한 입을 먹고는 손가락에 묻은 소스를 핥았다. "그래서 슈퍼히어로처럼 되는 거라고 스스로를 납득시키고 있어요."

"그러면 슈퍼히어로 이름이 필요하겠는데요?"

"그렇게 말하니까 웃기네요. 진지하게 생각해 본 적이 있거든요."

"그랬어요? 그럼 분명… '오븐 보이'보다는 더 나은 이름이겠죠?"

"'티타늄 맨'이 더 낫긴 하네요."

"'캡틴 키드니'는요?"

"진심이에요?"

"'유리네이터', '그레이트 필트레이터'. 오, 저 이름 잘 짓는 것 같아요."

"거기까지 하시죠."

둘은 킬킬거렸다. 혀 위에 느껴지는 프라이의 탄 맛, 지글지글 소리가 나는 기름 냄새, 주방 스윙도어로 부산스럽게 들락날락하는 웨이터의 모습, 양철 지붕을 두들기는 빗소리. 작은 식당 속 모든 것이 갑자기 눈부시게 생생해졌으며, 그 강도는 더 높아졌다.

긴장감에 떨려왔지만 그녀는 그와 맞춘 시선을 놓치지 않았다.

* * *

둘은 식당에서 나와 디저트 바로 향했다. 이미 가득 채운 배를 와인과 끈적끈적한 데이트용 푸딩으로 완전히 꽉꽉 채웠다. 둘은 디저트 바에서부터 비를 뚫고 두 블록을 뛰어 전기 버스에 올라탔다. 버스는 둘을 네이빈의 호텔로 데려다주었다. 2.5성급 벽돌 건물이었다. 안내데스크에는 철커덕 소리를 내는 안드로이드 안내원 하나가 서 있었고, 바닥에는 수십 년의 밤을 고스란히 담은 카펫이 깔려 있었다.

금속 냄새가 나는 호텔 방에서 네이빈은 '에어로스미스Aerosmith'의 앨범을 틀었다. 그다음으로 타오이는 그에게 '어리드미어'와 '일렉트릭 몽키스Electric Monkeys'의 앨범을 들려주었다. 둘은 와인에 흠뻑 취한 채 아주 푹신한 침대 위에서 엉망진창에 바보 같아 보이는 춤을 췄다. 먼지가 촘촘히 붙어 있는 창을 통해 도시의 불빛이 흘러들어왔고, 그 불빛은 마치 모닥불이 타다 남은 장작 같았다.

이후 둘의 춤은 키스로 이어졌고 그건 훨씬 더 경이로웠다. 네이빈의 입, 네이빈의 피부를 느끼며 타오이는 이전의 모든 것을 잊었다. 최근 들어서야 중요하게 느껴진 캡스톤디자인 과정, 그레이트 이스케입스에서의 아르바이트, 엄마와의 갈등, 그 모든 것들이 먼지가 되어 흩어졌다. 비좁고 조잡하지만 완벽한 호텔 방. 그리고 서로 엉겨 있는 그 둘의 몸만이 남아 있었다.

* * *

시뮬레이션이 끝나고 보니, 네이빈이 침대 위 타오이의 옆으로
굴러 와 있었다. 그에게 뉴팟의 톡 쏘는 비누 향이 났다.

"또 그 식당 갔다 온 거야?"

"글쎄." 타오이는 졸린 듯 대답했다.

타오이는 그때 그 상황이 벌어지자마자 시뮬레이션을 저장했었
다. 네이빈은 그날 밤 리비전을 쓰고 있지 않았다. 그래서 그에게는
이 녹화본이 없다. 저장된 기억은 다른 사람에게 투사하거나 전달
할 수 없다. 그래서 개개인의 뇌 구성이 그렇게나 다른 것이다.

네이빈에게는 그 추억이 종종 듣게 되는 타오이의 상세한 묘사,
그리고 그의 완전하지 않은 기억으로 남아 있을 뿐이었다. 그는 항
상 말한다. 그 기억을 떠올릴 때마다 점점 더 흐릿해지고, 행복해지
고, 사랑스러워진다고.

6

내 소중한 타오이,

다시 약속을 잡아야 하는데, 이제 토요일에는 시간이 안
될 것 같네. 테레사에서 뇌 전기 충격 요법을 다시 시작하
자고 하더라고. 매일 치료하면 괜찮아질 거래. 참 감사한
일이지? 지난번에는 베들레헴 20B호에서 묵었는데 벽 걸
레받이가 떨어져 있었어. 하루는 거기에서 쥐 두 마리가
나오는 걸 봤지. 그래서 내가 빵 부스러기 좀 먹으라고 줬
단다.

엄마 걱정은 마. 엄마는 괜찮아. 일주일 정도면 될 거야.

엄마가.

메시지 알림창이 떴다. 타오이가 주방 청소를 하는 중이었다. 아
니, 더 정확히 말하면 타오이는 드로이드들이 주방 청소하는 걸 보
는 중이었다.

'로보백 D8000 RoboVac D8000'의 하얀 비행접시 모양 몸체가 타오이의 발 근처를 어지럽게 돌아다녔다. 집안일 드로이드 모델인 '도미 3.0 Dommie 3.0'은 머리 위 천장까지 다리를 길게 뻗어 잘 사용하지 않는 유리그릇을 재빠르게 정리했다. 스테인리스 스틸로 만들어진 가전제품들이 소리를 내며 자기들 속에 있는 기름때를 열심히 제거했다. 눈에 보이지 않는 써니는 언제나 친절하게 진행 상황을 전달하는 존재다.

써니가 타오이에게 알렸다. "오븐과 수분 재공급기의 청소 진행이 75퍼센트 완료되었습니다. 전체 청소가 끝날 때까지는 12분 남았습니다. 로보백은 먼지 주머니 사용량이 93퍼센트이니, 청소 완료 전 먼지 주머니를 비워주세요. 그리고 도미가 그릇을 닦아야 할지 여쭤보네요. 어떻게 할까요?"

타오이가 대답했다. "오늘은 괜찮아, 고마워."

그녀는 손을 한 번 흔들어 써니의 음량을 줄인 채 속으로 엄마의 메시지에 대한 답장을 썼다.

그럼 가이아에서 만날 수 있겠네요? 몇 주 동안 못 봤잖아요. 혼자서도 잘하고 계신 거죠, 엄마? 제가 가서 집 정리라도 해드릴까요?

바로 읽음 표시가 떴다. 메시지 작성 중… 이라는 아이콘이 몇 분 동안 떠다녔다. 로보백이 위잉 하는 소리를 내며 쓰레기 투입구로 가더니, 자신의 뒤쪽에 있는 덮개를 올리고는 마치 기침 한 번 하듯 그 속에 있던 먼지를 훅 하고 털어냈다.

"식량 재고 파악을 하려고 하는데요." 써니가 낮은 목소리로 타오이에게 말했다.

"응, 해, 해."

그래도 되겠네. 일단 연락해 줄게. 치료 후에는 피곤할지도 몰라서 말이야. 청소는 도와주지 않아도 괜찮아. 네가 크리스마스 선물로 신형 로보백 사줬잖니, 기억하지? 로보백이 두 대나 있다고. 둘이 서로 청소하려고 달려드는데, 항상 오래된 애가 져. 어쨌든 토요일쯤에 알려주마.

타오이는 주방 스툴 위에 앉는다. 그리고는 달의 깜깜한 곳, 어디인지 모를 흐릿한 회색빛 산과 크레이터들이 있는 곳을 지그시 바라보았다. 엄마에게 밝고 당당한 정상의 상태일 때가 있다고 한다면, 그런 엄마와는 너무나 다른 이런 엄마의 모습이 보여질 때마다 둘의 대화는 기묘한 고리를 계속해서 뱅뱅 도는 느낌이다.

써니가 냉장고의 재고를 알려왔다. "5일치 식량이 남아 있습니다. 다시 채우기를 권장하는 식품 목록은 신바이오 밀키트, 비타슈어 컴플리트+ 멀티비타민, 민 그린 부스터, 재수화 과일 주스, 커피 가루, 밀크 파우더, N—달걀입니다. 관심 목록에 있던 품절 상품, 해피 버거스, 허니듀 멜론, 마담 총의 참기름(진짜 참기름이랑 맛이 똑같아요!), 에버그린 두부가 울워스 마트에 재입고되었네요. 총주문 금액이 400달러 이상이면, 15분 내로 배달 가능합니다."

타오이는 주방 디스플레이에 뜨는 마트 아이콘을 열고 물품 목록을 쭉 훑어보았다. 사용할 수 있는 재료들을 이리저리 조합해 새로운 음식을 만들어보는 걸 즐기던 그녀였다. 하지만 지금은, 신바이오 밀키트를 주문하는 게 더 편하다. '신바이오 밀키트'는 옛날 생각이 나게 하는 가벼운 한 끼 식사다. 단백질 다당류 복합체 합성물이 영양 균형을 이루고 있으며 수분을 제거해 작은 조각으로 압축

포장된 상품이다.

그다음에는 '해피 버거스'에 대해 생각했다. 해피 버거스는 근조직으로 분화되기 전의 고기 줄기세포를 영양분 가득한 배양액에서 키운 식품이다. 세포를 운동시키고, 늘리고, 키워서 채취한 다음 서로 엮어 다양한 맛을 가진 패티로 만들 수 있다. 배양육이 그리 비싸지 않은 상황에서 꽤 경쟁력이 있었다.

한편 '허니듀 멜론'의 가격은 터무니없이 비쌌다. 더 쉽게 운반할 수 있도록 큐브 모양으로 수중 재배한 품종이기 때문이다. 남아 있는 수중 재배 실험실도 많지 않을뿐더러, 운영 비용이 너무 많이 들어 운영할 수가 없을 정도다. 농장에서 재배한 신선한 과일 맛이 어땠는지 타오이는 기억조차 나지 않는다. 중국의 지방이나 먼 브라질, 인도 북부 지방 비밀 계곡의 외딴 경작지에서 여전히 그런 과일들을 재배한다는 소문을 들은 적은 있다. 하지만 그녀에게는 동화 같은 이야기로 들릴 뿐이었다.

타오이는 네이빈과의 공동 통장 잔고를 확인했다. 고객에게서 돈을 언제 받을 수 있는 건지 네이빈에게 묻고 싶어졌지만 지금 네이빈은 친구들과 한창 게임을 하는 중이었다.

집안일 드로이드들의 대청소가 끝났다. 마침내 쥐 죽은 듯 조용한 고요함이 아파트 전체에 내려앉는다. 써니와 드로이드, 뉴팟에 누워있는 네이빈, 그리고 리비전 메시지가 시야에서 점점 더 흐릿해졌다. 늦은 오후의 햇빛이 창으로 들어와 만들어낸 금빛 사각형이 먼지 한 점 없는 주방 의자와 윤이 나는 찬장에 길게 걸렸다.

* * *

타오이는 자크의 생일 때문에 엄마와 만나기로 한 약속을 세 번째로 취소했다. 하지만 정작 자크의 생일 파티에는 가르데니아가 우는 바람에 늦었다. 그것도 아주 크고, 시끄럽고, 온몸이 떨릴 정도로 우는 바람에. 하지만 가이아의 모든 벽은 방음벽이라 타오이 말고는 아무도 들을 수 없었다. 타오이는 머뭇거리다 자신의 장기 고객인 가르데니아의 등에 손을 올렸다. 가르데니아는 몇 달 전부터 무릎 높이의 가죽 플랫폼 부츠, 퍼 레그 워머, 형광색 붙임머리 등 아주 활발한 사이버고스의 스타일을 고수하고 있었다. 아바타를 업데이트하면서 유일하게 남겨둔 하얀 꽃 타투는 그녀의 목덜미에 우아한 선으로 옮겨져 있었다.

가르데니아가 딸꾹대며 말했다. "난, 내가 그녀를, 완전히 잊은 줄, 알았어요. 그런데 그녀에게서, 메시지가 왔다는, 알림이 뜬 거예요, 그리고, 그리고…"

타오이는 티슈 상자를 하나 꺼냈다. 가르데니아가 티슈 한 장을 휙 뽑아 볼에 가져가지만 닦이는 건 없다. 가이아에 콧물 같은 건 존재하지 않는다. 눈물도 얼굴에서 떨어지자마자 사라지고 마는 곳이니까. 하지만 중요한 건 눈물을 닦는 듯한 바로 그 동작이다.

"그리고 나는 완전히 무너졌어요. 뭘 먹지도, 잠을 자지도 못해요. 직장에서는 신경이 곤두서있고, 다른 때는 잠을 자거나 아니면 누군가에게 소리만 지르죠…"

타오이는 가르데니아의 말이 과장이 아니라는 걸 안다. 평소 가르데니아는 확고하고, 진취적이며, 낙관적인 사람이다. 다만 가끔 그녀를 보호하는 방패막이 무너질 때면 타오이는 더 어린 가르데니아의 모습을 볼 수 있었다. 세계를 흑과 백으로 바라보고, 그림자를 보고 겁에 질려 두려워하는 아이의 모습을.

사실대로 말하자면 가장 극기심이 강한 고객들을 포함해 어떤 고객과의 만남에서든 이런 상황이 일주일에 최소 한두 번은 발생한다. 타오이는 트루 U에서 이런 상황에 대처할 수 있는 단계별 방식이나 제안 사항을 알려주는 말풍선을 띄워주었으면 했다. 우는 고객을 달래는 방법. 1단계: 연민의 제스처로 티슈를 건넨다. 2단계: 플라토닉한 느낌으로 가볍게 신체에 접촉한다. 팔꿈치와 손목 사이 어딘가를 만지는 것이 가장 이상적이다. 팁: 그들이 겪고 있는 일을 너무나 잘 이해한다는 말은 절대 하지 말 것! 그런데, 트루 U의 컨트롤 룸이 평소와는 다르게 조용한 상태를 유지하며 다음과 같은 모호한 팝업창만 띄웠다. 정신분석 의뢰를 고려할 것.

타오이가 가르데니아의 등을 다시 한번 가볍게 토닥이며 말을 꺼냈다. "가끔은 무너져도 괜찮아요. 우리 모두한테 일어나는 일이잖아요. 가르데니아는 다른 동료들과도 마찬가지지만 수지 씨와도 많은 일을 함께했잖아요. 다 지나갈 거예요. 그리고 여태껏 모든 걸 지나온 것처럼 또다시 이겨낼 거예요. 그 이후에는 더 강해질 거고, 그다음에 오는 일들은 더 쉬워질 거예요. 알겠죠?"

가르데니아가 또 한 차례 울음을 터뜨렸다. 타오이는 한숨이 나오려는 것을 참는다. 상담을 시작하고 한 시간하고도 15분이 더 지났다. 타오이는 SNS 피드를 슬그머니 확인했다. 네이빈, 자크, 에블린이 올린 사진이 빗발치고 있었다. 셋은 이미 이자카야 바에 도착해 있었다. "타오이, 우리 1차 시작하기 전에 빨리 와!" 에블린이 카메라를 보고 조잘댔다.

고객한테 잡혀 있어. 일단 나 빼고 시작해!

타오이는 다시 가르데니아를 향해 몸을 돌렸다. 형광 핑크색 앞머리가 가르데니아의 얼굴을 가리고 있었다. 그런 가르데니아의 울음을 멈추게 해서 집으로 보내야 한다. 하지만 퉁명스럽게 대답할 만한 냉정함이 타오이에게는 없었다.

타오이는 다시 한번 가르데니아에게 티슈를 내밀었다. 가르데니아는 딸꾹질하다, 흐느껴 울다를 반복하다가 이내 지쳐 버렸다. 마침내 평온함을 되찾은 가르데니아는 마치 한 마리 카멜레온처럼 돌변했다. 그녀는 형광색 머리카락을 뒤로 휙 넘기더니 PVC 브래지어의 매무새를 다듬었다. 그리고는 벌떡 일어서서 균형을 잡았다. 우뚝 솟은 굽 때문에 넘어지지 않으려 애쓰며 말이다.

"휴. 타오이, 시간 너무 많이 뺏어서 미안해요. 이렇게나 시간이 많이 갔는지 몰랐어요."

"괜찮아요."

"아니에요. 저 참 별 볼품 없죠? 도대체 내가 어떤 마음이었는지 모르겠어요. 고마워요. 내 얘기 들어줘서. 타오이는 정말 특별한 사람이에요. 이제 타오이 머릿속에서 나갈게요."

타오이는 가르데니아를 문 쪽으로 안내하며 다음 주 금요일 똑같은 시간에 예약되어 있음을 알렸다. 가르데니아는 상냥한 미소와 함께 손을 흔들며 사라졌다. 그리고 그녀에게서 나던 활기 넘치는 향만이 남았다.

'배를 흉내 낸 배'가 '배고픔을 흉내 낸 배고픔'의 신호를 보내자, 타오이의 배 속에서 배꼽시계가 우르릉거렸다. 그녀는 서둘러 근무

시간을 기록했다. 다음 주말 트루 U의 사내 팀 유대감 형성 명상 모임에 참여하라는 간곡한 재알림 메시지 창은 가볍게 닫았다. 가상 드레스룸으로 달려가 블랙 티셔츠와 앞쪽 전체가 모션 그래픽 장식으로 되어 있는 티셔츠를 입고는 택시를 불러 이자카야로 향했다.

* * *

타오이의 혀에 매실주의 달콤함이 길게 남았다. 그녀는 술병을 들고 휘휘 저으며 병 라벨의 꽃 모양에 감탄했다. 희미하게 윤곽만 남은 기억 하나가 현재로 넘어온다. 몇 년 전 자크의 생일이었던가. 자크, 에블린, 네이빈, 타오이는 칼턴Carlton에 있던 자크의 비좁고 어수선한 원룸 건물로 향했었다. 타오이는 그곳에서 먹은 값싼 만두, 그리고 맛이 너무나도 좋았던 매실주를 떠올렸다. 그녀는 지금 혀에 남아 있는 매실주의 맛을 현실 세계의 매실주와 비교해 보려고 했지만 그건 너무 어려웠다. 맛은 기억하기 힘드니까. 종종 방금 먹은 음식의 미묘한 맛도 떠올리는 게 어려울 정도로 말이다.

"타오이가 한 병 더 마시고 싶은가 본데?" 자크가 종업원을 부르며 말했다. 그들은 이자카야의 넓은 프라이빗 룸을 예약했다. 테이블 위에는 겉만 익힌 참치 타다키, 그릴에 구운 버섯과 닭간, 와규 꼬치, 풋콩으로 이루어진 1차의 흔적이 여기저기 남아 있었다. 종업원이 나무가 그려진 발 아래로 수그리고 들어오자 자크가 두 종류의 사케를 주문했다. 곧바로 두 병의 사케가 눈앞에 나타났다.

새로 나온 술을 마시자 타오이의 손가락 끝이 뜨겁고 얼얼해진다. 무릎은 기분 좋게 떨리고, 머리는 텅 빈 상태가 되어 여유로워지기 시작했다. 가이아에서는 술에 취하면 뇌세포들 사이의 시냅스로 빛이 쏟아져 들어오는 듯한 느낌이었다.

자크가 에블린에게 짓궂게 몸을 기대고는 그녀의 귀에 무언가를 속삭였다.

타오이는 닭간을 입 속에 넣으며 일그러지는 표정을 숨겼다. 또 시작이다. 자크는 취하기만 하면 에블린에게 알랑거리며 그녀의 애정을 누린다. 타오이는 입 속에 넣은 고기가 흐물흐물해질 때까지 어금니 사이로 잘근잘근 씹었다. 자크가 지레 겁을 먹고는 다음 프로젝트 작업을 위한 시간이 필요하다고 이야기하고 에블린의 연락을 받지 않을 때까지 아마도 둘은 앞으로 몇 주간 그런 사이를 또다시 유지할 것이다. 에블린은 몇 번째일지 모를 상처에 남몰래 마음 아파하면서도, 그 누구에게도 자신이 상처받았다고 말하지 않을 것이다. 그리고 그런 자크를, 특히 자크의 그 모든 결점과 일관성 없는 태도를 사랑해 온 에블린은 매번 언제든지 그가 자신만의 동굴로 들어가도록 내버려 둘 것이다.

타오이는 이들의 이런 도돌이표가 처음 시작됐을 때부터 지켜봐 온 사람이다. 네이빈과 사귀기 시작한 지 2년 정도 됐을 때쯤, 타오이는 식사 자리에 에블린을 초대했다. 이에 네이빈은 당시 캡스톤 디자인 과정에서 새로 사귄 친구였던 자크를 바로 데리고 왔다.

그 식사가 있던 날 직전까지도 타오이는 슈퍼매치를 통하지 않은 현실 세계의 자연스러운 사랑을 믿지 않았다. 그런데 자크가 테이블에 앉았을 때였다. 밝은색 눈동자, 호탕한 웃음, 무심한 듯 눌러쓴 비니, 반팔 셔츠와 루즈한 스타일의 진. 에블린은 마치 아침 해를 향해 있는 꽃처럼 자크를 향해 몸을 돌렸다. 그녀는 넋을 잃고 그를 바라보며 그의 움직임, 그가 내뱉는 단어 하나하나 모두를 놓치지 않았다. 말도 안 되는 일이었다. 타오이는 절대 그 둘을 이어주지 않았을 것이고, 슈퍼매치에서도 그러지 않았을 것이라고 확신했다. 하지만 이미 되돌릴 수 없었다. 에블린이 자크에게 푹 빠져버렸다. 그것도 아주 푹.

"쟤네 그냥 내버려 두자, 자기야. 음식이나 더 주문하자." 네이빈이 조심스럽게 타오이를 향해 속삭였다.

* * *

배도 가득 채웠겠다 두 번째 사케병 뚜껑을 소리 내어 여는 순간, 바깥 복도에서 노크 소리가 들렸다.

"자카리아스 아귈라르! 생일 축하해, enyi(친구)!"

문발이 올라가자 자크의 친구 몇 명이 앞다투어 룸 안으로 들어왔다. 그들은 자크에게 허그와 키스를 보내며 테이블 주변으로 들어와 억지로 비집고 앉았다. 타오이의 눈에 새해 전야 파티에서 봤던 얼굴 몇몇이 보였다.

자크가 멋쩍은 듯한 미소를 지으며 말했다. "다른 친구들 몇 명한테 같이 술 마시자고 연락했거든."

밤이 드리워졌다. 큰 말차 팥 홀 케이크의 생크림 속에 꽂힌 생일초 스물일곱 개가 활활 타올랐다. 〈생일 축하합니다〉 노래가 두 차례 이어졌다. 처음 노랫소리가 그리 크지 않아, 자크는 두 번째 노래가 끝나고 소원을 빌었다. 케이크를 먹어 치우자마자 맥주맛 아이스크림과 리치 칵테일이 이어 나왔다. 선물은 개봉 후 환호를 받고 한쪽으로 치워졌다.

이 와중에 타오이의 눈에 자크와 에블린이 따로 떨어져 있는 모습이 들어왔다. 자크는 그레타와의 대화에 열중하고 있었다. 그녀는 순수 예술 캡스톤디자인 과정생이었다. 자크와 그레타는 활발한 제스처와 함께 진짜 예술품을 만들 사람은 누가 될 것인지, 그리고 진실을 전하는 데에 있어 예술의 역할이 무엇인지에 대한 의견들을 아주 당당하지만 혀가 꼬부라진 소리로 이야기하고 있었다. 이 와중에 웃는 게 바보 같은 앤트는 부끄럽지도 않은지, 에블린의 귀걸이부터 시작해서 에블린이 자신의 성을 어떻게 부르는지에 이르기까지 말 그대로 그녀의 모든 것을 칭찬하며 추파를 던졌다. 자크가 에블린이 처리할 수 있는 속도보다 빠르게 사라졌기 때문에 에블린은 앤트가 그러도록 그냥 내버려 뒀다. 타오이는 자크와 에블린, 둘 모두의 어깨를 잡고 어리석은 짓은 그만하라고 말리고 싶은 심정이었다.

어느 순간 테이블이 사라졌다. 한쪽 벽면은 노래방 스크린으로, 반대쪽 벽면은 다트 보드로 바뀌었다. 타오이는 '리사'라는 이름의 한 여자와 팀을 이뤄 다트 게임에 도전해 에블린과 앤트에게 철저한 압승을 거두는 중이었다. 함성이 계속되는 와중에 타오이는 한쪽 구석에서 손가락 끝을 이마에 댄 채 앉아 있는 네이빈을 발견했다.

타오이는 다트를 리사에게 주고 급히 네이빈에게로 향했다. 혈관 전체에 사케가 흐르는 것만 같다. 네이빈은 얼마나 오랫동안 그곳에 앉아 있었던 걸까? 타오이가 네이빈을 마지막으로 확인한 건 언제였을까? 케이크 먹을 때? 아니면 그보다 더 일찍?

"네이빈." 타오이가 작은 목소리로 말했다. "네이빈, 너 괜찮은 거야?"

네이빈이 고개를 들었다. 그는 눈을 찡그리며 말했다. "괜찮아.

약간 어지러워서 그래."

"안 돼, 사이보그. 너 술을 너무 많이 마신 거…"

네이빈은 타오이의 말을 끊고 다정하게 말했다. "사케 두 잔밖에 안 마셨어. 지금 완전 멀쩡해. 뉴팟이 나한테 다시 수액을 공급한 것 같아."

"정말 다행이야. 뉴팟이 없었으면 우리는 도대체 어떻게 살았을까?" 타오이는 자신이 이해하지 못하고 있다는 걸 잘 알지만 어떻게 이해해야 할지도 확신할 수 없었다. 방 여기저기가 오르락내리락하는 것처럼 보였다. 타오이는 네이빈의 팔을 잡고 그의 손등에 키스했다. "사랑해. 이제 집에 가자, 사이보그."

"괜찮겠어? 나 컨디션 그렇게 나쁘지 않은데. 너 지금 한창 좋은 시간 보내고 있었잖아."

"아니야, 충분히 즐겼어. 너랑 집에 가고 싶어…"

타오이는 네이빈의 소맷자락을 손바닥으로 꼭 움켜쥐며 그의 팔을 다시 한번 잡았다. 그는 그녀를 바깥으로 데리고 나갔다. 그곳은 더 조용했다.

"네이빈, 나랑 로그아웃할 거지? 오늘 밤엔 가이아에 있지 않을 거지? 너랑 있고 싶어. 우리 아파트, 우리 침대에서……."

그의 목소리에는 약간의 웃음기가 담겨 있었다. "말이라고. 너랑 같이 로그아웃할 거야."

그의 목소리가 너무나 편안하고 부드러워서 타오이는 꼭 빛 타래에 얽혀 있는 것 같다고 생각했다. "네이빈, 너무 미안해. 다트 게임에 정신이 팔려서 네가 아프다는 걸 알아차리지 못했어. 더 일찍 확인했어야 했는데…"

"에이, 그러지 마. 난 괜찮아."

타오이는 닭똥 같은 눈물을 떨어뜨리며 몸을 웅크렸다. "아니야, 괜찮지 않아. 정말 미안해. 네가 나와의 첫 번째 데이트를 거부했어야 했는데. 넌 나를 만났으면 안 돼. 호주로 왔었어도 안 됐고. 그럼 많은 것들이 달라졌을 거야… 넌 지금보다 더 나았을 거야…."

네이빈은 마치 치료 주사라도 놓는 것처럼 타오이의 머리 위에 힘껏 입맞춤을 건넸다. "그만해, 자기야. 그렇지 않아. 네가 말한 건 다 말도 안 되는 말이야, 알았지?"

네이빈은 타오이의 흐느낌을 진정시키려 거세게 안고는 큰 소리로 가이아를 불렀다. 둘은 함께 로그아웃했다. 이자카야 바, 친구들의 웃음, 그리고 그들의 몸까지 서서히. 모든 것이 사라졌다. 실존하지 않는 것들과 엮여 있던 매듭이 풀린다. 그렇게 둘은 뉴팟 속 따뜻하고 끈적끈적한 액체 속에서 다시 태어난다. 바짝 마른 입, 건조한 눈, 물과 공기를 갈망하는 몸. 혼자, 또 그리고 따로.

* * *

자신과 네이빈이 저돌적이고 성급하게 사랑에 빠져버렸다고 생각하는 사람들이 있다는 것을 타오이는 잘 안다. 에블린조차 그렇게 생각했었으니까. 엄마도 마찬가지였다. 하지만 타오이는 둘의 관계가 시작되고 처음 몇 달 동안은 둘의 관계가 무모하다고 느껴본 적이 없었다. 물론, 네이빈의 생각은 달랐을 수도 있겠지만 말이다. 서로를 가까워지게 만든 단계 하나하나가 모두 숙고의 결과 같았다. 전통적인 의미의 데이트와 로맨스는 이들에게 해당하는 말이 아니었다. 대신 둘은 문제를 해결해 나갔다. 플레이어 1과 플레이어 2. 두 플레이어가 행복한 재결합을 향해 어두컴컴한 미로를 헤매어 가는 과정이었다. 두 사람의 삶에서 교차하거나 겹치는 것이 무엇인지 확인하면서.

첫 데이트 다음 날, 타오이는 네이빈과 자기부상열차를 타고 공항으로 향했다. 그녀는 가상 교실에 조작한 아바타를 업로드한 채로 수업에도 결석했다. 벌점을 무릅쓴 결정이기는 했지만, 그래도 그 아바타는 타오이가 한동안 저장해 두었던 프로 등급 아바타였다.

열차를 탄 타오이는 네이빈에게 소심하게 기댔다. 자신의 뺨에 전해지는 그가 입은 점퍼의 부드러움, 그리고 그 점퍼 아래에 있는 어깨의 단단함을 만끽했다.

네이빈은 창밖을 바라보고 있었다. 그는 전에도 호주에 와본 적이 있었다. 하지만 샌프란시스코 베이에어리어와는 다른 멜버른만의 모습을 목격할 때면 그는 여전히 놀란 표정을 지었다.

그가 말했다. "여긴 정말 공간이 넓은 것 같아. 사람들이 움직이는 걸 보면 느껴져. 다들 자기가 공간을 더 써도 되는 것처럼 움직이더라고."

"난 이 정도면 멜버른이 굉장히 붐비는 거라고 생각했는데."

"캘리포니아는 이렇지 않아. 내가 머물던 사우스 버클리에 가면 옷장 크기의 아파트에 사는 사람들도 있어. 도시 전체에 건물들이 꽉 들어차 있어서 해가 전혀 보이지 않는 도로도 있다니까?"

"그 정도로 심각한 줄은 몰랐네."

"2050년대에 전원에서 도시로 이주한 사람들이 많았거든. 그 사람들이 다 상자 쪼가리를 덮고 그냥 골목에 널려 잤던 거야. 매일 아침 일곱 시만 되면 트럭이 돌아다니면서 굶어 죽은 사람들을 실어 가고. 침몰선이었던 거지. 다들 떠나고 싶어했지만 감당할 수는 없었던 거야."

둘은 공항역에서 내렸다. 지붕이 있는 열차역 플랫폼 주변을 여행객과 운반 드로이드들이 서성거리고 있었다. 큰 홀로그램 화면에는 출발 열차 정보가 나왔다. 투명한 천장은 갈색 가을 하늘의 일부를 보여주었다.

타오이는 리비전으로 네이빈에게 무언가를 보내며 말했다. "'호프툰 메디컬 센터'라는 곳이야. 몇 년 전에 우리 엄마가 거기서 수술을 받으셨어. 연구 등급 받은 로봇들이 하는 곳이라 괜찮아. 여기서 수술하는 것도 한번 고려해 봐."

"그럴게."

둘은 키스했다. 완연한 아침 햇빛 속, 마음 아픈 입맞춤이었다. 네이빈은 공항 입구를 향해 걸어 들어가 수많은 인파와 로봇들 속으로 사라져 버렸다.

타오이는 자기 몸을 끌어안은 채 그곳에 잠시 서 있었다. 네이빈의 따뜻함이 남아 있었다. 팔꿈치에는 꼭 잡던 그의 손바닥 힘이, 입술 위에는 그가 마셨던 커피의 맛이, 코에는 그의 옷에서 나던 희미한 라벤더 향이 남아 있었다. 그녀는 리비전을 사용해 네이빈과 함께 한 마지막 순간을 몇 번이고 다시 되돌려 보았다. 다음 열차가 역으로 들어오자 승객들이 플랫폼으로 쏟아져 나와 그녀 주변을 에워쌌다. 누군가 핸드백으로 그녀의 팔을 치며 화난 듯 중얼거리고 지나쳤다.

타오이는 반복 재생을 멈추고 저장해 둔 뒤, 다시 도시로 향하는 열차를 타기 위해 반대편 플랫폼을 향해 걸었다.

* * *

다음 날 오후 다섯 시가 되어서야 타오이는 먹을 게 생각났다. 유통 기한이 임박한 중식 밀키트 하나와 수분 재공급기에 처박혀 있던 또 다른 밀키트 하나를 찾았다. 그녀는 혼자였다. 처음 엄마와 멜버른에 왔을 때, 교외 중에서도 교외인 곳에 있는 이 침실 두 개짜리 아파트에 자리를 잡았다. 신이는 지난 3주 동안 베들레헴 재활센터에서 뇌 신경 전기 자극 치료를 받는 중이었다.

타오이는 갈 곳 없는 에너지를 억누르며 종일 불안에 떨었다. 에블린은 일과 관련된 갖가지 미팅으로 바빴다. SNS 계정을 꾸며볼까 고심하기도 했다. 지난밤 영상에서 아무 부분이나 잘라 #슈퍼매치첫데이트, #현실세계모험 이라는 태그와 함께 업로드할 수도 있었으니까. 하지만 그 감흥을 깨뜨리고 싶지 않았다.

소파에 자리 잡고 앉아 면을 먹고 있는데 전화가 오며 주변이 밝아졌다. 놀랍게도 벽에 실제보다 큰 네이빈의 얼굴이 나타났다. 리비전의 내장형 카메라의 경우 주변을 촬영할 수는 있었지만, 1인칭 시점으로 착용자를 보여주지는 못했다. 즉, 네이빈이 외부 카메라를 연결한 것이 틀림 없었다.

어안렌즈 속 네이빈은 더 젊어 보였고, 더 약해 보였다. 검은 눈은 엄청나게 커 보였다. 그의 뒤에는 하얀 벽이 있었는데, 중간에 걸려있는 포스터 액자가 타오이의 눈에 들어왔다. 타오이는 자신이 잠옷을 입고 있고, 머리는 산발에, 소파 여기저기에 옷이 흩어져 있다는 것을 알면서도 거실 카메라를 연결했다.

"점심 먹고 있는 거야?"

"저녁일걸? 여긴 오후 늦은 시간이라."

"맛있어 보이네, 뭐 먹는 거야?"

"호키엔 미." 타오이는 검은 소스가 뚝뚝 떨어지는 통통한 계란 면발을 들어 올려 보여주었다. 밀키트 표준에 따른 제품이었기 때문에 맛있었다.

네이빈은 아래에 있는 무언가를 내려다보았는데, 그것은 타오이의 화면을 벗어나는 곳에 있었다. 그는 다시 고개를 들고 그녀를 바라보았다. "아, 나 수술 취소했어."

타오이는 젓가락을 내려놓으며 말했다. "정말?"

"응, 그래서 돌아갈 비행기 좀 알아보고 있었어. 네 말이 맞아. 로봇이 하는 수술이 인간이 하는 수술보다 훨씬 낫지. 합병증 발생률도 훨씬 낮고 말이야. 엄마한테 말씀드렸더니, 엄마도 동의하시더라고."

"미국에도 로봇 수술이 있어?"

"응. 근데 보건 체계가 엉망이라 여기서 수술하지 않으려고."

"아, 그러면…"

"응, 멜버른으로 가려고."

타오이의 심장이 요동쳤다.

"협동 보험이 있잖아. 호프툰 대기 명단에 일단 올려놨어. 4주 정도 기다리면 우선 진료를 받아볼 수 있다고 하더라고. 수술은 아마 그리고 나서 4주 뒤가 될 것 같아."

"와, 생각보다 꽤 빠르네."

네이빈은 타오이를 유심히 바라보았다. "좋은 소식이라고 생각해?"

타오이는 눈을 감았다 떴다. "네이빈. 난 네가 네 건강에 가장 좋다고 생각하는 선택을 했으면 좋겠어. 호주 수술 기술이 세계 최고이기는 하지만, 결국 네가 결정해야 하는 문제야. 내가 선택해줄 수는 없어."

"맞아." 네이빈이 입술을 오므리며 다시 한번 아래를 내려다보았다. 타오이의 리비전에 나타난 그의 화면 가장자리가 흐릿하게 보였다. 그의 희미한 흉터 자국과 점들이 화면상으로는 보이지 않았다. 그녀는 자신도 모르는 사이 손을 올려 화면 속 네이빈의 뺨을 어루만졌다. 손가락으로 쓰다듬어 보아도 느껴지는 건 아무것도 없었다. 당황한 그녀는 재빠르게 손을 내리고 그가 알아차리지 못했기를 바라면서 손을 깔고 앉았다.

네이빈이 말했다. "오늘 비행편 예약하려고. 그리고 나서 머무를 곳도 찾아보려고 해."

"숙박은 걱정하지 마. 우리 집에서 묵어도 돼."

"아니, 나는 너한테…"

"우리 엄마 전혀 신경 안 쓰실 거야." 집에 다시는 돌아오지 않으실지도 몰라. 타오이는 생각했다. 하지만 그 말을 입 밖으로 내뱉지는 않았다. 긴 설명이 필요했기 때문이다. "혼자 어떻게 지내려고. 회복 기간 중에 돌봐줄 사람이 필요하잖아. 우리 집에 방도 있고 하니까 괜찮을 거야."

시선은 여전히 아래를 향하고 있었지만, 그의 입꼬리는 슬쩍 올라갔다.

"그럼 우리 합의한 거다?"

고개를 올리며 눈을 찡긋하는 그였다. "아주 설득력 있는 주장이었어, 타오이."

* * *

한 달이 지나고 8월이 되었다. 네이빈이 멜버른으로 이주했다. 신이도 그때쯤 병원에서 돌아왔지만, 상태가 그리 좋지 않아 대부분 문을 닫고 방에만 있었다. 네이빈이 가져온 건 짐 가방 두 개뿐이었다. 자신의 평생이 짐 두 개로 그렇게나 간단하게 정리된다는 것에 그는 놀랐다.

그가 말했다. "얼마나 많은 물건이 가상 세계 물건으로 이전될 수 있는지 아마 너는 모를 거야. 기념품이나 수집품까지도 가능하다니까?"

하지만 네이빈이 이전하지 않기로 선택한 몇 가지가 있었다. 하나는 엄마와 찍은 자신의 사진이 담긴 액자였는데, 그는 그것을 타오이의 서랍장 위에 올려 두었다. 타오이는 그 사진을 자세히 살펴보았다. 한 컨퍼런스에서 어떤 과학 관련 포스터 앞에 나란히 서 있는 엄마와 아들의 모습이었다. 네이빈의 어머니는 작고 여린 몸과 흰 피부, 날카로운 눈에 파란 중산모자를 쓰고 꽃무늬 블라우스를 입고 계셨다. 따뜻하고 지적으로 보이는 분이셨다.

네이빈과 타오이는 네이빈의 스무 살 생일 3주 전인 2079년 9월 6일, 호프툰 메디컬 센터로 향했다. 수술이 진행되는 동안 타오이는 네이빈의 병실에서 공부를 하며 기다렸으나 그녀의 머릿속에는 아무것도 들어오지 않았다. 네 시간 후 의료진이 휠체어에 앉은 네이빈을 데리고 들어왔다. 타오이는 의자에서 일어나 뛰쳐나갔다.

"어떻게 됐나요?"

"수술은 잘 됐습니다. 말씀드렸던 그대로 됐어요. 문제도 없고요."

의료진은 혈압, 심박수, 체온, 산소포화도를 꾸준히 지켜봐 줄 메디컬 하이브 마인드 '테레사'에 네이빈의 베드를 연결했다. 의료진은 네이빈의 팔에 주입 밴드를 연결하고 인공 혈액 팩을 매단 후 서둘러 사라졌다. 타오이는 누워있는 네이빈을 내려다보았다. 입술은 갈라져 있었고 얼굴에는 누런빛이 돌고 있었다. 눈은 감겨 있었지만 그의 숨소리는 크고 무거웠다. 잠든 게 아니라 진정제를 맞아 취해 있는 상태였다.

타오이는 머뭇거리다 네이빈이 덮고 있던 면 이불을 젖혔다. 그러고는 그 아래 그가 입고 있던 병원복을 들춰 보았다. 투명 거즈가 수술 부위를 덮고 있었다. 그의 배 왼쪽에 있는 티타늄 플러그에서부터 가슴 아래까지 붉은 선 하나가 나 있었다. 수술 부위를 따라 아주 작은 파란색 스테이플들이 지퍼처럼 박혀 있었다. 타오이는 스테이플의 개수를 세어 보려 했지만 50 다음부터 그만 놓치고 말았다. 두 번째 거즈는 네이빈의 왼쪽 팔꿈치 안쪽에 삽입된 메탈 플러그를 덮고 있었다.

믿기 힘들었다.

네이빈이 알아들을 수 없는 말을 중얼거리며 몸을 움찔거렸다. 타오이는 서둘러 그의 가운과 이불을 원래대로 덮어 주었다.

"네이빈, 내 말 들려? 물 좀 가져다줄까?"

하지만 그는 약에 취해 타오이의 말을 들을 수 없었다.

7

타오이는 4월 초가 되어서야 신이를 보러 갔다. 둘은 보통 성묘를 하며 죽은 이들을 기리는 청명절에 만나고는 했다. 타오이는 늦은 아침에서야 도착했다. 현관 벨을 누르기 전에 모자와 부츠, 두꺼운 나일론 재킷을 벗었다. 움직일 때마다 그녀에게서 먼지가 날렸다. 그녀는 집 안으로 들어가서 오염된 옷을 넣어 놓는 옷장에 벗은 것들을 넣고, 마지막으로 에어 필터 마스크도 벗었다.

그녀는 어느 순간부터 표면적인 집안 상태를 보고 엄마의 마음을 읽을 수 있게 되었다. 깨끗한 주방 카운터, 커피 테이블 위 크기별로 정리하여 쌓아 놓은 잡지들, 날짜가 적힌 상자에 담겨 있는 먹던 음식들. 모두 엄마가 괜찮다는 뜻이었다. 넘칠 것 같은 쓰레기 투입구, 더께가 앉은 레인지 위, 바닥에 지도를 그리며 쌓여 있는 세탁 전 옷가지들은 곧 신이의 우울증이 도질 것이라는 경고 신호다.

오늘 본 집은 깨끗하고 눈부셨다. 블라인드도 올라가 있었다. 동쪽에서 뜬 햇빛이 발코니로 쏟아져 들어와 거실을 채웠다. 신이는 이미 레인지 위 두 개의 큰 냄비에 무언가를 펄펄 끓이고 있었다. 스피커에서는 수십 년도 더 된 한국 R&B 음악의 과한 비트가 재생되고 있었다.

타오이의 긴장이 풀렸다.

욕실로 가서 때 묻은 얼굴과 민머리에 차가운 물을 끼얹었다. 역에서부터 10분 동안 걸어오면서 타 버린 코끝, 에어 필터 마스크가 갈라지는 부분 때문에 아팠던 콧구멍에 바셀린을 발랐다. 키가 크고 늘씬한 그녀의 몸은 거울에 다 담기지 않는다. 그녀는 낮은 곳에 설치된 세면대와 좁은 샤워 부스 옆에 서서 본인이 기괴할 정도로 너무 큰 것 같다고 생각했다.

독립한 지 8년이 지났는데도 타오이의 침실은 그녀의 사춘기를 간직한 신비의 성지로 남아 있었다. 그리고 그곳은 여전히 아득함과 향수가 섞인 편치 못한 감정으로 그녀를 꽉 채운다. 구석의 싱글 베드에는 셀러브리티들의 홀로그램 스티커가 붙어 있었다. 지난 10년 동안 하나같이 민머리에 헤나 장식을 하고 나왔던 유명인들이었다. 침대 머리 위 허리 높이의 선반 하나. 한때 소중하게 여겼던 나노블록 컬렉션이 전시되어 있었다. 가득 쌓인 먼지 아래, 우스꽝스럽게 느껴지는 10년도 더 된 아이허브iHub 태블릿 PC. 지난번 집에 왔을 때 켜보려고 시도했지만, 몇 초 깜빡거리더니 스페인에서 캡스톤디자인 과정 친구들과 찍었던 사진을 보여주고는 그만 고장 나 버렸다.

타오이는 신이에게 종종 물었다. "제 방에 있는 물건 다 치우는 게 어때요? 엄마 침실에 있는 뉴팟을 제 방으로 옮겨서 가이아 방으로 쓰시면 되잖아요. 그럼 침실도 넓어지고 좋은데."

"음, 그렇긴 하지." 엄마는 그렇게 말하고는 했지만 절대 그렇게 하지는 않았다.

의식하지 못한 사이, 타오이는 어느새 주방이었다. 주방 아일랜드 식탁에 난 친숙한 홈집, 왼쪽에서 두 번째 금 간 타일, 열 때마다 끼익 소리가 나는 서랍. 모든 게 그녀를 환영하고 있었다. 타오이는 냄비 뚜껑을 연다. 삶은 밤이다. 다른 냄비 하나에는 돼지고기 덩어리와 땅콩, 리본 모양으로 접힌 두부가 들어간 맑은 수프를 끓이고 있었다. "엄마, 이 재료들은 다 어디서 나신 거예요?"

수프 냄비에 국자를 넣으며 신이가 말했다. 둘은 평상시 만날 때처럼 광둥어와 영어를 섞어 쓰며 대화했다. "아, 말레이시아 식품 공급하는 곳에서 산 거야. 그것도 몇 년 전에 구한 거야. 보관 기한 지나기 전에 다 먹어야지."

"진짜 밤이에요?"

"내가 알기로는?"

"엄청 비쌌겠어요."

"세일해서 샀던 거야, 걱정 마."

"돼지고기도 사신 거예요?"

"현실 세계 좋더라. 연장자한테는 할인해 주더라고."

신이는 살면서 대부분의 시간을 채식주의자로 지냈고, 실험실에서 배양한 고기가 처음 시장에 등장했을 때도 불신하던 사람이다. 하지만 점차 자신의 불안감을 극복하면서 그 농축된 맛에 익숙해져 갔다. 어쨌든, 진짜 고기의 맛이 어땠는지 떠올릴 수 있는 사람은 이제 그 어디에도 없다.

타오이가 말했다. "이렇게 많이 사지 않으셔도 되는데. 장 보느라 일주일 치 연금 정도 쓰셨겠어요."

"괜찮아. 엄마가 원체 다른 데에는 돈을 안 쓰잖니."

사실이다. 이 아파트에서 가장 비싼 물건을 고르라면 뉴팟이다.

신이는 수프를 올려놓은 레인지의 불 세기를 줄였다. "오늘 오면서 불편한 건 없었니?"

일요일에 운행되는 열차 수는 평일의 절반이다. 10년 전, 입석만 있던 열차에는 테마파크나 시골 휴양지, 쇼핑 단지로 가려는 가족들이 많아서 몸을 구겨 넣으며 탔어야 했다. 하지만 이제 타오이는 열차를 타고 이곳에 올 때마다 앉아서 온다. 테마파크는 오래된 데다 초라해졌고, 시골 휴양지는 수많은 들불의 여파로 문을 닫았으며, 쇼핑 단지는 공동묘지처럼 텅 비어 있을 뿐이다. 가이아에 있는 것들이 더 멋있으니까.

"그럼요." 타오이는 냉장고에서 사과맛 주스를 꺼내 잔을 채웠다.

"단데농Dandenong에서 버스 탔어야 했지?"

"아니요, 열차 노선이 다시 버윅Berwick까지 연장됐더라고요."

"밖에 더워 보이던데."

"맞아요. 그래서 오전 11시에서 오후 3시까지 외출 금지잖아요."

신이는 점심때 먹는 약 다섯 알을 손바닥에 털어 한 번에 입에 넣고 물과 삼켰다. 그녀는 주방 카운터 가장자리를 꼭 잡은 상태로 잠깐 멈칫하다, 부리나케 약병들을 치웠다.

타오이는 차가운 핑크 레이디 프라임 주스를 한 모금 삼켰다.

신이가 자연스럽게 앞쪽으로 몸을 구부렸다. 물기를 빼려 냄비에서 꺼낸 밤을 리넨 천 위에 올렸다. 주전자가 끓는다. 자기로 만들어진 찻주전자에 우롱찻잎 가루를 넣었다. 그녀는 팬트리에서 피넛 쿠키, 향과 성냥이 담긴 종이 봉투를 꺼냈다.

"도와드려요?"

"아니야, 괜찮아."

타오이는 거실로 향하는 엄마를 뒤따라가며 배 속의 주스를 소화시켰다. 신이는 절대 도움을 받는 사람이 아니다. 가장 지독한 건 그런데도 그녀에게서 힘든 티가 전혀 나지 않는다는 것. 자신이 아플 때조차 도움을 원치 않는 사람이다.

타오이의 할머니 사진이 담긴 액자가 낮은 테이블 위에 올려져 있었다. 사진 속 할머니는 타오이의 나이쯤 되어 보이는 젊은 여자의 모습이다. 그 젊은 여자는 헐렁한 티셔츠를 밝은 청바지 속에 넣어 입은 채로 벽돌 담장에 기대어 서 있다. 어깨 한쪽에는 검은색 반다나가 떨어져 내려오고, 넓적한 얼굴은 마치 사진에 찍히기 싫다는 듯 카메라를 약간 피한 모습이다.

타오이는 액자 속에 또 다른 사진이 한 장 숨겨져 있다는 것을 안다. 어린 시절 신이가 집에 없던 날이었다. 액자 뒤를 연 타오이는 그 사진을 발견했다. 앞에 있는 사진에서보다 몇 살 더 나이 들어 보이는 할머니와 주변에 있는 어린 세 아이. 사진에 아이들의 아버지는 없다. 셋째 아이가 태어난 직후 떠났거나, 아니면 죽었을 것이다. 상황이 변한 것이다.

신이는 남동생에 대해서도, 여동생에 대해서도 말을 꺼내지 않았다. 타오이는 무표정으로 카메라를 바라보고 있는 세 아이의 무게감을 느낀다. 나랑 닮은 구석이 하나도 없네. 가족에 대해 생각할 때 꼭 소속감을 느껴야만 하는 것일까? 타오이에게는 그 어떤 소속감도 느껴지지 않는다. 마치 뭉쳐진 밥알들이 식도에 꽉 막혀 있는 것처럼 가슴에 무언가 달라붙어 있는 듯한 느낌뿐이다.

신이는 붉은 초 두 개에 불을 붙였다. 향로에 향을 꽂고 거기에도 불을 붙였다. 그리고는 피넛 쿠키들을 접시 위에 세심하게 정리했다. 타오이는 빨리요, 엄마. 대체 이게 뭐가 중요해요? 이렇게 투덜대고 싶은 충동을 애써 억눌렀다.

주전자가 끓는다. 타오이는 엄마가 말리기도 전에 벌떡 일어나 찻주전자를 채우고 찻잔 세 개를 찾았다. 신이는 음악을 껐다. 아파트 전체에 침묵이 가득해졌다. 옆집 누군가가 물을 사용하는 희미한 소리만이 가득할 뿐.

둘은 함께 무릎을 꿇고 앉았다. 신이는 이마가 타일에 닿을 때까지 몸을 숙이고, 타오이는 그런 엄마를 그대로 따라했다. 타오이의 할머니는 2043년 마흔네 살의 나이로 쿠알라룸푸르의 한 호텔 방에서 홀로 숨을 거뒀다. 자살 전 일기장 종이를 찢어 쓴 유서가 침대 시트 사이에 함께 구겨져 있었다. 부검 결과, 그녀의 혈액에서는 여러 가지의 약물이 발견되었다.

타오이와 할머니가 만난 적이 있었더라면, 그 둘의 가치관은 같았을까? 엄마는 할머니에 대해서도 거의 이야기하지 않았다. 한 번은 신이가 자신의 엄마를 가리켜 이상주의자라고 한 적이 있었다. 그때 신이의 말투에는 아무런 감정도 없었다.

향에서 나는 스모키한 우디향이 둘 주위를 휘감는다. 그들은 청명절과 할머니의 생신, 이렇게 1년에 두 번 그녀의 제사를 지냈다. 그래봤자 그녀가 좋아했던 음식 몇 가지를 준비해 사진 앞에 향을 켜고, 무릎을 꿇어 절을 올리는 것이 전부였지만 말이다. 이들의 초라한 의식은 수 세기 전 조상 숭배를 위해 지냈던 제사와는 아마 닮은 구석이 거의 없을 것이다. 가끔 타오이는 엄마가 속에 엉켜 있을 고통을 느끼면서도 어떻게 그걸 참고 이 제사를 지내는 것인지 궁금했다. 하지만 신이는 정화 의식을 수행한다는 실용주의적인 생각으로 제사를 지낼 뿐이었다.

절을 올리고 난 후, 신이는 세 그릇에 나누어 담은 국을 가지고 왔다. 제단 앞에 한 그릇이 올라가고, 타오이는 우롱차를 따랐다. 둘은 부드러운 러그 위에 아이들처럼 나비 다리를 한 채로 수프를 먹었다. 타오이는 국물을 천천히 마시고, 돼지고기와 두부, 눅눅해진 땅콩을 씹었다. 가이아에는 이런 맛이 나는 음식이 아예 없다. 가이아에서의 음식은 초콜릿을 한 조각 베어 물 때처럼 입 안을 달콤한 행복으로 가득 채울 뿐이다. 하지만 엄마의 수프에서는 다양한 맛과 질감이 두드러졌다. 얇은 땅콩껍질, 질긴 돼지고기 부위처럼 약간은 불쾌한 맛도 느낄 수 있었다.

타오이가 엄마에게 말했다. "엄마, 괜찮아 보이시네요."

신이의 입꼬리에 미소가 번졌다. "왜지?"

"집이 깨끗하잖아요. 주방에 먹을 것도 꽉 차 있고. 건강해… 보이세요."

신이는 이 말에 기분이 상한 것 같았지만 아무 대답도 하지 않고 수프 접시를 들어 남은 국물을 마셨다.

"잠은 잘 주무세요?"

신이는 그릇을 내려놓고 웃었다. 하지만 억지웃음이다. "세상에, 타오이. 네 말투 테레사 말투 같아."

"그냥 엄마가 괜찮으신지 알고 싶을 뿐이에요."

"대체 뭐가 괜찮냐고 묻는 거야? 그래, 난 잘 지내고 있어. 매일 침대에서 나와 할 일을 해. 약도 먹고. 밤새 잠도 잘 자고, 악몽도 안 꿔. 더 바랄 게 없어."

"2월에 그렇게 심하게 안 좋았던 건 아니었나 보네요? 뇌 자극 치료는 어땠어요?"

"괜찮았어. 2주 만에 끝났어." 그녀는 불현듯 제단 쪽을 뚫어질듯 이 바라보며 말했다. 갈매기형 눈썹은 반쯤 감은 듯한 눈 아래를 향해 쭉 그려져 있고, 굵은 턱선 위의 큰 입은 꿈쩍도 하지 않았다. 이럴 때마다 신이는 위협적이고, 알 수 없고, 두렵기까지 한 존재다. 타오이는 더 이상 아무 이야기도 꺼내지 않았다.

타오이에게 갑자기 2년 전의 기억이 떠올랐다. 발밑에 여기저기 흩어져 있는 포장 용기 더미를 피해 조심조심 침실로 향하던 기억. 정리되지 않고 냄새나는 누비이불 더미 아래 묻혀 있던 작은 침대 프레임. 타오이가 블라인드를 획 젖히면서 오후의 빛줄기가 들어와 어둠을 깨뜨리자 신이는 흐느껴 울기 시작했었다.

그 후, 둘은 그날의 이야기를 꺼내지 않았다. 타오이는 엄마가 부끄러워서 그런 거라고 추측할 뿐이었다. 타오이는 엄마에게 부끄러워할 필요 없다고 말하고 싶었다. 그때 그녀에게는 엄마에 대한 사랑뿐이었다. 저릿하고 마음 찡한 사랑. 하지만 타오이는 이런 얘기를 어떻게 해야 할지 알 수 없었다.

타오이가 주방에서 밤을 가져왔다. 둘은 소파에 앉아 TV 뉴스를 틀었다. 타오이는 손바닥에 부드러운 밤을 쥐어 본다. 겉의 갈색 껍데기는 식었지만, 여전히 그 안에서부터 따뜻한 열기가 새어 나왔다. 밤을 이빨로 깨물어 가른 뒤, 촉촉한 밤 속을 숟가락으로 퍼먹었다. 혀에 달콤함과 버터 같은 부드러움이 느껴졌다. 왜 할머니가 밤을 간식으로 가장 좋아하셨었는지 이해가 갔다.

* * *

타오이가 떠난 시간은 이른 저녁이었다. 타오이의 본가 방문은 종종 이런 식이다. 일부러 식사 한 끼 할 정도의 시간만 머무르는 것이다. 하지만 그 시간은 마치 물에 넣어 놓은 채소 같이 부풀고 또 부풀어 오른다. 대화는 점점 잠잠해지고, 얄팍한 소재조차 남아 있지 않아 고요한 감정의 교감만이 이루어질 뿐.

타오이가 보호 장비를 차기 전, 신이는 그녀를 안았다. 향과 수프, 땀 냄새를 가득 머금은 신이의 몸은 작고 따뜻했다.

신이가 말했다. "잠깐만. 너한테 줘야 할 게 있어."

그녀는 침실로 가 청동으로 만들어진 작은 꽃병을 들고 나왔다. 타오이는 코발트 블루색 하늘 전체를 휘감고 내려오는 노란 용이 그려진 그 에나멜 작품을 어루만졌다.

"할머니 거야."

"너무 예뻐요, 엄마. 그런데 이렇게 예쁜 걸 제가 어떻게 가져가요."

"네가 가져가. 내 방에 있으면 먼지만 쌓여. 네 집 선반에 두면 훨씬 더 멋질 거야. 잠깐, 가방에 넣어 줄게."

그리고 신이는 는 그 꽃병을 마른행주 세 겹으로 돌돌 감아 손잡이 달린 가방에 잘 넣어 주었다. 타오이에게 불쑥 건넨 가방, 신이의 눈은 보이지 않는 애정과 고마움으로 일렁거렸다. 타오이는 뭐라고 해야 할지 감을 잡을 수 없었다.

타오이는 그 가방을 받고서 옷장을 열어 옷 입기 의식을 시작했다. 입을 막는 에어 필터 마스크, 콧구멍에 쓸리는 양쪽 에어 필터, 재킷, 부츠, 그리고 모자까지.

"밖에 조심하고."

엘리베이터를 타고 1층까지 내려갔다. 바깥은 주황빛이 가루처럼 흩뿌려진 저녁이었다. 타오이는 에어 필터 마스크를 벗고 마셔서는 안 되는 공기를 몇 차례 들이마셨다. 마치 좋은 흙이 가득한 땅에서 낮의 열기를 밖으로 뿜어내는 듯, 공기는 진하고 달콤했다. 지는 해의 광선에서 머리 위로 날아다니던 먼지들이 포착됐다. 그녀는 어린 시절 살던 집을 향해 잠깐 고개를 돌렸다. 미적인 건 고려하지 않고 기능만 생각하며 지은 개미 소굴. 그 아파트 블록의 창문들 수천 개 사이로 보이는 반쯤 감은 듯한 눈을 향해.

그녀는 다시 마스크를 쓰고 역을 향해 서쪽으로 몸을 돌리며 주방에서 홀로 밤 껍데기를 정리하고 있을 엄마의 이미지를 애써 밀어냈다.

열차 플랫폼에는 입고 있는 재킷이 너무나 커서 거의 파묻혀 있는 것 같은 젊은 친구 한 명과 타오이, 단 둘뿐이었다. 그의 얼굴에는 리비전에서 나오는 희미한 불빛이 그려져 있었다. 도시로 향하는 다음 열차는 6분 뒤 도착이다. 타오이는 벤치에 앉아 어둠과 빛의 줄무늬가 번갈아 그려져 있는 희뿌연 하늘을 올려다 봤다.

역 지붕 쪽에서 무언가 움직였다. 두 마리의 생명체가 두꺼운 전선을 잡고는 지붕을 향해 미친 듯이 올라가고 있었다. 호리호리한 몸과 긴 꼬리. '주머니쥐'였다. 그들은 끊어지지 않는 희한한 리듬으로 손과 발을 옮겨 가며 플랫폼 위를 건너가고 있었다. 큰 놈은 작은 놈을 리드했다. 그 전선은 기둥과 맞닿아 있었고, 그보다 더 아래에 있는 전선 쪽으로 뻗어 있었다. 큰 놈이 멈춰서더니 작은 놈이 건너갈 수 있도록 상냥하게 도왔다. 그리고 둘은 다시 앞으로 꿋꿋하게 나아갔다.

타오이는 몇 년 동안 동물을 보지 못했다. 남아 있는 나무도 없었다. 저 쥐 두 마리는 어떻게 살아남은 걸까? 어디로 가는 걸까?

전선이 두 마리 쥐를 울타리 너머로 안내했다. 두 생명체가 땅거미 지는 곳으로 사라진 후에도 타오이의 시선은 오래도록 그쪽을 향했다.

* * *

타오이와 신이가 말레이시아에 살 때였다. 신이는 매년 4월이면 조상들께 제사를 지내는 황폐한 사찰로 타오이를 끌고 갔다. 마지막 사찰 방문은 타오이의 열두 살 생일을 코앞에 둔 때였다. 호주로 떠날 날이 얼마 남지 않은 상황이었다.

타오이가 투덜댔다. "벌써 제사 지낼 때가 왔어요? 지난번에 왔던 게 엊그제 같은데!"

"오버하기는." 신이는 대문으로 타오이를 몰면서 말했다. "하루라도 학교 안 가는 날이 있다는 것에 감사해야지. 서둘러. 열차 놓치기 전에 얼른 신발 신어."

타오이는 비죽거렸다. "친구들은 그런 지루한 옛날 사찰에 안 가요. 다들 오늘 인피니티 존에 간대요. 기억나세요, 엄마? 저도 진짜, 진짜 가고 싶다고요! 쿠알라룸푸르에 이제 막 연 곳이래요. 화산 등

반도 할 수 있고, 원하는 곳 어디에서든 행글라이더 타고 날 수도 있다고요. 마추픽추나 피라미드에서도요! 다른 멋진 것도 엄청 많이 할 수 있대요! 제발요, 엄마. 보내주시면 한 달 동안 설거지 제가 다 할게요."

"동화 속 세계에서 친구들하고 노는 것보다, 할머니한테 인사 올리는 게 더 중요한 일이야. 네가 죽은 뒤에 아무도 너한테 인사를 올리지 않으면 넌 어떻겠니?"

"죽게 되면 아무것도 느껴지지 않겠죠."

"하하, 천재네 우리 딸! 신발 신어, 얼른!"

하수구 냄새와 꿉꿉함으로 가득한 후텁지근한 날이었다. 열차에는 빈자리가 없었다. 열차가 역에서 벗어나자 타오이는 엄마 옆에 꼭 붙었다. 신이의 한 손에는 오렌지와 단 과자를 담은 두둑한 핑크색 비닐봉지가 들려 있었다. 그러고는 남은 반대편 손으로 머리 위 손잡이를 꼭 잡았다. 발은 객실 바닥에 딱 붙인 채였고, 입은 갈색 얼굴에 꼼짝도 하지 않는 선처럼 그려져 있었다. 신이의 민머리에 구슬땀이 흘렀다. 머리카락을 기르는 것이 과거의 스타일로 치부된 이후에도 신이는 아주 오랫동안 보브 단발 스타일을 유지했었다. 하지만 이 당시 어디를 둘러봐도 온통 뉴로스킨스와 젤 모자뿐이라 그녀도 민머리 스타일에 굴복할 수밖에 없었다.

열차에 타고 몇 분이 지나자, 구름 뭉치 뒤로 해가 사라졌다. 이윽고 창문에 빗방울이 조금씩 튀기 시작했다. 열차는 에포Ipho의 중심지로 향했다. 복원된 식민지 시대 건물, 그리고 초현대적인 쇼핑 단지. 광둥 지방, 하카 지방, 인도, 말레이시아 음식이 있다고 써진 레스토랑들은 그래피티가 가득한 모습으로 뒤섞여 있었다. 구 시가지를 지났다. 에포고등법원의 신고전주의 스타일 기둥이 안개 너머 어슴푸레 빛났다. 타오이는 목을 길게 빼서 카키색 제복을 입은 초병들을 보았다. 그들은 법원 청사 정문을 순찰 중이었다.

신이와 타오이는 도시 중심에서 동쪽으로 세 역을 더 가서 내렸다. 열차 문이 열리자 먼지바람이 객실 안으로 날아 들어왔다. 신이는 열차 플랫폼에서 타오이의 마스크를 단단히 고쳐 주었다.

비로 인해 고개 숙인 둘은 고르지 못한 포장도로를 따라 힘겹게 걸었다. 금방이라도 무너질 듯한 집들이 길을 따라 줄지어 서 있었다. 앞쪽은 석회암 절벽 줄기로 이루어져 있었는데, 나무 없이 헐벗은 우림은 이상한 검은 선들로 얼룩져 있었다. 죽은 나무로 빼곡한 잡목림이 된 것이다. 타오이가 그곳으로 달려가서 생기 없는 나무 껍데기를 만지자, 껍데기는 그녀의 손가락 끝 아래에서 금이 가 버렸다. 이 나무들은 얼마나 오랫동안 살아 있었던 걸까. 타오이는 마음속 눈의 시간을 되감아 도로와 우뚝 솟은 절벽을 다시 한번 녹색으로 뒤덮었다. 로프와 등산객, 그리고 자연 그대로의 생기 넘치는 신록으로. 등줄기를 따라 전율이 흘렀다.

사찰에 도착할 때쯤 비가 멈췄다. 둘은 습한 공기로 땀에 절었다. 거대한 돌문에 다다르자 신나던 타오이의 기분도 가라앉았다. 돌문은 세 개의 아치가 붙어 있는 구조였다. 긴 몸의 용과 한자가 금박으로 장식되어 있고, 꼭대기에는 홈이 세로로 난 지붕이 올라가 있었다. 타오이는 가운데에 있는 아치를 통과할 때 숨을 참았다.

강철 울타리 하나가 사찰 뜰에 있는 거북이의 집을 둘러싸고 있었다. 평상시 타오이는 동물 보는 것을 좋아했지만 그 거북이들은 그녀를 슬프게 했다. 타오이는 손을 둥글게 말아 울타리를 잡고, 빨개진 볼을 강철로 된 차가운 창살에 가져다 댔다. 무릎 높이만큼 크고, 나이 많은 거북이 두 마리와 저녁 식사에 사용하는 접시만큼 작은 거북이들이 더러운 연못에서 뒹굴고 있었다. 타오이는 작은 거북이가 몇 마리인지 세어 보았다. 열세 마리. 아니, 열네 마리였다. 그 전에 왔을 때는 확신하건대 스무 마리도 넘게 있었다. 큰 거북이 중 한 마리가 주름진 머리를 돌리고 끈적끈적한 무언가가 묻은 눈으로 그녀를 바라보았다.

"얼른, 타오이." 신이가 타오이를 잡아당기며 말했다. 거기서부터는 모든 말을 중국어로 했다. 사찰에서는 항상 중국어로 말했다. "엄마는 사람 더 많아지기 전에 기도 끝내고 싶어."

"사람이 언제 있었다고요." 타오이는 중얼거리면서도 신이를 뒤따라갔다.

둘 말고 있는 사람은 몇 안 됐다. 모두 나이 든 사람들이었다. 신이보다도 훨씬 더 나이가 많은 사람들이 엉금엉금 걸으며, 옥으로 된 부적과 죽은 혼령을 기리기 위해 태우는 종이를 손으로 만지고 있었다. 색바랜 벽화, 대나무 의자의 갈라진 이음새를 연결하고 있는 강력 접착테이프, 질릴 정도로 과한 향과 곰팡이. 사찰 전체가 굉장히 오래되고 낡아 보였다.

신이와 타오이는 거대한 금불상 하나, 그리고 그보다 더 작고 화려한 불상이 다양한 포즈를 취한 채 바라보는 동굴 입구를 지났다. 석회벽은 자연스러운 모양으로 울퉁불퉁 파여 있었다. 마치 거대한 짐승의 꼬불꼬불한 내장을 따라 걷는 기분이었다.

타오이는 코트의 깃 안으로 움츠러들어 자신도 등에 있는 안전한 집에 들어간 한 마리 거북이인 듯 굴었다.

옆에 난 길 하나가 봉안당 주변을 휘감고 있었다. 타오이에게 오싹함을 주는 공간이었다. 6층 높이의 연회색 건축물로, 내벽에는 강력한 아크릴로 만든 작은 정육면체들이 가득했다. 그 안에는 사진, 명패, 유골함, 그리고 장난감 차나 가짜 돈 같은 제물들이 있었다. 정육면체들 중 일부는 차 있고 일부는 비어 있어서 마치 누군가 치아 사이가 벌어진 미소를 짓고 있는 모양새였다. 위쪽은 돈을 더 낼 수 있는 사람들을 위한 자리로 그곳에 모시면 극락에 더 가까워진다고, 엄마는 타오이에게 말해주었다.

위로 올라가면서 타오이는 그 모든 사자死者들을 기억하려 애쓰며 어둡게 굳어 있는 그들의 얼굴을 바라보았다. 하지만 처음 몇 명을 지나자 모두의 얼굴이 똑같아 보이기 시작했다. 타오이의 타일 밟는 소리가 그곳을 울렸고, 그 소리는 위쪽에 멈춰 있는 공기 중으로 퍼졌다. 타오이는 그 소음으로 신성한 낮잠을 자는 조상들을 깨우는 상상을 해보았다. 그녀는 기괴한 웃음소리가 나오려는 것을 애써 참았다.

둘은 두 층을 계단으로 올라가 타오이의 할머니와 증조부모님이 안치되어 계신 곳에 도착했다. 신이는 바닥에 천을 하나 깔고 가져온 그릇에 오렌지와 과자를 담았다.

"왜 엄마 동생들은 안 와요?"

신이는 그런 타오이의 말이 들리지 않는다는 듯, 화려한 향로에 향 몇 개를 꽂았다. 타오이는 목소리가 더 크고, 더 진하게 생긴 엄마 버전인 이모와 함께 사찰에 왔던 것을 기억하고 있었다. 엄마의 남동생도 함께였지만, 그와 함께한 것은 몇 년 되지 않았다. 작은 키에 조용했던 그는 벽에 등을 기대고 서 있었다.

"엄마?"

신이는 날카롭게 말했다. "아이 이모는 일 때문에 바빠. 삼촌은 이제 캐나다에 살고. 걔는 이제 더 이상 말레이시아를 좋아하지 않아."

타오이는 고개를 숙인 채 눈을 치켜뜨고는 사진들을 훔쳐보았다. 엄마의 엄마인 할머니, 그보다 더 윗세대인 할머니, 할아버지들이 계셨다. 할머니의 사진에는 그녀의 머리와 목, 목깃 일부만이 보였다. 할머니는 넓적한 얼굴에 흙빛 피부, 통통한 입술을 가진 분이셨다. 사진 속 그녀는 당시 엄마의 나이보다 그리 많지 않아 보였다.

"할머니 눈이 슬퍼 보이네요."

"종종 그렇게 슬퍼하셨어."

"왜요?"

신이는 영어 단어 하나를 사용했다. 타오이가 제대로 이해할 수 없는, 크고, 투박하며, 무거운 단어 하나를. "depression(우울증)이라는 걸 앓고 계셨거든."

타오이는 향에 불을 붙이는 엄마를 바라보았다. 타오이는 향이 내뿜는 우디하고 스모키한 향을 좋아했다. 그녀는 그 향을 깊게 들이마셨다. "아, 그래서 돌아가신 거예요?"

"어느 정도는 그래."

"그게 무슨 뜻이에요?" 타오이는 할머니의 명패를 흘깃 훔쳐보았다. 서기 1989년~2043년. 타오이는 머릿속으로 할머니가 몇 년을 사신 것인지 곰곰이 계산해 보았다. 할머니는 타오이가 태어나기 16년 전에 돌아가셨다.

"갑자기 죽는 사람들도 있고, 천천히 죽는 사람들도 있어. 언젠가 그 얘기를 해줄게, 딸. 엄마 옆에 와서 무릎 꿇고 앉아."

타오이는 엄마의 따뜻한 얼굴을 내려다보았다. 갑자기 엄마의 얼굴에 할머니의 얼굴이 겹쳐 보였다. 굉장히 닮은 얼굴이었다. 볼도 똑같이 넓고, 턱선도 똑같이 강렬했다. 눈동자는 너무나 까매 칠흑에 가까웠고, 홍채가 보이지 않을 정도였다.

타오이는 왜 그 사찰에 엄마 쪽 가족만 있는지 묻고 싶었다. 하지만 타오이는 그 전 해의 기억을 떠올렸다. 아빠에 관해 물었으나 엄마로부터 퉁명스러운 질책만 받았던 기억을 말이다. "아빠는 더 이상 우리 가족이 아니야. 그랬던 적도 없었지만." 타오이는 또 혼나고 싶지 않아 꾹 참았다.

그녀는 무릎을 꿇고 엄마의 허리가 움푹 들어간 곳에 다가가 붙었다. 타오이의 작은 몸에 딱 맞는 것으로 보이는 완만한 공간이었다. 타일로 된 바닥 때문에 무릎이 아팠지만, 타오이는 아무 말도 하지 않았다. 그리고 엄마가 몸을 숙여 이마가 땅에 닿을 때까지 절하는 것을 바라보았다. 몇 초 지나지 않아 타오이도 똑같이 따라 했다.

8

점심을 먹고 돌아오는 타오이에게 다원이 머그잔을 흔들며 인사했다. 트루 U의 안내데스크 직원인 다원은 정말 완벽하지만 기억에 남지는 않는 얼굴을 가지고 있었다. 젊고 잘생긴 백인 남성 천 명을 데리고 와서 그들이 평균적으로 가지고 있는 특징을 모아 본다면 그게 바로 다원일 것이다. 간혹 타오이는 다원이 로봇인지 아닌지 의심스러웠다. 하지만 그가 퍼스Perth에 계신 부모님 사진과 현실에서 모은 옛날 버블헤드 피규어 컬렉션(200개인데 지금도 계속 늘어나고 있음)을 보여줬던 일을 떠올린다. 그래도 타오이의 의심은 쉽게 사라지지 않았다.

다원이 타오이를 바라보며 씩 웃자 진주처럼 하얀 치아 두 줄이 드러났다.

타오이는 마지막으로 '비뚤어진' 치아들을 봤던 기억을 떠올리려 애썼다. 일본 10대들이 마인크래프트의 '아바타 모드'에서 원하는 귀여운 덧니가 아니라, 적나라한 의미의 비뚤어진 치아 말이다. 불균형하게 서로 겹쳐 나 있는 앞니와 니코틴 색소로 검게 얼룩진 입술을 받치고 있는 송곳니. 타오이는 희미하게나마 에포에 갔을 때 봤던, 틈새가 많고 누런 이를 가진 노숙자를 떠올렸다. 그는 보안 요원들이 쫓아낼 때까지 엄마와 자신이 살던 아파트 블록 출입구에서 잠을 자고 있었다.

"타오—타오. 오늘 너 운 좋은데?"

"왜, 예약 취소된 거 있어?"

"아니, 더 좋은 거. 특별 손님."

갑자기 긴장감으로 속이 뒤집히는 듯하다.

"사무실에 와 계셔. 다음 예약은 두 시로 미뤄놨어. 그렇게 고마워 안 해도 돼."

"고마워, 다윈."

타오이는 안내데스크에서 벗어나 고객들로 가득한 대기 공간을 쭉 통과하는 중이었다. 반짝이는 주황색 홀로그램 '트루 U: 여러분에게 딱 맞는 이키가이生き甲斐* 입문 심화 프로그램을 찾아보세요!'도 지나쳤다. 로비를 지나면 조용한 통로와 반투명 문들이 망을 이루고 있다. 그녀는 왼쪽에 있는 두 번째 통로로 가서 액세스 패드 위로 손을 흔들었다. 사무실 문이 자동으로 열렸다.

네이빈이 산세베리아 옆 창문에 서서 밖에 있는 가상 도시 전체 너머를 바라보고 있었다. 그가 몸을 돌린다. 실크 셔츠와 네이비색 슬랙스를 입고 있었다. 검은 머리는 뒤로 빗어 매끈러운 이마가 드러나 있었다. 그리고 손에는 주황색 금어초 한 다발을 들고 있었다.

*   '존재 이유', '삶의 가치'라는 뜻의 일본어 개념

타오이가 가장 좋아하는 꽃이다.

"우리 기념일 축하해, 자기야."

"어머!"

"잊은 거야?"

타오이는 진지한 네이빈의 모습에 즐거워하며 씩 웃었다. "자기 놀리려고 그런 거야. 당연히 안 잊었지. 그냥 오늘 밤에 집에서 기념할 생각이었는데. 진짜 음식 만들어 먹으려고 했지. 우리 몇 주 동안 밀키트만 먹고 있잖아."

"아마 세상에 너처럼 멋진 사람은 없을 거야."

"아마? 의심할 여지 없이 확신하고 있는 줄 알았는데, 아니었네. 자기랑 함께 한 게 벌써 9년이나 된 건가?"

"응, 원래 즐거우면 그만큼 시간이 빨리 가잖아."

"어쭈."

"오전에 바빴어?"

"음… 그렇게 많이는 아니고. 세 명 상담했어. 헤이븐은 안 왔고. 헤이븐이라고 내가 말해줬었나? 생각보다 오래 잘 견디고 있는 사람이야. 비용도 감당하기가 만만치 않을 텐데. 그래서 마음이 안 좋아. 그리핀이 지난달 컨설팅 가격을 크게 인상했거든. 기초 단계만 끊는다고 해도 이키가이를 찾는 비용이 이제 만만치 않아."

타오이는 계속 횡설수설했다. 본인도 그걸 잘 알고 있었다.

"점심 먹었어?"

"응, 에블린이랑 '360 버거스' 갔다 왔어. 트로피카나 밀 메뉴에 변화를 좀 줬더라고. 파인애플을 업그레이드한 것 같아. 너무 맛있더라."

네이빈은 마치 새 한 마리를 품는 것처럼 손을 뻗어 타오이의 손을 조심스럽게 감싸 쥐었다. "자크 생일 파티 이후로 에블린이랑 만난 적이 없네. 에블린은 어때?"

"잘 지내는 것 같아, 내가 보기엔. 이제 막 누구 만나기 시작한 것 같더라고."

"자크 말고?"

타오이는 네이빈을 힐끗 쳐다본다. "응, 자크 말고. 슈퍼매치 통해서 만났나 봐, 드디어."

"자크는 아직 모르는 건가?"

"아직인 것 같아. 2주 정도밖에 안 됐다고 하니까. 때 되면 알게 되겠지."

"그렇구나."

네이빈은 어색하게 금어초를 어루만졌다. 타오이는 그 꽃다발을 뺏어 책상 한구석에 올려놓았다. "고마워. 꽃병 하나 사야겠다. 너무 사랑스러워."

네이빈이 그녀에게 가까이 다가왔다. 시선은 그녀만을 향한 채로. "우리 낮에 본 적이 손에 꼽잖아. 그냥 놀래켜 주고 싶었어."

그는 타오이의 어깨 위에 손을 올렸다가, 마치 막대기를 문질러 불을 붙이는 것처럼 아래로 내려가 그녀의 팔을 쓰다듬었다. 타오이는 진정하려 노력했다. 그리고는 벨트에 꽉 껴 있던 그의 셔츠 밑단을 서서히 들어 올려 빼버린다. 그녀의 손은 흠 하나 없는 그의 배 표면을 이리저리 더듬고, 그의 부드러운 턱은 그녀의 뺨을 스친다.

"내 수염 그리워?"

"괜찮아."

"다시 턱수염 있는 아바타로…"

"아니야, 상관없어."

타오이는 간절한 듯 그의 목으로 파고들었다. 깊게 숨을 들이마신다. 아무것도 느껴지지 않았다.

분위기가 잠잠해짐을 느낀 네이빈은 타오이의 귀에 키스를 퍼부으면서 그녀를 달래려 했다. 그의 양 엄지손가락이 그녀의 쇄골을 스쳤다.

"꽃 너무 예뻐, 역시 내 사이보그다워." 타오이는 그의 볼에 진하게 뽀뽀했다.

"타오이, 제발."

"여기선 안 돼, 네이빈. 현실이랑 같지 않잖아."

"왜 항상 그렇게 말해? 이제 우리 익숙해져야 해."

타오이는 엉켜 있는 두 사람의 손을 내려다봤다. 거푸집에 쏟아부은 인공 피부는 마치 실리콘을 연상하게 했다. 그렇다면 그녀에게 시간이 지났음을 알려주는 잔털, 모자이크처럼 그려져 있던 피부 위의 선, 희미한 흉터와 화상 자국은 모두 어디에 있는 걸까?

타오이는 받아들이기 힘들었다. "집에서도 축하할 수 있는 거잖아."

둘의 손이 떨어진다. 네이빈은 입을 굳게 닫은 채로 타오이를 바라보았다. 그리고는 재킷을 집어 들어 입었다. 한쪽 깃이 위로 올라가 있었다. 그런 그의 모습은 타오이에게 갑자기 남학생의 모습을 떠오르게 했다.

"난 이제 일하러 가야겠다. 오후에 큰 미팅 두 건이 있어서. 아마 새 계약할 수 있을 것 같아, 큰 걸로. 준비하러 가봐야겠어."

"알겠어."

"오늘 밤에 봐." 이렇게 말하고 그는 떠났다.

타오이는 사무실 한가운데에 잠시 서 있었다. 열기와 두려움으로 피부가 뜨거워졌다. 깊게 심호흡을 해서 갈비뼈가 늘어나는 듯한 고통스러운 감각을 느껴보려 했지만 아무것도 느낄 수 없었다. 매 숨이 고르고 안정적이며, 별다른 이상도 없었다.

금어초가 아니었다면 칙칙했을 방에서 별안간 화려한 색이 뿜어져 나왔다. 작은 생명체의 입들처럼 아주 작은 종 모양의 꽃들이 한 줄 한 줄 나 있다. 하지만 이 금어초는 시들거나 죽지 않고, 손가락 사이에 넣고 짓눌러도 으스러지지 않을 것이다. 아마도 현실 세계의 금어초와 똑같거나, 아니면 약간 다르더라도 기분 좋고 달콤한 향을 내뿜고 있는 것일 테다. 하지만 그 둘을 비교할 길이 없어서 정말 그런지 타오이는 절대 알 수 없을 것이다.

* * *

아무 곳도 아닌 곳이다.

그녀는 찐득찐득한 액체로 가득한 곳에서 올라오고 있었다.

바깥쪽은 따뜻하고, 안쪽은 추웠으며, 욕지기가 올라왔고, 어지러 웠다.

도넛이 천장에서 그녀를 향해 빛을 쏘고 있었다. 밝은 핑크색 스프링클 도넛과 억누를 수 없는 실체가. 세상이 점점 더 완전해진다. 그녀는 뉴팟의 양면을 잡은 후 닭살이 돋아 있는 자신의 피부를 마치 엄마가 아기를 씻겨주듯 부드럽게 닦아주고 있는 로봇 팔에 집중했다.

　그녀는 뉴팟에서 나와 폴리에스테르 티셔츠와 바지를 입고 기지개를 켰다. 천장을 향해 두 팔을 쭉 뻗고 무릎을 꿇은 채로 기쁜 한숨을 쉬어본다. 써니가 타오이의 이름을 부르며 인사했다. 하나의 방에서 다른 방으로 옮겨 가는 그녀의 맨발에는 은은한 빛이 함께였다. 도미 3.0은 요란스레 뉴팟이 있는 방으로 가서 그녀가 나간 방을 깨끗이 청소했다. 네이빈과 타오이가 이 아파트에 산 지는 거의 2년이 다 되어가지만, 타오이는 완전한 정착감을 여전히 느끼지 못한다.

　타오이는 찬장 위 신이가 준 꽃병이 거실 플라스틱 화분 뒤로 반쯤 가려져 있는 것을 발견했다. 아마 지난 4월부터 저 상태였을 것이다. 그녀는 손으로 꽃병을 잡아 거기서 나오는 냉기를 흡수했다. 얕은 더께가 내려앉아 있었다. 손가락으로 먼지를 깨끗이 털어낸 뒤 꽃병을 플라스틱 화분 앞에 올려 두었다.

　현실 세계에서의 꽃다발은 엘리트들만이 살 수 있는 구하기 힘든 사치품이다. 타오이는 꽃병 안에 꽂힌 생생한 주황색 금어초가 우아하게 아치형을 그리고 있는 모습을 상상해 본다. 밝지 않은 그들의 아파트에 돌발적으로 나타난 주황색은 지나치게 화려해 보일 것이다. 그러나 그녀는 용이 그려진 그 꽃병과 금어초가 절대 이루어질 수 없는 비극적인 연인의 관계임을 이내 깨달았다. 그 꽃병은 가이아에 가져갈 수 없고, 그 꽃은 가이아를 떠날 수 없었다.

　타오이는 주방으로 향했다. 재수화 아스파라거스와 쿠스쿠스. 지난밤 저녁 식사 때문에 남아 있는 고무 냄새로 퀴퀴했다. 그녀는 창문으로 다가섰다.

그때 써니가 말하기 시작했다. "오늘 외부 스모그 수치가 최악을 기록했습니다. 실외 공기로 천식 악화와 기도 자극 발생 가능성이 있으니, 창문을 닫아 두시기를 권장해요."

"제발, 써니. 몇 분만. 냄새가 너무 심해서 그래."

"방향제를 사용해 보시는 것은 어떨까요? 가장 최근 출시된 보라색 모란꽃 향이 봄의 아침을 떠올리게 할 거예요."

타오이는 불만스럽게 알겠다고 답했다. 통풍구가 윙윙거리며 꽃향이 새어 나오기 시작했다.

주방 카운터에 보관 중인 음식 재료를 모아 본다. 해피 버거스에서 산 잘게 다져진 고기, 에버그린 두부, 사오싱주*, 두반장, 고추, 생강가루. 온라인 쇼핑몰에서 작은 재스민 쌀 한 포대까지 간신히 찾아냈다. 가격은 엄청나게 비쌌지만 특별한 날이니까. 샬롯도 사고 싶었지만 몇 달전부터 품절이다.

타오이는 크게 말했다. "네이빈 센한테 이렇게 메시지 보내줘. 나집이야. 저녁 준비 시작. 도착 예정 시간은?"

"보냈습니다."

타오이는 식료품 디스플레이에서 핫딜 제품들을 휙휙 넘겨봤다. 보고는 있지만 사실 제대로 보고 있는 것이 아니었다. 1분이 지나가고, 또 1분이 지나간다. 답장이 없다.

---

*   소흥노주紹興老酒라고도 부르는 중국의 가장 오래된 술 중 하나. 쌀 혹은 좁쌀을 혼용해 만든 양조주인 황주의 하나로, 중국 저장성 사오싱 일대에서 나는 특산주

* * *

신이가 타오이에게 마파두부 만드는 법을 알려준 적이 있다. 하지만 타오이의 레시피는 엄마가 만든 것도, 자신이 만든 것도 아니다. 족보에서 훨씬 위로 거슬러 올라간 옛날로부터 내려온 것이다. 할머니의, 할머니의, 할머니의 레시피. 그분은 아마도 말레이시아가 아닌 중국에 사셨을 것이다. 마파두부는 신이가 가장 좋아하는 음식이다. 타오이는 엄마가 건강하던 시절 어느 날, 김이 가득 찬 좁은 주방에서 레시피 같은 것 없이 고기와 양념을 함께 넣고선 신나서 외치던 말을 기억한다. "향긋하고 달달하니. 매운 고추, 발효 콩, 두툼한 고기까지! 두부는 또 왜 이렇게 부드러운 거야. 맛과 질감 뭐 하나 빠지는 것 없이 완벽하잖아?"

타오이는 시간이 지나며 기억들이 왜곡된다는 걸 잘 알고 있다. 기억은 미화되고, 향수를 불러일으키고, 비현실적으로 변한다. 저장된 시뮬레이션을 불러와 확인해야만 그 기억이 얼마나 왜곡된 것인지 알 수 있다. 하지만 가끔은 그걸 확인하기가 싫을 때가 있다.

타오이는 씻은 쌀을 밥솥에 붓고 엄지 한 마디 정도의 높이로 물을 채웠다. 부모님, 그리고 그 부모님에게서 배워 모든 사람이 아는 것처럼 보이는 이 사소한 습관은 그야말로 '가보家寶'다. 타오이는 이 가보가 전해 내려오는 과정에서 얼마나 많은 것들이 버려지고 흩어졌을지 궁금했다.

그녀는 프라이팬을 데운 다음 생강, 고추, 사오싱주, 콩, 아주 기름지고 풍미 좋은 두반장을 넣고, 돼지고기와 함께 볶았다. 향이 정말 기가 막혔다. 몇 분 뒤, 두부를 넣었다. 조상님들이 웍이 아닌 프라이팬으로, 실제 불이 아닌 전기 스토브로 요리하는 그녀를 보신다면 소리 지르며 경악하실지도 모를 일이었다.

도미 3.0이 관절로 연결된 팔을 펼쳐 정리를 시작했다. 포장지들은 쓰레기 투입구로, 사용된 그릇은 식기 세척기로. 로보백은 타오이의 발밑을 이리저리 덜덜거리고 돌아다니며 떨어진 음식 부스러기들을 빨아들였다.

타오이는 밥솥의 불을 끄고 마파두부를 퍼서 차림용 접시에 담아냈다.

그녀는 뉴팟 방에 설치된 웹캠 피드를 흘긋 바라보았다. 네이빈은 여전히 뉴팟 안에 늘어진 상태였다. 그의 눈꺼풀이 씰룩거렸다. 타오이는 시간을 확인했다. 7시 정각. 가슴 속에서 화가 불처럼 타오르지만 가라앉혀 본다. 한 번 더 연락을 해봐야 하는 걸까?

아니다. 그녀는 매달리지 않을 것이다. 타오이는 레크리에이션 방으로 가서 운동 모드를 요청했다. 벽에서 기계가 하나 나오기 시작했다. 이내 홀로그램의 형태로 나타난 기운 넘치는 트레이너가 전신 웨이트 트레이닝 한 세트를 하라고 시켰다. 온몸이 열로 가득 차면서 다른 모든 생각들이 싹 밀려 나갔다. 금방이라도 주저앉을 것만 같다고 느낀 그 순간, 하이파이브와 함께 운동이 끝났다. 잘했어요, 타오이! 53일 연속 운동을 하고 계시네요!

타오이는 땀을 뚝뚝 떨어뜨리며 시원한 샤워실로 직행했고, 금세 새 옷으로 갈아입고 나타났다. 조바심에 가슴이 두근거렸다. 두부는 식어버렸고, 네이빈은 여전히 로그인 상태였다. 타오이는 발포성 멀티비타민 한 알을 물잔에 넣고 창턱에 앉았다.

건너편에 있는 다른 아파트 건물은 안이 거의 다 들여다보일 정도였다. 마주하고 있는 방 모두 깜깜하고 블라인드도 내려와 있었다. 그 안에서는 불빛 한 줄기조차 새어 나오지 않았다. 그보다 훨씬 아래에서는 쓰레기차 한 대가 아스팔트 길을 천천히 돌아다니며 널려 있는 비닐봉지와 상자들을 먹고 있었다. 거리에는 아무도 없었다. 타오이는 생명체의 움직임을 찾아본다. 새, 주머니쥐, 그 쥐 한 마리가 한 터널에서 또 다른 터널로 쏜살같이 달려가며 그려지는 검은 선. 그런 것들은 이제 여기에 없다.

타오이는 물을 한 모금 마셨다. 땀이 식고 고동치는 그녀의 몸 전체에 비타민이 스며든다.

* * *

9시 정각, 네이빈이 평소답지 않은 취기와 함께 뉴팟 방에서 비틀거리며 나왔다.

그는 소파에 털썩 앉으며 작게 말했다. "미안." 그러고는 코를 벌름거리며 냄새를 맡았다. "요리했어?"

"도대체 여태까지 어디에 있다 온 거야?"

"미안해." 그는 콧대를 주무르며 똑같은 말을 반복했다. 눈은 충혈되어 있었다. "고객이 스팀 바에 데려가서. 그 계약 진짜 따내고 싶었거든. 요즘 점점 더 계약하기 힘들어지고 있는 거 알고 있잖아."

"그래도 우리 기념일이었잖아."

"알아. 그 사람한테 빨리 가봐야 한다고 말했어야 했는데. 난 진짜 바보 같은 놈이야."

"말해 뭐해."

"음식 냄새 좋은데?"

타오이는 밥과 마파두부를 소파로 내오고는 그의 샐쭉한 얼굴을 바라봤다. "다 식었어. 오늘은 먹을 생각이 있는 거야?"

"조금만 먹을게."

타오이는 배가 고파 죽을 지경이었다. 그녀의 요리는 엄마만큼은 아니지만, 몇 주 동안 네이빈과 타오이가 먹던 재수화 식품들에 비하면 축복이었다.

네이빈은 겨우 반 그릇 비웠을 뿐인데 벌써 속이 안 좋은 듯했다. 둘은 팔이 닿은 채로 잠시 앉아 있었다. 그때, 네이빈이 입을 연다. "나 세척하려고."

"오늘 밤에?"

"사실 진작 했었어야 했는데."

"네이빈! 또 얼마나 지난 건데?"

"4일."

"내가 얼마나 더 닦달해야 해? 네가 스스로를 더 잘 돌봐야…"

"나도 알아."

"최근에는 운동도 안 하잖아. 항상 비타민도 내가 먹으라고 해야 먹고. 요즘은 현실 세계의 네이빈보다 가상 세계의 네이빈에 가깝게 살고 있는 것 같아, 너. 그렇다고 하더라도 이렇게까지 네 몸을 신경 쓰지 않으면 안…"

"나도 안다고, 타오이."

둘은 입을 다물었다. 고추와 고기, 보라색 모란꽃, 퀴퀴한 아스파라거스의 강렬한 향기만 들이마실 뿐.

얼마의 시간이 지난 후, 타오이는 침실에서 네이빈의 티셔츠를 머리 위로 벗겼다. 그는 옷이 잘 벗겨지도록 몸을 말았다. 네이빈의 몸은 타오이에게 자신의 몸만큼이나 익숙한 것이었지만, 눈에 보이는 그 몸은 여전히 그녀를 매료했다. 그의 몸 왼쪽에는 갈비뼈 아래쪽을 따라 상처가 나 있었다. 타오이는 켈로이드 흉터로 올라와 있는 그 빛나는 붉은 선을 따라갔다. 성난 미소처럼 일정하지 않게 삐뚤삐뚤 그려진 선. 네이빈이 움찔거리며 축 늘어진 배 주변을 손으로 감쌌다.

타오이는 트레버를 침대 쪽으로 굴린 다음 주입 튜브와 배출 튜브를 네이빈 몸의 밸브 두 곳에 알맞게 연결했다. 그의 왼쪽 옆구리와 팔에 있는 티타늄 플러그에. 타오이가 스위치에 손을 가져가자 네이빈의 몸이 경직된다.

"준비됐어?" 타오이가 물었다. 의미 없는 질문이기는 하지만.

그는 고개를 끄덕인다.

그녀는 세척하는 게 아프다는 걸 알고 있다. 네이빈이 그녀에게 그 느낌이 어떤지 설명해주려고 한 적이 있었다. 배 속 저 아래 깊은 곳에서부터 느껴지는 고통이라고 했다. 차갑고 딱딱한 척추 맨 아래에 자리 잡은 무언가가, 몸에 뭔가 잘못된 게 있다고 말하는 느낌. 그리고 그 느낌은 원초적이고 고통에 민감한 정맥 전체로 퍼져, 저 아래에서부터 피부를 찌른다고 했다. 그리고 잠시 뒤에 그 고통이 멈춘다고 했다. 아주 잠깐이 몸이 꼭 파이프와 와이어로 만들어진 것처럼 완전히 무감각해진다고.

타오이는 네이빈이 자기 몸에서 느낀다는 소외감을, 그리고 자기 몸으로부터 받는다는 배신감을 느끼려 해본다. 팔로 그의 어깨를 두르고 그를 누르며 모든 떨림을 흡수했다. 세척액이 그의 몸 전체를 흐를 때마다 그의 피부 아래에서 열기와 냉기가 번갈아 가며 나타나는 것을 느꼈다. 그의 의식은 금방이라도 터질 듯했다. 이윽고 그는 깊은 잠에 빠졌다. 그렇게 그는 한 시간 동안 타오이와 멀리 떨어져 화학 약품과 고통으로 이루어진 희뿌연 호수에 둥둥 떠 있었다.

타오이는 그의 목이 쑥 들어가 있는 따뜻한 곳으로 파고들었다. 그의 라벤더향과 쇠 냄새를, 그의 피부와 머스키한 땀에서 나는 향을 깊게 들이쉬어 보았다. 잠시지만 편안했다.

* * *

가끔 타오이는 인과 관계에 관해 궁금해 했다. 네이빈과 처음 만났을 때로 돌아간다면, 상황의 진행 방향을 바꾸기 위해 타오이가 할 수 있는 일이 있었을까? 물론, 이것 하나만큼은 분명했다. 그녀가 네이빈에게 멜버른에서 수술하라고 하지 않았다면 당연히 바뀔 수도 있었다는 것. 하지만 그보다 더 결정적인 순간이 있지는 않았을까? 제시간에 당길 수 있는 숨겨진 레버가 있었다면, 그랬다면 어땠을까. 그리고 그 레버를 당겼다면 그들의 삶은 제 자리에 맞게 최고의 행복 궤도를 따라갔을 것이다.

호프툰 메디컬 센터에서 신장 이식을 받은 지 이틀 후에 네이빈에게 엄청난 고열이 찾아왔었다.

"38.4°C야. 높은 거잖아, 아니야?" 테레사 스크린에 나타난 숫자를 읽으며 타오이가 말했다.

"큰 수술 후에 발생하는 고열은 흔히 나타나는 증상입니다. 네이빈 센 님에게 감염이 발생하지 않을 수 있도록 혈액 샘플을 채취하겠습니다."

모니터에서 위잉 소리가 났다. 네이빈이 착용한 주입 밴드부터 모니터로 연결된 튜브가 그의 피로 붉게 변했다.

네이빈에게 물었다. "컨디션 어때?"

그는 끙끙댔다. 이마 위에는 땀방울이 맺혀 있었다. "씁. 고통이 더 심해졌어."

"어디가?"

"배."

타오이는 그의 가운을 올려 보았다. 모든 게 그 전과 똑같아 보였다. 충돌 분화구처럼 푹 꺼져 있는 네이빈의 배. 빨갛게 곪은 상처에는 스테이플들이 늘어서 있었다. 타오이는 자신이 무엇을 예상하고 가운을 올려 본 것인지 알 수 없었다. 피가 고여 있는 모습을 예상했던 걸까? 아니면, 고름이 새는 모습?

네이빈은 침대 위에서 온몸을 비틀었다.

"테레사, 네이빈이 너무 고통스러워 해. 뭐라도 좀 줄 수 없는 거야?"

테레사는 차분히 답했다. "피라세타몰*과 모르핀** 주입을 시작하겠습니다."

---

*　　　아세트아미노펜acetaminophen이라고도 부르는 해열 진통제
**　　　아편의 주요 성분인 마약성 진통제

수술한 지 3일째. 네이빈의 혈압이 떨어졌다. 그때 타오이는 그곳에 없었다. 타오이가 잠깐 집에 가서 신이의 상태를 확인하고 렌틸콩 수프를 조금 데운 후 침대맡에 두고 온 두 시간. 그 두 시간 사이에 벌어진 일이었다. 타오이가 병원에 돌아갔을 때 네이빈의 병실은 비어 있었다.

딸기 맛 아이스크림과 민트 초코 쿠키를 넣어 들고 온 가방이 떨어지며 소리가 났다.

"네이빈 어딨어?"

모니터에서 테레사의 음성이 나오기 시작했다. "네이빈 센 님은 17번 수술실에 계십니다. 외과 전문의들이 복강 내 퇴적물을 빼내고 있습니다."

"그게 대체 무슨 말이야?"

"수술 부위 내 감염이 일어난 것을 발견했습니다. 이것이 고열과 복부 통증의 원인이었습니다. 외과 전문의들이 현재 센 님의 복막에 있는 세균과 고름을 빼내고 있습니다."

타오이가 달리자, 회색 복도 전체가 울렸다. 17번 수술실의 관찰실에는 네 개의 의자가 있었다. 한 의자에는 수술을 지휘하는 중년의 깔끔한 중국인 의료진이 한 명 앉아 있었다. 그는 리비전 너머로 누군가와 대화 중이었다. 처음에 타오이는 그가 당연히 수술에 관해 이야기하고 있을 것이라 생각했다. 그런데 불과 몇 초 만에, 그가 저녁을 주문하고 있다는 사실을 알게 되었다.

수술대 위의 네이빈은 얼굴을 아래로 향한 채 엎드려 있는 상태였다. 기계 팔 대여섯 개가 위에서 그를 덮쳤다. 팔들은 그의 수술 부위에 그대로 파고들었다. 쇳덩이들이 그의 피부를 열어젖혔다. 빙하에 생긴 균열처럼 크고 빨간 틈 하나가 네이빈의 몸속 피투성이 가득한 컴컴한 곳으로 뻗어 내려가 있었다. 기계 팔이 그 안으로 깊이 들어가 이리저리 움직였다.

타오이는 의자에 털썩 주저앉았다. 가슴이 악으로 가득 차 버렸다.

두 번째 수술 후, 네이빈의 상태는 호전된 것처럼 보였다. 테레사는 매일 항생제 주입을 실행했다. 모르핀 투여는 중단됐다. 그의 얼굴에는 생기가 돌아왔고, 조금씩 먹고 마시기 시작했다. 상처의 붉은 기와 염증은 점차 사라졌다. 타오이는 매일 같이 병원에 갔다. 둘은 아이스크림과 민트 초코 쿠키를 깨작대거나 TV 쇼를 보면서 시간을 보냈다. 네이빈이 잠들면 타오이는 그의 옆에 머무르면서 공부하거나, 음악을 듣거나, 게임을 했다.

네이빈의 스무 살 생일 날 타오이는 두 개의 아이스 컵케이크를 사 왔다. 그리고는 병원 식당에서 그에게 〈생일 축하합니다〉 노래를 불러주고 상상 속 초를 후 불어 꺼 주었다. 포장을 엉망으로 하기는 했지만 그를 위한 선물도 준비했었다. 초록색 로봇이 그려진 양말이었다.

"미안, 내가 선물 센스가 영 없어서."

"너무 좋은데? 나 밤마다 발 시린 거 어떻게 알았어?" 그는 이렇게 말하고 바로 양말을 꺼내 신었다.

네이빈의 어머니에게 연락이 왔다. 네이빈이 리비전으로 통화할 때, 타오이는 화면 범위에서 벗어나는 병실 구석으로 가 있었다. 씁쓸함이 그녀의 입을 가득 채웠다. 자신이 외국에서 중요한 수술을 하라고 그를 설득해 그의 집과 가족에게서 그를 빼앗아 왔다. 그러나 수술이 잘되지 않았다. 네이빈의 어머니가 그런 타오이를 '싫어하는 것' 말고는 또 어떤 감정으로 바라볼 수 있었을까?

2079년 10월 8일, 마침내 네이빈이 병원에서 퇴원했다. 타오이는 그가 병원복을 벗고 티셔츠와 트랙 팬츠로 갈아입을 수 있도록 도와주었다. 그의 마른 몸에 걸쳐진 옷은 하나의 포대 자루 같았다. 타오이는 그 자리에서 굳어버린 채 거울에 비친 네이빈의 모습을 바라보았다. 그의 목젖은 매우 날카롭게 튀어나와 있어 기괴하게 느껴질 정도였다.

처음에는 마치 속을 누가 한 대 친 것처럼 메스꺼움이 느껴졌다. 그다음에는 가혹할 정도로 뜨거운 눈물이 차올랐다. 타오이는 얼굴을 손으로 감싸고 베드에 주저앉고 말았다.

"타오이." 네이빈이 타오이의 허리를 잡아당기며 그녀의 이름을 불렀다.

타오이가 목소리를 내기까지는 몇 분이 더 걸렸다. 이후에도 그녀는 우느라 말을 제대로 하지 못했다. "살이 왜 이렇게 빠진 거야."

"이럴 줄 알고 있었어. 곧 원래대로 되돌아갈 거니까 걱정 마. 쿠키 먹으면 금방 다시 돌아갈 거야."

"미안해, 네이빈. 내가 널 여기로 데려온 거, 정말 미안…"

"그만해. 그만. 그런 말 듣고 싶지 않아, 타오이. 난 그런 생각 추호도 한 적 없어."

마침내 타오이가 얼굴에서 손을 뗐다. 마치 마취에서 깬 사람의 시야처럼, 그녀의 얼굴 위로 천장의 불빛을 후광으로 한 네이빈의 얼굴이 맴돌고 있었다. 네이빈의 눈에는 측은함 가득한 눈물이 등

대처럼 빛나고 있었다.

* * *

감염이 재발했다. 상처 입구에서 고약한 냄새의 형광색 고름이 흘러나왔다. 타오이가 매일같이 그 상처를 씻고 거즈를 갈아 주었지만 그의 피부는 봉합, 결합, 유합을 되뇌이는 그녀의 기도를 들어주지 않았다. 네이빈은 11월에 다시 병원에 입원했다. 수술 로봇이 그의 몸속에 세 번째로 들어가 인공 신장을 뒤덮고 있던 세균막을 씻어냈다.

11월 말 병원에서 퇴원한 네이빈에게는 지난 8월 타오이와 함께 버거를 먹던 장난기 많고 성실한 젊은 남자의 흔적이라고는 거의 남아 있지 않았다. 그는 타오이가 반대로 누우라고 이야기하기 전까지는 꼼짝않고 침대에 누워있기만 했다. 타오이는 몇 시간마다 절뚝거리며 화장실에 가는 네이빈의 마른 몸을 부축해 주었다. 그녀는 매일 오후 재활 프로그램을 켜서 그를 침대에서 꺼내 운동하게 만들었다. 기침, 걷기, 쪼그리고 앉기, 스트레칭까지. 밤에는 인간이 만든 20세기 음악을 틀고 로큰롤 비트에 맞춰 그의 상처를 소독해 주었다.

한편 그때쯤 신이의 상태는 호전되었다. 신이는 돼지고기를 썰어 채소와 함께 끓인 국을 만들었고, 네이빈에게는 새 옷 몇 벌을 사주었다. 그녀는 아무것도 묻지 않았다. 타오이는 그 점에 감사했다.

"나는 이렇게까지 아플 거라고는 생각 못했어." 어느 날 밤, 네이빈이 말했다. 타오이가 진통제 알약을 세어 그의 손바닥에 주고 있을 때였다. 그녀는 남은 진통제 한 알을 건넨 뒤 그의 이마에 키스하고 바닥에 있는 매트리스에 가서 누웠다.

12월, 그들은 신이를 홀로 남겨두고 크리몬느에 있는 작은 아파트를 임대해 독립했다. 걱정과 건강하지 못한 기운으로 꽉 차 있던 버윅의 아파트는 세 명이 살기에는 너무 작게 느껴졌다. 타오이는 캡스톤디자인 과정에 휴학계를 냈다. 처음에는 엄마, 그다음에는 네이빈을 보살피게 되면서 과제조차도 제대로 내지 못하고 있었다. 그렇게 타오이는 벌점 없이 3개월간의 휴학을 승인받았고, 그녀의 학생 수당은 반으로 줄어들었다.

네이빈에게 박혀 있던 스테이플들은 다 녹은 지 오래였다. 상처는 툭 튀어나온 하나의 선으로 바뀌었다. 간혹 침실 문을 열고 들어가면 티셔츠를 턱까지 걷어 올린 네이빈을 볼 수 있었다. 그는 그 자세로 혹처럼 볼록 튀어나와 있는 구불구불한 흉터의 길을 더듬고는 했다. 어떤 때에는 왼쪽 옆구리에 손을 올리고 누워있었다. 그는 자신의 손을 올린 부드러운 살 위로, 직각으로 된 인공 신장의 가장자리가 튀어나와 있는 것을 느낄 수 있었다. 그의 체취도 바뀌었다. 소독제와 톡 쏘는 듯한 땀 냄새, 그리고 세탁된 병원 담요의 숨 막히는 듯한 무미건조한 향으로.

어느 날 저녁, 접이식 상을 펴고 앉아 재수화 스파게티를 먹고 있을 때였다. 타오이가 갑자기 큰 소리로 웃었다. 그 소리는 마치 칼처럼 집 전체를 뚫고 들어 왔다.

"왜 그래?"

"친구가 연락이 왔는데…"

"에블린?"

146

"아니, 이사야라고."

"그게 누구야?"

"그레이트 이스케입스에서 만났던 남자애야. 걔도 가이드였고."

네이빈은 포크를 내려놓았다. "걔가 뭐라는데?"

"별거 아냐." 타오이는 리비전을 절전 상태로 바꾸며 말했다. 이사야가 보낸 문자와 그의 사진이 그녀의 시야 주변으로 미끄러지듯 사라졌다. "언제 다시 올 거냐고 묻더라고."

"다시 오다니?"

"포트 더글라스로 말이야. 배리어 리프 투어 가이드하러. 걔가 거기 살거든."

"그렇구나. 그래서 가려고?"

"생각 중이었어. 2월 말에 가이드를 추가로 뽑고 있다고 했었거든. 일주일에서 이 주 정도 일할 사람으로. 페이가 괜찮더라고. 우리가 돈이 좀 필요한 상황이잖아. 혹시 누가 알아? 곧 이 스파게티를 다시 먹게 되길 바라게 될 수도 있다고."

네이빈은 웃지 않았다. 타오이는 가만히 기다렸다. 그리고는 뒤늦게 생각난 말을 덧붙였다. "이사야는 그냥 친구야. 네가 생각하는 그런 거 아니야. 나이도 꽤 있고, 정규직에 여자친구도 있다고."

네이빈은 스파게티를 천천히 씹어 넘겼다. 그리고는 마침내 다시 입을 열었다. "가야지. 나 간호하느라 너무 많은 걸 포기했잖아. 너도 잠깐은 멜버른에서 벗어나 있어야지."

타오이는 네이빈을 유심히 살피며, 그의 말 안에 어떤 의미가 있는지 곰곰이 생각했다. 하지만 그의 축 처진 어깨에서는 어떠한 꾀나 억압도 감지할 수 없었다. 타오이는 그의 말에 사심이 없다는 것을 느낌과 동시에, 그가 너무 지쳐서 치료에 집중하지 못하게 되는 것은 아닐지 불안했다.

"안 갈 거야, 티타늄 맨." 결국 타오이가 꺼낸 대답이었다. 그녀는 그가 있는 쪽으로 몸을 기울여 볼에 뽀뽀를 했다.

메디컬 센터에서 네이빈의 수술 부위 세척을 위해 TRV—04를 보냈고, 타오이는 트레버에 달린 주입 튜브와 배출 튜브를 네이빈의 몸에 있는 밸브에 연결했다. 네이빈은 침대에 꼿꼿하게 누워있었다. 그의 몸은 걱정에 굳어있었고, 입은 앙다물어 찌그러져 있었다. 기계가 작동을 시작하자, 그의 눈이 빨개졌다.

타오이는 그에게 아프냐고 물었고, 그는 아니라고 답했다. 하지만 그가 거짓말하고 있다는 것을 타오이는 알고 있었다

가끔 타오이는 자신이 가이아에 영원히 머무를 수 있을 것만 같았다.

사실 그렇게 힘들지는 않다. 이곳에 있는 모든 게 매력적이지 않고 또 쉽지 않을 때라도 아주 힘들다고 생각한 적은 없다. 타오이는 '그' 네이빈 곁에 있고 싶었다. '그' 네이빈은 점점 더 긴 시간 동안 자기 몸을 잊어버림으로써 오히려 자기 자신을 찾아가고 있었다. 타오이는 가끔 가이아의 한 들판에서 전속력으로 달려오는 네이빈을 발견한다. 그녀 주변에서 셔츠를 펄럭이고, 신나게 원을 그리며 돌던 그의 얼굴. 네이빈이 그녀를 잡아 부드러운 풀밭으로 끌고 가면 그의 기쁨이 그녀의 가슴을 관통하기도 했다.

실내에 있을 때는 피부의 구멍 끝이 점점 늘어났다. 그녀에게서 코드가 새어 나오다가 다시 그녀에게로 들어갔다. 생각과 동시에 결과로 도출되는 힘. 그 힘은 현실 세계의 그 어디에서도 볼 수 없는 것이었다. 인간은 생각과 결과 사이의 간격이 아주 짧은 존재가 아니었다. 또 말이나 힘, 행동, 반응에 관한 사유를 멈추지 않고 바로 결과를 도출하도록 만들어지지도 않았다.

사망자들이 나오고 있다는 소식도 들렸다. 은은하지만 역겹게 속이 뒤틀리는 느낌을 통해 그들을 이해할 수 있었다. 사람들은 '매춘'에 사로잡혀 있었다. 그건 미식가 코스의 바로 다음 단계, 게임의 다음 장, 몰입형 세계의 다음 에피소드, 한 차원 높은 수준의 만족감을 주는 행위로 치부되었다. 어떤 이들은 매춘을 하기 위해 불법 복제 코드를 입력하기도 했다. 이는 우리가 위험 지대를 침범할 때 생리적 수단이 작동하게끔 하는 '자동 로그아웃 시스템'을 중단시키고 말았다. 탈수, 전해질의 불균형, 부정맥 상태로 뉴젤 속에 둘러싸여 디지털 슈가가 잔뜩 묻은 입술을 한 그들은 활짝 웃으며 죽는다.

가이아는 정말 사랑스러운 곳일 수도 있다. 내가 몸이나 자아를 가졌다는 사실을 잊을 수 있는 곳이니까. 모두가 아름다운 것들 속에서 길을 잃기를 열망하지 않는가.

* * *

가끔 타오이는 자신이 가이아로 다시는 갈 수 없을 것만 같았다.

귓가에서 찰방이는 염소수 위에 가만히 누워 표류하던 날. 깨끗한 하늘을 나는 고독한 새 한 마리를 올려다보던 걸 타오이는 기억한다. 양팔을 왼쪽, 오른쪽, 왼쪽, 오른쪽. 풍차처럼 회전시키면 몸은 길게 늘어났다. 척추와 허벅지 뒤의 근육은 하나의 활시위가 된다. 숨이 차오르고 폐는 뜨거워진다. 숨이 턱 막히면 손바닥으로 벽을 칠 수 있을 때까지 물 위에 뜨려고 애썼다.

뉴팟에 대해 알아보는 시간이 끝날 때마다 타오이의 작은 몸은 지쳤지만 건강해졌다. 신이는 보송보송한 타월로 타오이를 감싸 머리부터 발끝까지 닦아 주었다. 피부 전체가 까끌까끌해질 때까지.

타오이는 훨씬 더 이전으로 파고 들어갔다. 일곱 살이나 여덟 살쯤 되었던 시절로. 그녀는 에포에 있었다. 땀이 상반신 전체와 양팔 안쪽까지 끈적하게 묻은 채로. 얇은 러닝셔츠와 반바지는 두 번째 피부처럼 보일 지경이었다. 그리고 느껴지던 더위. 갈라지고, 햇볕이 내리쬐는 아스팔트 포장 구역에서 엄마랑 오토바이를 타고 달릴 때였는지, 아니면 파스텔빛 포르티코*를 따라 늘어선 가판대와 쇼핑객들 사이에

*   여러 개의 높은 기둥이 줄지어 세워진 현관. 통로 위에는 지붕이 덮여 있음

끼어있을 때였는지. 마치 불완전연소 연료로 젖어 있는 혀처럼 습한 날이었다. 멋진 헤어스타일을 한 여자 한 명이 하얀 액체 한 팩을 그녀의 손에 밀어줬다. "마셔, 얼른." 아이 이모가 광둥어로 재촉했다.

얼음처럼 차갑고 달콤한 두유의 맛은 마치 신의 음식 같았다. 그 액체는 타오이의 몸 안을 덮어버리며 발가락 끝부터 으르렁대는 배 저 아래까지 시원하게 했다.

아마도 그때 아이 이모가 "너한테는 아빠가 없잖아. 그래서 나랑 네 삼촌이 너를 더 많이 돌봐줄 거야, 우리 리틀 드래곤."이라고 말했을 것이다.

타오이는 이모가 자신을 '드래곤'이라고 부르고는 했던 걸 잊고 있었다. 엄마의 말에 따르면 타오이는 엄청나게 활달한 아이였다고 한다. 운동장에 있는 회전목마에서부터 그네까지 경주를 하며 그곳에 있는 기구란 기구 위에는 몽땅 기어 올라가 보는 그런 아이.

그리고 그런 이모의 약속은 헛된 것이었다. 타오이의 삼촌이 먼저 사라졌다. 그 이후 이모도 더 이상 찾아오지 않았다. 신이도 그들에 관한 이야기를 더 이상 하지 않았다. 마치 그들에 대한 신이의 기억 또한 사라진 것처럼. 하지만 타오이는 종종 그러한 공백으로 인해 그들의 공간이 유지될 수 있는 것 같다고 생각했다.

가끔 타오이는 몸 전체가 아려올 때까지 나뭇잎이 떨어져 있는 수영장에서 열심히 수영하고 싶었다. 우기가 임박해 구름 가득한 하늘 아래 연무가 자욱하게 앉은 거리를 돌진하고, 기분 좋은 고통이 느껴질 정도로 배가 빵빵해질 때까지 달큰한 우유를 마구 마시고 싶었다.

계속해서 움직여야만 한다. 앞으로 향하는 화살표처럼 몸을 계속해서 움직여야만 한다. 살아 있음을 느끼기 위해.

2부

가이아의 성장

9

상류층 동네인 초크 지구의 포르투갈 레스토랑과 부티크 스파 사이. 그곳에 스팀 바 입구 하나가 마치 비상 탈출 버튼처럼 빛나고 있었다. 두 명의 가드는 보초를 서며 한 번에 몇 명씩만 들여보냈다. 타오이는 네이빈을 따라 줄 맨 끝에 섰다.

활기차고 훤히 트인 느낌의 밤이다. 어두워지고 있는 하늘을 보랏빛이 쓸고 지나가면서 모든 건물이 천상의 아름다움을 보여주고 있었다. 지난달 둘의 기념일은 이미 오래전 일이다. 네이빈은 지난 2주간 새로운 고객 세 명과 계약했고 그의 상태는 점점 더 나아지고 있었다. 어떤 날에는 잠에서 깨자마자 뉴팟으로 바로 가지 않고 10분 동안 침대에 누워 있었다. 그러다 타오이가 아침 약으로 진정제를 가지고 오면 희미한 미소를 지으며 그걸 한쪽으로 치워버리기도 했다.

두 가드가 손짓하며 그들을 들여보냈다. 대리석 통로에는 기다란 형광등이 있었다. 머리가 없고 고전주의 흉내를 낸 동상을 비추던 형광등은 부자연스러운 그림자를 만들어냈다. 긴 벨벳 소파에는 속을 두툼하게 채운 쿠션이 가득했다. 금박 프레임의 도깨비 거울에 네이빈과 타오이의 뒤틀린 형상이 비쳤다. 벽은 큰 소리로 재생된 일렉트로 클래식 매시업 음악으로 인해 떨려왔다. 타오이는 지나친 통증으로 움찔하고 놀라는 네이빈을 냉담하게 쳐다봤다.

"블루 헤븐에 온 걸 환영해요, 자기들." 유리잔들을 거꾸로 매달아 놓은 거치대와 술병이 가득한 선반으로 이루어진 바 뒤에 여자 한 명이 서 있었다. 그녀의 눈꺼풀에 그려진 초록색 소용돌이 모양은 그녀의 이마를 넘어 헤어라인까지 뻗어 있었다. "내 이름은 '님'이에요. 오늘 밤 마시고 싶은 술이 뭐예요?"

네이빈이 대답했다. "좀 취하고 싶은데요."

"딱 좋은 거 있어요, 자기야." 로봇인 여자가 미소 지으며 말했다. 통통한 그녀의 입술이 아쿠아마린색으로 반짝였다. "그럼 자기는?"

타오이는 가라앉는 듯한 느낌과 진공에서의 바디 뮤직에 대해 생각하며 머뭇거렸다. "저는 그냥… 좀 편안해지고 싶어요."

님은 머리를 한쪽으로 갸우뚱했다. "진정제를 달라는 건가?"

"뭔가… 도수는 높은데 차분하게 만드는 거요. 바다처럼. 그런 거 있을까요?"

"내가 뭐라도 못 만들어 주겠어요?" 님이 속눈썹을 아래로 내리며 중얼거렸다. 잠시 후, 님은 카운터에 두 개의 샷 잔을 내려놓았다. 한 잔은 일렉트릭 핑크색, 다른 한 잔은 딥블루색이었다. "맛있게 드세요들?"

네이빈은 고개를 뒤로 젖혀 원샷했다. 타오이는 여러 모금에 나눠서 샷 잔을 비웠다. 바닐라 향이 입 안을 한가득 감쌌다.

사람들이 온몸을 흔들며 메인룸을 가득 채웠다. 주변의 테이블과 부스도 춤을 추는 사람으로 둘러싸인 지 오래였다. 벽에서는 팝 컬처 유명 인사들과 브랜드 모티프, 화려한 광고들이 형광빛으로 뿜어져 나왔다. 음식과 스팀 샷이 올려진 트레이를 들고 다니는 호스트봇 하나가 전기 스케이트보드를 타고 지나갔다.

네이빈은 타오이의 허리를 붙잡고 비어 있는 부스로 데려갔다.

"람이 아직 안 온 것 같은데? 까먹은 거면 안 되는데."

네이빈은 이복동생을 절대 '동생'이라 부르지 않고, '람', 아니면 '라메쉬'라는 이름으로만 불렀다. 타오이는 같은 집에서 자란 게 아니라면 형제간의 유대감을 느끼기에는 힘들 것이라고 추측할 뿐이었다.

"잊어버리진 않았을 거야. 너희 일 년에 두 번밖에 더 봐?"

"그렇겠지? 그래도 이번 약속은 몇 달 전에 잡은 거라. 원래 다시 연락해서 오늘 만나는 거라고 얘기했어야 했는데, 내가 까먹고 있었네."

약속에 대해 서로에게 다시 한번 일러주지 않았다는 사실 뒤에는 둘 다 게으르다는 사실이 숨겨져 있었다. 네이빈과 라메쉬의 만남은 즐거워서라기보다는 의무감으로 이루어지는 것이다. 막상 두 형제의 아버지는 그 둘이 연락을 계속하는지 별 관심조차 없겠지만 피를 나눈 두 사람은 유대감을 유지하려는 시도를 좀 해보려는 것 같았다. 하지만 다음 약속까지의 기간은 점점 늘어나고 있었다.

네이빈이 푹신한 좌석에 털썩 앉으며 말했다. "배고파 죽겠어. 음식 주문하자."

둘은 프라이드치킨 두 접시를 주문했다. 스팀 샷의 기운이 올라오기 시작했다. 타오이는 뇌 주변의 끈적끈적한 느낌을 받으며 대체 어떤 화학 물질이 방출되고 있는 건지 궁금했다. 그런데 스팀 샷기운이 갑자기 확 올라오면서 그 궁금증이 사라졌다. 주변에서 들려오는 음파가 그녀의 몸을 부스 위로 들어 올렸다. 그녀는 천장 근처까지 떠올라 조화로운 음으로 흩어지는 소리에 맞춰 올라갔다 내려가기를 반복했다.

타오이는 스크린 벽의 깜박거리는 풍경으로 내려앉았다. 픽셀의 바다에서 하나의 작은 반점으로 줄어버린 그녀는 인식의 조각들 속 아주 작은 의식 하나로 자리 잡는다. 하나의 인간 픽셀로, 수백만 명의 타인과 어깨를 맞대고 엮여 '가이아'라는 패브릭을 만들면서.

갑자기 정신이 돌아온 타오이는 네이빈 쪽을 힐끗 바라봤다. 그는 완전 흥분 상태인 것 같았다.

타오이가 소리쳤다. "괜찮아?"

네이빈은 흥분한 시선으로 그녀를 바라봤다. "취기가 올라오네."

타오이가 웃었다. "너무 약한 거 아니세요?"

시켰던 음식이 나옴과 동시에 라메쉬가 도착했다. 현실 세계에서의 라메쉬는 코펜하겐에 살고 있지만 실제로 비행기를 타고 해외에 가는 사람은 이제 더 이상 없다. 라메쉬는 지난번 마지막으로 만났을 때 이후로 계속 아바타 모드였다. 그의 홍채 색깔은 이제 에메랄드 그린이다. 그런데 처음 보는 아름다운 여인이 그의 팔을 잡고 있었다. 그는 그녀를 '미카'라고 소개했다. 둘 다 20세기 스페이스 오페라 스타일 복장이었다. 라메쉬는 허리 위 블래스터*를 찬 채로 조

---

*　　　영화 〈스타워즈Star Wars〉의 세계관에 등장하는 가상의 총 이름

끼에 부츠를, 미카는 황금 비키니를 입은 모습이었다.

"화려한 우리 복장은 양해해 줘. 이따 코스튬 파티 가기로 되어 있어서." 타오이의 볼에 볼키스를 하며 라메쉬가 말했다.

네이빈은 눈살을 찌푸렸다. "꼭 그렇게까지 입어야 했던 거야?"

"물론 아니지. 그래도 밤새 스페이스 카우보이가 될 수 있다면 누가 마다하겠어, 엉?" 라메쉬는 미카에게 눈을 찡긋해 보였다. 넷은 부스로 들어가 주문한 음식을 먹기 시작했다. 타오이는 미카를 슬쩍 바라봤다. 그녀의 검은 눈 주변에는 긴 금빛 속눈썹이 자리하고 있었다. 미카의 넓은 어깨를 장식하고 있는 복잡한 헤나 패턴은 가슴골까지 뻗은 형태였다.

타오이가 물었다. "그래서 둘은 어떻게 만나게 된 거야?"

"의외겠지만 파티에서 만난 건 아니야." 라메쉬가 씩 웃으며 답했다.

"그보다 훨씬 재미없는 곳에서 만났어요." 미카가 덧붙였다. 부드럽지만 무거운 목소리에서 약간의 동유럽 억양이 느껴졌다.

"직장에서 만났어."

"어머! 그럼 미카 씨도 뉴로네티카—솜너스에서 일하시는 거예요?" 타오이가 바삭한 튀김 옷을 이로 뜯으며 물었다. 칠리소스의 맛이 환상적이었다.

"글쎄."

"미카 씨도 프로그래머야?"

"미카는 뭐랄까. 프로그램이자 프로그래머야. 프로그램이 깔려 있는 사람."

"잠깐. 미카 씨 로봇 아니죠, 네?"

미카가 빵 하고 웃음을 터뜨렸다. 네이빈과 라메쉬는 난감한 듯한 웃음을 지었다. 스팀 샷 때문에 긴장이 풀렸는지 타오이가 생각보다 놀람을 주체하지 못한 듯했다.

라메쉬가 이어 말했다. "미카는 더 이상 가이아와의 연결을 해제하지 않아도 돼."

"아예 로그오프를 하지 않는다고?"

"거의요. 아시다시피 모든 뉴팟에서 영양분도 공급해 주고, 배설물도 제거해 주잖아요. 저는 프로그램을 확장했을 뿐이에요. 일주일에 한 번만 로그오프하면 되도록 소프트웨어를 맞춤형으로 바꾼 거죠."

"하지만 그렇게 하면 진짜 몸은 어떻게 계속 살아있을 수 있죠? 근육을 쓰지 않으면 약해지지 않나요?"

"단백질 공급과 비대성 약물 주입 기능을 뉴팟에 프로그래밍할 수 있어요. 제 전문 분야가 영양 과학은 아니지만 뉴로네티카—솜너스 R&D 부서에 인체 생리학 부서가 있어요. 관심 있다고 하시면 그 프로그램 보내드릴게요. 그럼 더 이상 웨이트 트레이닝 같은 건 안 해도 돼요."

"일단 지금은 패스할게요."

네이빈이 물었다. "항상 연결되어 있어야 하면 잘은 모르겠지만… 어쨌든 뇌에는 좋지 않은 거 아닌가요?"

미카는 어깨를 으쓱했다. "왜죠? 온라인 뇌와 오프라인 뇌는 다른 신경 활동 패턴을 가지고 있는 걸요? 가이아에 더 오래 머무르는 사람의 인지 기능이 그렇지 않은 사람보다 더 낫다는 걸 보여주는 연구 결과도 있어요. 인지 처리 속도도 더 빠르고, 과업 전환도 더 효율적이고, 집중력도 더 좋다고 설명하죠. 저는 실제로도 가이아가 우리의 정신에 좋을 거라고 생각해요. 앞으로 나오는 연구 결과들이 곧 이런 제 생각을 증명해 줄 거예요."

"난 이미 알겠는데? 아니, 둘러봐! 가이아는 디지털 유토피아야." 라메쉬는 호스트봇에게 손을 흔들어 스팀 샷 네 잔과 상그리아 한 병을 주문했다.

롤러스케이트 장비를 갖춘 호리호리한 만화 캐릭터 스타일 여자한 명이 과일을 우려낸 레드 와인을 네 잔의 글라스에 나눠서 부어줬다. 타오이는 가만히 앉아 있었다. 상그리아의 맛이 산뜻하고 상쾌할 것을 타오이는 알고 있었다. 롤러스케이트 소녀가 상그리아 잔과 스팀 샷을 테이블 위에 올려놓자 그녀의 보라색 포니테일이 어깨 앞으로 넘어왔다. 타오이는 찰랑거리는 그 머리카락을 손가락으로 빗겨주고 싶은 충동이 일었지만 이내 참았다.

"그럼 미카 씨는 뉴로네티카—솜너스에서 무슨 일을 하시는 거예요?"

그러자 라메쉬가 끼어들었다. "미카는 나보다 훨씬, 훨씬 더 높은 부서에서 일해. 내 머리로는 이해할 수도 없는 것들을 다루지. '프로그 테크Prog Tech'라고. 현실의 경계를 넓히는 일이야. 엄청 신나는 일이지, 그렇지 않아?"

"맞아요." 미카는 은근슬쩍 덧붙이는 듯했지만 라메쉬와 그녀의 눈은 이미 반짝이고 있었다.

라메쉬는 머리를 뒤로 젖혔다. 그의 두 입술 사이로 초록빛 샷이 미끄러지듯 넘어갔다. "아, '업로딩Uploading' 실험에 대해서도 얘기해줘. 완전 혁신적인 그거, 있잖아."

"람!"

"왜? 내일이면 뉴스가 다 그 얘기로 도배될 텐데. 네가 말하지 않을 거면 내가 말할래."

"업로딩이 뭐야? 말해 줘." 네이빈이 손가락으로 샷 잔의 가장자리를 문지르며 물었다.

미카가 한숨을 쉬며 이야기했다. "그래, 말해."

"진짜지? 알겠어. 다 들을 준비 됐지? 사실 미카는 몇 년 동안 인간의 마음을 가이아에 완전히 '업로딩'하는 프로젝트에 참여했어. 뇌를 통째로 하나의 지도로 그려서 가상 세계로 보내는 일이야. 그럼 가이아 세계 안에서 진짜 디지털 존재가 되는 거지. 뉴젤이 나오고 나서 뉴로스킨스가 쓸모없어졌잖아? 그것처럼 업로딩은 뉴젤을 쓸모없게 만들 거야. 인간 진화의 다음 단계라고요, 여러분! 그러면 이제 현실 세계 몸이 필요한 사람이 어디 있겠어?"

네이빈은 잔을 내려놓았다. "지금 그냥 가설 얘기하는 거지? 그렇지?"

라메쉬와 미카는 서로를 바라봤다.

라메쉬가 말했다. "아니. 현실 이야기야."

미카가 상냥하게 이어 말했다. "6개월 전에 인간을 대상으로 한 1상 임상시험을 수행했어요. 업로딩도 성공했고, 피험자들도 건강해요."

"그럼 그쪽도…?"

미카가 미소를 지었다. "아니에요, 저는. 대기 명단 1번이 될 거긴 하지만요."

갑자기 타오이가 먹고 있던 치킨 날개에서 종이 맛이 났다. "전

신경 기술이 완전히 말이 안 되는 거라고 생각했었는데."

"양자 컴퓨터 공학 덕분에 신경 기술 황금시대가 열렸어요. 우리의 의식은 신경 네트워크 활성화 패턴에서 나오는 건데, 그 네트워크를 복제할 수 있다면 우리 정신도 복제할 수 있게 되는 거예요."

"그럼 기억이나 성격, 모든 걸 그대로 복제할 수 있다는 건가요?"

미카는 고개를 끄덕였다. "우리는 말도 안 될 정도로 집약적인 심리학 실험을 했어요. 피험자들 기억은 훼손되지 않았고, 자의식도 변함없이 유지됐죠. 신체적 제약이 사라지면서 그들의 행복 지수도 안정됐어요. 오히려 더 높아지는 경우도 있었죠."

"그러면 정신과 몸의 문제를 없앴다는 거네요? 몸에서 정신을 꺼내 가상으로 이전시킨다는 거니까요." 타오이는 무심하게 내뱉었다.

"바로 그거예요! 저는 그게 좋아요. 데카르트와는 이제 빠이빠이인 거죠. 마침내 그의 시대가 지나가 버린 거예요." 미카는 앞으로 몸을 숙이며 웃었다. 무지갯빛 조명 아래 그녀의 어깨가 반짝였다. "솔직히 뇌 지도를 만드는 게 어렵지는 않았어요. 수십 년 동안 관련 이론들이 계속해서 많이 나왔거든요. 진짜 어려웠던 건 물리적인 것들 말고 '기능적'인 걸 지도로 만든다는 거였어요. 인간의 정신을 이해하려고 말이죠. 물컹물컹한 뇌를 이루고 있는 뉴런 1천억 개는 물론이고 그 뉴런들을 연결하는 100조 개의 시냅스까지도 살펴봐야 했어요. 각 기능에 따라 그 뉴런들이 여러 경로와 회로에서 어떻게 작동하는지를 이해해야 했거든요. 그러니까 우리의 진짜 목적은 우리 신체의 물리적 본질을 컴퓨터에 업로딩하는 게 아니었던 거예요. 기질 자체를 바꾸는 거였죠. 우리는 탄소와 산소를 실리콘과 티타늄으로 바꾸고 있어요. 마음은 말 그대로 가이아에서 새롭게 태어나는 것이죠."

시적이다. 그 단어들이 타오이에게 날아와 꽂혔다.

"사실 가장 큰 장애물은 그렇게 특별한 게 아니었어요. 인간의 정신만큼 복잡한 걸 보관할 수 있는 충분한 동력이나 저장 공간을 찾는 게 힘들었죠."

네이빈이 말했다. "꼭 데이터가 산처럼 쌓여 있다는 소리 같네요."

"글쎄요, 일단 지금 우리 기술이 그걸 따라잡기는 했어요. 데이터가 전 세계 여러 곳에 있는 양자 서버들 사이를 이동할 수 있는 상태죠."

"말 그대로 성격이 나뉘어 보관된다는 거지." 라메쉬가 익살스레 이야기했다. 그리고는 아주 즐겁게 덧붙였다. "나는 한동안 저 성격으로 있고 싶다, 이러면 그렇게 할 수 있는 거라고 설명하면 되려나?"

그들은 다시 치킨과 스팀 샷에 집중했다. 하지만 제대로 먹고 있는 건 아니었다. 더 높은 곳으로 다시 한번 데려다줄 스팀 샷 네 잔이 도착하기를 기다리는 중이었다. 타오이는 먹던 음식을 접시 한쪽으로 밀어놓았다. 그리고는 정신이 몸에서 분리되는 것, 그리고 그 이후 남겨지는 사람의 몸에 대해 생각했다. 진짜 그 분리되는 순간을 느끼며 육신을 떠나는 경험을 하게 되는 것일까? 그렇다면 두 가지 버전의 '나'들은 서로 자신의 복제 버전이 당황스럽고 소름 끼친다고 생각하게 될까?

타오이가 말했다. "슬픈 것 같아요. 가이아를 위해 현실 공간을 포기하는 거. 현실 세계와 더 이상 상호 작용할 수 없게 된다는 거. 그건 마치… 천국에 간다는 것처럼 들려요."

미카는 고개를 흔들었다. "너무 짧게 보시네요. 업로딩은 어떤 식으로든 자신의 존재가 줄어들게끔 하지 않아요. 오히려 확장한다면 모를까. 한 번 상상해 보세요. 디지털 의식이 있다면 어디에 있든 내 정신을 즉시 바꿀 수 있다는 거예요. 광섬유나 무선 네트워크가 연결되는 것처럼 빠른 속도로요. 정신을 기계에 이식하면 그 기계가 물리적 세계에서 돌아다니며 상호 작용할 수 있다는 거죠."

"本当に(정말)? 나한테 그건 말 안 해줬잖아! 탱크로도 변신할 수 있다는 거야? 군사용 전투기나 건담 이런 걸로?" 라메쉬가 물었다.

"이론적으로는. 응, 맞아. 누군가에게 メカ(메카)를 만들겠다고 성공적으로 설득하기만 한다면 말이야."

"나도. 등록. 시켜줘."

네이빈의 표정이 심상치 않았다. 타오이가 오랫동안 보지 못했던 표정이었다. "피실험자 중에 만나볼 수 있는 사람이 있을까요?"

"사실 내일 관련해서 공식 발표가 있을 거예요. 몇 달 전부터 지금까지 업로딩된 몇 분을 모시고 실시간 기자 회견을 진행하기로 되어 있거든요. 관심 있으시면 뉴로네티카—솜너스 포털에 들어가 보세요."

"그런데 왜 이 소식에 대해서 알고 있는 사람이 아무도 없었을까요?"

"모든 가동 준비가 끝날 때까지 비밀에 부치려고 엄청 노력했거든요, 저희가. 진짜 천지개벽할 일이잖아요. 아마 이 세상 모든 게 달라질 거예요."

"이게 모든 걸 장악해 버릴까요?"

"생각해 보세요. 지구는 더 이상 탄소 기반 생명체가 살 수 있는 곳이 아니에요. 우리는 항상 이 지구를 떠나는 게 인류를 보존할 수 있는 유일한 답이라고 생각했지만 그건 틀렸어요. 훨씬 더 멋드러진 솔루션이 나타난 거죠. 우선 우리는 항상 신선한 공기, 싱싱한 식물, 깨끗한 물에만 의존해 왔어요. 그런데 곧 그런 원시 자원에 대한 필요성이 없어질 거예요. 30년 안에 모든 사람이 업로딩할 거라는 데에 제 전 재산을 겁니다! 우린 새로운 인류가 될 거예요. 태양열과 전기가 직접 동력이 되는."

타오이의 몸에 또다시 긴장이 풀렸다. 이번에는 그게 스팀 샷 때문인지, 아니면 맞은편에 앉아서는 섬뜩할 정도로 확신하며 인간이 빛의 생명체로 바뀔 것이라고 상냥한 목소리로 말하는 명석한 두뇌의 그 낯선 사람 때문인지, 타오이는 알 수가 없었다.

타오이가 말했다. "근데 가장 중요한 문제에 대해서는 한마디도 안 하시네요."

"아, 어떤 걸 말씀하시는 거죠?"

"불멸이요."

미카가 성가시다는 듯한 미소를 지었다. "음. 그건 완전히 다른 얘기예요. 타오이 씨 머리를 복잡하게 하고 싶진 않은데."

타오이와 네이빈은 서로를 바라봤다. 네이빈이 말했다. "스팀 샷 한 잔 더 해야겠다."

* * *

그렇게 그날 밤 자리가 파하고 타오이와 네이빈은 계산을 위해 카운터로 향했다. 타오이는 온 혈관으로 밀려드는 스팀 샷, 그리고 미카가 그들에게 말해준 모든 것들로 인해 마음이 어지러웠다.

"황금 비키니 입은 천재 한 명이 우리가 알고 있는 삶에 끝이 올 거라고 얘기한 거지, 지금?"

네이빈은 큰 웃음을 터뜨리고는 타오이의 어깨를 꽉 잡았다. 밤이 깊어질수록 그는 점점 더 활기가 넘쳤다. "난 이게 끝이 아니라고 봐, 자기야. 이제 시작이지."

님이 지불 단말기를 내밀었다. 네이빈이 손가락을 들이민다. 패드에 빨간색 불이 깜빡거렸다. '결제 승인 거부'다. 별안간 기죽은 네이빈은 얼굴을 찡그렸다.

타오이는 그가 곤경에 처하지 않도록 말을 꺼냈다. "'도지코인'에서 현금 안 꺼낸 거 아니야?"

"이상하네." 네이빈이 다시 한번 손가락을 들이밀었다. 또 '거부'다. "뭐가 문제지?"

"모르겠어, 오늘 연금이 들어왔을 텐데."

그는 화나서 눈을 깜박거리며 마음속 눈으로 계좌를 확인했다. "새로 고침." 그렇게 말하고는 또다시 얼굴을 찡그렸다. "안들어 왔네. 장애 복지 서비스 센터에 연락해 봐야겠어."

"내일 해. 오늘은 내가 낼게."

네이빈의 등이 뻣뻣해졌다. 타오이는 그가 됐다고 말리기도 전에 이미 단말기에 손을 들이밀고 있었다.

10

다음 날, 타오이와 네이빈은 스팀 샷으로 인한 어지러움으로 늦은 아침을 맞이했다. 적갈색 빛이 침실 창문을 통해 흘러들어왔다. 강한 바람으로 인해 주변 건물들이 삐걱거렸다. 네이빈은 담요를 가지고 소파로 가 자리 잡고는 리비전으로 그 기자 회견을 시청했다.

타오이는 조용히 주방으로 향했다. 커피맛 프로틴 쉐이크를 준비하고는 기자 회견을 보고 있는 네이빈을 바라봤다. 손으로 무릎을 꼭 잡고 완전히 매료되어서 입을 벌리고 있는 네이빈. 그런 그의 호흡이 느려졌다 빨라졌다 했다. 타오이는 침실에 돌아가 운동복으로 갈아입고 레크리에이션 방으로 가서 기운 넘치는 퍼스널 트레이너 루시에게 고강도 운동을 요청했다.

운동 후 땀이 식어갔고 타오이는 다시 리비전을 쓰며 마음을 다잡았다. 새로운 사태는 그녀의 예상보다 훨씬 심각했다. SNS 피드는 정신이 없었다. 업로딩에 해시태그가 붙고, 하나의 상표가 되었다. 기자 회견 사진, 이에 대한 반응을 담은 브이로그, 전문가 의견,

뉴로네티카—솜너스의 실시간 업데이트 내용이 그녀의 시야에 쏟아졌다. 업로딩에 실패한 한 장관의 딥페이크 영상(그래서 그의 뇌가 보이지 않는 영상이었다), 좋지 않은 인간관계에서 벗어나기 위해 업로딩하려는 사람들에 대한 조롱, 오래된 몰입형 세계와 영화들을 사용한 음모론 등 여러 가지 밈들이 이미 퍼지고 있었다. 질문의 양도 엄청났다. 이 모든 것에 대한 규제가 어떻게 이루어지느냐, 업로딩된 사람도 인간의 모든 권리를 가지는 것이냐, 아이들은 어떡하냐, 아이들의 업로딩도 허용될 것이냐, 그들이 직접 동의하는 것이 가능하냐, 부모가 아이를 대신해서 동의하는 것이 과연 윤리적이냐, 이것이 가이아가 우리의 정체성을 소유하게 된다는 의미가 아니냐 등 질문 역시 폭풍처럼 쏟아졌다.

타오이의 메일함도 친구와 동료들이 보낸 메시지와 뉴스들로 넘치고 있었다.

완전 혁신적이야.

나 디지털 세상으로 갈 준비 다 됐어.

금방 이렇게 될 거 알고 있었어.

내가 죽기 전에 이런 세상을 보게 될 줄 생각도 못 했어.

기자 회견 중 찍힌 한 영상이 타오이의 시선을 사로잡았다. 길고 구불구불한 갈색 머리카락과 빛나는 눈동자를 가진 젊은 여자. 스물다섯 살이 채 넘지 않은 듯했다. 영상 자막에는 그녀의 이름이 '마리사'이고, 1상 임상시험 참가자라고 표시되어 있었다. 마리사가 카메라에 시선을 고정한 채 말했다. "저는 자유로워졌어요. 이제 저는, 자유예요."

타오이는 영상을 껐다.

그리고 시선을 고정한 채 소파에 앉아 있는 네이빈을 발견했다. 리비전에 나타나는 정보를 보고, 보내주고, 찾고 있는 그였다. 타오이가 방으로 들어오자 네이빈은 그녀를 향해 손을 뻗었다. 다른 어딘가를 향해 있는 듯한 시선, 그리고 입가의 미소와 함께.

타오이는 어린아이처럼 그의 무릎 위로 올라갔다. 그녀는 땀으로 끈적끈적한 팔을 그의 목에 두르고 머스크 향이 나는 그의 턱수염에 코를 박았다. 그는 볼이 그녀의 가슴뼈에 닿을 정도로 고개를 숙였다. 둘 사이에 있던 몇 밀리미터의 틈이 서서히 가까워졌다.

* * *

깜빡 졸던 타오이를 알림 하나가 깨워주었다.

시간 돼? 〈침묵의 비명〉 3탄!

타오이는 바로 앉아 축축한 소파에서 벗어났다. 자크의 아바타가 그녀의 시야 구석에서 씰룩댔다. 영상 통화를 하고 싶다는 신호다. 타오이는 전화를 받았다. "저기, 자크. 네이빈 뭐 하고 있는지 좀 보고."

"자고 있겠지. 어쨌든 걔는 안 올 거 아니야. 빨리, 우리 쩌는 호러 몰입형 세계 본 지도 오래됐잖아."

"네가 비체화 만들고 인터뷰하느라 바빴던 탓이 아니고? 이 배신자."

자크는 웃었다. "나 펠드스파 지구에 있어. 내 위치 보내줄게."

"곧 봐."

타오이는 터덜터덜 걸어 침실로 향했다. 네이빈은 퀸사이즈 매트리스 위에서 양쪽으로 다리를 뻗고 한 손은 가슴에 올린 채로 정말 잠들어 있었다. 타오이는 리비전을 빼고, 러닝셔츠와 속옷은 벗은 그대로 바닥에 두었다. 정확히 18.3℃로 맞춰져 있는 아파트 온도로 인해 등이 서늘했다. 뉴팟이 있는 방으로 걸어 들어가자 접혀 있던 그녀의 뉴팟 바깥 뚜껑이 펼쳐졌다.

뉴젤은 마치 나뭇잎에 비친 빛처럼 초록색 인광으로 빛났다. 타오이는 그 안에 잠긴다. 더 이상 춥지 않다. 그렇게 그녀는 가이아로 들어갔다.

펠드스파 환승역은 쿼츠 환승역보다 작고 주변부가 날것 그대로인 곳이었다. 가이아의 역사만큼이나 오래 서 있던 쇠붙이 조각상을 지나쳤다. 그때 한쪽에 오류 코드로 해상도가 낮아서 나눠진 픽셀들이 타오이 눈에 들어왔다. 그녀는 그 위치를 잘라 나중에 확인하겠다는 태그를 달아 놓았다. 혼자 코딩을 다시 하거나, 아니면 오픈 액세스 포럼에 로그인해 흔쾌히 도와주겠다는 다른 누군가의 도움을 받을 수도 있을 것이다.

자크가 출구에서 기다리고 있었다. 그는 사뭇 달라 보였다. 갈색 머리카락은 제멋대로가 아니라 뒤로 싹 넘어가 있고, 매일 고집하던 캔버스 운동화도 온데간데없었다.

"언제 성형한 거야?" 타오이가 그의 반짝거리는 로퍼를 보고 경악하며 소리쳤다.

그는 싱긋 웃었다. "아, 조용히 좀 해."

두 사람은 거의 텅 빈 극장으로 향했다. 가장 큰 캐러멜 팝콘을 사서 가장 좋은 좌석을 먼저 잡았다. 이날 본 몰입형 세계는 정말 놀라울 정도로 무시무시했고 이전에 나왔던 2탄보다 훨씬 더 나은 작품이었다. 괴물의 역겨운 숨소리가 목뒤를 간지럽혔다. 바퀴벌레들이 발 위를 기어 다녔으며 툭 튀어나오는 것들로 인해 커진 심장 박동 소리에 소스라치게 놀랐다. 하지만 타오이의 정신은 다른 곳에 있었다.

극장을 걸어 나가며 자크는 타오이를 곁눈질했다.

"너 소리 한 번도 안 지르더라."

타오이가 한숨을 내쉬었다. "그러니까. 오늘 정신이 다른 곳에 가 있네."

"그 말도 안 되는 업로딩 때문이야?"

"응."

"사실 그것 때문에 연락하려고 했던 것도 있어. 너무 바빴던 게 미안하기도 했고."

"아니야. 네가 잘돼서 좋은걸. 비체화 정말 잘 되고 있잖아."

자크는 얼굴을 찡그렸다. "모든 게 너무 빨리 지나가서 어떤 느낌인지도 모르겠어."

"행복하지 않아?"

"행복하지. 행복한 것 같아." 자크는 왼쪽 귀 뒤를 긁적거렸다. 타오이는 자신의 몸에 반사되는 어떤 감각을 느낀다. 짜릿한 만족감이 그녀의 목과 등 뒤를 타고 흘러내렸다. 가끔 가이아에서 일어나는 일이었다. 타오이는 그게 시스템 결함인지, 아니면 회선이 겹친 건지 궁금했다. 하지만 가끔 현실 세계에서도 일어나는 일이니 뭐가 뭔지 확신할 수가 없다. "솔직히 그동안 내가 사기꾼 같다는 생각이 많이 들었어. 특히 인터뷰할 때. 오해하지는 마, 불평하는 거 아니니까. 내가 원하던 일이야. 작품으로 사람들에게 다가가는 거."

타오이는 그를 바라보며 가만히 기다렸다.

"두어 달 전에 새로 생각한 게 있는데, 솔직히 요즘 이것 때문에 나 완전 들떠 있어."

"그래?"

"'맞춤형 미니 몰입형 세계'를 만드는 거야. 주류 몰입형 세계 산업은 돈 되는 기계라, 아마 가장 많은 대중의 취향에만 맞춰질 거라는 말이지. 그러면 '재고—표준 공식'에만 집중할 거야. 계속 똑같은 것만 반복된다는 거지. 그럼 지루하잖아. 그래서 나는 욕망을 간지럽히는 걸 경험할 수 있는 미니 몰입형 세계를 만들어보려고. 아름다운 여자가 네 등을 간지럽히고 초콜릿으로 뒤덮인 감초 사탕을 먹여주는데, 거기에다 너는 털이 풍성한 토끼를 한 마리 안고 있다고 생각해 봐. 거기서는 완전 가능한 일인 거야. 아니면 이게 너한테 더 어울릴 것 같은데, 쾅쾅거리는 일렉트로 클래식 비트를 들으면서 롤러코스터를 타고 태양계 전체를 여행하는 건? 아니면 네가 선택한 너만의 모험 이야기를 네 귀에 속삭이는 ASMR 아티스트와 함께 명상 버블 안에서 다섯 시간 동안 함께 하는 건?"

자크가 무릎을 살짝 굽혀 상체를 오르락내리락하며 말했다. 공중에 여러 가지 손짓을 그리면서. 타오이의 반응을 살피기 위해 그녀를 힐긋 바라보면서.

"혼자서 설계하려고?"

"우선은. 이미 베타 작업은 몇 개 해놨어. 괜찮더라고. '실크 로드'로 해봤는데, 이미 관심 보이는 투자자가 여섯 명이나 있다고."

"와, 대단하네."

"근데 이름을 아직 못 정했어."

"'미니 몰입형 세계' 기억하기 쉬운데, 왜."

"아니, 몇 달 후면 그냥 평범한 이름이 될 것 같아서. '센세이션' 이나 '센세이트'로 하면 어떨까 생각 중이야."

"흠. '센소리움'은 어때?"

"나쁘지 않네. 그것도 후보에 올려둬야겠다."

둘은 멍든 듯한 빛이 뿜어져 나오는 하늘 아래를 거닐었다. 길 위에 펼쳐진 보랏빛을 밟으니 체온이 빠르게 따뜻해졌다, 차가워졌다. 온도 변화 저항 기능에 조절이 필요했다. 토요일 저녁이라기엔 너무 조용했다. 한껏 화려하게 차려입은 사춘기 전 아이들 무리가 스케이트보드를 타고 덜커덕 소리를 내며 지그재그 방향으로 내려갔다. 아이들의 함성이 공중에 남았다. 타오이가 알아들을 수 없는 언어였다.

펠드스파는 가장 오래된 지구 중 한 곳이다. 70년대 말, 가이아 베타테스트가 이루어진 장소이기 때문이었다. 세련됨이라고는 찾아볼 수 없는 곳. 마치 하나의 기념품 조각처럼 남아 있는 공간이었다. 건물들은 서로 어울리지 않는 스타일과 색 조합으로 뒤죽박죽 지어져 있었다. 가이아 등장 이전 세계에서 가져온 디자인 위에 서둘러 구조물을 지은 느낌이라고 해야 할까. 본래 있던 상점과 식당 중 절반만이 아직 운영 중이었다. 어떤 곳에서는 10년도 넘게 업데이트되지 않은 오래된 로봇들이 돌아다니기도 한다. 또 어떤 곳은 가이아로 갈 수 있는 길을 찾기 위해서 개발도상국의 열정 넘치는 가게 주인들이 싸게 매입해 놓은 곳이다.

"우리는 항상 펠드스파에 오네." 타오이가 웃었다.

"이 엉성함 얼마나 좋아. 가식이 없잖아." 자크는 손가락을 펼쳐

밝은 빨간색 벽돌 벽을 훑었다.

"여기 오면 아홉 살, 열 살 때로 돌아간 것 같아. 와, 그때 기억나니? 가이아가 등장하기 전 말이야. 뉴로스킨스를 쓴 채 돌아다닐 수 있는 곳도 수없이 많았는데…"

타오이의 심장이 쿵쿵대고 있었다. 민머리를 차갑고 축축한 젤로 덮고는, 모르는 곳에서 온 수많은 낯선 이들과 어깨를 스치며 부모님과 선생님의 시선으로부터 도망치던 그 짜릿한 기억이 떠올랐다.

자크가 말했다. "엉망이지만 환상적인 가상 카오스였지."

"수업 끝나면 친구들하고 몰래 만났었는데……."

그가 웃었다. "수업 중간에도 만났는데, 뭘. 부모님이 나한테 자녀 보호 필터 설치하시려던 걸 생각하면 아직도 거부감이 들어. 내 나이를 해킹해서 금지 세계에 들어가기도 했었는데."

타오이는 미소 지으며 고개를 흔들었다. "나도 그랬어." 엄마의 코드를 보면 음치 오디션 프로그램인 월드 아이돌 같은 것들이 있었다. 그걸 볼 때면 지루하고 어이없어지는 고문을 받는 것 같았다.

자크와 타오이는 한 카페테리아를 지나쳐 걸어갔다. 아시아인 남자 넷이 라탄 테이블에 앉아 담배를 피며 샹치*를 두고 있었다. 가게 안 유리 진열장은 완벽한 모양의 에그타르트와 고기 페이스트리, 함수각咸水角**, 밀가루 반죽 튀김과 밀가루 반죽 스틱, 살구 비스킷으로 가득 차 있었다. 담배 연기, 찻잎, 튀긴 빵 냄새가 섞여 그들

---

* 적군의 '장' 기물 포획을 목표로 두 군대 간의 전투를 재현하는 2인용 보드게임으로, 중국식 장기와도 같음

** 찹쌀로 만든 피에 돼지고기를 넣고 튀긴 찹쌀 도넛 같은 딤섬의 일종

주변을 둘러쌌다.

남자들은 타오이를 마치 조카딸이나 손녀 쳐다보듯 바라보며 고개를 끄덕였다. 타오이도 어색하게 고개를 끄덕였다. 뱃속에서 꼬르륵 소리가 났다. 실제 배에서 소리가 났다고 시스템이 말해주고 있는 걸까, 아니면 뉴팟이 타오이의 혈당 수치 하락을 추적해 인위적인 신호를 보낸 걸까? 아니면 카페테리아에서 돈을 내고 타오이의 배고픔 반응을 유발한 걸까?

타오이는 속도를 냈다. "지금도 사람들의 머릿속에 네 몰입형 세계를 쓰고 싶은 거야? 아니면, 밖에?"

"어?"

"네가 그랬었잖아, 기억 안 나? 비체화 끝나고 나서 말이야."

"내가 그랬던 것 같긴 한데."

타오이가 말을 이어갔다. "내가 생각해 봤는데, 네 말이 맞아. 우리는 스스로를 제한하고 있어. 가상 세계는 빈 석판과도 같은 곳인데 말이야. 어떤 것이든 지을 수 있었을 거야. 그래서 만들어진 게 결국 '가이아'인 거고. 우리의 거의 모든 걸 흉내 낸 세계 말이야. 같은 공간과 경계, 같은 종류의 몸을 만들고, 모든 걸 똑같은 시간의 흐름에 맞춰서 만든 세계."

"물론 그렇지. 완전히 새롭게 생각할 수도 있지만, 우리는 사실 기존 것들에서 벗어나려 하지 않잖아. 항상 친숙한 걸 열망하지. 결국에는 모두가 지겨운 유토피아를 고수한다는 거야."

"이게 유토피아라고 생각해?"

"음, 가이아에서는 아무도 고통을 겪지 않잖아. 고통이나, 가난이나, 범죄. 어쨌든 그런 것들이 거의 없잖아. 평등에도 조금씩 가까워지고 있고. 그렇지 않나?"

"진짜 평등이 아니잖아. 이미 처음부터 너무나 많은 사람이 소외되는걸?"

자크는 눈살을 찌푸렸다. "전체 접근이 가능하도록…"

"헛된 꿈이라는 거 알잖아. 부자들은 가이아를 살 수 있어. 보통 사람들은 가이아에 접속하려면 엄청난 노력을 해야 하고. 돈이 없는 사람들은 여기 와보지도 못해."

자크는 한숨을 쉬었다. "그렇긴 하지."

타오이는 슬쩍 위를 올려다봤다. 이리저리 뒤섞인 건물들 사이로 바이올렛과 주황빛 구름 조각들이 보였다. 길 끝에는 샌디 베이 축제라는 문구가 아치 모양 네온으로 불쑥 튀어나와 점점 더 깊어지는 하늘을 가리고 있었다. "난 네 '센소리움' 아이디어 좋아. 아주 요상하고 재밌을 것 같아. 획기적이기도 하고."

"고마워, 하지만 내가 처음 시도하는 건 아닐 거야. 이미 적극적으로 한계를 확장하려는 사람들이 있어서. 그 주변을 서성이다 보면 아주 요상하고, 끝내주고, 현실과는 다른, 그런 마이크로 세계들을 발견하게 될 거야. 시작에 불과하겠지만."

타오이는 새로운 포털로 들어가는 생각을 하다 온몸에 소름이 끼쳤다. 아마 자크의 말이 맞을지 모른다. 우리를 한계에 가두는 건 두려움이다.

타오이가 말했다. "사람들이 업로딩을 하기 시작하면 아마 많은 것들이 바뀔 거야. 우리의 뇌도 바뀌고, 그다음에는 유토피아도 바뀔 수 있어."

"네이빈은 업로딩에 대해서 어떻대?"

그 질문이 그녀에게 콕 들어와 박혔다. 그리고 그녀의 답변은 마치 뇌를 거치지 않은 듯 바로 튀어나왔다. "크리스마스 기다리는 어린 애 같더라."

"넌 어떤데?"

"후, 나도 모르겠어." 타오이의 두려움은 바다 위 퍼진 기름띠만큼이나 두꺼웠다.

"네이빈도 업로딩 하기를 원하는 것 같아?"

"직접 그렇게 말하지는 않았지만… 나는 네이빈을 알잖아."

둘은 길 끝에 다다랐다. 그곳에 열린 축제는 매력적이었다. 온몸을 비틀며 지나가는 롤러코스터와 공중을 가득 채운 사람들의 비명이 그곳에 있었다. 관람차는 황혼이 칠해진 구름을 배경 삼아 반짝이는 하나의 원으로 변했다. 음식을 파는 가판대가 입구부터 쭉 넓게 줄을 지어 서 있었다. 그곳에서는 가판대의 외형과 잘 어울리는 구닥다리 음식을 팔았다.

자크가 말했다. "핫도그 사러 가야겠다."

아치형 입구를 통과한 둘은 활기 넘치는 팝 비트, 풍미 좋은 버터 팝콘과 기름진 소시지 냄새에 사로잡혔다. 축제가 한창인데도 사람이 그렇게 많지는 않았다. 골반을 딱 붙이고 걷는 10대 커플과 달달한 군것질 거리들에 푹 빠진 채 수다 떠는 아이들이 대부분이었다. 여러 언어들이 허공으로 지나갔다.

자크는 '해적선'이라는 놀이기구 옆 가판대에서 머스터드와 칠리 소스를 뿌린 핫도그 두 개를 주문했다. 그리고 둘은 벤치에 앉아 열심히 먹기 시작했다.

다음 차례의 탑승객들이 해적선의 안전벨트를 매는 것을 보며 자크가 말했다. "네이빈 때문에 불안하다는 거 알아. 나도 같은 마음이니까. 하지만 용감한 일이야. 먼저 한다는 건."

"흠…"

"가장 먼저 업로딩한 사람들은 개척자로 여겨질 거야."

타오이는 입안 음식을 천천히 씹었다. 해적선이 끼익 소리를 내더니 시계추처럼 양쪽으로 호를 그리며 흔들거렸다. 그 호는 점점 더 넓어지더니 금세 한 바퀴를 빙 돌아 완전한 원을 그렸다. 하늘에서 비명이 쏟아졌다. 핫도그 코드가 나쁘지 않다. 빵도 폭신폭신 한 게 달고, 소시지에서는 씹을 때마다 육즙이 터져 나왔다. 만족스러웠다. 물론, 뉴젤을 통해 우리 몸에 흡수되는 영양분은 가이아의 음식과 아무 관련이 없지만 말이다.

그녀는 음식을 삼켰다. "네이빈은 항상 용감했어."

"나도 등록할까 생각 중이야. 실험 단계 말고 발매 초기에. 너도 알겠지만 대기 명단, 금방 꽉 찰 거야."

"어떻게 그렇게 자신하는 거야, 자크?"

자크는 손등에 조금 묻어 있는 소스를 핥고는 어깨를 으쓱했다가 다시 넓게 폈다. "우리 이미 여기 살고 있잖아. 어떤 느낌이냐면… 운명인 것 같아. 마치 원래 내 자리인 것처럼. 이 정도까지 모든 걸 바꿀 수 있는 건 아마 또 없을 거야."

"네이빈이랑 똑같이 말하네."

"왜 그렇게 짜증이 났어?"

타오이는 벌떡 일어섰다. 식욕이 싹 가셨다. "난 너희 말이 틀렸다고 생각해." 그녀는 이렇게 톡 쏘고는 남은 핫도그 절반을 근처에 있는 쓰레기통에 버렸다. "가자, 나 롤러코스터 타고 싶어."

자크는 군중 속으로 파고 들어가는 타오이를 몇 걸음 뒤에서 따라갔다. 티켓 부스에 다다르자 타오이는 화가 누그러지며 약한 피로감을 느꼈다. 둘은 나란히 줄을 섰다. 타오이는 옆에 있는 자크를 힐긋 바라보았다. 그도 그녀를 똑같이 바라봤다. 타오이는 거울을 들여다보고 있는 게 아닌가 싶었다. 그런데 그때, 자크가 눈을 깜박이더니 시선을 돌렸다. 거울을 들여다보고 있는데 거울 속에 자신이 보이지 않는 것 같은 섬칫한 느낌만이 타오이에게 남았다.

줄 맨 앞에 다다르자, 자크의 몸이 뻣뻣하게 굳었다.

"저거 에블린인가?"

타오이는 시야에 떠다니는 거래 내역 화면을 잠깐 멈추고 화면 밝기도 어둡게 낮췄다. 자크의 시선이 대관람차에 고정되어 있었다. 검은색 머리카락을 한 남자 한 명이 솜사탕 하나를 들고 있고, 노란색 드레스를 입은 여자 한 명이 아래로 내려온 대관람차 칸에 올라타고 있었다.

"저게 그 사람인가?"

"'마테오' 맞아." 타오이가 그의 이름을 알려준다.

"설마 슈퍼매치에서 만났을라고." 얕보는 목소리였다. 네이빈과 타오이도 슈퍼매치에서 만났다는 것을 잊은 듯.

"음, 데이트한 지 두 달 정도 됐을 거야."

"저… 기요? 두 분 티켓 사실 건가요?" 티켓 부스 판매원이 느릿느릿 조심스레 물었다.

타오이는 티켓값을 낸 뒤 자크를 롤러코스터로 끌고 갔다. 대관람차 관리 직원이 한창 재미있어 보이는 그 커플이 탄 관람차 칸의 문을 닫았다. 에블린이 타오이와 자크 쪽으로 얼굴을 돌렸다. 그러나 그녀가 이 둘을 보았다고 확신하기에는 너무 먼 거리였다. 그때 그 둘이 탄 관람차가 천천히 공중으로 올라갔고 에블린은 고개를 다시 돌려 마테오의 볼에 뽀뽀를 했다.

자크가 귀를 문질렀다. 타오이는 몸속에서 다시 한번 아주 좋은 기분이 쭉 늘어나는 듯한 느낌을 느꼈다. 마치 누군가가 그녀의 귓불을 잡아당기는 것처럼.

"너, 네 입으로 네가 에블린 남자친구 아니라며."

자크는 "맞아, 맞지."라며 중얼거렸다.

* * *

건조하고 강한 바람이 부는 멜버른의 겨울이 지나가고 초봄에 다다를 때쯤이었다. 네이빈과 타오이는 낮은 목소리로 새벽 늦게까지 말다툼을 했다. 둘은 각자의 입을 서로의 귀에 가까이한 채 다툼을 이어가다가 동시에 하품했다. 화를 주체할 수 없었지만 동시에 졸음도 견딜 수 없었다. 네이빈은 업로딩을 하기로 결정했고 그 시기를 확실히 하고 싶었다. 반면 타오이는 거대한 정지 버튼을 눌러서 전 세계를 멈추고 모두가 정신을 차릴 때까지 기다리고 싶었다.

"민간 기업이 IP로 음침한 일을 할 수도 있는 건데 안 무서워? 네 기억이나 아이디어를 훔쳐 갈 수도 있고, 아니면 나도 잘 모르겠지만 우리가 생각지도 못한 더 끔찍한 일을 저지를 수도 있다고. 그때는 어떻게 할 건데?"

"계약은 오픈 액세스로 이루어져. 디지털 보안 변호사들이 전 세계에서 그걸 감시하고 있고. 이상한 계약 조항도 없어, 타오이."

"에블린의 어머님 중 한 분이 디지털 보안 변호사셔. 그분께 한 번 확인해 달라고 부탁드려 볼게."

"원하는 대로 해."

"내가 그분이랑 대화할 때까지는 결정하지 마, 알겠지?"

"타오이……."

"왜 그렇게 서두르는 거야? 버그가 나오는지부터 먼저 확인해 봐야 하지 않겠어?"

네이빈은 한숨을 한번 쉬고는 타오이에게 가까이 다가가 턱을 그녀의 어깨에 올렸다. "더 이상 나올 버그 같은 거 없어. 네가 나랑 그 기자 회견을 봤다면…"

"나도 녹화 영상으로 봤어. 관련된 토론도 여러 개 봤고 소식도 확인하고 있다고, 매일."

"그러면 너도 뉴로네티카—솜너스가 우릴 속이고 있지 않다는 건 알고 있겠네. 이건 진짜야. 할 수 있는 한 공평하고 접근성 있게 만들려고 여러 국제 기관과 정부도 협력하고 있다고. 나도 알아. 10년 전이면 내가 이렇게 말하지 않았을 거라는 걸. 하지만 이제는 이게 유일한 방법이라고 생각해."

"어떤 유일한 방법?"

"유일한 생존 방법. 이 모든 환경 대재앙에서 벗어날 수 있는 방법." 네이빈은 자유롭게 쓸 수 있는 한쪽 팔을 창문을 향해 살짝 흔들며 말했다.

"포기했다는 소리로 들리네."

"그렇지 않아. 변하는 건 거의 없을 거야. 온 세상이 이미 가이아에 가 있잖아. 거기가 훨씬 낫기도 하고. 아름답고, 행복하고, 기본

급여는 받을 수 있으니 일도 네가 원하는 만큼만 하면 돼."

"이 행성에 머무를 곳이 하나도 남지 않게 되면 어떨지 생각해 봐."

"그렇게 과장하지 마." 타오이는 자신이 신이에게 이렇게 똑같이 말했던 장면이 불현듯 떠올랐다.

타오이는 네이빈에게서 벗어나 침대의 반대편으로 몸을 돌렸다. 자신의 숨소리가 귓속에 들렸다. "진짜 하려는 거구나. 그렇게 되면 그 회사가 너를 복제해서 클라우드에 올리고, 네 원래 자신은 죽이 도록 허락하는 거야. 말도 안 된다고 생각하지 않아?"

네이빈은 베개에 대고 작게 말했다. "우리는 항상 자기 자신을 죽이면서 살고 있잖아. 이것도 그것과 크게 다를 바 없어."

* * *

마리사는 기자 회견에서 보았던 모습과 완전히 똑같았다. 구불구불한 갈색 머리카락에 올리브색 피부. 트렌디한 메시 소재의 상의. 피부에 딱 달라붙는 레깅스. 큰 치아와 열정이 드러나는 미소까지. 그녀가 절벽 위에서 손을 내밀었다. 얇고 긴 그녀의 손가락 끝은 화려한 네일 아트로 장식되어 있었다.

타오이는 머뭇거리다 그녀의 손을 잡았다. 그녀가 자신을 끌어올릴 수 있게 했다.

네이빈과 타오이는 열 명 남짓 되는 1차 실험 참가자, 그리고 스무 명이 넘는 실험 참가 희망자들과 함께 이끼로 뒤덮인 바위 둔덕 위에 서서 그래파이트 지구를 내려다본다. 자애로운 하늘 아래, 초록빛이 엉겨 있는 바다가 화강암의 산줄기 쪽으로 뒤덮여 있었다. 밝은 잉꼬새 한 무리가 나무에 내려앉았다. 그들의 노랫소리가 나뭇잎 사이를 수놓았다.

타오이는 옆을 슬쩍 바라보았다. 네이빈은 머리를 하나로 질끈 묶은 어두운 피부색의 남자 한 명과 서 있었다. 그는 또 다른 실험 참가자였다. 결국 경험하지는 못했지만, 슈퍼매치에서 계획한 대로 이루어지지는 않았지만, 본래 네이빈과 타오이의 첫 만남 장소였던 이곳, 가이아에 있는 그래파이트 지구의 전신인 '그래파이트 컨트리'의 한 호수.

머리를 하나로 질끈 묶은 남자가 네이빈의 어깨에 손을 올렸다. 그 둘은 갑자기 웃음을 터뜨렸다.

타오이는 네이빈이 이 대면 프로모션 만남의 장, 아니, 이 투어가 어떤 것이든지 자신을 끌고 오지 않았으면 좋았겠다고 생각했다. 이곳에 있는 모든 것은 고통스럽게도 그림처럼 완벽하다. 물론 프로모션인데 평범한 회의실에서 평범한 회의를 할 수는 없었을 터. 뉴로네티카에서도 당연히 그래파이트에서 이루어지는 자연 탐사를 택해야 했을 것이다.

마리사가 타오이의 팔꿈치 옆에 와서 서더니 목소리를 높였다. "제가 맞춰 볼게요. 이분은 업로딩에 대해 생각하고 계시네요. 그런데 겁이 나시나 봐요."

타오이는 냉담한 동의의 말을 내뱉었다. "겁이 난다고는 하지 않을게요."

"그러면 불안하다는 건가요?"

타오이가 팔짱을 긴 채로 톡 쏘듯 말했다. "신중한 거죠. 이 상황을 보면 딱 적절한 표현인 것 같은데요? 저는 당신이 뭐라고 말할지 잘 알고 있어요. 업로딩은 당신 생애 최고의 일이었죠? 자유로움과 행복, 다시 살아난 듯한 느낌을 느낄 거예요. 아, 걱정 마요. 기자 회견 다 봤어요. 당신이 뉴로네티카—솜너스에서 가장 밀고 있는 '포스터 걸'이잖아요."

마리사는 상처받은 듯했다. 타오이는 모진 말을 내뱉은 즉시 후회했지만 사과의 말이 목에 걸려 나오지 않았다.

"당신이 판단할 수 있는 문제가 아니에요. 제가 겪었던 걸 당신은 겪어보지 않았잖아요."

타오이는 아무 말도 하지 않았다. 마리사의 말이 맞다. 마리사는 한 인터뷰에서 자신의 이야기를 한 적이 있었다. 그녀는 세 살 때 교통사고로 인해 사지 마비 판정을 받았다. 그녀는 통합 보조 기술 덕에 움직이고, 밥을 먹고, 씻을 수 있었다. 아침, 점심, 저녁으로는 통증 완화 약물 혼합제를 마셔야 했다. 방광이 꽉 차도 느끼지 못해서 종종 실수를 하기도 했다.

그러다 마리사는 오빠의 학연으로 '업로딩 프로젝트'에 대해 듣게 되었고, 두 번 고민할 필요도 없이 바로 지원했다. 1상 임상시험 참가자 신청 마감일을 놓쳐 안 될 거라 생각하고 있었는데, 며칠 뒤 참가자로 뽑혔다는 소식을 들었다. 그녀는 주저하지 않았다.

"움직일 수 있게 된 것뿐만이 아니에요. 음, 뭐랄까. 가이아에서 로그아웃할 필요가 더 이상 없다는 게 너무 좋아요. 이제는 제 몸으로 다시 돌아가야 한다는 두려움과 마주하지 않아도 되니까요. 당신은 평생 고통과 산다는 게 어떤 건지 모르잖아요. 하지만 저는 고통 없이 산다는 게 어떤 거였는지 기억조차 할 수 없었어요. 업로딩한 이후에 항상 저를 짓누르고, 깔아뭉개던 것. 그게 사라졌어요. 그쪽 같은 분들이 제가 광고하려고 이렇게 말하는 것 같다고 얘기해도 상관없어요. 제가 받는 느낌을 당신은 이해할 수 없으니까요. 저는 후회하지 않아요."

마리사가 말하자 그녀의 모든 것이 움직였다. 그녀의 눈썹, 그녀의 손, 그녀의 어깨, 그녀의 복근에 보이는 팽팽한 근육까지. 숲 전체로 강한 바람이 불며 나무들의 속삭이는 소리가 가득 들려왔고 사람들은 둔덕으로 밀려났다.

"그 어떤 것도 그립지 않나요?"

"뭐가요?"

"글쎄요. 예전의 당신이요. 원래 당신의 몸이요. 뭔가 다르게… 느껴지지 않나요?"

마리사는 큰 바위에 털썩 앉아 팔꿈치를 땅에 짚어 뒤로 몸을 젖히고는 해를 향해 얼굴을 들었다. "물론 다르게 느껴지죠. 있잖아요, 저는 강한 사람이었어요. 보조 공학이 제 일부였으니까요. 그 덕에 사고 이후에는 보통 사람이 할 수 없는 것들을 할 수 있었죠. 하지만 저는 그걸 포기하기로 결정하고 다시 변화하는 걸 선택한 거예요. 물론 저는 그 전과 '똑같은' 마리사는 아니에요. 업로딩 하면서 제 일부가 사라졌을 뿐인 거죠. 근데 그게 어때서요?"

타오이는 시선을 돌렸다. 네이빈은 둔덕의 반대편에서 다른 두 남자와 함께 바위의 모양을 탐구하고 있었다. 타오이를 향한 네이빈의 얼굴은 여실한 기쁨으로 빛났다. 하지만 그가 바라보고 있는 건 그녀가 아니었다. 그녀는 그의 시선을 따라가 본다. 그의 시선은 저 너머, 숲 전체를 거쳐 우뚝 솟아 있는 산봉우리로 향해 있었다.

당밀색 햇빛과 초목의 그림자로 얼룩진 산봉우리는 잠자고 있는 짐승과 비슷했다.

그 후 타오이는 1상 임상시험 보고서 전체를 샅샅이 훑어보았다. 그 보고서는 대중이 자유롭게 확인할 수 있었다. 기쁨이 만연한 실험 참가자와 프로그 테크 연구진이 찍힌 사진들 사이에 텍스트 덩어리가 끼워져 있었다. 연구원 '미카 슈먼'의 사진도 있었다. 맞춤 정장, 그리고 깔끔하게 정돈된 헤어스타일 덕에 타오이는 그녀를 알아보지 못할뻔했다. 1상 임상시험에서는 115명의 피험자를 대상으로 업로딩이 진행되었다. 신체 건강한 자도 있었고, 만성 질환 자도 있었다. 모든 업로딩은 성공적으로 간주되었다. 가장 심각한 부작용이라고 해봐야 일시적인 메스꺼움, 어지러움, 집중력 결여 정도였다. 행복의 척도를 표시한 그래프에는 y축을 따라 작은 점들이 저 높이 솟아 올라가며 계속해서 상승 곡선을 그리는 예상 수익 궤도를 보여주었다.

* * *

그가 움직임에 따라 담요도 물결처럼 따라 움직였다. 티타늄과 약물의 차가운 향, 그리고 그의 잠옷에서 느껴지는 무겁고도 달달한 향이 그녀의 주변을 휘감았다. 그리고 그녀는 그 아래에서, 콘크리트 바닥에 떨어지는 빗방울에서 희미하게 올라오는 듯한 싱싱한 흙냄새를 느낀다. 두 개의 몸이 퀴퀴하고 빳빳한 병원 시트에 싸여 있다.

트레버가 네이빈의 정맥에 항생제를 쏟아붓고 있었다. 또 한 차례의 '요로 감염'이었다. 비틀거리며 욕실로 가던 그가 옆구리를 붙잡고는 먹었던 저녁 대부분을 토해 버렸다. 그 이후, 네이빈은 도움이 없으면 침대에 올라가지도 못했다.

네이빈은 타오이에게로 몸을 굴려 포옹이라기보다는 충돌에 가까운 느낌으로 그녀를 잡았다.

그리고는 작게 말했다. "나 계약했어."

"뭘?"

"2상 임상시험."

잠이 달아났다. "언제 계약한 거야? 아니, 새벽 두 시에 이렇게 말하는 이유가 뭐야?"

"어제. 미안해. 말할 타이밍을 놓쳤어. 점점 더 시간이 가니까, 더 늦게 말하는 것보다는 지금이라도 말하는 게 좋을 것 같더라고. 나도 모르겠다. 미안해."

"정말 미안하긴 한 거야? 미쳐버린 건 아니고?"

"타오이…"

그녀는 그에게서 벗어나 몸을 일으켰다. 그녀의 온몸이 주체할 수 없이 떨렸다.

써니가 말을 시작했다. "타오이, 네이빈, 좋은 아침이에요. 침실에서 비정상적인 움직임을 감지했습니다. 뭐 도와드릴까요?"

"닥쳐, 닥치라고!" 타오이의 입에서 터져 나오는 말들이었다. 그녀는 성을 내는 어린아이의 투정처럼 들릴 것이라는 걸 알고 있으면서도 도저히 참을 수가 없었다. 그녀는 트레버를 발로 차고 싶은 충동을 간신히 억누르며 매트리스 가장자리로 물러났다. 그리고 두피에 있는 열 개의 통증 활성 지점을 찾아 손가락으로 꾹꾹 눌렀다.

"나랑 대화를 더 해줄 줄 알았어."

"이미 대화는 많이 했잖아."

"2상에 대해서? 언제 했는데?"

"다음 달에 업로딩이 시작돼. 10월 중순에."

붉은 안개 같은 것이 그녀의 시야를 꽉 채웠다. "다음 달이잖아. 그렇게 빨리 가버리고 싶었어? 좀 더 기다릴 수는 없었던 거야?" 조금만 더 고민이라도 해주지. 그녀는 울고 싶었다. 조금만 더 머무르지.

그가 차분하게 말을 이어갔다. "그렇게 많이 변하는 건 없을 거야. 지금처럼 매일 서로 볼 거고. 계속 함께 할 거니까."

"아무리 그래도 나한테 말하지 않고 계약하는 짓은 하지 말았어야지."

"네가 날 설득해서 업로딩을 하지 못하게 될까 봐 두려웠어."

"말도 안 돼. 정말. 너만 생각해서는 안 되는 거잖아. 우린 함께잖아. 네가 하는 일은 우리 둘 모두한테 영향을 준다고."

그가 등을 대고 누워 얼굴에 팔을 올렸다. 달빛에 비친 주입선에서 빛이 났다. "네 말이 맞아."

"당연히 내 말이 맞지." 타오이는 떨리는 숨을 내쉬었다. 이마는 손으로 부드럽게 감싸 쥐어 가린 채. 그녀는 한동안 아무 말도 하지 않았다. 네이빈 역시 말이 없었다. 타오이의 그다음 말은 이거였다. "다른 사람한테 아직 얘기 안 했지?"

"아직."

"네 의식은 어디에 저장되는데?"

"분산 저장되기는 하는데, 시민권이 있는 국가의 홈 서버에 상당

부분을 연결할 수 있는 걸로 알고 있어."

"그렇구나. 네가 보고 싶으면 최소한 네 서버를 안으러 갈 수는 있겠네."

둘은 서로를 바라봤다. 웃음기 없는 얼굴로. 네이빈의 러닝셔츠가 배 위로 말려 올라가 울퉁불퉁한 상처 아래쪽 끝부분이 보였다. 타오이는 힘겹게 눈을 감았다 떴다. 그를 잡고 흔들고 싶었다. 자신의 얼굴을 그의 몸 가장 부드러운 곳에 묻고 싶었다.

네이빈이 타오이 쪽으로 굴러가자 트레버에 연결된 주입선이 늘어나 팽팽해졌다. 그의 상체는 그녀의 허벅지에 닿아 달아올랐다.

타오이는 시선을 돌렸다. 침실 창 너머로 희미한 고층 건물들이 보였다. 달이 비추는 구름을 배경으로 둔 건물들은 침울하고도 정교했다. 창문에는 커튼이나 블라인드가 없었다. 커튼이 없는 방에 있으면 항상 그녀는 이상한 기분을 느꼈다. 마치 하늘이, 가장 의식하지 못할 때 그녀의 잘못을 들추어내길 기다리면서 내려다보고 있는 듯했다. 타오이는 신이와 살던 집에서 항상 커튼을 쳐두었었다.

타오이는 뻣뻣한 목 안으로 마른침을 삼킨 뒤 네이빈의 몸이 그리는 그림자 위에 눕는다. 그의 수염이 그녀의 얼굴을 간지럽혔다. "미카가 업로딩에 대해서 말해줬을 때, 사실 네가 그걸 하겠구나 싶었어. 현실 세계에서는 네가 하고 싶은 일들을 하지 못한다는 걸 알고 있으니까. 하지만 가이아에 있는 너는 행복해 보여."

네이빈은 아무 말도 할 수 없었다.

타오이는 말을 이어갔다. 계속해서 말이 쏟아져 나왔다. "다른 사람들도 너를 따라가겠지. 그 부분에 있어서는 미카의 말이 맞다고 생각해. 너도 업로딩을 할 테고, 다른 사람들도 다 업로딩을 할 거야. 내가 널 막을 수는 없어. 내가 멈출 수 있는 건 아무것도 없어. 곧 너를 따라갈게. 나한테는… 해결해야 할 일이 몇 가지 있어서.”

그녀는 그의 볼에 입맞춤을 건넸다. 짠맛이 느껴졌다.

11

타오이는 가넷 지구의 한 카페테리아 뒤에 있는 엄마를 발견했다. 엄마는 형형색색의 화려한 손님들 사이에서 아주 작고 외로워 보였다. 활시위를 당기는 것처럼 가슴에 찌르르한 무언가가 느껴졌다.

"생일 축하해요, 엄마."

신이 고개를 돌려 올려다봤다. "딸, 왔어?"

타오이는 신이의 맞은편 의자에 앉았다. 가이아에서도 신이는 다를 게 없었다. 뼈가 앙상한 몸에 검은색 무지 티셔츠가 헐렁하게 걸려 있었다. 얼굴에는 화장기도 거의 없었다. 입 주변에는 깊은 주름이 그려져 있었다. 긴장한 신이는 눈이 커져서는 유럽 도시를 찍은 사진으로 채워진 노출 벽돌 벽, 머리 위로 로봇 ID가 떠다니는 부산스러운 종업원들, 듣기 편한 음악을 크게 틀어 놓은 천장 스피커를 흡수하고 있었다.

신이는 예순네 살이 될 것이다. 확실히 중년의 나이다. 그녀는 서른다섯 살의 나이에 타오이를 가졌다. 아마 아이를 원치 않았던 그녀의 마음이 바뀌었던 것일 테다. 다른 집에서는 이와 관련된 종류의 질문을 할 수 있을지 몰라도 타오이의 집에서는 아니었다.

타오이는 엄마에게 식사를 대접하고 싶었지만 컨디션이 영 아니었다.

타오이가 물었다. "엄마, 가이아에 마지막으로 오셨던 게 언제죠?"

"기억이 안 나네." 신이의 목소리는 달달하고, 말투는 느릿느릿했다. 그녀는 손을 안절부절 가만히 두지 못해 테이블 위의 잔을 좌우로 밀고만 있었다.

타오이는 잠시 가만히 있었지만 신이는 별다른 말을 하지 않았다. 타오이는 커다란 초콜릿 에클레어 디저트와 커피 두 잔을 시켰다. 신이는 라떼를 한 모금 살짝 들이키고는 옆으로 밀어 두었다. 에클레어는 건드리지도 않았다.

타오이가 조심스레 말을 꺼냈다. "엄마. 이번에 나온 신기술 어떻게 생각하세요? 가이아에 영원히 머무르는 거요."

신이의 입이 씰룩거렸다.

타오이가 한숨을 쉬며 말했다. "'업로딩'이라고 한 대요. 다들 완전 신났어요. 제가 잘못됐나 봐요."

"무섭니?"

타오이는 포크로 에클레어에 구멍을 내며 머뭇거렸다. 구멍에서 새하얀 크림이 쏟아져 나왔다. "그런 것 같아요. 네이빈은 등록했대요."

신이의 미간에 주름이 졌다. "너무 이른데?"

타오이는 무미건조하게 웃었다. "그러니까요. 저도 그렇게 말했어요. 저도 어떻게 해야 할지 모르겠어요. 일단 뉴로네티카—솜너스 사람들하고 내일 만나기로 했어요. 2상 임상시험에 대해서 좀 더 알아보려고요."

"너도 하려고?"

타오이는 엄마의 눈을 바라봤다. 긴장감은 사라지고 텅 빈, 아이 같은 표정만 남아 있었다. 타오이가 접시 위에 포크를 내려놓자 달가닥 소리가 났다. 타오이는 자신이 무엇을 바라고 있는 것인지 알 수 없었다. 그녀는 분명히 무언가를 바라고 이곳에 신이를 데려온 것이었다. 그녀에게 무언가를 주고, 그에 대한 무언가를 받기 위해서. 하지만 오늘은 어떠한 주고받음도 없었다.

"해야 할까요, 엄마?"

신이의 턱이 가슴께로 내려가고 시선은 안쪽을 향했다.

타오이는 다시 한번 한숨을 쉬었다. "저는 좀 더 생각해 봐야 할 것 같아요. 엄마는요?"

"음. 나도 생각해 봐야지."

* * *

그다음 주, 점심시간에 테레사에서 새로운 알림이 도착했다. 신이가 약한 저체온증과 탈수로 약물 주입을 받게 될 것이라는 내용이었다. 그녀는 전날 밤 아파트 계단 아래에서 자신의 재킷을 덮은 채 밤을 보냈다. 엘리베이터가 고장 났는데 수리 드로이드의 작업이 하루 지연되었던 것이다. 하지만 그녀는 계단을 올라갈 명확한 이유조차 찾을 수가 없었다.

이후 타오이와 대화할 때 신이가 작게 말했다. "무슨 소용이야? 나중에 다시 내려가야 했을 텐데."

"근데 그 아파트는 왜 떠나시려고요, 엄마?"

"그냥 하늘을 좀 보고 싶어서."

타오이는 알고리즘을 설정해 지역 요양원 검색을 시작했다.

* * *

타오이는 바닥에서 천장까지 뻗은 유리창 너머를 바라봤다. 24층에서는 샌드스톤 지구 전체를 내려다 볼 수 있었다. 높게 솟아오른 건물들이 마치 컴퓨터 칩의 격자무늬처럼 질서정연하게 빛나고 있었다. 타오이는 그전까지 가이아 지구 중 이곳에 와본 적이 없었다. 물리적 경계가 없는 세계인데 왜 설계자들은 옆으로는 좁고 위로는 높이 뻗은 건물들을 계속해서 짓는 걸까. 타오이는 고층 건물이 웅장함과 안정감을 주기 때문일 것이라 추정해 본다. 이 땅은 우리 것이다라며 남근처럼 저 높이 뻗어 자기주장을 하는 하나의 첨탑처럼.

희미한 소음으로 타오이는 문이 열렸음을 느꼈다. 그녀는 창문에서 돌아섰다. 네이빈은 크롬색 안락의자에 구겨 넣었던 몸을 쭉 뻗었다. 오늘은 둘 다 최고로 꾸며 입은 날이다. 네이빈은 깃이 높이 솟아 있는 셔츠와 정장 바지를, 타오이는 벨 슬리브의 크레이프 드레스를 입었다. 하지만 둘은 연구진이 모습을 드러내자마자 각자 스스로를 초라하다고 느꼈다.

짧게 자른 갈색 머리카락과 아치형 눈썹, 기모노를 연상시키는 복장을 한 나무랄 데 없는 여자였다. 그녀의 이목구비는 어느 한 인종을 연상시키지 않고 완벽한 다인종의 느낌을 풍겼다. 그녀는 자신을 '페이지 쓰리Paige—Three'라고 소개했다. 타오이는 그녀의 이름에 대해 물어보고 싶었지만, 스틸레토 힐을 신고 미끄러지듯 걷는 그녀의 능력에 엄청난 위협을 느낄 뿐이었다.

페이지 쓰리는 반짝거리는 하얀색 플로어로 그들을 이끌고는 기름막 색깔의 신장 모양으로 만들어진 데스크로 안내했다. 타오이와 네이빈은 뾰족한 형광 주황색 의자에, 페이지는 데스크 반대편에 있는 뾰족한 노란색 의자에 앉았다.

페이지가 말을 꺼냈다. "네이빈 센 고객님, 2상 임상시험에 지원해 주셔서 진심으로 기쁩니다. 아시다시피 이번 임상시험 수용 인원은 300명뿐이거든요. 고객님 정보를 검토했는데 적절한 후보로 판단되었습니다. 이 소식을 알려드릴 수 있어서 좋네요. 이제 고객님께서 결정하실 차례예요. 정말 중대한 결정인 것 압니다. 그래서 저희는 고객님께서 필요한 정보를 모두 알고 있는 상태에서 결정을 내리시기를 바라고요."

타오이는 페이지 쓰리의 피부에서 모공을 찾아봤다. 하지만 찾을 수가 없었다. 가이아에 있는 사람들한테는 모공이 없던가? 아무리 애를 써도 기억해낼 수가 없었다.

"이미 시드니 본사에 방문하셨던 걸로 알고 있어요. 스페셜 투어는 즐거우셨나요? 정말 환상적인 곳이죠? 향수를 불러일으키면서도 미래를 그릴 수 있게 하잖아요. 그렇지 않나요? 가이아에 전력을 공급하는 태양열 전력망도 정말 놀라우셨을 거라고 생각합니다."

페이지는 양팔을 쭉 뻗어 세리프체로 쓴 W의 모양을 만들어 보이며 그들 주변에 있는 세계를 우아하게 보여주려 했다. 네이빈은 고개를 끄덕였다. 타오이는 적절한 대답을 생각해낼 수가 없었다. 그녀는 갑작스레 페이지 쓰리가 로봇인지 아닌지 궁금해졌다. 하지만 이내 그 궁금증은 사그라들었다. 대문짝만하게 나타나 있는 그녀의 ID가 '진짜 인간'임을 확실히 알려주고 있었으니까.

"지난주에 정보들을 보내드렸었는데요, 고객님. 혹시 궁금한 점 있으신가요?"

그 정보들은 굉장히 구체적이었다. 업로딩 프로토콜과 방법론. 실험 장비와 장비 사양. 면책 조항. 포기 각서. 계약 조건. 빽빽한 텍스트로 이루어진 서식, 서식, 또 서식이었다. 개미 행렬이 세로로 지나가고 있는 것 같았다. 업로딩의 과학 이론적 설명은 다음과 같았다.

> 정신은 역동적인 실체입니다. 우리는 뇌세포나 뉴런의 DNA 즉, 신경 전달 물질, 심지어는 전기 임펄스에 의해서도 제한되지 않습니다. 다양한 패턴의 신경 회로 활성화가 이루어지면서 주관적인 경험이 만들어지죠. 업로딩은 이러한 패턴을 포착해 가이아 시스템에 코딩합니다. 유기 회로는 디지털 회로로 대체됩니다. 그렇게 정신은 새로운 기질을 사용해 계속해서 성장하고, 확장되고, 학습합니다.

"업로딩 시간은 얼마나 걸리나요?"

"열 시간에서 열여덟 시간 정도 걸립니다. 개인에 따라 차이가 있기는 합니다만."

"앞으로 이 기술이 더 발전할 가능성이 있을까요?"

"업로딩 속도가 더 빨라질 수는 있겠지만 품질에는 변화가 없을 겁니다. 이건 그냥 보통의 연구 프로젝트가 아니거든요. 한 세기 동안 이루어진 전 세계적인 협력의 정점을 상징하는 프로젝트죠. 우리는 시작이 아니라 '끝'에 와 있어요. 완벽하지 않았다면 발표할 수 없었을 거예요."

네이빈의 손가락이 타오이의 손가락을 감싸 쥐었다. 흥분한 그의 몸은 긴장한 에너지를 뿜어내고 있었다. "그러면 본래의 자신은 어떻게 되는 거죠?"

"본체 소멸은 화학적으로 이루어지고 고통도 없을 거예요. 알칼리수 유골 분해, 풍장, 수목장, 연구용 시신 기증, 바이오 연료로의 재구성. 이런 다양한 신체 처리 옵션 중에 하나를 선택하실 수도 있고요."

불쑥 타오이가 물었다. "그쪽도 하실 건가요?"

페이지 쓰리는 매니큐어를 바른 손톱으로 테이블 위를 두들기며 근엄한 아몬드 모양 눈으로 그들을 바라봤다. 통통한 그녀의 입술이 좌우로 당겨지며 미소가 지어졌다. "보여드릴 게 있어요. 프로토콜에는 좀 어긋난 거지만, 뭐 알 게 뭐예요."

그녀는 자리에서 일어나 문 쪽으로 미끄러지듯 걸어갔다. 타오이와 네이빈은 그녀를 따라 유리 벽이 줄지어 선 복도를 걸었다. 둘은 양편에 불빛이 가득한 거대한 사무실들이 줄지어 서 있는 것을 직접 볼 수 있었다. 어느 한 사무실에 페이지 쓰리와 완전히 똑같이 생긴 여자가 한 명 더 있었지만 그녀의 머리카락은 더 길었고, 실크 블라우스에 슬랙스 차림이었다. 그녀는 또 다른 신장 모양 데스크에 앉아서 또 다른 젊은 커플과 대화 중이었다. 그 옆 사무실에도 페이지 쓰리와 똑같이 생긴 여자가 또 있었다. 그녀는 블랙&화이트

체크 드레스를 입고 한 중년 여성과 악수를 하고 있었다. 그리고 그 옆 사무실에도 또 한 명의 페이지 쓰리가 초록색 샬와르카미즈*를 입고 키 큰 남자 한 명과 창가에 서 있었다.

페이지 쓰리는 그들을 각각 페이지 원, 페이지 포, 페이지 나인이라고 소개했다.

"저는 10년 넘게 프로그 테크 일을 하고 있어요. 사실 초기 프로젝트 피험자로 자원했었죠. 우리는 인간 정신의 가상 형태 복제가 성공적으로 이루어질 수 있다는 것을 증명했어요."

설명이 계속 이어졌다. "모두 보여지고 싶은 만큼 신성하지는 않죠. 기껏해야 우리는 서로 다른 기능과 기억들의 모음일 뿐이에요. 끊임없이 바뀌는 내러티브의 환상으로 성기게 엮여 있죠. 아마 예상하셨겠지만 저는 영혼이나 정신, 우리의 마음조차도 동일한 하나의 것이라고 생각하지 않아요."

페이지 쓰리가 손을 흔드니 영상 하나가 나타났다. 책상에 앉아서 책을 보고 있는 버전의 페이지였다. "이건 실시간 스트리밍되는 거예요. 현실 세계의 '인간' 페이지죠. 지금 시드니 본사에 있어요."

타오이가 머뭇거리며 물었다. "원래 당신은 여전히 저기에 있는 거예요?"

"네. 회사에서는 저를 열두 번 복제했어요. 복제 프로세스가 이론적으로는 무한하게 이루어질 수 있거든요. 하지만 업로딩을 위해서

---

* 인도, 파키스탄을 비롯해 남아시아와 중앙아시아에서 주로 여성이 입는 전통 의상. 샬와르는 아래로 갈수록 좁아지는 바지이며, 카미즈는 무릎까지 내려오는 긴 상의를 의미함

그렇게 한 건 아니에요. 다양한 버전의 자기 자신이 공존하는 것… 우리의 뇌는 그걸 이해할 수 있는 구조가 아니거든요. 그렇게 된다면 정신적으로 영향이 생겨요. 그래서 저는 신경 일부를 변경하는 것에… 동의해야 했고요.”

페이지 쓰리는 복도를 따라 타오이와 네이빈을 원래 있던 사무실로 다시 안내했다. “죄송해요. 고객님께서 받아들이기에는 아마도 너무 큰 일일 거라고 생각해요. 하지만 이해하시는 데에 도움이 될 거라고 생각했어요. 전 이미 업로딩 후 가이아에 있고요. 프로그 테크 팀원 대부분이 아니, 뉴로네티카—솜너스 직원 대부분이 임상시험이 끝난 후 이미 업로딩을 신청해 놓은 상태예요. 모든 국가에 센터를 세우고 있기는 하지만 시간이 걸릴 거예요. 그래서 진행이 좀 더딜 거고요.”

페이지 쓰리는 관심을 타오이에게 돌렸다. 타오이는 연구진의 아바타에 작은 오류가 있는 것을 발견했다. 귀걸이가 있어야 할 곳에 흐릿한 픽셀들이 보였다. 어쨌든, 그게 타오이를 안심시켰다.

“집에 가서 생각해 보세요. 두 분이서 대화도 해보시고요. 문의 사항 있으시면 주저하지 말고 연락주세요. 준비되시면 시드니 본사에서 만나 최종 동의한다는 서류에 서명하실 겁니다. 그리고, 타오이 님.” 페이지는 눈을 크게 뜬 채로 손을 뻗어 길쭉한 손가락으로 타오이의 팔뚝을 감쌌다. “네이빈 님과 아예 일찌감치 함께하고 싶으시다면 같이 등록하시는 것을 추천드려요. 대기 명단이 이미 꽉차 있거든요.”

* * *

그날이 올 때까지 타오이의 눈에는 눈물이 마를 새가 없었다.

타오이가 고치처럼 말라비틀어지고 힘없는 상태로 잠에서 깼다. 네이빈은 이미 옷을 차려입고 주방 카운터에서 넋을 놓은 채 커피를 마시고 있었다. 그는 그녀가 들어오는 소리를 듣고 긴장한 듯한 미소로 돌아보았다. 그의 머리 위에 비치는 햇볕 때문에 꼼짝 못 하게 된 그녀는 가만히 멈췄다. 그리고 그 자리에서 차가운 타일을 딛고 있던 한쪽 발을 들어 반대편 발목 뒤에 짚었다.

"트레버가 널 그리워할 거야."

"하… 오늘 밤에 집에 오자마자 버려줘. 그렇게 해줄 거지?"

타오이는 고개를 숙이고 커피 병을 집어 자기 컵에 따랐다.

둘은 택시를 타고 공항으로 향했다. 네이빈은 물 한 병, 영양바 두 개, 모르핀 3회분을 담은 작은 가방 하나만 챙겼다.

시드니로의 비행편은 20분 연착되었고 네이빈은 가만히 앉아 있지를 못했다. 그러나 그런 그의 불안감은 비행기에 탑승하자마자 안정됐다. 시드니 공항에 내리자 둘의 리비전이 대기 중인 택시로 안내했다. 둘은 가죽 시트로 덮여 있는 택시 안에 미끄러지듯 올라탔다.

택시는 콘크리트와 유리로 이루어진 정글 사이를 빠르게 달렸다. 고층 건물들에는 형광빛 홀로그램 광고가 도배 중이었다. 하지만 그걸 보는 사람들은 아무도 없었다. 아침 아홉 시인데도 불구하고, 거리는 공동묘지처럼 조용했다. 눈에 보이는 사람이라고는 출입구나 공원 벤치에 구겨져 누워 있는 노숙자들 뿐. 많은 이들이 후줄근한 보호 재킷 안, 아니면 자외선 반사 담요 아래에 몸을 웅크리고 있었다. 그뿐 아니라 거친 피부 위 심한 화상 자국, 부어올라 큰 통처럼 변한 가슴, 심지어는 폐병 기색까지 보이고 있었다.

택시는 도시를 떠나 텅 비어 있는 산업 단지를 통과했다. 둘은 조용히 앉아 SNS 피드만 계속 살펴보고 있었다. 친구와 가족들로부터 메시지가 쏟아졌다. 에블린과 자크가 각자 음성 녹음 메시지를 보냈다. 자크는 신체를 포기하겠다는 네이빈의 결정에 대해 20분간 일장 연설을 했다. 에블린은 격정적으로 허그와 키스를 보내다 결국 눈물을 터뜨렸지만 그래도 네이빈에게 정말 정말 잘된 일이라고 이야기했다.

네이빈이 갑자기 자신의 메일함을 뒤졌다. 타오이는 그가 어머니와 아버지에게서 온 메시지를 기다린다는 걸 잘 알고 있었다. 몇 분이나 지났을까. 그는 찡그린 표정으로 시트에 등을 기댔다.

"왜?"

그는 손으로 얼굴을 쓸어내렸다. "엄마는 내가 왜 이걸 하는지 여전히 이해 못 하겠나 봐. 아빠는 잘하라고, 내일 연락한다고 하셨고."

네이빈의 아버지가 말하는 '내일'은 아버지 마음대로였다.

타오이는 네이빈의 손을 만졌다. 네이빈은 항상 엄마의 걱정스러운 사랑을, 자신이 겨우 먹고 자란 꿀 같다고 생각했다. 질리지만 그래도 꼭 필요한 것.

하지만 그가 두 살 때 집을 떠난 아버지는 잘 모르는 먼 인물로만 남아 항상 중간이라도 갔으면 하고 바라던 사람이었다. 타오이는 네이빈이 그 둘에게 다른 무언가를 원했다는 것을 알고 있었다. 가볍게 받아들이면서도 유난스럽지 않게 온전히 자신을 걱정해 주기를 원했다는 것을.

업로딩은 네이빈과 부모님 사이의 거리를 더 멀게 할 것이다. 이미 그와 멀어져 있는 호주와 캘리포니아에서의 어린 시절, 대만, 인도 벵골 핏줄과의 관계도. 네이빈은 세계 시민에 훨씬 가까워질 것이다.

네이빈은 타오이처럼 자신을 외국인이라고 생각해 본 적이 없다. 뼛속 깊은 곳에서 이질감을 느껴본 적도 없다. 그는 혼혈이라는 자신의 디아스포라적 정체성을 편안하게 여겼다. 스스로를 특정한 역사나 관행에 매여 있지 않은 사람이라고 생각했다. 그는 학자 집안 출신이었고 미국인으로 자랐다. 교육과 서구 세계 공간이 자신의 권리임을 의심한 적이 단 한 번도 없었다.

며칠 전 밤, 타오이는 네이빈에게 물었다. "가족과 관련해서 네게 남아 있는 것 중에 중요한 게 있어?"

네이빈은 오랜 시간 곰곰이 생각했다. 마침내 그는 입을 열었다. "어렸을 때 두 번 정도 타이베이에 간 적이 있었거든? 외조부모님 뵈러. 이모도 아마 그때 같이 갔을 거야. 많은 게 기억나지는 않아. 그냥 엄청 수다 떨고, 서로 껴안고, 식사했던 기억만 나. 할머니, 할아버지 두 분 다 요리하는 걸 좋아하셨어. 내가 먹었던 음식 이름이 뭔지는 모르겠어. 스튜랑 오믈렛이랑 국수랑 수프였는데. 하루는 할아버지께서 우리를 야시장에 데리고 나가셨어. 근데 엄마가 엄청 걱정하더라고." 그가 웃으며 말을 이어갔다. "사람들, 오염, 공기 중 바이러스. 그런 것들 있잖아. 엄마 말이 맞기는 했어. 사람들이 서로 밀치고 끼어들고, 공기도 최악이었거든. 근데 이모가 소시지랑 꼬치랑 주먹밥을 내 손에 계속 쥐여 줬었어. 거의 자정까지 거기에 있었나 봐. 너무 행복했던 게 기억이 나네."

그는 추억에 잠겨 잠시 말을 멈추었다. 타오이는 마음속 눈으로 그 시장을 생생하게 볼 수 있었다. 상인과 손님들의 소리치는 소리, 지글지글 요리하는 소리가 배경음으로 깔려 있는 곳. 혀에는 소금과 기름의 맛이 느껴지는 듯했다.

"몇 년 뒤에 정부에서 그 야시장을 닫았어. 건강상 유해하다고. 한 곳에 너무 많은 사람이 있으니까 규제하기가 너무 어려웠던 거지. 가이아에도 스린 야시장士林觀光夜市을 복제해 놓은 곳이 있는데. 알고 있었어?"

"가봤어?"

"아니."라고 말하며 그는 옅은 미소를 지었다.

헬리콥터 한 대가 머리 위를 돌며 마치 천둥처럼 허공을 갈랐다. 타오이는 창밖을 바라봤지만 평평한 콘크리트 땅 위로 갈색 구름만 보일 뿐이었다.

택시가 과속 방지턱을 너무 빨리 지나가는 바람에 네이빈의 머리가 차 천장에 부딪혔다.

계기판이 말했다. "죄송합니다, 네이빈 센 님."

타오이는 천장에 부딪힌 네이빈의 머리에 입맞춤했다. "곧 머리에 대한 걱정은 하지 않아도 될 거야."

네이빈의 머리에서 나는 향이 그녀의 입술에 길게 남았다.

택시가 메인 리셉션 앞에 섰다. 아름답게 꾸며진 정원은 회양목 울타리와 극락조가 특색을 이루고 있었다. 타오이는 차에서 내리며 평상시 느끼던 뜨거운 열기와 모래들을 예상했건만 그런 건 없었다. 흠잡을 데 없는 안락함을 위해 안뜰의 기온이 조절되고 있었으니까.

로비에 있던 드로이드 하나가 둘의 재킷과 모자를 들어주고 미세한 분무로 그들을 향해 향기 나는 물을 뿌렸다. 조각상 같은 여자 한 명이 복도에서 걸어 나왔다. 페이지였다. '원래' 페이지. 그녀는 발목까지 오는 직물 시프트 드레스를 입고 있었다. 그녀가 온화한 악수로 둘을 맞이했다.

미소를 띠며 그녀가 말했다. "두 분 다 만나 뵈니 너무 좋네요. 이미 제 다른 버전을 만나 보셨겠지만." 타오이의 시선이 안내데스크 옆에 있는 홀로그램으로 향했다. 형광 녹색 행성 로고 위에서 소수민족 커플 하나가 지나치게 야단스럽지 않은 정도로만 기쁘게 손을 흔들고 있었다. "이 중대한 날 고객님을 안내해 드리게 되어 영광입니다. 저를 따라오세요."

페이지는 둘을 데리고 먼지 한 점 없는 복도를 지나 컨설팅룸으로 안내했다. 머리카락이 없는 그녀의 두피는 놀라울 정도로 예뻤다. 머리 뒤쪽의 툭 튀어나온 부분은 너무나 아름다워 타오이의 등을 타고 전율이 흐를 정도였다. '이' 페이지는 귀걸이를 하고 있었다. 그녀가 데스크 앞으로 몸을 숙이자 크레이터 지형까지 완벽하게 묘사된 둥근 달 모양 귀걸이가 그녀의 볼을 스쳤다.

페이지는 감정적 신체적 행복, 정신적 종교적 믿음, 윤리적 태도에 관한 수백 가지의 질문으로 이루어진 업로딩 사전 설문 조사지를 투사 영상으로 띄우고 그에 대한 네이빈의 답변을 대충 훑어보는 중이었다.

그리고는 손으로 화면을 휙 넘겨 마지막 섹션으로 향했다. "아, 여기 있네요. 신체 처리 방법 결정이 아직이시네요?"

"바이오 연료 방법으로 하려고요."

"아주 좋은 결정입니다, 네이빈 님. 아낌없이 주는 나무시네요. 그리고 당연한 이야기이기는 합니다만, 연구 임상시험 대상자이시기 때문에 수술 비용은 면제될 겁니다. 아, 동의서 작성 잊지 말자고요." 페이지는 아주 빠르게 동의서를 제시했고 둘은 지장을 찍었다. 네이빈은 '시험 대상자'로, 타오이는 '입회자'로.

페이지는 승강기로 둘을 데려갔다. 패널에는 초록색 글씨가 흐르고 있었다. 1층: 실험실. 2층: 스위트룸. 그들은 2층에서 내렸다. 페이지는 둘에게 소파 하나와 안락의자 두 개가 있는 조용한 방을 보여줬다. 방은 표백제 냄새로 가득했다. 안락의자 하나에 수술 설명서 두 묶음과 드레싱 가운 한 벌이 올려져 있었다.

페이지가 다정하게 말했다. "원하시는 만큼 계셔도 됩니다. 준비되시면 알림 주세요."

네이빈이 옷을 벗는 동안 타오이는 딱딱한 소파에 앉아 그를 바라봤다. 그는 폴리에스테르 티셔츠와 바지, 속옷을 접어 차곡차곡 쌓아 두고는 수술 설명서를 보기 시작했다.

"이 옷이 내가 마지막으로 입는 옷이라는 게 믿기지 않네." 그는 엉덩이를 흔들며 타오이를 향해 씩 웃었다.

타오이는 옅은 미소조차 지을 수가 없었다.

네이빈이 말했다. "너무 침울하게 있지 마."

"노력 중이야."

"다 괜찮아질 거라는 거 알잖아, 그치?"

그가 팔을 뻗었다. 타오이는 자신에게 있는 모든 구멍 속으로 그를 흡수하고 싶다고 갈망하며 그에게 파고들었다. 네이빈의 폭신한 허리를 감싸 안으니 그의 생체 공학 밸브가 튀어나온 부분이 그녀의 배에 닿아 느껴졌다.

둘의 리비전에 알림창이 떴다. 페이지다. 재촉하는 것은 아닙니다만, 혹시 준비되셨는지 확인차 연락드렸어요.

네이빈은 엄지손가락을 치켜세운 이모티콘을 보냈다. 페이지는 둘을 데리고 또 다른 복도로 향했다. '스위트룸 2.3호'라고 표시된 반투명 문에 네이빈이 비쳐 보였다. 네이빈은 타오이의 손을 몇 초 더 잡고 있었다. 그리고는 작게 중얼거렸다. "밤에 보자. 저녁 식사 때 근사한 곳으로 데려갈게."

그렇게 네이빈은 그 문으로 들어갔다.

페이지는 타오이를 그 옆에 딸린 관찰실로 데려갔다. 페이지는 의자에 앉아 리비전에 집중했다. 타오이는 너무 긴장돼서 앉아 있을 수가 없었다. 그녀는 창가로 갔다. 그녀의 숨결로 인해 창문에는 김이 서렸다.

수술실 중간에는 커다란 유선형 장비가 하나 있었다. 그냥 뉴팟보다 더 크고, 반투명 점액으로 가득 차 있는 '또 다른' 뉴팟이었다. 전선 꾸러미가 마치 그곳에서부터 쏟아져 나온 내장마냥 컴퓨터 단말기까지 연결되어 있었다. 관리자로 보이는 사람들이 수술실을 돌아다녔다. 미카도 그곳에 있었다. 그녀가 네이빈과 악수를 했다. 두명의 기술자가 컴퓨터 뒤에 앉았다. 나이 든 백인 여성 한 명이 목에 청진기를 두른 채 네이빈에게 다가갔다. 그녀는 네이빈의 어깨를 움직여 드레싱 가운을 벗긴 다음, 옛날 방식으로 그의 심장과 폐 소리를 들었다. 네이빈은 축 늘어진 배 위, 화난 듯 웃고 있는 수술 흉터에 손을 겹쳐 올려놓고는 차분하게 수술 설명서를 읽었다.

네이빈이 '또 다른 뉴팟'에 들어가자 그 안의 점액이 그의 몸을 집어삼켰다. 그의 얼굴만이 점액 표면 위에 남았다. 끈적한 액체가 방울방울 달린 그의 수염은 배의 돛처럼 불쑥 솟아 있었다.

페이지가 말했다. "수술 시작됐습니다. 먹을 거라도 가져다드릴까요? 몇 시간 정도 걸리는 수술이라."

타오이는 리비전으로 시간을 확인했다. 오전 11시 08분. 그녀의 입에는 아침에 단숨에 들이켠 쓰디쓴 커피 향이 아직 남아 있었다. 하지만 지금은 음식 생각이 전혀 나지 않았다.

"지금 무슨 과정인 거예요?"

정신없어 보이는 페이지가 답했다. "두뇌 과흥분 상태를 유도하기 위해 전자기 패턴을 전달하고 있는 겁니다. 이 과정을 통해서 네이빈 님의 두뇌 처리 속도가 천 배는 빨라지게 될 거예요. 그러면 이 과정이 이루어지지 않았을 때보다 두뇌 상태 지도가 훨씬 더 빨리 그려지죠. 동시에 복잡한 자극을 여러 번 주면서 머리 쓰는 일을 시킬 거예요. 그다음, 이전과 다른 두뇌 상태를 유도하기 위해 다른 패턴을 사용할 거고요." 페이지의 미간이 찡그려졌다. "오, 좋아요. 두뇌 처리 속도 증가가 90분위 정도 이루어진 것 같네요. 앞으로 남은 예상 시간은 10시간 33분입니다."

"알겠습니다."

타오이는 등 뒤로 두 손을 꽉 잡고 손톱으로 손바닥에 핏빛 반원이 그려질 정도로 꾹 눌렀다. 페이지를 옆으로 밀치고 수술실로 쳐들어가 네이빈을 꺼내오지 않으려면 그렇게 해야 했다.

네이빈의 수염에 방울방울 매달려 있던 형광 물질. 그곳에서 나오던 빛이 흩어졌다. 갑자기 타오이의 머릿속에 핏츠로이 식당 창으로 비가 들이치던 게 떠올랐다. 네이빈이 온화한 미소와 함께 문을 열고 들어와 리비전을 벗어두던 순간 그녀의 마음을 빼앗겼던 곳. 네이빈과 함께 그의 어머니를 만나러 갔을 때 버클리에 내렸던 폭우도 떠올랐다. 타오이는 긴장감에 몸을 떨고 있었는데, 네이빈이 열차에서 그런 그녀의 무릎을 자신의 무릎으로 안아주었다. 모르는 사람들 천지인 곳에서. 그리고는 그녀에게 자신은 사랑하는 사람들에게만 이렇게 한다며 사랑한다고 말했다. 몇 해 전 겨울의 그 날도 떠올랐다. 급수 제한이 잠시 완화되어 사지가 꽉 차는 비좁은 욕조를 아주 적은 양의 물로 채웠다. 그리고 그곳에 둘은 함께 들어가 서로의 팔꿈치를 맞대고 몸을 부대끼며 거품 목욕을 했었다.

귓속에는 그의 웃음소리가 들리고, 피부에는 그 욕조 물의 따뜻함이 느껴졌다.

* * *

그날 밤 타오이가 뉴로네티카—솜너스 건물을 나왔을 때는 이미 어두운 밤이었다. 그들은 네이빈의 텅 빈 몸을 그 유선형 장비에서 꺼냈다. 양 허리에 올린 네이빈의 팔과 다리가 흔들렸다. 그리고는 그의 몸을 들것에 올려 수술실 밖으로 데리고 갔다. 수술실 뒤쪽에 있는 스윙도어들을 통과해 타오이가 따라갈 수 없는 곳으로 데려갔다. 미카는 그녀에게 엄지손가락을 치켜세우며 문제없이 업로딩이 성공적으로 잘 끝났다고 말했다.

타오이는 택시 뒷좌석에 움츠리고 앉아 무릎 위에 올려놓은 네이빈의 옷을 손으로 꽉 쥐었다. 그녀의 피드는 수술이 어떻게 됐는지,

그녀가 괜찮은지, 그는 괜찮은지 묻는 에블린과 자크, 또 다른 친구들의 연락 알림으로 난리였다. 그녀는 리비전을 절전 상태로 바꿨다.

택시는 그녀에게 기분 좋아지는 음악을 틀어도 괜찮을지 물었다. 타오이가 고개를 끄덕이자 사방에 달린 스피커에서 오케스트라 심포니가 흘러나왔다. 그녀는 상체를 앞으로 구부려 그의 티셔츠에 코를 가져다 댔다. 하도 입어 흐물흐물 얇아진 티셔츠였다. 숨을 크게 들이마셨다. 온몸이 아려온다.

그때, 음성 메시지 하나가 리비전에 나타났다.

"자기야, 나야. 이걸 너한테 어떻게 설명할 수 있을지 모르겠는데 정말 환상적이야. 집에 도착하면 로그인해, 알았지? 내가 저녁 식사 때 근사한 곳 데려간다고 했었잖아."

12

네이빈이 그녀를 향해 다가왔다. 양쪽을 살피지도 않고 도로를 성큼성큼 걸어서. 보행자와 쇼핑객들은 우아하게 방향을 바꿔 그의 길을 방해하지 않았다. 그는 가이아에 있는 그 누구보다도 아주 깊게 그곳에 스며든 듯하다. 믿을 수 없을 정도로 활기 넘치는 피부, 까맣게 빛나는 머릿결, 은하수의 중심보다 더 새까만 두 눈동자.

타오이는 자신이 얼마나 그를 사랑하는지 다시 한번 깨달았다. 뼛속 깊이 존재하던 사랑에 대한 일말의 의심조차 녹아 사라져 버렸다. 그녀는 무거운 다리를 이끌고 마치 끈적끈적한 당밀을 헤치고 나가는 것처럼 환승역 출구를 걸어 나갔다.

그가 군살 없는 팔로 그녀를 잡았다. 그에게 기운과 활기가 넘쳤다.

긴장한 그는 그녀를 향해 물었다. "괜찮아?"

타오이는 쌀쌀맞은 듯 웃어 보였다. "내가 너한테 물어봐야 하는 질문 아닌가?" 그녀는 그의 친숙한 콧날을 만지고, 그의 눈썹 위로 내려온 머리카락을 빗어 올렸다. "그래서, 넌 어떤데?"

"괜찮아. 좋아. 약간 이상하긴 해. 각성제를 너무 많이 먹어서 몇 시간 동안 잠에 못 드는 것 같은 느낌이랄까? 그래도 그것만 아니면 달라진 건 딱히 못 느끼겠어. 그냥 내가 더 이상 로그아웃할 수 없다고 생각하니까 이상할 뿐인 거지."

"두려워?" 네이빈은 환승역 쪽으로 몸을 돌려 수많은 아바타 무리가 내리는 것을 바라봤다. 근처 가판대에서 튀김 음식 냄새가 흘러왔다. 흥청망청 노는 무리 하나가 옆을 빠르게 지나갔다. 그들의 무지갯빛 몸에 뿌린 반짝이와 향수의 흔적을 남기며. 그들 중 한 명이 네이빈에게 윙크를 날렸다. 네이빈에게서 뭔가 다른 걸 느낄 수 있었던 걸까. 그가 이제 가이아의 세계에 봉합되었다는 것을.

네이빈은 인정했다. "조금은 그런 것 같아. 원하면 인공 몸을 다운로드해서 현실 세계로 갈 수 있다는 건 알고 있어. 하지만… 우선은 적응해 봐야지." 그는 그녀를 장난스레 쳐다봤다. "그래도 너랑 여기 있으니까 훨씬 두려움이 덜해."

"아, 정말?" 그는 그녀에게 팔짱을 꼈다. "그럼. 여기서 남은 생을 너와 함께해야지."

시끌벅적한 대화와 라이브 음악, 자동차 소리로 들뜬 그녀는 그가 부산한 가넷 거리로 잡아당기도록 내버려 뒀다.

* * *

그는 아마 지나치게 화려한 침대, 욕실 세면대 옆에는 리드 디퓨저가 있는 멋진 시내 호텔 방을 예약했을 것이다. 함께 한 첫날 밤에 구겨져 누워 자던 2.5성급 벽돌 건물에서 확실히 업그레이드된 곳으로 말이다. 함께 밤의 유흥 소리를 들을 수 있고, 항구의 형광빛 타워들이 물결을 이루는 곳. 그리고 그 경치를 내다볼 수 있는 발코니도 있을 것이다. 푹신푹신한 베개들 사이에 털썩 주저앉아 룸서비스로 주문한 라자냐와 캐러멜 푸딩, 피노 누아르 와인을 즐길 수 있을 것이다.

그리고 네이빈은 그녀가 나른해질 때까지 그녀 위로 올라가 애무할 것이다. 항상 그랬던 것처럼, 너무나 익숙해서 둘 중 그 누구도 머리를 굴릴 필요가 없을 테지만 약간은 다를 것이다. 네이빈은 마치 처음인 것처럼 약간 긴장할 테고, 약간은 더 열렬할 것이다. 타오이의 안에 있는 자기 자신을 새로 만들고 싶어 하면서. 그녀의 안에 있는 그는 더 안정되고, 더 용감할 것이다.

타오이도 그런 그의 행위를 더 극렬하게 느낄 것이다. 마치 그가 그녀의 머리뼈 아래에 압박을 가해 그녀의 정신을 마구잡이로 휘젓고는, 그를 알기도 전에 그녀가 가지고 있던 가장 은밀한 바람을 실현해 주듯 말이다. 그녀는 온 피부가 벗겨져 자신의 가장 깊은 내면이 침대 전체에 코드로 써지는 듯한 느낌을 받을 것이다. 공포와 기쁨을 구분할 수 없게 될 것이다.

그 후, 그녀는 창밖에 미끄러지는 주황빛 달을 보고 잠깐씩 눈을 붙이며 그와 밤새 함께할 것이다. 그녀는 몸을 굴려 그를 바라볼 것이다. 마치 아름다운 스스로의 모습을 보고 감탄을 금치 못하는 사람처럼. 가이아에서 영원히 그와 함께하는 것. 그녀는 네이빈이 말했던 것처럼 되는 상황을 상상할 것이다. 둘은 가넷이나 오닉스에 있는 중간급 아파트를 매입할 것이다. 가상 세계로 복제한 할머니의 꽃병, 네이빈의 가족사진을 올려 두기 위한 월넛색 진열장과 네이빈의 서재에 맞춰 검은 천이 씌워진 임스 라운지 체어와 그에 걸맞는 풋 스툴을 선택할 것이다. 그리고 그 아파트를 온갖 기념품과 작은 장식품, 예술품으로 꽉 채울 것이다. 셀 수 없이 많은 실로 엮인 두 사람의 길고 사랑스러운 인생 이야기를 다 담을 수 있을 때까지.

타오이는 눈부시게 아름답고 바꿀 수 없는 이 모든 것들이 육중한 궤도 위에 있는 천체들처럼 펼쳐지는 것을 볼 수 있을 것이다.

* * *

둘은 가이아 안에 있는 조용한 공간들에서 만났다.

네이빈은 가끔 몇 시간이고 그녀와 함께 있어 주었다. 가상 세계의 타오이에게는 자신을 가상 세계의 네이빈에게 맞추는, 말로는 설명할 수 없는 다정다감함이 있다. 둘은 현실 세계의 몸으로 만날 수 없지만 마음으로 만난다. 그녀의 마음 가장자리가 그의 마음 가장자리를 압박하면 하나의 윤곽이 만들어지고, 그 윤곽에서 전기가 찌릿하고 흐르면 임펄스를 통해 아주 작은 감정 조각이 교환된다.

타오이는 그의 목에 얼굴을 묻어보지만 평범한 코튼 향만 날 뿐이었다. 뭔가 조작된 향. 프로그램으로 짜여진 향.

큰 슬픔이 그녀를 둘로 갈라놓는다.

네이빈은 매번 약간씩 달랐다. 그는 곧 더 이상 잠들지 않게 될 것이다. 그가 신나서 설명했다. "내가 습관적으로 잠든다는 걸 깨달 았어. 더 이상 생물학적으로 잠이 필요 없어. 잠이 필요하다는 믿음 을 초월하기만 하면 되더라고. 내 말 무슨 뜻인지 이해돼?"

타오이는 고개를 끄덕거리며 이해한다고 말했고 이해하려고 했으며 실제로도 이해했다.

네이빈은 그녀를 가이아에 있는 멋진 장소들로 데려갔다. 타오이는 그 광경들에 어지러웠고, 또 아팠다. 하지만 데이트가 끝나고 로그아웃을 할 때면 그녀의 피부로 후회가 스며들었다. 그에게 포트더글라스를 보여주고, 그와 함께 투어 보트를 타고 항해도 하고, 그레이트 배리어 리프의 유적 아래에 있는 수중 방에서 함께 밖을 바라보는 것을 항상 바라왔다. 하지만 이제 너무 늦어버렸다.

네이빈은 점점 더 빨라졌다. 타오이는 그의 홍채가 깜박이는 것처럼 그의 사고도 레이저같은 속도로 빠르게 이루어지는 것을 느낄수 있었다. 마치 무한한 격자무늬로 연결되어 진동하는 분자 같았다. 그의 사고 속도는 너무나 빨라져서 그녀와 소통하려면 그가 스스로 신경 써서 속도를 늦춰야 할 정도였다.

그가 반짝거리는 눈으로 말했다. "실리콘이랑 전기로 변하면 완전 효율적인 정보 처리 장치가 되는 거야. 그러면 단 몇 시간 만에 프랑스어를 다 익힐 수 있고, 불과 하루 만에 책 열 권은 거뜬히 독파할 수도 있고, 네 맘대로 완성한 사그라다 파밀리아 대성당을 설계할 수도 있게 되는 거야. 자기야, 아마 정말 끝내줄 거야."

타오이는 지금 그의 마음이 어떤지 궁금했다. 그는 순식간에 여기저기 이동할 수 있는 디지털 요정이 되어버렸다. 그는 찰나의 생각들로 만들어진 무한한 배열로 존재해야 한다. 그의 생각들은 각각 1초도 채 안 되는 시간 동안만 존재할 수 있다.

갑자기 6~7년 전, 네이빈이 예상치 못하게 병원에 입원했을 때가 떠올랐다. 타오이가 공부를 마치고 마케팅 분야에서 구직을 시작할 때였다. 네이빈은 캡스톤디자인 과정을 끝내기 위해 공부하러 돌아갔다. 어느 날, 그는 수업 시간에 어지러움과 머리가 깨질 듯한 두통으로 쓰러졌다.

급하게 메디센터에 실려 갔다는 소식을 듣고 테레사에 연결하니 그의 혈압이 급상승해 내려오지 않는다는 게 발견됐다고 했다. 세척 시기를 두 번이나 놓친 것이다. 의료진 한 명이 와서는 그에게 투약 계획을 제대로 따르는 것이 중요하다고 잔소리했다.

"혈압을 통제하지 못하게 되면 두뇌 손상이 올 수 있어요. 그러면 동맥 경화가 오고 뇌세포로의 혈액 공급이 줄어들게 되죠. 결국 두뇌의 연결선이라고 할 수 있는 백질이 손상돼요. 당신의 정신이 사는 더 작은 공간인 전두엽은 말할 것도 없고요."

이 말을 들은 네이빈은 몇 주 동안 고통스러워했다. 당시 타오이는 스물네 살의 나이에 신장이 뇌를 망가뜨릴 수 있다는 소리를 듣는 것이 얼마나 공포스러운 일인지를 완전히는 이해할 수 없었다. 하지만 이제 그녀는 그때를 뒤돌아보며 어떻게 업로딩이 네이빈을 구원할 수 있었는지 너무나도 이해할 수 있게 되었다.

* * *

타오이는 퀸사이즈 매트리스의 절반인 자기 자리 위에서 이불로 온몸을 감싸고 몸을 웅크린 채로 있었다. 어떤 소리도 들리지 않았다. 써니는 그녀의 다음 명령을 목 빠지게 기다리며 침묵을 유지했다. 주변 아파트는 텅텅 비었고, 자동차조차 지나다니지 않았다.

그녀는 네이빈의 베개 아래에서 그의 티셔츠를 꺼내 코를 대고 숨을 들이마셔 본다. 죄스러웠다. 그의 체취는 이미 사라지고 있었다.

13

네이빈이 업로딩을 하고 3개월 후, 타오이는 엄마를 페블 가든 주택 단지로 이사시켜 드렸다. 타오이는 한 달에 한 번, 어쩌면 그 이상 엄마를 찾아갔다. 얼마마다 가는 것인지는 확신할 수 없었다. 네이빈이 가버린 후로는 억겁의 시간이 흐르는 것만 같았다.

단지 문이 열리자 간호사 드로이드가 타오이에게 인사했다. 은빛 모래시계형 몸에 부드러운 얼굴, 감정이 다 드러나는 파란 눈을 가진 드로이드였다.

"만나서 반갑습니다, 타오이 님. 신이 링 님은 방에 계세요. 제가 안내해 드릴게요."

타오이는 간호사 드로이드를 따라 유리로 된 엘리베이터에 탔다. 로봇은 반짝거리는 눈을 타오이에게 고정하고는 호리호리한 팔을 굴곡진 엉덩이에 대고 섰다. 타오이는 눈을 감았다. 기계로 창조된 물체조차 여성 특유의 순종적 태도의 화신으로 만들다니. 온전히 집중하는 태도, 모든 것에 감정을 과장하여 표현하는 상냥함. 남성에게 순종적인 태도를 곁들인 자기 제어의 정점으로 길들여진 화신.

투명 엘리베이터는 위로 발사되듯 올라가서는 옆쪽으로 빠지기 직전에 멈췄다. 닫혀 있는 문들이 스쳐 지나갔다. 하얀 사각형, 하얀 사각형, 그리고 또 하얀 사각형이 녹아들어 하나의 긴 백색 선으로 이어져 있었다. 하나의 문 뒤에 최신형 테레사와 수술 로봇이 운영하는 클리닉이, 또 다른 문 뒤에는 거주민이 가상 현실 모음에 접속할 수 있는 방들이, 또 다른 문 뒤에는 거주민이 쉬고 잠을 잘 수 있는 방들이 몇 개 더 있었다.

엘리베이터가 띵 소리와 함께 멈췄다. "848호입니다." 간호사 드로이드가 타오이를 엘리베이터 밖으로 안내하며 말했다. 그녀의 눈에는 848이라는 숫자가 재밌어 보였다. 행운의 8 사이에 끼어있는 죽음의 숫자 4라니.

신이는 848호 안, 서쪽을 향해 난 큰 창문 옆에 앉아 있었다. 주택 단지 땅 너머 버려진 공사 현장 위로는 크레인들이 달랑달랑 매달려 있었고 대형 광고판에는 퍼즐 조각들처럼 옛날 광고들이 깜빡거렸다. 수평선 위로는 먼지 괴물들이 장난감 같은 고층 건물을 삼킨 모습이었다.

무릎 위에 있는 신이의 손이 쥐처럼 꼼지락거렸다. 그녀는 일어나서 타오이를 맞이하지는 않았지만, 부드러운 포옹과 함께 그녀를 꼭 안아주었다. 신이의 몸은 텅 비어 있는 것 같았다.

타오이는 침대 위에 걸터앉아 엄마의 얼굴을 살폈다. "여기서 필요한 것들은 어떻게 구해요?"

"상관없어."

다시 광둥어로 돌아가니 이상한 느낌이 들었다. "지난번에도 그랬잖아요. 대체 그게 무슨 말이에요? 맘에 안 드는 게 있으면 다른 곳을 찾아볼 수도 있다니까요?"

"아니, 아니야… 그럴 필요 없어. 여기 괜찮아. 안드로이드도 신경 안 쓰이고, 음식도 신경 안 쓰여." 흔들리는 신이의 손가락은 위쪽으로 올라가 그녀의 이마 주변을 맴돌았다. 마치 목적을 잊었다는 듯이.

"아무것도 상관없다는 거예요?"

신이는 창문 쪽으로 되돌아갔다.

타오이는 깊은숨을 들이쉬며 솟구쳐 오르는 짜증을 애써 억눌렀다. 방에는 이상한 냄새가 났다. 세제가 곰팡이 핀 하수구에 섞여 있는 듯한 불쾌한 냄새. 타오이의 코가 근질거렸다. 창문을 열기 위해 걸쇠를 찾아보았지만 창문에는 아무것도 없었다.

타오이는 한편에 있는 부엌으로 가서 주전자에 물을 새로 담아 끓이기 시작했다. 그녀는 찬장에서 우롱차 향 가루가 담긴 통을 찾아낸 뒤 두 잔의 차를 만들었다.

"우울한 건 좀 어떠세요?"

신이는 커피 테이블 위에 놓인 컵을 들지도 않고 대답했다. "속은 여전히 그렇지, 뭐."

"테레사에 말씀해 보셨어요? 걔네가 치료 방법을 검토할 수도 있잖아요."

"응, 해봤지."

"그런데요?"

"전기 충격 치료를 더 하재. 지금 매일 하고 있어."

"도움이 되는 것 같아요?"

"그럼, 그럼. 내 걱정 너무 많이 하지 마."

씰룩거리던 신이의 손이 무릎을 떠나 타오이의 우울한 얼굴 앞으로 떨어진 머리카락을 뒤로 넘겼다. "우리 딸, 넌 어때? 잘 지내고 있는 거니?"

아파트 이미지 하나가 눈앞에 나타났다. 이제 그녀만의 아파트다. 어둡고 조용한 방들. 도미와 로보백이 어슬렁거릴 때만 깨지는 정적. 재수화 식품으로 이루어진 1인분의 식사. 가상 세계로 넘어가는 방 안에는 뉴팟이 두 대 있었지만 둘 중 한 대는 다시는 쓰일 일이 없을 것이다.

타오이는 침을 삼켰다. "좀 외로워요."

"이사해서 나랑 같이 지내는 건 어때? 너 간호사 드로이드랑 수다 떠는 거 엄청 좋아하잖아."

타오이가 웃었다. 그녀의 웃음소리가 돌연, 조용한 방을 채웠다.

신이의 손이 딸의 눈썹 위에 잠시 멈췄다가 물러났다. "근데, 진지하게 물어볼게. 혹시 너한테도 우울증이 왔던 건 아니지?"

"아뇨, 저는 괜찮아요. 지금도 매일 네이빈을 만나기는 하니까요."

"네이빈은 어떻게 지내니?"

"행복해 보여요."

신이는 한숨을 쉬더니 고개를 끄덕였다.

"엄마도 업로딩 하실래요? 저랑 네이빈이랑 가이아에서 사는 건 어때요?" 타오이는 엄마의 반응을 살폈다. 두려움과 불안, 슬픔이 스쳐 지나갔다.

신이의 시선은 타오이의 머리 위 한곳을 향하고 있었다. "됐어. 나는 영원은커녕 오래 살고 싶다고도 생각한 적이 없어."

어떤 묵직함이 타오이의 어깨를 짓눌렀다. "하지만 엄마, 다들 업로딩을 하잖아요. 엄마의 마음이 괜찮아질 수도 있어요. 모든 게 쉬워지고…"

"내 정신이 바뀌는 건 원치 않아. 그건 내가 아니잖아."

"이건 신경외과 수술 같은 게 아니에요. 더 정교해지기도 했고요."

"타오이, 나는 살 만큼 살았어. 너는 내 삶의 어두운 터널 속에서 빛나던 신호등 같은 존재였단다. 그걸로도 나는 충분해."

타오이는 창문을 통해 단지 아래쪽을 바라보았다. 더위에 영향을 받지 않는 로봇 정원사 하나가 전기 카트와 인공 손수레 사이를 바삐 움직이고 있었다. 완벽한 동심원 모양의 인공 꽃 덤불을 만들기 위해서 말이다. 타오이는 갑자기 주먹으로 그 유리창을 뚫고, 한바탕 몰아치는 뜨거운 열기 속으로 들어가고 싶었다.

"엄마, 제가 엄마 없이도 잘 살 수 있을지 모르겠어요."

"견딜 수 있어. 우리 모두 할 수 있는 일이야. 사랑하는 사람들을 잃는 건 정말 자연스러운 일이야. 이 지구에 생명체가 생겨났을 때부터 쭉 그래왔던 거고."

둘은 나란히 앉아 메마른 땅에 나무의 몸통을 쑤셔 넣는 정원사 드로이드를 바라봤다. 단 몇 분 만에 스무 그루의 관목을 휙 심었는데도 드로이드에게는 힘이 빠진 기미조차 보이지 않았다. 우아한 분홍색 네리네꽃 무리가 활기 없는 얼굴을 하늘을 향해 들고는 플라스틱 수술로 공기를 마셨다. 수분을 하지 못하는 이 꽃들의 몸에서는 꽃가루도 날리지 않고 벌을 유인하지도 못한다. 그들은 생식을 하지 않을 테지만 죽지도 않을 것이다. 다음 계절이 오고, 정원사가 미적으로 치자나무가 더 보기 좋다는 결정을 내리면 교체될 것이다.

신이가 다시 말을 꺼냈을 때는 쉰 듯한 낯선 목소리였다. "내가 죽고 나면 나를 위해서 한 가지 해줬으면 하는 일이 있어. 에포에 있는 사찰 있잖아. 거기에 계신 네 할머니 옆에 남고 싶어."

타오이는 창문에서 몸을 돌렸다. 신이의 턱은 나이가 들면서 부드러워졌고 그러면서 뚜렷하게 각진 얼굴도 사라졌다.

"엄마, 그 사찰 더 이상 그곳에 없을지도 몰라요."

"버려졌거나 그냥 돌무더기로 남았다고 하더라도, 흩어져 날아간다고 하더라도, 내 유해는 그곳에 보내줘. 엄마한테는 중요한 일이야."

엄마와 있으면 보통 화가 났다. 엄마의 체념에, 그리고 자신이 도와줄 수 없음에. 그때 그 화가 말로 표현할 수 없는 슬픔 속으로 사라진다. 자신이 언제나 엄마를 행복하게 해줄 수 있을 만큼 충분치 않았다는 슬픔으로.

타오이는 고개를 끄덕였다. "그럴게요, 엄마."

* * *

신이와 타오이가 호주로 이주한 이후, 함께 말레이시아로 돌아간 적이 있었다. 타오이가 열다섯 살 때였다. 쿠알라룸푸르 국제공항에서 밖으로 나가니 악취와 함께 숨 막히는 더위로 가득한 오후가 펼쳐지고 있었다. 타오이는 말레이시아 공기가 마치 혀가 피부를 핧는 듯한 느낌과 같다는 것을 한동안 잊고 있었다.

둘은 시내에서 택시를 잡아타고 가장 좋아하는 음식을 먹으러 갔다. 달*에 적셔진 바삭하고 네모난 로티 차나이**, 바나나잎에 쌓여 피라미드 모양으로 놓여있는 나시 르막***, 바꿋떼****, 첸돌*****까지. 하지만 한때 활발했던 시장은 낡아버려 사람도 없고, 테이블은 닦지도 않았으며, 쓰레기통은 넘치고 있었다. 음식점 주인들은 희망을 잃은 듯 주문한 음식을 내어주었다.

둘은 쿠알라룸푸르에서 열차를 타고 에포로 이동했다. 그곳은 훨씬 더 심각했다. 타오이는 열차가 석회석으로 된 산을 뚫고 나가면서 고향으로 돌아간 느낌을 받을 거라 기대했다. 하지만 그곳은 그녀의 기억 속에 남아 있는 마을보다 더 낡고 지저분해졌으며 거리의 사람들도 웃음기 없는 눈으로 그녀를 바라보았다. 타오이는 자신의 기억력을 의심하기 시작했다. 어쩌면 항상 낡고 지저분했는데 몇 년을 멀리서 살아보고 나서야 그걸 깨닫게 된 것일지도 모른다고. 둘은 길 위에 서서 예전에 살던 오래된 아파트 건물을 올려다보았다. 그러고는 자연스럽게 앞으로 나 있는 3층 네 번째 발코니를 찾았다. 베란다 난간에는 당시 그곳에 살던 사람들이 널어놓은 빨래가 있었다. 하얀 러닝셔츠 세 장, 닳고 닳은 나이키 반바지 한 벌,

---

* 　　　렌즈콩 등을 넣은 콩의 찌개로, 네팔, 인도, 파키스탄, 방글라데시 등 남아시아 음식

** 　　　말레이시아, 브루나이, 싱가포르, 인도네시아 등에서 먹는 납작빵

*** 　　　말레이시아의 코코넛 밥

**** 　　　말레이시아와 싱가포르에서 먹는 중국식 돼지갈비 탕

***** 　코코넛밀크, 팜슈가, 초록색 판단 잎이 들어간 인도네시아 전통 빙수

이제 막 걸음마를 뗀 아기가 입을 정도의 티셔츠 한 줄. 타오이는 아마도 아이를 키우는 싱글 대디가 살고 있는 건 아닐까 하고 상상했다. 그녀는 아파트 복도로 시선을 돌려 경비를 찾았다. 그런데 안내데스크 색이 새롭게 바뀌어 있었다. 인간 직원도 사라지고, 드로이드로 대체되어 있었다.

두 사람은 거의 아무 말도 하지 않고 몇 개의 건물을 지나쳐 신이가 이웃에게 넘기기 전 5년 동안 운영했던 건강식품 가게가 있는 상가로 걸어갔다.

신이가 어깨를 으쓱했다. "어차피 마음을 담아서 한 사업도 아니었어."

그녀는 단 하나의 목적을 위한 수단인 듯, 온갖 일을 닥치는 대로 했다. 제빵사 조수, 마사지사, 부동산 중개인, 온라인 판매, 건강식품 가게 운영까지. 호주로 이주한 뒤에는 2년 동안 출입국관리자로 근무했지만 이민 비율이 줄어들면서 해고당했다. 장애 연금을 받기에 너무 건강했던 그녀는 서비스 드로이드의 인간 파라미터가 되기도 하고, 노인들에게 말동무가 되어주기도 하고, 부잣집 사모님들의 심부름도 하는 등 긱이코노미 상황에서 최선을 다했다.

신이는 이미 답을 알고 있었지만 그래도 물었다. "딸, 사찰 가고 싶지 않니?"

타오이는 어깨를 구부리고는 고개를 저었다. 그 느낌이 싫었다. 갈 곳 잃고 어쩔 줄 몰라 하는 작은 아이가 된 것만 같은 느낌. 그곳은 더 이상 집이 아니었다. 낯선 무언가로 변해 버린 것이거나, 그녀가 이방인이 된 것일 터였다. 하지만 호주도 그녀에게는 여전히 미지의 세계였다. 자기 자신에 대해 큰 목소리로 말하기를 좋아하는 키 크고 자신감 넘치는 10대들로 가득한 곳. 그렇다면 그때 타오이가 갈 수 있는 곳은 대체 어디였을까.

타오이는 엄마에게 왜 말레이시아를 떠나기로 했냐고 몇 번이나 물었었다.

그러면 신이는 더 이상 이야기를 이어가지 않겠다는 듯 무미건조한 어조로 말했다. "우리에게는 말레이시아에 사는 게 좋지 않아. 여기에 사는 중국인에게는 미래가 없어. 봐, 나이 들면서 너도 아마 무슨 말인지 이해하게 될 거야."

타오이가 열다섯 살이었던 해에 떠난 그 여행 이후 두 사람은 다시 에포에 가지 않았다. 신이의 수입은 고르지 못했고 타오이의 수업료는 비쌌다. 크면서 일을 하기 시작하고 여행할 수 있을 정도로 충분히 돈을 벌게 되었을 때는 더 이상 에포에 가고 싶지 않았다. 그렇게 그녀는 어쩌면 계속되는 향수병이 치료되지 않아도 견딜 수 있는 것일지 모른다고 생각하기 시작했다.

14

그녀의 고객이 떠난 것은 몇 시간 전이었다. 봐야 할 서류 업무를 모두 마쳤지만 타오이는 쉽게 사무실을 떠날 수가 없었다. 그녀는 달력을 보고 월요일 일정을 확인했다. 두 건의 예약이 있었다. 일부 동료들에 비하면 바쁜 날이 될 것이었다. 타오이에게는 인정하고 싶지 않은 사실이 한 가지 있었다. 사람들은 더 이상 진정한 자신을 좇지 않는다는 것이었다. 모두가 디지털 요정이 되어 진짜 자신에 대해 더 이상 신경 쓰려고 하지 않았다. 하지만 사실 그 반대다. 인간은 의미 측면에서 모두가 더 많은 정체성, 데이터, 유연한 경계를 갈망한다. 뒤처진 타오이에게는 그런 그들에게 줄 수 있는 것이 많이 남아 있지 않았다.

알림창이 떴다.

자기야, 다 끝났어? 오늘 밤 자크 생일 파티인 거 잊지 않았지?

그녀는 한숨을 쉬며 사무실을 나와 안내데스크 쪽으로 걸어갔다. 의자들은 비어 있었다. 놀랍게도 다윈이 멍하니 벽을 바라보고 있었다. 다윈은 타오이가 다가오는 소리를 듣고 그녀에게 미소를 비쳐 보였지만 그는 이미 지친 기색이었다.

"아직 있었네, 다윈? 초크 만나러 스팀 바 간 줄 알았는데."

다윈은 대충 어깨를 으쓱했다. "나 해고 통지받았어."

"아, 안 돼. 제발 농담이라고 말해 줘."

다윈이 손가락을 튕기자 그의 시야 구석에 고용 해지 서류가 나타났다. 세 줄도 채 안 되는 길이의 글이다. 다윈이 작게 말했다. "멍청하게 다 퇴사시키겠다는 거잖아. 이런 곳에서 개 같이 10년을 일하다니."

타오이, 내 메시지 받았어? 언제쯤 올 예정이야? 타오이는 네이빈에게서 온 두 번째 메시지도 힐끗 보고는 옆으로 치워버렸다.

"정말 유감이야."

다윈은 한숨을 쉬었다.

"아, 괜찮아. 결국 이 일은 쓸모없어졌잖아. 몇 년 전 긱이코노미가 시작됐을 때, 로봇이 다 장악해 버릴 수도 있을 거라고 우리 다 알고 있었잖아."

"동의 못 해. 로봇은 나한테 추가 휴식 시간도 안 줬을 거고, 짜증 나는 고객을 다른 컨설턴트한테 넘겨주지도 않았을 거야. 다윈, 네가 그리울 거야."

다윈은 애써 활짝 웃어 보였다. "고마워, 타오—타오. 언젠간 또 보겠지?"

"연락해."

타오이가 팔을 뻗자 다윈이 잠시 머뭇거리다 앞으로 나와 그녀를 안았다. 그때 타오이는 확실히 다윈이 업로딩했다는 사실을 알게 됐다. 업로딩한 사람들은 신체적 접촉의 역할에 약간 당황스러운 듯한 반응을 보였다. 그리고 원래 다윈은 언제고 상관없이 자주 포옹을 해주는 사람이었다.

건물을 나오는 길에 세 번째 메시지 창이 떴다.

길을 못 찾고 있는 거야? 내가 데리러 갈까?

타오이는 네이빈에게 전화했다. "정신없었어, 네이빈. 5분 답장 못 했다고 길을 잃었다고 생각하면 어떡해."

"답장하는 데 노력이 얼마나 필요하다고 그래." 머릿속 빈 공간에서 네이빈의 목소리가 울렸다. 타오이는 볼륨을 줄였다.

"난 너처럼 멀티태스킹 안 돼."

"미안, 네가 날 걱정시켜서 그랬어."

"고작 5분이야."

"좋아, 만족! 네가 괜찮다니 다행이야. 나 지금 파티 장소 가는 길이야. 자크한테 자리 맡아달라고 했어. 넌 거의 다 온 거야?"

엘리베이터가 1층에 도착했다. 타오이는 로비를 지나 출구로 향하는 사람들 행렬에 합류했다. 바깥 하늘에는 솜털 같은 분홍색 구름 떼가 달려 있었다. 공기 중에는 으스러진 나뭇잎 향이 풍겼다. "30분 정도 걸릴 것 같아."

"택시 탈 거야?"

"그럴 계획."

"그냥 로그아웃하고 쿼츠역으로 다시 로그인하는 게 어때? 그게 항구에서 더 가까울 텐데."

"택시 타고 가도 충분해."

"알겠어. 아, 그 느낌 얼마나 약해지는 느낌인지 다 까먹었네."

"약해지는 느낌?"

"어떤 물리적 대상에 정신이 매여 있는 거 말이야."

"난 그런 느낌 안 드는데?"

"눈 깜짝할 사이에 한 곳에서 다른 곳으로 이동하는 게 어떤 건지 타오이 네가 몰라서 그래. 자기도 그 느낌을 알게 되면 분명 그 자유로움을 사랑하게 될 거야." 네이빈이 말을 멈췄다. "아, 자크 왔다. 곧 보는 거지? 드레스코드 잊지 마."

네이빈이 전화를 끊었다. 타오이는 거리를 떠다니는 구 모양의 빛나는 택시를 향해 손짓했다. 택시에 올라탄 타오이는 파티 장소를 알려준 후, 자신이 입은 옷을 흘긋 내려다봤다. 그리고는 가상 옷장을 뒤져 소매가 펑퍼짐한 다크그린색 오프 숄더 드레스를 골랐다. 파티 테마가 '바다 깊은 곳'이었다. 해초로 참석할 생각이었다.

뉴스 헤드라인, 주식 시장 소식, 엔터테인먼트 영상이 곡선으로 된 택시 벽 전체를 타고 지나간다. 이렇게 화려하게 흐르는 내용은 이미 그녀의 머릿속에서도 본 것들이다. 타오이는 눈을 감은 채 시트에 등을 대고 앉았다. 택시가 목적지에 도착할 때까지 그렇게 있을 생각이었다.

* * *

20분 후, 택시는 그녀를 7번 부두에 내려주었다. 땅거미 진 수면 위로 2층짜리 크루즈 한 대가 흔들리고 있었다. 갈매기 떼가 시끄럽게 꽥꽥거리며 머리 위로 지나갔다. 타오이는 웃음이 터지려는 걸 꾹 참았다. 대체 어떤 설계자가 가이아에 갈매기를 넣겠다고 생각한 걸까?

타오이는 배를 향해 걸어가면서 뱃머리에 빨간 글자로 휘갈겨 적혀 있는 배의 이름, 메리디안 호*를 봤다. 창 안에서 음악이 조금씩 울려 나왔다. 그녀는 짧은 입장 대기 줄에 섰다. 그녀의 앞에는 문어와 해마 복장을 한 커플이 서 있었다.

"초대장이요." 경호원이 퉁명스레 말했다. 타오이는 머릿속으로 로봇인지 아닌지 생각하고는, 아니라는 판단을 내렸다.

머릿속으로 초대장을 보내주자 경호원이 안으로 들어가라고 손짓했다.

타오이는 현문舷門으로 올라가 문 하나를 지나고, 좁은 계단 한 층을 내려갔다. 그러자 갑자기 배의 내부가 보였다. 밖에서 보이는 것과는 다른 느낌이었다. 안은 어마어마했다. 그녀는 익숙해지려고 벽에 기댈 공간을 찾아봤다. 어두운 공간에서 쏟아지는 레이저가 바닥에 바닷물 패턴을 그려냈고, 흔들리는 촉수, 상어의 삼각형 지느러미, 빛나는 인어의 꼬리와 같은 이상한 모양을 만들어냈다.

일렉트로 팝과 함께 벽이 쿵쾅거렸다. 사람이 가득한 홀 저쪽 끝에는 양쪽으로 열리는 프렌치 도어가 갑판을 향해 열려 있었다.

웨이터 하나가 카나페가 담긴 접시를 타오이의 코에 들이밀었다. 로봇인가? 아닌가? 로봇이다. 라고 그녀는 생각했다. "비네그레트 드레싱을 뿌린 굴인데 어떠세요?"

타오이는 회색 조가비로 덮인 민달팽이 같은 것을 바라보았다.

---

* 　자오선The Meridian이라는 뜻의 영어 단어. 북극점과 남극점을 최단 거리로 연결하는 세로선을 의미함

그녀는 현실 세계에서 굴을 한 번도 먹어본 적이 없었다. 가이아 설계자 중에는 있으려나? 그런데 그들이 그 맛과 질감을 제대로 살렸는지는 어떻게 알 수 있을까.

그녀가 제안을 거절했다고 생각한 웨이터는 순식간에 사라졌다. 또 다른 웨이터가 그 자리를 차지했다. 로봇이다. "데빌드 에그 어떠세요?"

"아뇨, 괜찮아요."

타오이는 네이빈에게 메시지를 보내 자신이 도착했음을 알렸고, 2초 후에 그가 나타났다. 안도감이 쏟아질 것을 기대하지는 않았다. 네이빈은 하와이안 셔츠를 입고 있었다. 이마 위에 스노클링 마스크가 툭 튀어나온 모습으로 말이다.

"나는 귀찮은 관광객이야. 너는 뭐야?"

"해초. 이 파티 활기 넘치네." 타오이는 이렇게 말하고는 수염 난 까칠까칠한 그의 볼에 가볍게 입을 맞췄다.

"맞아, 그렇지? 자크가 곧 앞에 나가서 건배사를 할 건가 봐. 이리 와, 술 마시러 가자."

네이빈은 타오이의 손을 잡고 사람들 속을 비집고 지나갔다. 바닥이 이쪽저쪽 위아래로 요동쳤다. 타오이가 방향 감각을 상실한 것인지, 아니면 배가 진짜로 흔들리는 것인지 알 수 없었다. 타오이는 자크나 에블린을 찾아 주위를 두리번거렸다. 하지만 모두 모르는 사람들 뿐이었다. 배경음악이 새로운 노래로 바뀌었는데, 낯설지만 빠르고 활기찬 비트였다.

바에서 네이빈이 손가락 두 개를 들어 보였다. 초록색, 파란색 띠가 둘러져 있고 중간에는 물고기 모양 사탕으로 장식한 스팀 샷이 나왔다. 라임 향이 그녀의 몸을 타고 흘러 내려갔다. 몇 초 지나자 그녀의 심장 박동 수는 몇 단계 더 거세졌고, 모든 게 더 뚜렷하고 밝아 보였다.

네이빈은 조개껍데기 패턴 드레스를 입고 있는 여자와 대화 중이었다. 그는 그녀가 이름 가운데 '르'가 들어가는 '조르지아'라고 소개하며 자크, 그리고 자신과 함께 캡스톤디자인 과정을 들었던 친구라고 설명했다. 그 둘은 그들을 가르쳐주셨던 교수님 한 분에 대해 이야기하기 시작했다. 대화가 너무 빠르게 오고 가서 타오이는 알아들을 수 없었다. 네이빈과 조르지아가 평소보다 빠르게 이야기하는 것 같지는 않았지만, 그들이 말하는 문장 사이에는 틈이 없었다. 조르지아가 교수님 농담을 하나 던졌는데 타오이가 그걸 이해하고 웃을 때 이미 그 둘은 다른 주제에 관해 이야기하고 있었다.

음악이 멈춘 뒤 자크가 객실 앞 무대로 점프해 올라갔다. 휙, 그에게 스포트라이트가 쏟아졌다. 모두가 함성을 질렀다. 그는 부끄러운 듯 씩 웃고서 무대 아래로 내려갔다. 그러고는 에블린을 끌고 다시 올라가 그녀의 허리에 팔을 감았다. 둘 다 바닷가재 모양의 모자를 쓰고 있었다. 에블린의 미소가 객실을 환하게 밝혔고 그런 그녀를 보니 타오이의 마음이 아려 왔다. 석 달 전 자크가 업로딩을 하고 난 다음부터 그 둘은 연애 중이었다. 에블린이 업로딩한 건 2주 전이다. 타오이는 그녀와 함께 시드니에 가주었고 수술실에 걸어 들어가기 전에 우는 그녀를 말없이 안아주었다.

하지만 지금의 에블린은 너무나 행복해 보였다.

웨이터 하나가 이 스타 커플에게 형광 노랑색 스팀 샷 두 잔을 내밀었다. 둘은 낄낄거리며 러브샷을 했다. 그다음, 자크가 무대 위에서 손을 흔들고 서성거리면서 건배사를 시작했다.

"오늘 밤 이 자리에 시간 내어 참석해 주신 모든 분께 감사드립니다. 어디서 오신 분이 가장 멀리서 오셨더라? 아, 잠깐. 우리 모두 지금 여기 사는 사람들이죠? 제가 스물여덟 살이 됐다는 것에 별로 관심도 없으실 거예요, 그렇죠? 그냥 대단한 파티 하나 즐기러 여기 오신 거잖아요, 저도 압니다."

모두가 웃자 자크도 씩 웃어 보였다. "하지만 진지하게, 지금 이 순간 제가 최고의 행운아가 아닌가 싶어요. 작년은 정말 끝내주는 한 해였어요. 정말로요. 1년 전에 제가 만든 **비체화**라는 괴짜스러운 작품이 전 세계 히트를 쳤으니까요. 그런 뒤에, 그렇죠. '업로딩'이 시작되었습니다. 그리고 지금 우리가 다들 어디에 있는지 한 번 보세요. 우리는 새로운 시대의 문턱 앞에 와 있습니다."

객실 전체에 환호 소리가 쫙 퍼졌다.

"자, 그보다도 우리 다 같이 건배 좀 할까요? 지난 한 해 동안 여러분 중 많은 분을 만나게 됐고, 그럴 수 있었다는 게 너무 기쁩니다. 여러분 모두 너무나 소중하고, 매력적이고, 제게 영감을 주는 분들입니다. 하지만 오늘 밤에는 특히, 제 가장 오래된 친구들에게 제가 얼마나 감사하게 생각하고 있는지 말하고 싶어요. 너희 모두 처음부터 함께 해줬잖아. 내가 얼마나 너희를 소중하게 생각하는지 말로는 다 표현할 수 없을 거야."

그는 이 말을 하며 네이빈과 타오이 쪽을 바라보는 듯했다. 자크가 손짓하자 아까 스팀 샷을 가져다줬던 웨이터가 새로운 스팀 샷 두 잔을 가지고 돌아왔다.

자크가 자신의 샷 잔을 높이 들었고, 에블린도 그를 따라 했지만 약간 어색해 보였다. 자크가 외쳤다. "옛 친구와 새로운 친구 모두를 위하여!"

"우정을 위하여!" 모두가 건배 후 샷을 들이켰다.

타오이는 자크가 누구인지 더 이상 종잡을 수가 없었다. 몇 년 전 자크가 생각하던 완벽한 생일 파티에는 저렴한 테이크아웃 음식과 음악, 와인, 그리고 동트기 전 이른 새벽까지 이어지는 수다가 있었다. 그랬던 그는 오늘 밤, 그림에나 나올 법한 완벽한 만灣에 떠 있는 디스코 크루즈 안에서 스팀 샷에 흠뻑 적셔진 오백 명의 손님들과 함께다. 그들이 공유했던 자기 성찰적 대화는 이제 너무나 먼 추억 속 얘기였다.

자크가 외쳤다. "제가 말이 너무 많았네요. 이제 즐겨봅시다!"

그가 에블린에게 키스하자 에블린의 볼이 붉어졌다. 음악이 다시 쏟아져 나오고 벽은 조명으로 훤해졌다. 타오이 옆에 있던 모르는 사람들 한 무리가 양손을 번쩍 들더니 댄스 플로어로 달려갔다.

타오이는 지나가던 트레이에서 키슈*를 낚아채 맛보기도 없이 바로 입으로 가져갔다. 네이빈은 거기서 몇 걸음 떨어져서 그녀가 알지 못하는 한 남자와의 대화에 푹 빠져 있었다. 둘 다 열심히 몸짓을 써 가며 대화 중이었다.

타오이는 홀 안을 방황하다가 흔들리는 조명 아래 무지갯빛 물고기처럼 빛나는 몸들 사이를 비집고 들어갔다. 그녀의 맨 어깨가 차

---

*   달걀과 크림을 사용해 만든 프랑스 향토 요리. 파이나 타르트 반죽으로 만든 그릇
     속에 달걀, 생크림, 다진 고기나 아스파라거스 등의 채소를 넣고 치즈를 듬뿍 얹어
     오븐에 굽는 음식

가운 피부를 스쳤다. 한 여자가 머리카락을 휘날리자 구불구불한 머리카락에서 나는 시트러스 향이 타오이의 코끝까지 밀려왔다. 타오이는 마침내 댄스 플로어를 지나 프렌치 도어 밖으로 나갈 수 있었다.

갑판 주변에는 여기저기 흩어진 몇 사람뿐이었다. 타오이는 안도의 한숨을 쉬며 가장자리로 걸어갔다. 칠흑 같은 물이 메리디안 호의 선체에 철썩거렸다. 항구에는 다양한 색의 조명들이 흐릿하게 늘어져 있었다. 그녀는 난간에 기대어 서서 고르게 퍼져 있는 별들을 올려다봤다. 꼭 천장에 붙어 있는 포스터 같았다.

"타오이?"

* * *

그녀는 소리 나는 쪽을 돌아보았다. 처음에는 그가 누군지 알아보지 못했다. 그녀와 키가 비슷한, 늘씬한 남자가 몇 발자국 떨어져 서 있었다. 파란색 트라우저와 티셔츠를 입고 있는 남자였다. 그렇지만 진짜 티셔츠는 아니었다. 플라스틱으로 만들어진 것이었고 그의 가슴께에는 '마운트 프랭클린Mount Franklin'* 로고가 그려져 있었다.

타오이가 믿을 수 없다는 듯 말했다. "이사야? 아니, 대체 네가 왜 여기에 있어?"

"그래, 나도 반갑다."

그는 그녀를 향해 걸어와 살포시 껴안았다. 플라스틱이 닿으며

**   호주에서 판매하는 생수 브랜드

소리가 나기는 했지만 타오이는 그 품속에 푹 안겼다는 걸 깨달을 수 있었다. 다원의 포옹과 다를 바가 없었다. 그리고 그녀는 뒤로 물러나 그를 위아래로 훑어보고는 한바탕 웃었다.

"너 플라스틱 물병이네? 과연, 이사야 너답다."

"나답다고? 그게 무슨 뜻이지?"

"빈정대고 초현실적인 거. 늘 그랬듯이!"

"사실을 담은 것에 더 가깝다고 할 수는 없을까? 이제 바다에는 물고기나, 바닷가재나, 인어는 없잖아."

"너 진짜 분위기 깨는 사람인 거 알지?"

"원래 그랬는데, 뭐. 넌 산호야? 안타깝지만 너도 이미 죽은 목숨이네."

"이사야, 이거 해초거든?"

"흠, 그럼 넌 아직 있을 수도 있겠네. 그럼 우리 같이 놀 수 있겠다."

"아이고야, 고맙습니다요." 타오이는 그에게 곁눈질로 씩 웃어 보이고는 갑작스레 소심해졌다. 가까이서 보니 그의 아바타가 훨씬 더 자세하게 보였다. 눈과 입 주변에 있는 주름, 귀 위로 보이는 흰머리까지. 세상에서 점차 사라지게 될 흠들이었다. 업로딩한 사람들은 나이를 먹지 않으니.

"本当なの(정말로). 과거 사람이라니 말도 안 된다. 네가 자크랑 아는 사이인지 몰랐어."

"내 전 애인 중 하나가 몇 년 전에 자크랑 미술 수업을 같이 들었거든. 그래서 몇 번 어울려 놀고 그랬어. 그렇게 잘 아는 사이는 아니야. 난 그냥 이 복장으로 파티에 너무 와보고 싶어서 온 거지. 보니까 이해되지? 그건 그렇고 너는 자크랑 어떻게 아는 사이야?"

"네이빈이랑 자크가 캡스톤디자인 과정 중에 만난 사이거든. 매일 어울려 놀았었어. 자크를 안 지가 벌써… 몇 년인지 모르겠네."

"가까운 사이였나 보네."

"응, 그랬었던 것 같아. 좋은 친구야." 왜 그렇게 말해야 할 것만 같았는지 그녀는 궁금해졌다.

둘 다 물 쪽을 내다봤다. 장미색 꼬마전구로 장식된 배 한 척이 항구 쪽으로 천천히 움직이며 제 자랑을 하고 있었다.

"네이빈하고는 어때? 여전히 만나고 있는 거야? 그러면 10년이 다 된 걸 텐데."

"응, 거의." 그녀는 이사야와 네이빈이 한 번도 만난 적이 없다는 사실을 깨달았다. 하지만 그녀는 이사야에게 네이빈에 대한 모든 걸 말했었다. 포트 더글라스에 더 이상 가지 않게 되고 연락이 끊기기 전까지는.

"네이빈 건강은 괜찮아?"

그 질문에 타오이는 흠칫 놀랐다. 한동안 네이빈의 건강에 대해 물어보는 사람이 없었다. 그녀는 프렌치 도어 쪽을 바라보며 네이빈을 찾아보았지만 그림자 같은 사람들의 몸만 보일 뿐이었다. 그녀는 애써 미소 지었다. "네이빈도 업로딩했어, 이사야. 신장 따위 이제 더 이상 상관없어."

"하지만 넌 안 했잖아." 이사야가 놀란 듯했다.

타오이는 이사야와 눈이 마주쳤다. 그녀는 이사야가 어떻게 그걸 알고 있는 것인지 궁금했다. 그와 동시에, 자기 자신도 이사야가 업로딩하지 않은 것을 어떻게 그렇게 정확히 알고 있는 것인지 궁금했다. "너도 안 했잖아."

이사야는 한동안 말이 없었다. 타오이는 그 침묵과 그 거리감에 감사했다. 엄마 이외에 누군가와 이렇게 천천히 말해 본 게 너무나 오랜만이었다. 타오이는 다시 팔꿈치를 난간에 기대고 손바닥에 턱을 괸다. 마침내 바람이 살랑이면서 그녀의 민머리를 간지럽혔다.

"너, 좀 변했다."

이사야는 미소 지으며 대답했다. "나도 알아. 아바타 천지인 곳에서도 나이는 들고 있으니까. 그리고 우리 만난 지가 10년은 됐잖아, 타오이."

"그렇게나 됐다고?" 그녀는 숨을 내쉬었다. "本当に(정말)? 10년이나 됐다니."

타오이는 이사야를 처음 만났을 때를 기억한다. 그레이트 이스케입스 투어 가이드로 일하고 있을 때였다. 캡스톤디자인 과정 방학 동안 포트 더글라스로 가서 이사야와 다른 가이드 두 명, 그리고 열 명이 넘는 열정적인 관광객들과 함께 배를 타고 나가고는 했었다. 이사야는 선배 가이드로서 보통 안내 설명을 했다. 타오이와 다른 후배 가이드들은 일정 확인, 음식과 세면용품 조달, 질문 답변, 사진 촬영을 도왔다. 몇십 년 전만 해도 스노클링을 하면서 산호를 볼 수가 있었지만, 이제 그러기에는 물이 너무 오염된 상태였다.

이사야가 관광객들에게 설명했던 그레이트 배리어 리프는 보호 역사 유적이었다. 해양 기온 상승으로 인해 그 산호초는 죽음의 단계를 차례대로 보여주는 박물관이 되었지만 말이다. 백화된 산호, 점균으로 둘러싸인 산호, 털이 가득한 산호, 석회석에 얼룩덜룩 붙어 있는 산호 골격. 이제는 산호초가 없으니 그와 함께 공생하던 해

조들, 그리고 산호초와 공생하던 수많은 바다 생명체들이 함께 죽어버렸을 것이다. 이사야가 뭐가 뭔지 몰라볼 정도로 화려하게 찍힌 21세기 초 산호초 사진들을 보여줄 때면 관광객들은 경악하며 감탄했다.

이사야는 바다 아래가 들여다보이는 유리 바닥을 통해 관광객들에게 산호초가 있는 여러 곳을 보여주고는 했다. 그러면서 나뭇가지처럼 뻗어 있는 사슴뿔산호, 납작하게 생긴 풍기아, 거대한 볼더산호까지 다양한 모양의 산호 골격에 대해 알려주었다. 모두 죽은 것들이었다. 간혹 간신히 살아 있는 해조나 해초가 발견되면 모두 모여들어 사진을 찍고는 했다.

타오이는 물에서 유난히도 긴 하루를 보낸 후 배를 타고 다시 포트 더글라스로 돌아가던 날을 기억한다. 신선한 공기를 마시려 밖으로 나갔을 때였다. 이사야가 따라 나왔다. 배가 이쪽저쪽 올라갔다, 내려갔다 흔들리면서 넓게 펼쳐진 선체 위에 서 있는 둘의 얼굴에 파도의 비말이 뿌려졌다.

큰 파도 위로 배가 흔들리면서 타오이의 몸이 휘청거렸다. 그리고 이사야가 그녀의 팔을 잡았다. 그녀가 물속으로 빠질 리가 없었는데도, 그의 불안감이 느껴졌었다.

10년 뒤 다른 배, 다른 갑판에 서 있는데도 그녀에게는 그 기억이 생생하다.

"'바다 깊은 곳'이라니. 테마 참 잘 정한 것 같아. 그렇지 않아?"

이사야는 씩 웃었다. "그리웠던 거야?"

"투어 말하는 거야?" 그녀는 잠시 생각했다. "그립지. 그때가 정말 좋았는데."

"맞아, 나도 그렇게 생각해." 이사야는 잠시 머뭇거렸다. "우리 그 포트 더글라스에 있는 이탈리아 식당 갔던 거 기억해? 엄청 큰 피자 주문할 거라고 하면서 마르가리타 주문했잖아. 그랬는데…"

"그랬는데 내 앞에 칵테일 내려놓길래 내가 완전히 실망했던 거? 그 이야기 왜 안 하나 했다. 나 그때 열여덟 살이었잖아! 아는 게 뭐가 있었겠어?"

이사야가 웃으며 말했다. "너 생각보다 더 똑똑했는데, 왜. 갓 졸업한 애들이 다 가이드 되려고 파 노스 퀸즐랜드Far North Queensland로 사라지지는 않는다고."

"아, 너 쫓아다니던 그 여자 기억나? 너랑 다섯 번인가? 스노클링 하러 가서는 네가 무슨 일을 하는지 꼬치꼬치 캐물었잖아."

"아, 제발. 그 기억은 꺼내지 마."

타오이가 웃음을 터뜨렸다. 갑자기 다시 젊어진 듯한 느낌이었다. "그 여자 이름이 뭐였더라? 팸? 샘? 머리에 핫핑크색 헤나를 하고 있었는데. 입술에도 뭐 넣은 것 같았어. 완전히 너한테 빠졌었잖아. 그리고, 이사야. 정말로 너 어쩜 그렇게 똑똑했던 거야? 어떻게 그렇게 설명을 잘 할 수 있었던 거냐고."

"그만 좀 해줘. 그 여자 잊어버린 지 오래니까."

"네가 이 웃기는 옷을 입고 있는 걸 봤다면 너에 대한 집착이 단번에 치료됐을 거야, 아마." 타오이가 빙그레 웃으며 그의 플라스틱 티셔츠 깃을 세게 잡아당겼다.

이사야는 근처에 있는 웨이터에게 손짓하며 안정제 스팀 샷 두 잔을 주문했다. "어디 한 번 계속해보시지? 내가 이 옷 입은 거 후회하게 만들고 싶은 거면. 근데 다 안 먹힐걸?"

둘은 건배 후 샷을 단숨에 들이켰다. 타오이의 입안이 으깬 블루베리 맛으로 가득해졌다. 둘은 웨이터에게 빈 잔을 다시 돌려주었다. 메리디안 호 안에서부터 음악이 쿵쾅거린다. 파티의 열기는 식을 기미를 보이지 않았다. 타오이는 한숨을 쉬고 잔잔한 물을 바라보면서 스팀 샷의 시원함이 뼛속 깊이 퍼지도록 내버려 두었다.

그리고 고개를 돌려 이사야를 바라봤다. 그가 진짜 이곳에, 그녀의 맞은편에 서 있는 것이 정말 맞는 것인지 그녀는 믿을 수가 없었다. 그것도 똑같은 갈색 눈을 하고는. 더 나이 들고 현명해 보이지만 그와 동시에 더 작아지고 약해진 모습으로. "이사야, 넌 왜 아직 업로딩 안 한 거야?"

이사야는 입을 꾹 다물었다. 타오이는 잠시 그가 대답하지 않을 것이라 생각했다. 그때 그가 입을 열었다. "두려웠어."

타오이는 기다렸다.

"아니면 자만이었던 것 같아. 내 생각, 내 감정, 내 뇌가 나한테는 너무 소중하거든. 어쩌면 정신을 기존 형태로 유지하면 본질적으로 가치 있는 게 있을 거라고 믿는 게 어리석은 일일지도 몰라." 이사야가 손가락으로 콧날을 만졌다. 골똘히 생각할 때면 그가 항상 하던 행동이다. "무서운 것 같아. 업로딩이 나를 바꿔버릴까 봐."

타오이는 한창인 파티장 쪽을 손짓하며 말했다. "분명 바꿔버릴 거야. 업로딩한 사람들 봐봐. 여전히 예전 모습을 간직하고 있는 건 맞지만 여러모로 또 그렇지만도 않잖아."

이사야는 한숨을 내쉬었다. "네 말이 맞아. 우리가 10년 전과 다른 사람이 아니라고 그 누가 말할 수 있겠어? 아마 지금의 나는 네가 포트 더글라스에서 만났던 이사야와는 엄청나게 다른 사람일 거야. 너도 그때와는 다른 타오이일 거고. 우리는 우리가 생각하는 만큼 서로를 잘 알지 못할 거야, 아마." 그는 자신의 목 뒤를 문지르며 말했다. "나도 모르겠다. 내가 아는 사람들 거의 모두가 이미 업로딩을 했어. 나도 등록은 했는데 날짜를 계속 미루는 중이야."

"이미 등록했다고?"

"넌 안 했어?"

타오이는 고개를 끄덕였다.

"뭐가 널 막고 있는 건데?"

타오이가 대답하려 입을 열었다. 엄마와 더 많은 시간을 보내고 싶다거나, 현실 세계의 몸을 느끼고 싶다거나, 아니면 업로딩 후 가이아에서 빠르게 흘러가는 삶의 속도에 적응하는 것에 대해서 뭔가 말하려고. 이 모든 것들이 이유가 되었지만 타오이에게는 이 이유 중 어떤 것도 적절하다고 느껴지지 않았다.

그녀의 시야에 알림창이 떴다.

자기야, 어디 간 거야? 괜찮은 거야?

그녀는 빠르게 답장을 보냈다. 금방 갈게. 그냥 바람 좀 쐬려고 나왔어.

"네이빈이 찾네. 들어가봐야겠다."

"아, 그래."

"이렇게 우연히 만나다니 정말 반가웠어."

이사야도 똑같이 말했고 둘은 다시 한번 포옹했다. 타오이는 이사야의 진짜 몸이 어디에 있는지 궁금했다. 아마 거의 벌거숭이가 된 오지 어딘가에 있는 오두막집, 외로운 뉴팟 안에 푹 잠겨 있을 것이다. 이제 각자 사는 곳의 거리와 서로의 친밀도는 상관없는 얘기다. 타오이도 이사야의 온몸 구석구석에 퍼져 있는 뉴젤 속에 있었으니까. 그의 두피에 손가락을 가져가 그의 뇌를 누르며 말이다.

네이빈이 냅킨에 싼 새끼 양갈비 두 대를 들고는 프렌치 도어에서 있었다.

그가 타오이에게 양갈비 한 대를 건네며 물었다. "누구야?"

그녀는 음식을 거절했다. "그냥 옛날 친구." 이사야에게 이쪽으로 와달라고 해서 네이빈에게 소개해 줬어야 했는데, 이미 너무 늦어버렸다. 뒤돌아보지 않고 네이빈을 따라 안으로 들어간 타오이는 다시 마음을 다잡고 파티를 마주했다.

15

타오이는 조금만 움직여도 골이 깨질 것 같은 두통과 함께 잠에서 깼다. 신음을 내며 몸을 돌려 바로 누웠다. 어둑한 방, 나무 패널로 된 벽, 하얀 천장 근처에 있는 둥근 창문 하나. 도대체 그녀가 있는 곳은 어디일까?

문이 열리고, 에블린이 들어왔다. 족히 열세 시간 동안은 푹 자고 솜씨 좋은 마사지사 여러 명에게 전신 마사지를 받은 듯한 모습으로. "정신 차리고 일어나세요, 공주님!" 에블린은 이렇게 호령하고는 스위치 하나를 켰다. 레이저 광선 같은 햇빛 한 줄기가 창문을 통해 쏟아져 들어왔다.

타오이는 눈을 꼭 감으며 새끼를 낳고 있는 고양이 한 마리처럼 울부짖었다. "나 아직도 메리디안 호인 거야?"

에블린이 침대 위에 풀썩 앉으며 말했다. "글쎄다. 어제 아주 대단한 밤을 보낸 사람이 누구더라?"

사실 타오이는 바닥이 약간 흔들리는 것을 눈치챘다. 지난밤 기억의 조각들이 다가왔다. 네이빈, 자크, 에블린과 춤췄던 것. 카나페를 엄청나게 먹었던 것. 스팀 샷도 엄청나게 마셔댄 것. 작별 인사도 하지 않고 사라지는 이사야가 복도를 가로질러 가는 모습을 슬쩍 보았던 것. 그리고 스팀 샷을 더 마셨던 것. 춤을 더 췄던 것. 야심한 시각, 이성을 잃고 바닷물 속으로 뛰어든 것까지.

에블린이 타오이의 발가락을 간지럽혔다. "저기요. 일어나시죠? 점심 먹으러 가자. 요 근처에 가보고 싶어서 찍어둔 멕시코 요리 전문점이 있어."

타오이는 겨우 침대에서 벗어나, 초록색 드레스를 티셔츠와 바지로 갈아입고서는 파라세타몰 두 알을 다운로드했다. 타오이는 가이아에서 밤을 보내는 것이 결코 좋지 않았다. 항상 메스꺼움이 남았기 때문이었다. 에블린은 사람 없는 배를 앞장서서 빠져나갔다. 대낮의 댄스 홀이 외로우면서도 약간은 초라해 보였다.

밖으로 나가자 해가 타오이의 머리를 강하게 내리쬤다. 항구 주변을 걷고 있는 사람들은 마치 보석의 원석 같았다. 너무 밝고 선명해서 똑바로 쳐다볼 수가 없었다. 에블린은 거의 들리지도 않을 정도로 아주 작게 콧노래를 흥얼거렸다.

타오이가 은글슬쩍 말을 던졌다. "누가 아주 기분이 좋으신가 보네."

"업로딩에 대해 아무도 말해주지 않은 특전이 몇 가지 있어. 숙취 완전 제로, 피곤함도 완전 제로라는 거. 나 다섯 시간 정도 잤는데 지금 완전 멀쩡하잖아."

"좋으시겠네요."

에블린이 웃으며 어깨를 툭 부딪혔다. "헤헤, 미안."

"네이빈이랑 자크도 오는 거야?"

"아니, 걔넨 식사한 지 이미 오래고 벌써 몰입형 세계로 가셨어들. 곧 끝날 때가 되기는 했어."

타오이와 에블린은 회색 판석과 함께 둥근 모양으로 깔끔하게 손질한 잔디 광장을 가로질러 걸어갔다. 사람들 몇 명이 잔디밭에 늘어져서 커피를 마시거나 테이크아웃 음식을 나눠 먹고 있었다. 멕시코 요리 전문점은 빨간 처마가 내려오고, 메뉴가 칠판에 적혀 있는 가판대였다. 스무 살이 채 안 되어 보이는 백인 아이 한 명이 카운터 뒤에 서 있었다. 에블린은 과카몰리가 들어간 치킨 부리또를 주문했다. 타오이는 메뉴를 쭉 훑어보고는 생선으로 만든 타코와 콩으로 만든 타코 중 뭘 선택할지 고민하는 중이었다.

둘은 주문한 음식을 받아 옆으로 넓게 뻗어 있는 나무 그늘 아래 둥근 잔디밭으로 가 주저앉았다. 타오이는 타코를 한 입 베어 문다. 혀 위의 할라피뇨와 양파 맛이 믿을 수 없을 정도로 바삭하고 신선하게 느껴졌다.

타오이는 상체를 뒤로 기울여 시원한 잔디 바닥에 팔꿈치를 대고는 에블린에게 질문을 시작했다. "로봇으로 적응하는 건 잘 되어 가시나요?"

"하하하."

"장난. 하지만 진지하게 묻는 거야. 괜찮아? 2주 전에는 엄청 힘들어 했…"

에블린이 말을 가로챘다. "너무 좋아. 정말로."

타오이는 그런 그녀에게 회의적인 시선을 보냈다.

"광고처럼 들릴 거 아는데, 진심이야. 업로딩이… 얼마나 대단한

지 그걸 다 설명할 수 있는 사람은 없을 거야. 완전 해방시켜 주거
든.”

“그게 무슨 뜻이야?”

“음, 고작 2주밖에 되지 않아서 여전히 알아가는 중이기는 한
데… 가장 먼저 느낀 건 내 모든 신체적 제약이 사라졌다는 거야.
피곤하거나 눈이 아프거나 할 때 하던 일을 멈추지 않아도 돼. 두통
이나 복통도 없고. 큰일 보러 가는 거나 생리하는 걸로도 걱정하지
않아도 돼. 화장실에 가지 않아도 되는 게 얼마나 좋은 건지 너는
모를 거야.”

타오이는 코웃음 쳤다.

“그래, 아마 그게 업로딩의 최고 장점은 아닐 거야. 하지만 장점
중에 꽤 높은 순위를 차지하는 건 맞아.” 에블린은 배를 깔고 엎드
려서는 짓궂은 미소를 보였다. “그리고… 업로딩 출시 전에 가이아
에서 하는 섹스도 장난 아니었던 거 기억하지?”

“내가 가이아에서 섹스하는 거 얼마나 싫어하는지 알면서. 뭔가
느낌이 안 와.”

“에, 진짜? 아마 잘 안 맞는 사람들이랑 해서 그런 걸 거야. 아, 농
담, 농담!” 그런 에블린이 갑자기 진지해졌다. “나 너무 가벼운가?
근데 사실대로 말할까? 솔직히 가장 좋은 점은 내가 자크랑 훨씬
더 가까워졌다는 거야.”

“그래?”

“모든 게 약간 달라 보인달까.” 에블린이 손에 흘린 과카몰리 한
덩어리를 핥고는 말을 이어갔다. “아마 뇌를 다시 연결하는 것 때문
인 것 같아. 기존의 관점을 가지고 있지만, 그 외에 새로운 관점들이

246

또 생겨나는 거야. 그러니까 자크를 더 잘 이해할 수 있게 되더라고. 자크가 세상을 보는 시선이라든지, 가장 작은 것들을 찾아서 결합하고, 그걸 새롭고 아름다운 것으로 확대하는 방식이라든지, 그게 자크를 그렇게 멋진 아티스트로 만들어 주는 거라든지. 그런 것들 말이야."

타오이는 다시 한번 코웃음 쳤다. "자크도 너를 더 잘 이해하게 됐대?"

질문은 타오이가 의도했던 것보다 약간 더 날카롭게 튀어나왔다.

"난 원래부터가 속이 훤히 들여다보이는 애였잖아. 너도 알잖아, 나 그렇게 복잡한 사람 아닌 거. 오랫동안 자크가 이런 나를 이해했다고 생각해."

"오랫동안 네가 바라왔던 거겠지. 그러니 분명 행복하겠지."

"응, 행복해."

"너희는 서로가 있어서 좋겠다."

에블린이 갑자기 일어나 앉았다. "너 대체 뭘 원하는 거야? 나한테 잔소리하고 싶은 거야?"

"아니야, 미안." 타오이는 음식을 만지작거리며 시선을 돌렸다. 왜 그렇게 말하고 있는지 자기 자신도 모를 노릇이었다.

"네 말이 약간 그렇게 들려서 그래. 나나 자크가 행복하기를 원하지 않는 것처럼."

"아니야, 그렇지 않아. 단지… 최근에 사람들을 믿는 게 힘들어서 그래. 모두 자기들이 행복하다는 걸 나한테 납득시키려고 헛소리하고 있는 것 같다는 생각이 들어서."

"맙소사. 그건 너무 자기중심적인 거 아니야, 타오이? 이런 말까지는 하기 싫었는데, 너 납득시키는 거에 관심 있는 사람 아무도 없어."

누그러지지 않은 에블린의 불쾌함이 타오이에게 고통을 줬다.

"이게 비단 나와 자크의 문제는 아니라고 생각해. 넌 내가 업로딩했다는 사실 자체에 화를 내는 거잖아."

에블린이 말하자마자 타오이는 에블린의 말이 맞다는 것을 깨달았다. 타오이는 입을 열었다 닫는다. 그리고 다시 입을 뗐다.

"에블린, 너 그렇게 많이 고민하지도 않았잖아. 날 조금 더 기다려주는 게 도저히 안 됐던 거야?"

"계속 도태되어 있으라고? 너처럼? 내가 오랫동안 고민하지 않았다는 걸 너는 어떻게 장담하는 건데? 너한테 내 결정을 판단할 자격은 없어. 네가 속으로 날 어떻게 생각하는지 이제 다 알겠다. 네 속마음, 네가 생각한 것보다 더 잘 보여. 너는 몇 년 내내 내가 자크를 애타게 그리워하는 걸 한심하게 생각했던 거잖아. 줏대도 없다고 말이야."

타오이는 톡 쏘듯 말했다. "너 지금 내 말을 왜곡하고 있어. 난 네가 줏대 없다고 생각하지 않아. 난 그저 네가, 네가 가끔은 현실에 안주한다고 생각했을 뿐이야."

에블린이 자리에서 일어났다. "이런 얘기 내가 더 이상 들을 필요는 없는 것 같다. 난 네 결정을 나의 잣대로 판단하지 않아. 원한다면 그럴 수도 있겠지만 말이야. 넌 네가 나보다 훨씬 낫다고 생각하고 있어. 넌 엄마랑 네이빈 간호하고, 그 빌어먹을 자연경관 투어에서 관광객들 안내하고, 다른 사람들이 진정성 찾는 걸 돕는 데에서 삶의 목적을 찾으려 했지. 넌 네가 다른 사람들을 안내하는 법을 알

고 있기에 너 역시도 길을 잃지 않는 거라고 생각하지? 근데 너 그
거 알아? 난 진짜 네가 누군지 전혀 모르겠어."

타오이는 울음이 터지기 직전이었다. 에블린과 알고 지내 온 그
몇 년 동안 둘은 싸운 적이 한 번도 없었다. 이렇게까지 싸운 적은
없었다. 네이빈과 다툴 때보다 훨씬 심각했다. 팔 하나가 떨어져 나
가는 듯한 느낌이었다. 타오이는 친구를 못살게 구는 자신에게 화
가 났고, 사람은 물론이고 모든 것에 복종하는 에블린에게 화가 났
고, 에블린을 현실 세계에서 빼앗아 간 빌어먹을 뉴로네티카—솜
너스에게도 화가 났다.

타오이도 벌떡 일어났다. 음식이 쏟아졌다. 결국 그녀의 시야는
흐릿하게 번져 반짝거렸다.

타오이가 간신히 떨리는 입술을 통해 쉰 목소리로 말했다. "가이
아, 로그아웃해줘. 당장."

에블린이 갈색 물방울 속으로 녹아들더니 사라졌다. 타오이는 시
스템이 더없이 행복한 망각의 상태 아래, 저 아래로 자신을 데려가
도록 내버려 둔다.

3부

발생, 정체, 그리고 변형

16

몇 달이 더 지난 뒤 네이빈은 가상 세계를 마음대로 조작하는 법을 익혔다. 그는 일본에서 온 '스파이!크008 Sp!ke008'이라는 새로운 친구에게서 배웠다고 설명했다. 그 친구는 '인터페이서스Interfacers'라는 그룹을 만들었다고 했다. 그 그룹은 정신과 가상 현실이 연결된 인터페이스에 대해 실험하고자 하는 사람들로 구성되어 있었다. 경이로워하는 듯한 목소리로 네이빈이 말했다. "스파이!크008이 정신과 가상 현실 사이에 있는 장벽을 너무 밀어서 장벽이 사라져 버렸대."

타오이는 '인터페이서'가 되려면 법적 이름에 글자가 아닌 문자를 꼭 넣어야 하는 건지 궁금했다.

네이빈이 말을 이어갔다. "사실, 정신의 가장 끝에는 환상이 있어. 내가 끝나는 곳과 세계가 시작되는 곳, 그 사이에는 경계가 없지. 일단 가이아에 대해서 속속들이 알 수 있게 되면 경계가 없다는 걸 무기체인 뇌로 확인할 수 있을 거야. 내 통제 영역은 이제 무한해.

천장이 사라지게 하고 싶거나, 꽃 한 무더기가 여기에 당장 자라나기를 바라면 그렇게 할 수 있다는 거야."

그러자 둘은 갑자기 금어초들로 둘러싸여 천장이 없는 방에 앉아 있게 되었다.

산들바람이 타오이의 목 뒤를 간지럽혔다. 부드러운 햇빛이 그녀의 피부에 얼룩지고, 꽃은 발그레한 따스함으로 빛났다. 참 웃기게도 타오이는 네이빈에게 자신이 가장 좋아하는 꽃이 왜 금어초인지 말한 적이 없다. 네이빈은 이 사실을 소름 끼친다고 생각할 것이다. 타오이는 어렸을 때 현실 세계의 금어초 한 다발이 시들어가는 것을 본 적이 있었다. 쪼그라든 꽃 머리가 인간 두뇌 미니어처처럼 줄지어 있는 모습으로 매일 조금씩 변할 때까지.

네이빈은 종종 타오이에게 언제 자기랑 함께할 거냐고 물었다.

그러면 타오이는 이렇게 말했다. "곧. 그냥 내 현실 세계 몸에 있을 시간이 좀 더 필요해."

그러면 네이빈은 윙크하며 대답했다. "준비되면 언제든지 와. 너무 오래 기다리게 하지는 말고."

타오이는 웃었다. 그녀는 나이 드는 게 멈춘 느낌이 어떤지 그에게 묻고 싶었다. 아마도 신체적인 변화가 느껴질 것이다. 뼈의 묵직함도, 3년 전에 삔 무릎에서 느껴지는 약간의 고통도, 눈알에서 느껴지는 피곤함도 더 이상 느껴지지 않을 것이다. 아니면 정신적인 변화가 느껴질지도 모른다. 계속해서 쇠퇴하거나 몰락하고 있다는 배경 인식에서 해방된 정신 말이다. 훨훨 날아 그 자체로 새로운 가능성이 되어버릴지도 모르는 정신.

"너 점점 더 로그인 안 하고 있잖아. 자크랑 에블린이 항상 네 안

부를 물어. 왜 우리랑 더 많은 시간을 보내지 않는 거야? 무슨 문제
있어?"

"아니, 전혀. 자크 생일 파티도 갔잖아, 기억 안 나?"

"그게 벌써 59일 전이야."

타오이는 팔로 배를 감쌌다. "나, 참. 지난주에 몰입형 세계도 갔
잖아."

"그렇긴 하지. 그런데 네가 별로 즐거워하는 것 같지 않았어. 네
가 우리랑 약간 동떨어져 있다고 생각하는 건지 궁금할 뿐이야."

네이빈이 손을 뻗어 타오이의 뺨을 만졌다. 청량음료의 탄산 거
품이 쉬익 하는 듯한 느낌이 그녀의 얼굴부터 목, 배까지 내려갔다.
둘은 지금 가이아 공간 속, 바닥도, 벽도, 하늘도, 고체 구조도 없는
둘만의 비밀스러운 버블 속이다. 네이빈은 타오이의 앞에 떠 있다.
빛을 발하며 광활하게. 새로운 시대의 반신반인으로. 타오이는 자
신의 발이 노를 젓고 있는 듯한 느낌을 받았다. 무언가 자신을 흔들
리지 않게 하려고 애쓰고 있는 것 같았다. 그녀는 자신이 끝나고 가
이아가 시작되는 단단한 가장자리를, 설령 그것이 환상일지라도 즐
기고 있다. 자신의 손톱과 발톱의 끝, 자신의 슬개골, 자신의 입에서
튀어나오는 단어들을.

"설마 그럴까. 그냥 모든 게 달라졌잖아. 난 그냥 익숙해지고 있
는 것뿐이야. 아무 문제 없어."

"생각해 봤는데. 내가 현실 세계로 너를 만나러 가는 게 어때? 네
가 항상 여기 오잖아. 공평하게 말이야. 정신을 드로이드에 로딩해
서 내가 아파트로 갈 수도 있어."

"그건 별로일 것 같아, 네이빈. 너무 사이보그 같잖아."

네이빈은 답했다. "그래, 그럼 준비되면 언제든지 와."

* * *

다시 텅 빈 아파트로 돌아온 타오이는 뉴스피드를 천천히 훑고 통계자료를 모았다. 대중이 업로딩 서비스를 이용할 수 있게 된 지 불과 6개월 만에 이미 30억 명의 사람들이 그 과정을 거쳤다. 그건 전 세계 중심 도시에서만 하루 1천 6백만 명 이상이 업로딩을 하고 있다는 뜻이었다.

타오이는 그 숫자에 경악했다. 사람들이 조금 더 기다릴 거라고 생각했던 그녀가 순진했던 것일지도 모른다. 미디어에서는 여러 논의와 논평이 계속되고 있었다. 그러나 타오이는 여러 개의 궤도가 결국 하나의 지점에 수렴하는 걸 보고 있다는 느낌을 받았다. 결국 의견의 차이와는 상관없이 모든 경로가 하나의 목적지에 다다르고 있다고.

이사야가 타오이에게 새로운 사진, 소식, 포럼 관련 포스팅을 보내왔다. 그는 자크의 생일 파티에서 만난 이후 오래 지나지 않아 그녀에게 연락했고 그렇게 둘은 산발적인 대화를 이어왔다. 네이빈이 이걸 알고 있다면 아마 모르는 척하는 것일 테다. 아니면 업로딩 이후의 네이빈이 걱정해야 할 것들은 더 크고 더 나은 것들일 테다.

2087년 7월, 이사야가 이제 호주에만 업로딩 센터가 2천 개 이상 된다는 신문 기사를 타오이에게 보내주었다. 이것은 곧 더 이상 업로딩을 위해 뉴로네티카—솜너스 본사에 갈 필요가 없음을 의미했다. 지역 메디센터에 천천히 걸어가 1만 달러 정도의 돈만 내면 아주 친절한 드로이드가 몸에서 정신을 추출해 주었다.

타오이는 여러 채팅방에서 자신에 대해 드러내지 않고 자신과 비슷한 사람들을 찾고 있었다. 유저들은 딜레마를 이야기하고 조언도 구하면서 자기 나라에서의 업로딩에 대한 정보를 공유했다. 사랑하는 사람들이 이미 가이아에 가 있는 사연을 이야기하는 사람들도 많았다. 어떤 이는 업로딩 비용 지원을 도우려는 개인 모금 행사, 커뮤니티 보조금, 자선 단체 관련 링크를 공유하기도 했다.

타오이는 그들에게 도움을 요청하고 싶었지만 마땅한 말이 떠오르지 않았다. 이미 업로딩한 파트너 이야기, 업로딩만큼은 하지 않을 거라던 엄마 이야기, 아니면 그저 자신이 가이아를 좋아하지 않기 때문이라는 식의 이야기는 꺼내고 싶지 않았다. 그녀의 마음속에는 더 복잡한 감정이 존재할 것이었다. 하지만 타오이는 자신이 무엇을 원하고 원하지 않는지, 지금 느끼는 감정이 무엇인지 정확하게 파악하기 어려웠다. 스스로의 감정을 신뢰할 수 없기 때문이었다.

결국 그 채팅방들도 그녀에게 더한 실망감만 안겨 주었다. 유저의 수도 줄었고 모금 행사는 거의 찾아보기도 힘들게 되었다. 어느 날 로그인한 타오이는 자신이 그 방에 유일하게 남아 있는 유저임을 알게 되었다. 그녀는 바로 로그아웃을 했다. 팽팽한 줄 하나가 목을 휘감는 느낌이었다.

* * *

하루는 네이빈이 예상치 못한 질문을 했다.

"우리 가족 만드는 게 어때?"

"가족?"

"아이 갖는 거 말야. 얘기했었잖아. 키네틱 랩Kinetic Laboratoreis에 우리 난자랑 정자 샘플도 있고. 요즘도 시험관이랑 인공 자궁으로 아이 가지는 커플이 많은 것 같더라고."

현실 세계의 진짜 아이라. 인류는 점차 변화하고 있지만 인간의 의식을 탄생시킬 수 있는 유일한 방법은 '번식' 뿐이었다.

"아이는 누가 키울 건데? 내가 가이아에 오지 않고 현실에서 혼자 키워? 인간인 엄마랑 아바타인 아빠로 살아? 아니면 아이를 바로 업로딩시키려고 하는 거야?"

"아직 논란이 많은 건 알고 있지만…"

이건 아주 일부분일 뿐이었다. 주요 국제 윤리 기구들에서 12세 미만 자녀를 둔 보호자에게 업로딩 동의권을 준 것이 불과 한 달 전이었다. 어린아이가 있는 가정에서 자녀의 업로딩을 미루다 해당 발표 이후 다 함께 업로딩하는 경우가 많았다. 12세~15세 자녀에 대한 동의권 문제는 더 복잡했다. 10대 아이들 대부분 자신의 업로딩에 동의하거나 거절할 수 있었다. 이들의 결정 능력은 사례별로 평가되어야 마땅했다.

또 다른 영역에서는 논란이 일어나고 있었다. 의사 결정력이 손상된 사람들의 업로딩 동의 문제가 그것이었다. 어린 아기나 청소년 자녀들을 업로딩하는 것에 대해 불편해하는 가정도 많았다. 아이들이 현실 세계에서 성장하기를 바라고, 더 나이가 들면 스스로 업로딩 결정을 할 수 있기를 바라는 것이다. 전 세계 심리학자와 교육자들의 주도 아래 '특수 보육원'이라는 집단 환경이 마구 생겨났다. 부모가 업로딩을 원치 않는 아이들이 키워지는 곳이다.

"나는 준비가 안 됐어, 네이빈."

네이빈의 눈이 초점을 잃었다. 이 눈빛은 그가 자신의 내면 그 너머를 보고 있다는 신호였다. 한때 그가 타오이에게 말했던 표현을 빌리자면, '표면 아래 데이터의 흐름에서 수영하고 있는 것'이었다. 그가 퉁명스레 말했다. "네 안에서도 싸우고 있는 거잖아. 네 두뇌 활동을 보면 알 수 있어. 네 대뇌 변연계가 엄청 활성화되어 있거든. 뭐가 걱정이야? 내가 여전히 네 아이의 아빠가 되었으면 하는 건 맞는 거야?"

"말도 안 되는 소리 마. 당연한 걸 왜 물어?"

"내 유전자 풀이 걱정되는 거야? 신장병 위험 유전자가 없는 정자 세포를 고를 수 있다는 거 너도 알잖아, 응?"

"알아."

"네 유전적 유산에 대해서도 마찬가지고. 우울증 기질이 최소한인 난자를 선택할 수 있어."

"응, 나도 알아. 그 기술 꽤 오래된 거잖아."

"타오이, 그게 평생 네 큰 두려움이었다는 거 알고 있어. 임신, 출산, 양육. 그게 우울증을 초래할 거라는 것도. 그러면서 네가 엄마가 될 거라는 것도. 그런데 지금은 훨씬 안전해졌어. 기분 변화가 임박하면 신경 과학 기술이 아주 빠른 조기 신호를 보내서 네가 재정비하게 도와줄 수 있게 됐다고. 걱정할 필요가 없다니까?"

타오이는 짜증이 몰려오는 것을 느꼈다. 하지만 그 짜증은 뭔가 초연하고 막연한 감정이었다. "말해 봐, 네이빈. 왜 아직도 번식해야 한다고 생각하는 건데? 인간은 이제 죽지 않잖아. 그러면 번식은 꼭 필수도 아닌 거고. 그렇다면 이기적인 욕망으로 하는 것밖에 더 돼?"

이번에는 네이빈이 더 빠르게 되받아쳤다. 너무 빨라서 타오이가 따라잡을 수도 없게. "전에는 그럼 다를 게 있었어? 언제는 이기적인 욕망에서 태어나지 않은 것들이 있기는 했었냐고."

타오이는 시공간의 버블 안에서 굴렀다. 네이빈에게서 벗어나 몸을 비비 꼰다. 하지만 그녀의 정신에는 벽이 없어서 모든 것들의 경계가 명료하지 않았다.

"일단 생각해 볼게, 네이빈."

* * *

메모리 속 타오이는 열아홉 살이었다.

그는 이사야와 함께 포트 더글라스에 있는 먼지 가득한 거리를 내려가고 있었다. 이 메모리를 재생해서는 안 된다는 걸 잘 안다. 하지만 이곳에 오기 위해 리비전의 10년 치 데이터를 모두 스캔했다. 일단 메모리가 재생되면 이전의 몸으로 이동할 수 있었다. 타오이는 그 당시 몇 년 동안 기록을 많이 하지 않았었다. 하지만 이 심은 거의 두 시간 동안이나 이어졌다. 다른 수많은 평범한 기억 중에서 하필이면 왜 이 기억인 걸까. 기분 탓이거나 우연이었음이 틀림없었다.

다른 투어 가이드 세 명이 이사야와 타오이보다 몇 발자국 앞서 걸어가고 있었다. 모두 근무를 쉬어서 함께 시내에 놀러 가기로 한 날이었다. 아마 몰입형 세계를 탐험하러 가거나 마사지를 받으러 가는 중일 것이다. 다른 가이드들은 일하다가 본 게 다다. 수다쟁이 젊은 영국 여자 '올리비아'. 외향적인 타입인 '마티아스', 항상 진지하고 무표정인 철학과 학생 '수닛'과는 2년 동안 투어 일을 함께 했다.

타오이는 옆에 있는 이사야를 슬쩍 바라봤다. 그의 흰 피부는 바닷가에 뜨는 여름 해로 바짝 탔다. 그의 코 능선과 광대뼈는 햇볕에 타서 빨갰다. 그는 챙이 넓은 모자에 볼품없는 카키색 보호 재킷을 착용하고 있었다. 후줄근한 모자와 재킷이 그가 패션에는 거의 신경 쓰지 않는 사람임을 여실히 드러내고 있었다.

이사야는 타오이의 시선을 느낀다. 그리고 그의 입가가 올라간다.

올리비아는 네온 야자수가 디스플레이 윈도우를 밝히고 있는 데이 스파 한 곳에 멈춰 섰다. 오리엔탈 부티크 앤 스파. 그 이름은 핑크색 필기체로 적혀 있었다. 홀로그램이 스파에서 어떤 서비스를 제공하는지 알려줬다. 매니큐어, 페디큐어, 기계로 강화된 마사지사가 하는 근육 이완과 테라피 마사지.

넷은 그 안으로 들어갔다. 타오이의 눈썹 위 흘러내린 땀이 하나의 막처럼 굳어 있었다. 베트남 억양을 가진 아주 젊은 여자 한 명이 카운터에서 그들을 반겼다. 부티크 앞쪽에는 피부 미용사들이 손님의 손발 쪽으로 상체를 수그려 칠하고, 다듬고, 광내고 있었다. 그 뒤에는 손님 한 명이 의자에 기대어 누워있었으며 인공 팔을 단 여자 한 명이 그의 어깨를 주무르는 중이었다.

올리비아와 마티아스는 매니큐어와 페디큐어 관리를 원했다. 수닛은 테라피 마사지를 받고 싶어 했다. 그 셋이 각각의 휴식 공간으로 안내받을 때 이사야와 타오이는 뭘 고를지 생각 중이었다. 카운터 뒤의 여자는 손을 가지런히 모으고 인내심 있게 기다렸다.

이사야가 둥글둥글하게 말했다. "전에 페디큐어 관리를 받아본

적이 한 번도 없어서요."

여자가 웃었다. "받을 만하실 거예요. 남자분들도 많이 하시거든요."

"저는 그냥 목 마사지만 받을게요. 타오이, 너는?"

타오이는 카운터 뒤 여자를 힐끗 봤다. 그러자 그녀는 행복이 완연한 표정의 방향을 타오이에게로 돌렸다. 여자의 담올리브색 피부는 오른쪽 광대에 더 어두운색으로 난 초승달 모양의 흉터로 인해 돋보였다. 타오이보다 어려 보였는데 머리에는 검은 단발머리 가발을 쓰고 있었다. 나이 든 세대들이 아직도 좋아하는 스타일이니 그럴 법했다. 인견으로 만든 여자의 블라우스는 시간이 지나면서 넥라인이 부드럽게 헤져 있었다. 그곳을 따라 수놓아진 꽃무늬 장식이 돋보였다.

타오이는 그 상처가 궁금했다. 어렸을 때 넘어져서 울타리 기둥이나 벽돌로 된 바닥에 부딪혀 볼이 찢어졌던 것일까? 화가 머리끝까지 나면 손에 잡히는 대로 아무 물건이나 던지던 아빠의 흔적인 것일까? 그것도 아니면 출생 점과 같은 양성 종양이 그녀의 아름다움에 불완전함을 더해준 것일까?

타오이의 시선이 다른 미용사와 마사지사에게 이끌렸다. 청년부터 중년까지의 여성들. 모두 남아시아나 동남아시아 사람이었다. 타오이는 올리비아의 발을 씻겨 주던 젊은 미용사의 손톱이 깨져있는 것을 보았다. 그리고 그녀의 이가 누런색이라는 것도 발견했다.

이사야가 타오이를 바라보며 말했다. "타오이? 괜찮은 거야?"

"난 그냥 밖에서 기다릴까 봐. 다 끝나면 연락해."

타오이는 곧장 문으로 향했고 메인 미용사는 이사야를 마사지 의자로 안내했다.

20분 뒤, 이사야는 근처 카페테리아의 위잉거리는 에어컨 아래 테이블에 구부정하게 앉아 있는 타오이를 발견했다. 거의 입도 대지 않은 아이스 커피 안에는 아이스크림 한 덩어리가 녹아 있었다. 청소 드로이드를 제외하면 카페테리아는 텅 빈 모습이었다. 이사야가 타오이의 맞은편 의자를 꺼내 자리에 앉았다.

"어땠어?"

이사야는 목을 이쪽저쪽으로 폈다. "글쎄, 아직도 아파서 정신이 좀 혼미해."

타오이는 애써 미지근하게 웃어 보였다. "다른 사람들도 거의 끝났을라나?"

"아니, 아직 하고 있을 것 같아. 그런데 뭐 마시고 있는 거야?"

타오이는 맞은편으로 커피를 밀어줬다. "너 다 먹어."

이사야는 아이스크림을 한입 먹고 다시 스푼을 찔러 넣어 놓았다. "너 정말 괜찮은 거 맞지?"

타오이가 의자에서 꼼지락거렸다. 누군가 그녀에게 그렇게 자연스럽고도 부드럽게 뭐가 필요한지 묻는 것이 이상했다. 썩 좋지만은 않았다. 마치 이사야가 그녀의 피부를 벗기고, 손가락으로 그녀의 심장을 찌르는 것만 같았다. 타오이는 아랫입술을 깨물고는 머뭇거렸다.

이사야가 조용히 말했다. "불편해서 그런 거라면 이해할게."

하지만 이사야의 말이 모두 맞는 말은 아니다. 사실 타오이는 불편하지 않았다. 오히려 그 반대였다. 갑자기 너무나 편안해졌었다. 마사지샵에서 착실하고 실용적인 태도로 각자의 일을 하고 있던 그 여자들은 그녀의 언니일 수도, 친구일 수도, 동창일 수도, 사촌일 수도 있는 사람들이었다. 그리고 어쩌면 타오이일 수도 있었다.

이사야가 타오이를 아무리 이해하려 노력해도 그는 그런 타오이의 죄책감을 절대 이해할 수 없을 것이다. 아무도 가지 않는 사찰, 놓쳐버린 대화, 타지 않은 비행기. 타오이는 이런 사소한 상황의 변화들이 자신을 다른 시간대로 몰고 갈 수도 있었다는 걸 잘 안다. 백인 남자와 대화하는 대신 거품 푼 대야 앞에 무릎을 꿇고 그의 발을 씻겨주는 일. 타오이가 이러한 다른 궤도 위에 있지 않은 것은 순전히 그녀의 운일 뿐이었다.

타오이는 이사야의 마음에 되살아났으나 이번에는 멀리 떨어져 시뮬레이션을 통해 그를 바라봤다. 열아홉 살의 타오이는 그에게 다시 웃어 보였다. 그리고 그 생각을 혼자 간직했다. 살면서 그 누구도 마치 보호하고 연구해야 할 대상처럼 그녀를 그렇게 사려 깊은 눈으로 바라본 적이 없었다. 그때보다 나이가 든 타오이는 어린 이사야의 표정을 통해 어떤 사랑이 있었음을 본다.

그는 도중에 시뮬레이션을 끊었다. 무더운 카페테리아에서, 포트 더글라스에서, 이사야에게서 빠져나왔다. 그녀의 거실이 다시 구체화된다. 몸을 감싸던 소파, 어두운 벽, 희미한 빛. 타오이는 앉아서 부들부들 떨고 있었다. 리비전은 영상 녹화와 음성 녹음만 할 수 있었다. 그러나 타오이에게는 오랫동안 아이스 커피의 맛과 그녀의 팔을 누르는 이사야의 손가락에서 묻어나던 머뭇거림이 느껴졌다.

그리고 그녀는 그 시뮬레이션을 지워버릴까 생각했지만 차마 그렇게 하지 못했다.

17

다윈이 해고되고 오래 지나지 않은 시점이었다. 트루 U는 '휴먼 퀘스트HumanQuest' 라는 다국적 대기업과의 합병 예정 소식을 발표했다. 현재 근무 중인 모든 트루 U 직원들은 합병 즉시 사실상 휴먼 퀘스트의 컨설턴트인 '퀘스터Quester'가 될 것이다. 그들은 더 이상 사람들이 자신의 의미를 찾기 위해 돕는 업무는 하지 않게 된다. 아니, 사실 퀘스터의 역할은 그보다 훨씬 더 광범위하다.

한때는 소중한 의미의 조각들을 찾기 위해 아바타의 생애 콘텐츠를 샅샅이 살폈었다. 그러나 이제 그 알고리즘은 범국가적인 업무 풀을 자세히 살피게 될 것이다. 거기서 찾아낸 업무들을 다양한 능력과 필요의 균형에 맞춰 퀘스터에게 할당하겠지. 퀘스터의 하루 업무는 새로운 몰입형 세계나 설계 특성에 관한 소비자 피드백 제공, 업로딩 관련 고객 상담, 모호한 자료 해석에 관한 알고리즘 지원까지 다양하게 주어질 수 있다.

타오이가 깨달은바 퀘스터가 하는 많은 일은 '측정'에 해당하는 일이다. 그들은 모든 것을 평가하고, 모든 것을 좋아하고, 관심을 주거나 관심을 거둔다. 이는 알고리즘에게 사람들이 무엇을 흥미롭다고 생각하는지, 무엇을 흥미롭다고 생각하지 않는지, 그리고 사람들이 특정 현상에 할당한 주관적인 가치는 어떠한지를 말해준다. 그리고 알고리즘은 이를 통해 어떻게 하면 모두에게 더 나은 가이아가 될 수 있을지를 파악한다.

타오이의 새 사무실은 '갈레나 지구'라는 곳에 있었다. 이곳의 모든 것은 반짝거리고 빛난다. 갈레나 지구를 설계한 이들이 모든 사람에게 이곳이 이제 막 새로 만들어진 곳이며 곧 최고의 지구가 될 곳이라고 알려주고 싶어 했기 때문이다. 매주 평일이면 타오이는 유리로 된 엘리베이터를 타고 사무실 블록이 있는 23층까지 올라갔다. 새로운 안내데스크 직원은 '월레스'라는 이름의 로봇이다. 그는 트렌디하지만 지루하다. 매일 똑같은 거북딱지 무늬 안경을 쓰고 트위드 재킷과 울 셔츠를 입는다. 다윈은 똑같은 옷을 두 번 입은 적이 한 번도 없었다.

월레스는 늘 변함없이 그녀를 따뜻한 미소로 맞이하며 숫자가 적힌 카드를 건네줬다. "좋은 아침이야, 타오이 링. 오늘은 204호로 가면 돼."

매주 월요일, 타오이는 월레스에게 주말을 잘 보냈느냐고 물었다.

"아, 너무 좋았지. 저 길 아래 있는 새로운 레스토랑을 가봤는데…" 그의 대답은 항상 광고로 이어졌다.

"느타리버섯 맛이 어땠는지 설명해 줄 수 있어?"

"아. 그건 확실히 말을 못 해주겠다, 타오이."

언젠가 타오이는 돌발 행동으로 그를 무너뜨릴 것이다.

타오이는 또 다른 엘리베이터를 타고 슬롯에 카드를 넣었다. 엘리베이터는 그녀를 그날의 사무실로 데려다주었다. 사무실 안에 들어서자 타오이의 맞춤형 데코로 가득한 방이 나왔다. 나무 책상, 보라색 안락의자, 하얀 램프, 폭포 소리가 울려 퍼지는 열대우림 전경까지. 주황색 금어초는 커피 테이블 위 점토로 만든 꽃병에 꽂혀있었다. 전혀 시들지 않았다.

타오이는 달력을 확인했다. 세 개의 일정이 예정되어 있었다. 오전 10시: 고객 상담. 오후 1시: 새로운 쇼핑 아케이드 관련 그룹 피드백 세션. 오후 3시: 서류 작업 및 메시지 발송. 고객이 누구일지 타오이는 궁금하다. 추가적인 고객 상세 정보가 없었다.

그녀는 자리에 앉아 메일함을 확인했다. 서른세 개의 긴급 피드백 서류와 사백일흔한 개의 비 긴급 피드백 서류가 대기중이었다. 네이빈이 보낸 세 개의 영상 메시지가 도착해 있었다. 그는 업로딩 이해관계자 모임에 가는 길이었다. '호주 아카데믹 소사이어티'에서 업로딩 이후 세계 문제를 논의하기 위해 마련한 자리였다. 그는 약간 긴장되지만 흥분되기도 한다는 사실, 그리고 퀸Queen의 음악을 듣고 있다는 사실을 그녀에게 알려주고 싶어 했다. 타오이가 말한 대로 버건디색 넥타이를 매고 있었다. 별안간 환승역에서는 엄마와 닮은 여자를 한 명 만났는데 엄마가 괜찮으신지 오늘 밤 함께 연락해 보자고 했다.

페블 가든 주택 단지에서도 메시지가 하나 와 있었다. 오전 9시 6분 기준 신이의 건강 상태에 대해 알려주는 내용이었다. 기분 점수 4점/10점 만점, 체온 36.9℃, 혈압 118/84, 심박수 96bpm으로 약간 상승. 모니터링 및 업데이트 예정.

* * *

고객이 도착했을 때 타오이는 다섯 번째 피드백 서류를 작성 중이었다. 빨간색 단발머리를 한 백인 여자가 모란과 오렌지꽃 향을 풍기며 사무실로 들어왔다. 그녀의 넓은 체구는 바스락거리는 라벤더색 정장 바지에 죄어져 있고, 어깨에는 디자이너 핸드백이 흔들리고 있었다. 그녀의 왼쪽 쇄골 아래에 타투 하나가 돋보였다. 꽃잎들이 겹쳐 있는 흰색 꽃.

타오이는 여자의 파란 눈에서 예전 고객의 무언가를 느낀다. "가르데니아?"

여자가 미소 지었다. "당신이 나를 알아볼 줄 알았어요."

"너무 멋있어요, 가르데니아!"

타오이는 진심이었다. 그녀는 금어초 주변에 자리한 안락의자로 가르데니아를 안내했다. 둘은 자리에 앉았다. 가르데니아는 그 어느 때보다도 차분해 보였다. 그 아바타는 그녀에게 잘 어울렸다. 손톱 위에는 매니큐어가 발라져 있고, 그 위에는 핑크색 별 파츠를 얹은 모습이었다. 가르데니아는 의자에 기대어 앉아 초록으로 가득한 주변을 감상하듯 둘러보았다. "인테리어 멋지네요."

"고마워요."

가르데니아는 헤어스타일이 괜찮은지 머리를 한 번 두드렸지만 머리카락은 한 올도 꼬여 있지 않다. "와. 지난번에 보고 1년이 훨씬 지나고 나서야 여기에 와보는 것 같네요. 찾느라 고생 좀 했어요. 새로운 회사에 새로운 위치라서. 그래도 타오이는 변함이 없네요."

"오늘은 어떤 게 필요하세요? 아바타 디자인이요?"

가르데니아는 다시 한번 웃으며 고개를 저었다. "아니요. 사실 이 모습으로 몇 달째 살고 있는데 꽤 행복하네요."

"듣던 중 반가운 소식이에요."

가르데니아는 더 부드러워진 목소리로 말을 이어갔다. "지금은 수지에 대한 생각을 거의 하지 않아요. 결국 다른 것들에 집중할 수 있게 된 거죠. 다시 투자 포트폴리오 쪽에서 일하고 있어요. 타오이한테 그때 도와줘서 고마웠다고 말하고 싶었어요. 제가 그 힘든 시간을 통과할 수 있게 도와줬으니까요."

타오이는 놀라움과 기쁨에 눈을 감았다. 트루 U가 사라진 이후에도 그녀는 가끔 가르데니아를 생각했다. 하지만 가르데니아가 자신을 버팀목으로 여길 거라고는 생각하지 못했고, 고맙다는 인사를 하기 위해 이렇게 찾아올 거라고는 더 예상하지 못했다. "별말씀을요."

가르데니아가 싱긋 웃었다. "새로운 파트너도 만났어요. 믿어져요? 타오이 앞에서 영원히 혼자 살 거라고 스무 번은 넘게 맹세했던 것 같은데. 그런데 결국 누군가를 만났네요. '아이리스'라는 사람이에요. 정말 멋진 사람이죠. 모든 게 수지와 있을 때보다는 훨씬… 평온해요."

"정말 잘 됐어요." 타오이는 기다렸다.

"사실, 물어보고 싶은 게 있었어요. 어제 옛날 물건들을 버리다가, 이걸 우연히 발견했거든요." 가르데니아는 핸드백으로 손을 뻗어 노란색 색종이로 접은, 그녀의 손바닥만 한 크기의 상자를 하나 꺼냈다. "이걸 어떻게 생각해야 할지 모르겠어요. 이해가 안 되더라고요. 종이접기에 대해서는 아는 게 하나도 없어요. 누가 저한테 줬던 것 같은데… 아무리 생각해 봐도 이것에 대한 기억이 전혀 나지 않아요."

타오이는 작은 색종이 상자를 받아 조심스레 뚜껑을 열었다. "안에 아무것도 없네요?"

"그러니까요."

"그럼 그냥 버리셔도 되잖아요."

"이상한데, 그렇게 못할 것 같아요. 뭔가 중요한 물건인 것 같달까." 타오이는 상자를 모든 각도에서 유심히 살펴 보았다. 두꺼운 종이의 바깥 표면에는 나뭇가지와 꽃 패턴이 금박으로 새겨져 있었다. 안쪽은 하얀색이다. "뭐가 의심스러운 거죠?"

가르데니아가 머뭇거렸다. "아마도 수지가 저한테 남기고 간 것 같아서요. 수지랑 함께했을 때 가지고 있던 오래된 물건들 속에 파묻혀 있었거든요. 제 생각에는… 수지가 어떤 메시지를 남긴 것 같은데 이걸 어떻게 해석해야 할지 도무지 모르겠어요."

"에필슨 사이버시큐리티에 보내보시는 건 어때요?"

가르데니아는 아랫입술을 지그시 깨물며 초조한 안색을 보였다. "사이버 보안 업체요? 아니요. 제가 믿을 수 있는 사람이 이 메시지 해석을 도와줬으면 해요."

타오이는 색종이 상자의 헐거워진 가장자리를 만지작거렸다. "제가 그렇게 해도 괜찮을까요?"

가르데니아는 고개를 끄덕였다. 타오이는 상자 가장자리 아래에 손가락을 밀어 넣고는 찢어지지 않도록 조심스럽게 상자의 옆면과 주름을 하나하나씩 폈다. 그리고 사각형으로 펼쳐진 종이를 테이블 위에 올려 두고 평평하게 만들었다.

그러자 그녀의 사무실 바닥과 벽이 휘청거리며 작아지기 시작했다. 어느덧 가르데니아와 타오이는 푸른 바다가 내다보이는 부두 위에 서 있었다. 가르데니아의 눈과 똑같은 색의 푸른 바다였다. 타오이는 매슥거림과 한 차례 씨름해야 했다. 가르데니아는 타오이의 맞은편에 서 있었는데 역시나 놀란 듯 보였다. 차가운 바람이 그들을 가르자 가르데니아는 얼음장 같은 손으로 옷깃을 눌렀다.

타오이의 숨이 턱 막힌다. "여기가 어디죠?"

"잘 모르겠어요. 가이아 공간은 아닌 것 같은데."

둘의 목소리가 이상하게 울렸다. 타오이는 자신의 인터페이스와 메타 데이터에 접속해 보려 했지만 시스템이 응답하지 않았다. 그녀는 아래를 내려다봤다. 사각형으로 펼쳐진 색종이 상자가 부두에서 오도 가도 못하고 심하게 흔들렸지만 왜인지 날아가지는 않고 있었다. 타오이가 상자를 집어 든다. 그리고 색종이가 접힌 부분을 따라 손가락을 움직이다가 다시 그 움직임을 발견한다. 타오이는 사각형을 다시 상자 모양으로 접고 그 위에 덮인 뚜껑을 열었다.

안에는 분홍색 색종이로 접은 나비가 한 마리 있었다. 타오이가 그 나비를 꺼내자 아코디언처럼 생긴 나비의 몸통이 커지면서 그녀의 손바닥에 요란하게 자리 잡고 앉았다. 나비가 날개를 파닥인다.

가르데니아가 나직이 물었다. "이게 뭐죠?"

가르데니아는 날개 끝을 잡아 나비를 집어 올리고는 접힌 부분이 완전히 펼쳐질 때까지 잡아당겼다. 그러자 푸른 바다가 양쪽으로 쭉 늘어나더니 두 사람 주변에서 서서히 사라졌다. 부두는 그들의 발치에서 점점 더 작아진다. 눈 깜짝할 새에 구역질 나는 자유 낙하가 이루어졌다.

이제 둘은 광활한 평원 위에 서 있다. 짓밟힌 노란 잔디가 저쪽 지평선까지 뻗어나가 비구름으로 음울하게 축 처진 하늘과 만난다. 수백 미터 떨어진 곳을 바라본다. 거대한 스피커와 네온 조명이 둘러싼 공연 무대 하나가 그곳에 있었다. 구름이 번개를 만들어내기 시작하자 공연 무대가 그에 걸맞은 모습으로 깜빡였다.

그때, 가르데니아가 말했다. "기억나요. 2085년, 그린필즈 뮤직 페스티벌. 수지랑 갔던 곳이에요."

타오이는 분홍색 사각 종이가 이전 모양의 흔적을 그대로 간직한 채 둘의 발밑에서 흔들리고 있는 것을 발견했다. 그녀는 조심스레 그 종이를 다시 접어 나비로 만들었다. 색종이를 반으로 접으니 날개가 되었다. 작은 붉은색 색종이 장미 하나가 마치 한 방울의 피처럼 떨어져 나갔다.

가르데니아는 콩만 한 크기의 장미를 찾을 때까지 길게 이어지는 잔디밭을 샅샅이 뒤졌다. 그리고 당혹스러운 듯 엄지와 검지로 그 꽃을 집어 자신의 눈높이까지 들어 올렸다. 천둥소리와 함께 구름이 뻥 뚫린다. 빗방울이 너무나 거칠게 그녀의 피부를 때리면서 얼굴에 들이친다. 타오이는 숨을 쉬기가 힘들었다.

가르데니아가 말했다. "뭔가 잘못된 것 같아요."

"계속하고 싶으세요?"

가르데니아가 얼굴을 찡그렸다. 작은 색종이 장미꽃을 다시 펼치기 위해 가장자리를 찾을 때까지 만지작거렸다. 하늘에서 비구름이 떨어지고 공연 무대가 하나의 생일 축하 카드처럼 펼쳐지며 노란 잔디가 죽은 짐승의 털처럼 어두워지는 장면이 펼쳐졌다. 타오이의 몸이 풍경과 함께 떨려온다. 타오이는 자기 자신이 펼쳐지는 것을 느낀다. 중심부에서 피부가 떨어져 나가 결국 마지막 몇 방울의 비가 되어버리는 것을 알아차린다.

* * *

타오이는 처음 보는 침실에 서 있었다. 구석에 자리 잡은 싱글 베드가 보였다. 꽃무늬 침대 시트, 테디 베어, 반짝이는 쿠션이 가지런히 정리된 모습으로 말이다. 축 늘어진 빨간색 안락의자에는 옷이 무더기로 쌓여 있었다. 벽은 20년 전 몰입형 세계 인기 배우들의 포스터를 붙여 장식한 모습이다.

"가르데니아?"

타오이는 방에 혼자였다. 문 쪽으로 가로질러 가서 은색 손잡이를 잡았다. 하지만 꼼짝도 하지 않았다. 그녀의 심장이 약간 더 빠르게 뛰기 시작했다.

이때 어떤 소음이 타오이를 뒤돌아보게 했다. 조금 전까지만 해도 분명 침대에는 아무도 없었는데, 지금은 10대 여자아이 한 명이 큰 대 자로 누워 있었다. 열일곱 살이 채 되지 않은 듯 포니테일로 높게 묶은 길고 검은 머리카락. 볼에는 여드름이 가득한 여자아이다. 눈부시게 파란 눈동자는 구식 리비전 모델의 노예가 되어 초점이 없는 상태였다. 발목에는 타투가 하나 있었다. 꽃잎들이 겹쳐 있는 흰색 꽃 타투.

"가르데니아?"

답이 없었다.

타오이는 침대로 다가가며 심하게 뛰는 심장을 진정시켜보려 했다. 가까이 다가가자 소녀의 무표정한 얼굴 위로 눈물이 쏟아져 내리는 것이 보였다. 가이아에게 지금 로그아웃해달라고 한다면 로그아웃이 될까? 만약 제대로 작동하지 않는다면? 타오이는 너무 두려워 시도할 수조차 없었다.

타오이는 침대 가장자리에 걸터앉고는 손을 뻗어 소녀의 손을 만졌다.

소녀는 빨갛게 충혈된 눈을 깜빡이더니 타오이에게로 시선을 돌렸다. "누구세요?"

"제 이름은 타오이예요. 당신과 함께 이곳에 왔어요."

"그러면 여기 있으면 안 되는 거잖아요."

"가르데니아, 여기가 어디죠?"

소녀가 고개를 돌렸다. "그 어떤 곳도 아니에요. 당신은 여기 들어왔으면 안 됐다고요. 뭐 때문에 온 건데요?"

"당신이 나한테 도와달라고 했어요. 그래서 오게 된 거예요."

"저는 도움 따위 필요 없어요."

"이거 당신의 과거인가요?"

"아니니까 꺼져요."

"그럼 현재인 건가요?"

소녀는 타오이에게서 팔을 확 빼냈다. "저기요. 멍청한 질문 그만하세요. 하면 할수록 더 크게 실수하는 거니까. 전 가르데니아가 행복할 수 있도록 이 방에 있는 거예요. 당신이 그렇게 많은 걸 질문하면 이 모든 게 다 허물어진다고요. 알겠어요?"

타오이는 두 손을 모았다. 그녀의 시선은 제 갈 길을 잃었다. 작은 빨간색 사각형 색종이 한 장이 그녀의 발밑에 있었다. 접혀 있던 장미가 다 펼쳐진 모습으로 말이다. 그건 그녀가 이곳을 빠져나갈 수 있는 출입증 같은 것이기도 했다.

타오이는 다시 뒤돌아 소녀를 바라보았다. 소녀는 떨리는 어깨와 함께 두 손으로 얼굴을 덮고 조용히 울었다. 타오이에게 이상한 감정이 소용돌이쳤다. 혐오감과 두려움, 그리고 애정. 그녀는 낯선 충동으로 소녀의 팔목을 잡고 얼굴에서 떼어냈다.

소녀의 얼굴에 공포감이 스쳐 지나갔다. 타오이는 한순간 무언가를 보았다. 알아보고, 기억한다는 것을. 타오이는 소녀의 손목을 놓아주는 순간 뒤로 넘어졌다. 방에 걸린 포스터가 바뀌어 있었다. 팝스타들이 일반인으로 변한 것은 물론이고 클로즈업한 수지의 얼굴이 성난 비명과 함께 일그러져 있었다. 수염을 기른 한 남자의 털북숭이 팔이 위로 올라가 있었다. 공격 직전의 모습이었다. 더 나이 들어 보이는 다른 남자의 눈 흰자위는 핏줄이 가득 터져 새빨갰다. 그는 벨트를 마치 장검인 듯 하늘 높이 든 모습이었다.

타오이는 침대에서 내려왔다.

하지만 말을 제대로 할 수 없었다. "미안해요. 그냥 돕고 싶었어요." 소녀는 구석으로 물러나 무릎을 세우고 팔로 감쌌다.

타오이는 호소했다. "이건 옳지 않아요, 가르데니아. 내가 당신을 데리고 나갈 수 있게 해 줘야 해요. 이 공간을 해체해야 한다고요."

소녀 가르데니아가 잠시 타오이를 바라보았다. 타오이는 몇 초 동안 그녀가 동의할 것이라고 생각했다. 하지만 그때 가르데니아가 고개를 저었다. "이게 더 나아요."

"더 나은 방법들은 많아요."

소녀는 다시 한번 더 세게 고개를 저었다. "아니요. 당신이 틀렸어요. 이미 시도해 봤다고요."

"함께 해 볼 수도 있잖…"

"싫다고요!" 소녀는 침대에서 일어나 타오이 앞에 섰다. "더는 싫다고요. 당신이 도와주려는 건 알지만, 내 몸으로 사는 게 어떤 건지 당신은 모르잖아요. 그러니까 나한테 이래라저래라 할 권리가 당신한테 있다고 생각하지 말아요. 알겠어요? 난 여기 머무를 거예요. 바로 여기에요."

둘은 얼굴을 마주하고 있었다. 둘 다 몸을 떨면서.

이제 가르데니아는 샐쭉한 얼굴로 말했다. "당신은 여기 들어와서는 안 됐어요. 아무도 여기에 들어와서는 안 된다고요."

타오이는 천천히 몸을 숙여 빨간 사각형 색종이를 집었다. 그리고는 침대 가장자리에 앉아 다시 접기 시작했다. 소녀는 그런 그녀를 본다. 타오이는 손을 멈췄다.

"마음을 바꿀 수 있는 마지막 기회예요."

소녀는 입술에 침을 바르더니 다시 한번 거절했다. 리비전에 불이 켜지고 그녀의 눈은 이미 초점을 잃었다. 그녀가 어깨너머로 중얼거렸다. "상자를 파괴해요."

타오이는 마지막 접기를 완료한다. 소녀가 안에 있는 채로 방이 위로 올라갔다. 타오이도 거의 딸려 올라갈 뻔했지만 그녀는 방을 가로질러 카펫이 벽과 만나는 선까지 달렸다. 그곳이 가장자리였다. 타오이는 그 가장자리를 넘어 밖으로 나갔다. 방이 작은 상자로 줄어들어 그녀의 손바닥에 꽉 움켜쥐어져 있었다. 타오이는 조각조각 나뉜 코드의 소용돌이 속에서 이리저리 던져지고 있었다. 그러다 갑자기 낮은 소리의 팝과 함께 눈에 보이지 않는 벽을 뚫고 나갔다. 또다시 그녀의 발아래에 있는 바닥이 보였다. 그녀의 사무실에 깔린 검은색 대리석 바닥이었다. 엉덩이 아래 안락의자 쿠션이 느껴졌다. 그녀의 손바닥에는 다소 칙칙하고 평범해 보이는 처음 봤던 색종이 상자가 완벽하게 접힌 채 놓여있었다. 가르데니아. 풍채 있고, 빨간 머리를 하고, 정장 바지를 입은 가르데니아가 맞은편 의자에 앉아 걱정스러운 표정으로 타오이를 보고 있었다. "저기, 괜찮아요? 타오이. 당신이 잠깐 사라졌었어요."

타오이는 아무 말도 꺼낼 수가 없었다. 자신의 사무실이 주변으로 뚜렷하게 굳어졌다. 나무 책상, 열대우림, 영원히 죽지 않는 금어초. 그렇다, 그녀는 탈출했다.

"무슨 일 있었어요? 우리 그린필즈 페스티벌에 있었는데. 그게 제 기억의 다예요. 뭐 다른 거 찾은 거 있어요?"

타오이는 여전히 비틀거리면서 맞은편에 있는 그 여자를 바라봤다. 가르데니아는 빛을 발하고 있었다. 여태껏 타오이가 봤던 그 어떤 때의 그녀보다 완전하고 더 밝게. 타오이는 방에 있던 소녀에 대해 생각했다. 타오이가 상자를 파괴한 거라면 그 소녀도 사라진 걸까? 아니면 그 상자는 가르데니아가 존재하는 한 닿지 않는 안전한 곳에 숨겨져 존재하게 될 공간으로 향하는 열쇠일 뿐인 걸까.

타오이가 색종이 상자를 손으로 꼭 잡으며 말을 꺼냈다. "막다른 곳이었어요. 가르데니아의 예전 브이로그와 기억들 일부가 뭉개져 섞여버린 오류였어요. 업로딩된 정신에서 가끔 이런 현상을 보곤 해요."

"아, 심각한 오류인가요?"

"그렇지는 않아요. 허락하신다면 저희 기술팀에 의뢰해 이 사건을 기록해 놓으려고 해요. 기술팀에서 엉켜버린 것들을 최대한 풀어낼 거예요. 가르데니아의 기억이나 생애 콘텐츠에는 어떤 지장도 없을 거고요."

"당연히 허락이죠. 이상하게 뭉개진 수지에 대한 제 기억을 기술자가 좀 풀어줬으면 좋겠네요. 선택권이 별로 없잖아요, 저에게는. 그렇죠?"

"음, 웜홀을 저렇게 내버려 두면 나중에 분명 걸림돌이 될 거예요."

"그러면 안 되죠. 그 상자에서 그 빌어먹을 오류 좀 제거해 주세요, 그럼."

타오이는 관련 문서 서식을 가르데니아에게 보내고 가르데니아는 거기에 서명했다. 그리고는 일어나서 모든 문제를 해결해 준 타오이에게 감사의 인사를 했다. 그녀는 타오이의 볼에 입맞춤한 뒤 꽃향기를 살랑거리며 떠났다.

타오이는 책상 의자에 털썩 앉아 색종이 상자를 손끝으로 계속해서 돌려봤다. 여러 가지 생각으로 만들어진 세계를 탐험하는 것이 점점 더 지쳐갔다. 가르데니아 혼자서 그 색종이 상자를 펼칠 수 있지 않았을까? 아니면 그녀의 두려움이 그걸 불가능하게 만든 건 아니었을까? 가르데니아는 타오이에게 그 상자를 맡기면서 그녀의 마음속으로 들어갈 수 있는 터널을 내준 것이었을까? 타오이는 처음에 자신이 가르데니아의 과거가 투영된 곳으로 들어가는 문을 지났다고 생각했다. 하지만 지금은 가르데니아의 마음속 저 아래까지 내려가 그녀의 부서진 무의식까지 파고들었던 것이었다고 생각한다. 마치 침입자가 된 느낌이었다. 가르데니아의 침실 벽 액자에 걸려 있던 짐승 같은 인물 중 또 다른 한 명이 된 것 같은 느낌.

온통 펼쳐져 있는 나무와 폭포 소리 사이에서 타오이는 홀로 불신에 압도당하는 중이었다.

* * *

이사야는 그녀에게 경계 설정 방법을 알려주는 사람이었다.

이사야가 설명했다. "친구한테 배웠어. 그 친구가 거의 매일 밤 이걸 하더라고. 특히 몰입형 세계나 스팀 바를 갔다 온 날에는 더더욱. 가끔 가이아에 있는 것만으로도 회로가 고장날 수 있잖아. 뭐, 어떤 건지는 알겠지만."

타오이가 리비전으로 보고 있는 사람은 현실 세계의 이사야였다. 그는 나무 벽 앞의 낡아빠진 소파에 앉아 있었다. 그는 말하면서 머리카락, 수염, 콧등, 눈가를 문질렀다. 긴장한 듯했다. 타오이는 그 친구가 왜 경계 설정을 중단했는지 이유를 묻고 싶었으나 정답은 안 봐도 뻔했다.

"지금까지 나도 몇 번 시도해 봤는데 네가 좋아할 것 같더라고. 너한테 도움이 될 거야. 네가… 대처하는 데에."

이후 타오이는 매일 밤 경계 설정을 했다. 아마도 하루 중 그녀가 가장 좋아하는 시간일 테다. 경계 설정이란 가이아에 로그아웃하라고 명령한 후 무게감이 그녀의 몸으로 쏟아지기를 기다리는 일이었다. 떨어지는 느낌이, 정지된 듯한 느낌이, 타는 듯한 느낌이, 가려움이, 점차 사라짐이, 그리고 나서 듀럭스 씨 노트색이 그녀의 시야에 살포시 다가오는 바로 그때. 그녀의 연결이 완전히 끊기기 직전인 그때 가이아에게 멈추라고 명령했다.

그녀는 그렇게 가이아와 현실 세계 둘 중 그 어느 곳도 아닌 희미한 경계를 맴돌았다. 의식이 반 깨어 있는 채로 매달려 온몸 구석구석 희미한 뉴젤의 차가움을 느꼈다. 하지만 그 어떤 것도 현실 같지 않았다. 그러다 보면 거의 아무것도 느낄 수가 없게 되었다. 많은 것을 볼 수도, 들을 수도, 맛볼 수도 없었다. 그렇게 지각이 결핍된 곳으로 가라앉는다. 더없이 행복한 이 '부재'의 세계로.

얼마나 오랫동안 경계 설정을 했는지 파악하기는 힘들었다. 간혹 그녀는 뉴젤에 흠뻑 젖어 감각이 없는 상태로 깨어나 자신이 몇 시간 동안 표류하고 있었는지 알게 됐다. 그다음에는 두려움과 함께 메일함을 열어 네이빈과 친구들에게서 온 빌어먹을 메시지 스무 개정도를 확인했다. 처음에는 다들 걱정했다. 하지만 지금은 그들 모두 타오이의 느린 답장에 익숙해져 있었다.

이사야는 9월에 업로딩한 이후 그녀에게 메시지를 보내지 않았다. 그는 그녀에게 말도 없이 업로딩을 했다. 업로딩하고 첫 주에는 아카데믹 센터에 있는 카페테리아 구조가 바뀌었는데 음식 카운터부터 음료 기계, 그리고 다이닝 테이블까지 이어지는 흐름이 비실용적이라며 손으로 그림을 그려가면서까지 그녀에게 불만을 쏟아냈었다. 가상 공간에는 대기 행렬이 없을 거라고 생각하겠지만 그렇지 않아. 그다음 주에는 짧은 메시지 하나뿐이었다. 타오이, 내가 결국 굴복했다는 걸 알려줘야 할 것 같아서. 나 디지털 계몽 상태에 도달했어, 결국. 미안해.

타오이는 그 메시지를 두 번 읽고 지워 버렸다. 그리고 리비전 데이터를 쭉 스캔해서 포트 더글라스 시뮬레이션도 함께 지웠다.

18

시끄러운 경고음이 타오이를 안개 속에서 끌어냈다.

그녀는 자신의 몸속을 표류하다가 젤에서 튀어나왔다. 호흡이 불안정해 헐떡거리는 중이었다. 날카로운 현실 세계가 아프게 느껴졌다. 그녀는 도넛 스티커에 시선을 고정했다. 그녀에게 걱정하지 말라고 말하는 그 도넛에. 명랑 만화에 나올 법한 도넛이 온전한 정신을 유지할 수 있게 하는 가장 단단한 닻이라는 것은 무슨 의미일까.

뉴팟에서는 여전히 경고음이 울리고 있었다. 사타구니가 따뜻했다. 그녀는 아래를 내려다보았다. 뉴젤의 색이 이상했다. 더러운 늪지에서나 볼 수 있는 검붉은색. 충격에 빠진 그녀는 허둥대다가 겨우 일어나 앉았다. 뉴팟의 가장자리가 그녀의 등 뒤를 찌른다. 사지가 우뭇가사리만큼 커지려 했다.

어두운 붉은색 방울들이 표면으로 올라오더니 수련 한 송이처럼 퍼져나갔다. 자신이 피를 흘리고 있다는 것을 깨달은 타오이의 몸을 한 차례의 어지러움이 휩쓸고 지나갔다.

타오이가 간신히 말을 꺼냈다. "가이아, 어떻게 된 거야?"

하지만 그녀가 있는 곳은 가이아가 아니었다.

뉴팟은 뉴젤을 흘려보내고 세심하게 신경 써서 타오이의 몸을 씻고 말려주었다. 타오이는 조심조심 밖으로 나왔다. 다리 사이에 손 하나를 넣어 본다. 손을 빼자 피로 번들거리는 손가락이 보였다.

천장에서 치지직 하는 소리가 들렸다. 써니였다. "타오이 님, 가장 가까운 곳에 있는 테레사에 진료 예약을 잡아드릴까요?"

타오이가 아주 작게 대답했다. "응, 고마워."

* * *

타오이는 메디센터까지 걸어가기로 했다. 고작 역 한 개 떨어진 곳인데 열차를 기다리는 것은 어리석은 짓인 듯했다.

타오이는 몇 달 동안 바깥세상에 나가기 위해 차려입는 과정을 거치지 않았으나 머리를 면도하고 이를 닦는 행동은 자동으로 돌아왔다. 무거운 재킷 직물이 그녀의 피부를 할퀴었다. 타오이의 에어 필터 마스크에서 약간의 불쾌한 냄새가 났다. 아마도 새로운 것으로 바꿔야 할 때가 온 것 같았다.

보통은 필요 없는 생리대가 집에 있을 리 만무했다. 그녀는 속옷 위에 생리대 대신 화장지를 깔고 있었다.

복도에는 사선으로 쬐는 옅은 햇빛에 티끌이 떠다녔다. 타오이가 신은 부츠가 두꺼운 먼지 더께를 밟자 그 아래에 있는 회색빛 타일 조각이 드러났다. 타오이는 엘리베이터를 타기 위해 센서 패드에 손을 흔들었다. 처음에는 반응이 없었다. 그러나 몇 번의 시도 끝에 결국 쇠가 부딪치는 소리와 함께 엘리베이터가 도착했다. 그녀는 1층으로 내려가면서 플라스틱 포장지, 찢어진 종이 상자, 그리고 주사기가 배열된 한 점의 정물화를 곰곰이 생각해 본다.

"좋은 하루 보내세요, 타오이 링 님!" 경비 드로이드가 큰 소리로 인사했다. 그녀는 로비를 지나 방열문을 통해 나갔다.

바깥의 열기는 거의 타오이를 쓰러뜨릴 정도였다. 타오이는 리비전을 확인한 후 북동부 방향으로 출발했다. 차는 한 대도 없었지만 차도로부터 멀찍이 떨어져서 걸었다. 도시에서는 과일이 썩는 냄새와 타는 연료의 냄새가 났다. 그녀는 도로 위 크게 갈라진 틈을 넘어 한때 화려했던 사우스게이트 단지의 상점과 음식점들이 나올 때까지 걸었다. 이제는 사람 하나 없이 텅텅 비어 있는 바와 음식점의 모습에 그녀는 입을 쩍 벌렸다.

산책로 가장자리를 걸었다. 투사되어 보이는 가짜 야라 강이 여전히 흐르고 있었다. 인위적으로 배치된 바위 위로 폭포처럼 흐르는 깨끗한 물과 상쾌한 포말, 그리고 그 쏴 하는 행복한 소리는 한 치의 변함도 없다. 강 반대편, 하늘과 맞닿아 있는 도시의 윤곽선은 마치 탁한 하늘을 배경으로 잘라놓은 한 장의 종이 같았다.

타오이는 호주 시민권을 신청하러 이 도시에 엄마와 왔던 날을 기억한다. 그녀의 열네 번째 생일로부터 정확히 일주일 전이었다. 시민권 담당 공무원은 타오이의 서류를 검토하면서 열두 번도 넘게 그녀의 생일을 확인했다. 그 후 정전이 일어나서 열차 운행이 멈췄다. 그래서 신이와 타오이는 야라 강 쪽으로 걸어 내려가 몇 시간 동안 팔짱을 끼고 발걸음을 맞춰 산책했다. 타오이는 한창 성장기 때라서 엄마보다 키가 5센티미터는 더 큰 모습이었다. 신이는 밝은 태양에 맞서 눈을 가늘게 뜬 채로 많이 웃었다. 타오이 스스로 신이와 가장 가깝다고 느꼈던 순간이 바로 이때였다.

벤치에 앉은 둘은 운동 유니폼을 입은 10대 소녀 다섯 명과 중년의 코치 한 명이 카누를 강으로 밀고 있는 것을 보았다. 소녀들은 쓰레기가 흩어져 있는 여울 속을 철벅거리며 들어가면서 꺄악 하고 소리를 질렀다.

신이는 코웃음 쳤다. "별일을 다 하네. 부유한 집에서 특권을 가지고 태어난 애들만 이런 일에 시간도 낭비할 수 있고 그런 거야."

타오이는 카누 바닥이 물 위로 뜰 정도의 거리까지 간신히 밀어내는 그들을 바라보았다. 그들은 한 명씩 카누 위에 올라탔고 누가 흔들릴 때마다 더 소리를 질렀다. 코치는 너무 시끄럽게 하지 말라고 나무랐지만 소녀들은 개의치 않았다.

타오이가 말했다. "재밌나 봐요."

신이는 다시 한번 코웃음 쳤다. "저런 호주 여자애들처럼 될 거라고 생각하지 마."

다섯 번째 아이가 카누에 올라타자 카누가 다시 한번 아래로 가라앉았다. 곧이어 강바닥에 부딪히고는 좌초됐다. 난리를 피우던 소녀들은 서로에게 걸려 넘어졌고 갈색, 검은색, 하얀색으로 드러난 그들의 사지는 온 데 엉켜 있었다. 타오이는 부러움에 무력해졌다. 그 소녀들은 주변 공간뿐 아니라 그들의 몸이 점유한 공간도 소유하고 있었다. 그렇지만 타오이는 시민권 담당 공무원의 책상에 가서 몸을 수그리고 백 장이나 되는 문서 서식을 작성해야 했다. 그녀를 외부인으로 치부하던 공무원의 눈빛이 스쳐 지나갔다.

그녀의 아랫배가 뒤틀리는 듯했다. 오래되고 더러운 야라 강은 사라졌고 눈부시고 새로운 풍경으로 교체됐다. 타오이는 이를 꽉 깨물고 고통이 잦아들기를 기다리다가 다시 사우스게이트 단지의 입구 쪽으로 비틀거리며 걸었다.

단지 안 공기는 그래도 참을 만한 이십몇 도 정도의 온도로 설정되어 있었다. 상점은 대부분 셔터가 내려가 있었다. 일부는 약탈당한 상태였다. 타오이는 한 상점 유리에 비친 자기 자신의 모습을 언뜻 보았다. 낙낙한 재킷에 벌레 같이 생긴 고글을 쓴 그녀는 마치 인간과 바퀴벌레가 섞인 잡종 같았다.

그녀는 아케이드를 따라 조금 더 걸었다. 네온 핑크 조명으로 밝혀진 메디센터가 보였다. 이곳은 단지 내에서 유일하게 여전히 운영하는 곳 중 하나다. 그녀는 안내데스크로 향했다. 한 기계가 타오이의 망막과 손톱을 스캔하고는 쭉 직진해 5번 진료실로 가라고 안내했다.

팔과 다리를 두는 쿠션이 올려진 리클라이너 베드 위쪽에서 테레사가 그녀를 기다리고 있었다. 깜박이는 직사각형 스크린 하나가 눈에 들어왔다. 베드에는 한 사람의 엉덩이만 딱 들어갈 만한 큰 구멍이 하나 나 있었다. 테레사가 부드러운 목소리로 말했다. "좋은 아침입니다, 타오이 링 님. 앉아주세요."

타오이는 한 발, 또 한 발을 옮겨 크게 나 있는 구멍을 피해 침대 가장자리에 머뭇거리며 자리를 잡았다.

"오늘은 무엇을 도와드릴까요, 링 님?"

타오이는 뉴팟에서 보았던 피, 아랫배가 뒤틀어지는 것 같았던 고통에 관해 설명했다. 테레사의 직사각형 얼굴이 정보를 처리하며 데이터 스트림으로 깜빡였다.

"증상을 들어보니 전형적인 생리 주기이신 것 같습니다. 몇 년 동안 생리를 전혀 안하셨었다고 하니 두려우실 수도 있을 거라는 생각이 듭니다. 어떤 이유에서인지 피임약 효과가 없어진 것이 아닐까 싶은데, 그동안 피임약은 잘 복용하신 건가요?"

"응, 매일 아침마다."

"지난 몇 주 동안 몸이 안 좋으셨나요? 설사, 구토, 열, 뭐 그런 증상은 없으셨고요?"

"없었어."

"피임약 복용을 한 번이라도 놓친 적이 없는 게 확실한가요?"

"없다고 말했잖아."

"아주 좋습니다. 피임이 잘 되고 있는지 확인하기 위해서 혈액 검사를 좀 할 건데요. 채혈에 다른 이유가 없다는 점도 분명히 알립니다. 호르몬 프로필을 작동시킬 거예요. 간혹 나이가 들면서 에스트로겐이나 테스토스테론 수치가 바뀔 수 있습니다. 골반 스캔을 했는데 비정상적인 종양이 있다면 제거할 거고요. 임신 가능성이 있으신가요?"

"제길, 아니"

"뭐라고 하셨나요?"

아니나 다를까, 타오이는 아무것도 모르는 척하는 테레사를 꾸짖듯 말했다. "아니라고 말했잖아."

"확실하신가요?"

"내 파트너는 수많은 양자 드라이브 뭉치에 별자리처럼 아무렇게나 흩뿌려진 0과 1의 조합이야. 여태껏 몰랐을까 봐 말해주는 건데, 난 여전히 육신이 있는 인간이고."

"알겠습니다. 최근 다른 형태의 성생활을 하신 적이 있으신가요? 인공 수정이라든지, 로봇과 성관계를 했다든지, 그런 거요."

"안타깝지만 없네."

"알겠습니다. 옷 벗으시고 베드 위에 편안하게 누워 주세요."

타오이는 여러 겹의 옷을 벗어 문 근처에 있는 선반 위에 올려 두었다. 그녀는 퉁퉁한 살을 움츠리지 않으려 노력하며 베드 위로 올라갔다.

"테스트 진행 중에는 몸을 움직이지 말아 주십시오."

타오이의 팔에 밴드가 하나 감기고 뾰족한 무언가가 그녀의 피부를 뚫고 들어갔다. 그녀의 혈액이 플라스틱 튜브를 타고 기계로 들어가는데, 혈액은 으깨진 포도만큼이나 진하고 짙어 보였다. 벽에서 아코디언 모양의 팔처럼 생긴 기계 하나가 나왔다. 그 팔이 두꺼운 놀이용 원반처럼 생긴 디스크 하나를 타오이의 골반 위로 들고 있자, 원반이 위잉 하는 소리를 내기 시작했다. 타오이가 꿈틀댔다.

"움직이지 마세요."

타오이는 숨을 참고 눈을 꾹 감았다. 기계는 계속해서 위잉위잉거리고 타오이는 별이 보일 때까지 숨을 참았다.

타오이가 숨을 터뜨릴 뻔한 순간 테레사가 말했다. "다 끝났습니다."

원반과 긴 지그재그 모양 팔이 벽으로 접혀 들어갔다. 타오이는 부들부들 떨며 보드라운 아랫배 위에 손을 올렸다. 기계의 열로 인해 아랫배가 따뜻했다.

"지금 옷 입어도 되는 거야?"

"네, 됩니다."

타오이의 속옷 엉덩이 쪽에 피가 새는 바람에 침대에 핏자국이 스며들어 있었다. 타오이는 머뭇거리며 속옷에 깔았던 휴지의 자리를 다시 잡고, 옷을 입으며 테레사의 인터페이스를 힐끗 훔쳐봤다. 무슨 말인지 그녀는 도저히 이해할 수 없는 용어들로 가득한 화려한 그래프와 수치들이 스크린에 흘러나왔다. 항뮬러관호르몬, DHEA. 성 호르몬 결합 글로불린. β—HCG.

"좋은 소식입니다, 링 님. 임신 가능성도 없고, 생식계에 비정상적인 종양도 보이지 않습니다."

"할렐루야네."

"링 님의 호르몬 수치는 모두 정상 범위 내에 있습니다. 피임 효과는 현저히 낮고요. 이걸로 봐서는 피임약을 몇 번 빼먹으신 거라고 할 수 있겠네요."

"아니, 약을 빼먹은 적이 절대 없다니까?"

"그렇군요. 아니면 간 신진대사 수치가 급등한 것이 원인일 수도 있습니다. 어떠한 경우든 치료는 쉽게 가능합니다. 링 님에게 새로운 조합으로 조제한 피임약을 처방했습니다. 첫 달 치에 대한 비용은 정부에서 지원할 거고요. 그나저나 다른 소식도 알려드려야겠네요. 예비 난자를 스캔해 보았는데 이 정도 수치면 수정 가능한 난자를 생산할 수 있는 기간은 앞으로 3년 정도일 겁니다. '키네틱 랩스'에 있는 링 님의 계정을 확인했습니다만, 보관 가능 난자의 4분의 1만 채워져 있더라고요. 여기에 난자를 한 세트 더 저장해 두시는 건 어떠세요? 이 기회를 잡으시기를 강력하게 권고하는 바입니다."

"강력 권고라고?"

"맞습니다, 링 님. 나이 든 난소에서 건강한 배란을 유도하기란 어렵습니다."

"너라면 어떻게 할래, 테레사?"

"제게는 난소가 없어서 말씀드리기 어렵네요, 링 님."

"공손하게 거절할게. 약은 앞에서 받으면 되는 거지?"

"네, 안내데스크에서 약을 가져가실 수 있습니다. 오늘 와주셔서 감사합니다, 링 님. 제가 또 도와드릴 게 있을까요?"

타오이는 대답 없이 5번 진료실에서 걸어 나왔다. 테레사가 여전히 떠들고 있는 것이 들렸다. "향후 며칠 내로 출혈이 멈추지 않는다면 바로 다시 한번 진료 예약을 잡아주세요…" 진료 기록 요약지와 진료비 영수증이 그녀의 리비전에 나타났다.

타오이는 핑크색 복도 쪽으로 다시 내려가 못쓰는 물건으로 가득한 안내데스크까지 걸어갔다. 기계가 타오이의 생체 정보를 다시 한번 스캔한 후 그녀의 계좌에서 약간의 돈을 빼 갔다. 한 차례의 우웅 거리는 소리와 꽝 소리가 나더니 투하 장치 바닥에 있는 쟁반으로 무언가 떨어졌다. 절반은 주황색, 또 다른 절반은 노란색인 피임약 30정. 한 정, 한 정에 날짜가 적혀 단정하게 늘어서 있었다. 타오이는 약 꾸러미를 집어 들었다.

그녀는 약 뭉치를 주머니 속에 깊게 쑤셔 넣었다. 메디센터를 나오면서 사방을 살폈다. 아마 다른 누군가가 주변에 있는 것만 같았다. 그녀처럼 뒤처져 숨어 있는 사람이. 아니면 잊혀진 드로이드라도. 하지만 거기엔 아무도 없었다. 정말 아무도…. 자유로운 캔 하나만이 탈탈탈 소리를 내며 아케이드를 구르고, 그녀의 등 뒤로 메디센터의 쾌활한 소리가 울렸다. "안녕히 가세요, 링 님! 곧 또 만나죠!"

* * *

그녀는 아파트로 돌아가 먼지 가득 묻은 옷을 땅에 무더기로 쌓아 둔 채 욕실로 향했다. 이마, 뺨, 턱에는 검은 때가 줄을 그리고 있지만 눈에는 옅은 원의 윤곽이 찍혀 있다. 물줄기 아래, 그다음에는 살균을 위해 자외선 아래 서 있었다. 사용 가능한 물의 양은 어느 때보다 빠듯했다. 귀 뒤에 여전히 먼지가 껴 있지만 씻어낸 것은 피뿐. 그녀는 몇 분 동안 거울 앞에 서서 헐벗은 두피 위를 손바닥으로 쓰다듬었다.

거실로 돌아갔을 때는 이미 도미가 그녀의 외출용 복장을 현관 옆에 있는 옷걸이에 깔끔하게 걸어놓은 상태였다. 그녀는 재킷 주머니에서 피임약을 한 정 꺼내 입에 넣은 뒤, 마른 입으로 그냥 삼켜 버렸다.

어떤 밤에, 그녀는 꿈을 꾼다.

그녀는 널찍한 복도, 다인종으로 이루어진 사람들이 천국의 문에 있는 천사들처럼 손을 맞잡고 있는 홀로그램이 등장하는 꿈을 꾼다. 오리지널 페이지 쓰리의 달 모양 귀걸이가 조각된 듯한 그녀의 볼을 두드리며 흔들리는 꿈을 꾼다. 네이빈은 반투명한 파일에 들어 있는 서류를 읽으며 춤을 추고, 그녀는 그를 잡고선 눈에 보이지 않게 운다. 울고, 또 울고 있는 빈방이 나오는 그런 꿈을 꾼다. 그 꿈에서 그녀는 그의 냄새를 완전하지는 않지만 맡을 수 있다. 그리고 그 느낌은 그 무엇보다도 끔찍하다. 그의 이름이 혀끝에 매달려 거의 입 밖으로 나오기 직전. 하지만 그녀는 어느새 그 말을 잃어버린다. 절대 다시 그 이름을 기억해 낼 수 없다는 것을 알고 있는 것만 같은 느낌이다. 아니, 그보다도 천 배는 더 끔찍하다.

그녀는 멋지고 깔끔하게 빼입은 미카가 뉴팟 위를 맴돌며 그녀에게 엄지손가락을 올려 보이는 것을, 그녀의 심장이자 삶인 네이빈의 몸이 마치 사냥꾼이 잡은 대단한 동물인 것처럼 이리저리 펼쳐져 빛나는 액체의 오수 속에 가라앉아 있는 꿈을 꾼다.

그때, 무언가 잘못된다. 컴퓨터가 한 차례의 경고음을 내뱉는다. 네이빈의 몸이 뻣뻣하게 굳는다. 그는 물이 부족해 헐떡이는 한 마리 물고기처럼 경련을 일으키며 들썩거린다. 길고 긴 진홍색 손가락에서 나오는 그의 피가 뉴젤과 뒤섞인다.

그녀는 비명을 지른다. 사람들이 수술실로 급하게 들어온다. 그 혼돈 속에서 바늘 하나가 네이빈의 혈관으로 들어가는 길을 찾는다.

관찰실 문이 열린다. 누군가 유유히 그녀에게로 다가온다. 실리콘 장갑에 모공 하나 없는 얼굴. 미카? 페이지 쓰리? 그게 누구든 중요하지 않다. 고무로 된 손 하나가 그녀의 팔뚝을 잡는다.

"미안해요, 타오이. 연결 오류가 있었어요. 그의 정신을 가이아로 이전하지 못했고, 그의 두뇌에서 구할 수 있는 게 아무것도 없네요."

아주 오래전에 느낀 공포가 그녀를 삼킨다. 그건 사람들 속에서 엄마와 동떨어져 길을 잃은 한낱 어린아이의 두려움이다. 차마 말로 표현할 수 없는 공포. 얼굴 없는 낯선 사람들의 홍수 속을 헤엄치면서도 사랑하는 사람을 알아보지 못하고, 미끄러지듯 지나쳐 돌아보지 않고 계속 나아가는 일이 쉬이 일어날 것이다.

19

소리 하나 나지 않는 조용한 시간. 메시지 하나가 그녀를 깨웠다.

침대 옆 탁상에 높인 리비전에서 알림이 울리고 있었다. 타오이는 어둠 속을 더듬어 친숙한 X자 물체를 손으로 집어 들었다. 그 물체는 마치 거머리 같았다. 착 달라붙어 털처럼 난 무수한 다리로 그녀의 관자놀이를 파고들었다. 강렬한 파란색 글자로 된 메시지가 깜박거렸다.

신이 링 님. 체온 38.1℃, 혈압 102/80, 심박수 125bpm으로 상승. 산소 포화도 92퍼센트로 낮음. 현재 보충 산소 공급 중. 페블 가든 주택 단지에 신속히 방문해 주시기 바랍니다.

혼미한 정신이 번쩍 깬 타오이는 재빠르게 일어나 꼿꼿이 앉았다. 희미한 조명이 천천히 켜졌다.

써니가 말했다. "좋은 아침이에요, 타오이. 알람이 울리기 전에 일어나셨군요. 다시 잠드실 수 있도록 명상용 음악이나 자연의 소리를 틀어드릴까요?"

침대 옆쪽으로 다리를 내리며 타오이가 물었다. "지금 몇 시야?"

"오전 4시 17분입니다."

"여기서 페블 가든까지 가장 빠르게 가는 방법이 뭐야?"

잠시 정적이 흘렀다. "다음 열차가 새벽 5시 20분에 있습니다."

"그렇게 오래는 못 기다려. 지금 당장 가야 해. 더 빨리 출발하는 열차는 없어?" 그녀는 잠옷을 벗어 던지고 새롭게 입을 옷을 찾아 서랍을 뒤졌다.

"말씀하신 경로의 다음 열차 출발 시간은 오전 5시 20분입니다."

"차는?"

"자동차로의 이동 시간은 26분 정도로 예상됩니다."

"그래, 좋아. 차 좀 한 대 불러 줘. 급해."

"지역 의회 규정에 따르면, 공유 차량 사용 등록을 하셔야 합니다. 지금 등록 서류를 보내드릴까요?"

"응, 당장 보내줘!"

책처럼 생긴 보라색 아이콘 하나가 그녀의 시야 구석에 나타났다. 그녀는 아이콘을 열고 세 장의 서식을 발견했다. 써니가 친절하게도 첫 장 빈칸 몇 곳에, 채워야 할 개인 정보를 미리 채워 놓았다. '요청 이유' 칸에 시선을 돌렸을 때 또 다른 알림이 그녀의 리비전에 울렸다.

신이 링 님. 체온 38.3℃, 혈압 94/76, 심박수 128bpm으

로 상승. 보충 산소 공급 중 산소 포화도 93퍼센트. 상태 불안정, 패혈증 가능성 있음. 페블 가든 주택 단지에 신속히 방문해 주시기 바랍니다.

"썅, 썅, 썅!" 욕설 세 마디가 '요청 이유' 칸에 헬베티카체로 나타났다. "아니, 안 돼! 지워줘!"

타오이는 따끔거리는 폴리에스테르 소재 상의와 커다란 구멍이 하나 나 있는 레깅스를 입으려 꿈틀대며 서식에 들어갈 내용을 스타카토처럼 똑똑 끊어 말했다. 레깅스를 반 정도 입은 그녀는 깡충거리며 욕실로 향했다. 어색하게 오줌을 누고는 손을 씻고 텁텁한 입을 헹군 뒤 얼굴에 물을 뿌린다.

"신청서가 긴급 상태로 제출되었습니다. 답변을 기다리는 중입니다. 커피 한 잔 만들어 줄까요, 타오이?"

"응, 그리고 신청서 승인 상태 좀 5초마다 확인해 줘."

"물론이죠."

커피머신이 돌아가기 시작했다. 그녀는 찬장에서 큰 형체 하나가 튀어나와 있는 것도 모르고 주방으로 돌진했다. 곧이어 그녀의 엉덩이가 딱딱한 가장자리와 충돌했다. 온몸이 고통으로 찌릿했다. 정체는 네이빈의 은퇴한 세척 기계 트레버였다. 타오이는 트레버를 차마 치울 수가 없었다.

"대체 넌 왜 여기에 있는 거야? 멍청한 기계들 같으니라고. 너희 일도 제대로 못 해?" 그녀는 찬장의 어둠 속으로 트레버를 다시 밀어 넣으며 으르렁거렸다. 트레버는 어둠 속에서 저쪽 멀리 있는 벽에 부딪혔다.

주방에 가서 커피잔을 들 때쯤 그녀의 얼굴은 눈물로 젖어 있었다.

신이 링 님. 최초 혈액 테스트에서 박테리아 감염된 것으로 나타남. 원인 불명. 추가 테스트 결과 대기 중. 상태 불안정. 페블 가든 주택 단지에 신속히 방문해 주시기 바랍니다.

"대체 빌어먹을 차는 언제 되는 거야?"

"타오이, 이제 막 신청서 검토가 끝났어요. 지역 의회에서 타오이의 비주얼 ID 유효 기간이 만료되었다고 하네요. 차량 요청을 승인받으려면 새로운 비주얼을 업로드해야 합니다."

타오이는 컵을 싱크대로 던졌다. 갈색 액체가 점들처럼 흩뿌려진다. 그녀는 생애 콘텐츠를 샅샅이 뒤져 자신의 최근 3D 사진을 찾았다. 사진을 서식에 첨부해서 제출한 뒤 욕설 섞인 세 마디를 다시한번 쓰고 싶은 충동을 꾹 눌렀다.

"타오이, 신청이 승인되었어요. 공유 차량이 5분 내로 1층에 도착해서 타오이를 데리고 갈 거예요. 안전하고 즐거운 여행 되세요."

* * *

공유 차량이 밝은 녹색 잔디와 플라스틱 장비 덤불을 돌아 페블 가든 주택 단지의 그림자를 지났다. 차 내부가 갑자기 어두워졌다.

차에서 내리자 쌀쌀한 공기가 타오이의 얼굴을 때렸다. 5월이지만 꼭 한겨울인 것만 같았다. 차가운 공기가 그녀의 콧속을 시리게 했다. 차는 소리 하나 없이 미끄러져 사라졌다.

그녀가 근처에 다다르자 단지의 유리문이 찰카닥하고 열렸다. 빛나는 간호사 드로이드 둘이 그녀를 퀴퀴하고 후텁지근한 복도 쪽으로 안내했다. 그중 하나가 그녀의 재킷과 글로브를 챙긴 뒤 따뜻한 음료가 필요한지 물었다.

"우리 엄마는요?"

다른 드로이드 하나가 횡설수설했다. "생각보다 오래 걸리셨네요, 타오이 님. 왜 이렇게 늦게 오셨나요? 신이 님은 기존 병실에서 중환자실로 옮기셨습니다. 상태가 악화되고 있어요. 신이 님의 혈류에서 박테리아가 검출됐습니다."

"무슨 조치라도 시작이 된 건가요?"

"테레사가 약물 주입을 진행 중입니다. 다만, 대장균 균주가 특히 표준 항생물질에 저항하고 있어요."

"그게 무슨 뜻이에요?"

"좀 더 강력한 항생제가 필요해서 주문해 놓은 상태입니다. 배달은 두 시간 내로 될 것으로 예상되고요."

"두 시간 씩이나요?"

"커피나 차, 아니면 핫초코 중 어떤 걸 가져다드릴까요?"

"엄마한테 데려가 주세요."

그중 한 드로이드가 그녀를 엘리베이터로 안내했다. 그녀의 리비전에 갑자기 알림창이 떴다. 네이빈과 에블린, 자크에게서 온 알림이다. 타오이, 엄마한테 무슨 일 있으시다는 소식 들었어. 괜찮은 거야? 우리가 도울 일 없을까?

타오이는 알림창을 치워버렸다.

엘리베이터가 움직임과 함께 위잉 소리를 냈다. 벽에 몸을 기대자 얼음과자 같은 유리 벽이 그녀의 등을 눌렀다. 드로이드는 금속 팔을 축 늘어뜨린 채로 아무 말 않고 타오이를 응시했다.

증환자실에 발을 들여놓은 타오이의 눈이 눈물로 뒤덮였다. 예상했던 것보다 심각했다. 신이의 작은 골격은 테레사 앞 베드에 대 자로 펼쳐진 모습이었다. 신이의 팔을 주입 밴드가 감싸고 있었다. 신이의 홀쭉한 얼굴은 산소마스크가 누르는 중이었다. 훤히 드러난 신이의 가슴에는 튀어나온 핏줄처럼 나 있는 선들을 따라 스티커가 다닥다닥 붙어 있었다. 또 다른 간호사 드로이드 둘이 침대 주변을 맴돌며 확인하고, 조절하고, 만지작거렸다.

타오이는 드로이드 하나를 밀쳤다. 드로이드는 날카롭게 쏘아붙였으나 타오이는 무시했다. 신이의 가슴에는 뼈가 다 드러나 있었다. 옅은 반점들이 가득했으며 닭살로 꺼끌꺼끌했다. 타오이는 침대 바닥에서 둥글게 말려 있는 담요를 펴서 신이의 여윈 몸 위를 덮었다. 드로이드 중 하나가 신이의 몸에 접근하기가 쉬워야 한다고 항의하면서 담요를 걷으려 했다. 타오이는 그런 드로이드의 금속 팔을 쳐냈다. 쳐내는 힘이 상당히 얼얼했다.

"엄마 추워요."

"그래도…"

"지금 당장 그 항생제 여기 가져와요. 아니면 당신 드로이드 모델 공장에다가 리콜하라고 평생 항의할 거니까." 타오이는 엄마의 손을 찾는다. 신이의 손은 드로이드의 손만큼이나 차가웠다. "엄마. 저예요. 내 말 들려요?"

신이가 꿈틀댔다. 그녀의 입술에서 약한 신음이 새어 나왔다. 이마는 식은땀으로 번들거렸다. 뻣뻣한 목에서 뛰는 맥박은 불안정하게 요동쳤다. 타오이는 테레사의 스크린을 올려다봤다. 체온 38.4℃, 혈압 88/56, 심박수 138bpm. 제대로 된 방향으로 가고 있는 것이 하나도 없었다. 이게 사실일 리 없었다. 신이는 이제 겨우 예순다섯 살이다.

타오이는 테레사에게 톡 쏘듯 말했다. "엄마 열이 너무 높은데 뭘 좀 해줄 수 없는 거야?"

차분한 테레사의 목소리가 콘솔에서 흘러나왔다. "이미 파라세타몰 주입 중입니다."

"산소포화도도 낮아."

"현재 공급 산소 유량이 최대입니다. 포화도는 안정됐습니다."

"그럼 혈압은…"

"패혈 쇼크 상태가 되지 않도록 약을 주입하고 있습니다."

타오이의 손바닥에 부드러운 압력이 느껴졌다. 신이의 손이 마치 쉬고 있는 새 한 마리처럼 타오이의 손 위에 얹혀 있었다. 타오이는 그런 엄마의 손이 흩어질세라 꼭 쥐었다. "엄마?"

바싹 마른 신이의 입술이 살짝 열리며 치석으로 노랗게 뒤덮인 마른 치아와 잇몸이 드러났다.

타오이는 신이 쪽을 향해 몸을 구부렸다. 담요의 표백제 향기와 신이의 몸에서 나는 희미한 시큼함, 이상하리만치 달콤한 뜨거운 숨결이 섞여 어지러웠다.

신이가 광둥어로 중얼거렸다. "걱정 마."

긴 시간 가스레인지 위에 둔 수프처럼 옅은 웃음이 타오이의 뱃속 저 아래에서부터 끓어오른다. 타오이가 달리 기대할 수 있었던 것은 무엇일까. 스크링클 아이싱이 올라간 도넛의 명랑한 이미지가 갑작스레 타오이를 스쳤다.

타오이는 신이의 가슴이 올라갔다가 내려가고, 또 올라갔다가 내려가는 것을 보고는 금세 안정됐다. 땀방울이 신이의 왼쪽 관자놀이 움푹 들어간 곳에 송골송골 맺혀 귓불로 향하는 선을 따라 흘러갔다.

네이빈에게 연락이 왔지만 타오이는 받지 않았다. 지금 당장 네이빈을 마주할 자신이 없었다. 열두 살 이후 만나지 않았던 이모에게서, 그리고 누구인지 모를 남자 한 명에게서 몇 개의 메시지가 더 와 있었다. 타오이는 자신의 상태를 '바쁨'으로 설정한 후 알림 설정을 꺼버렸다.

더 강력한 항생제는 6시 정각 직전이 되어서야 내부가 포일로 쌓인 절연 상자 안에 담겨 도착했다. 드로이드가 작은 유리병을 테레사에 끼워 넣자 주입 튜브가 옅은 노란색으로 변했다. 잠시 후 신이의 호흡이 차분해졌다. 체온은 최고점을 유지하다 떨어지고는 마침내 37.8℃로 안정됐다.

타오이는 베드 가장자리에 털썩 앉았다. 몸에서 새어 나온 아드레날린이 그녀를 지치게 만들었다. 인조 직물로 만들어진 담요가 그녀의 볼을 할퀴었다. 타오이는 자신의 손에 맞물려 있는 엄마의 손을 바라봤다. 타오이는 항상 엄마의 피부가 더 희다고 생각했었는데, 형광등에 비친 엄마와 타오이의 피부는 똑같은 갈색 색조를 띠었다. 가까이 들여다본 둘의 피부는 복잡한 하나의 패치워크였다. 가로선과 세로선이 아로새겨져 경계가 정해진 작은 삼각형들이 완벽한 모자이크를 이루고 있는 패치워크.

                              * * *

타오이는 사실 기계가 말해주기 전부터 알고 있었다. 그녀의 손바닥에 닿은 신이의 손가락이 실룩해지는 모양을 보고 느꼈다. 엄마의 입에서 나타나는 부드러운 생김새가 말해주었다. 오전 7시 43분. 더 독한 항생제가 예상 효과를 내지 못하고 있다고 테레사가 알렸을 때 타오이는 놀라지 않았다. 오전 8시 32분. 신이가 감염에서 회복될 가능성이 11.2퍼센트이고, 그 수치는 더 떨어지고 있다고 테레사가 말했을 때 타오이는 화도 나지 않았다. 그리고 2090년 5월 23일 오전 10시 10분. 신이가 사망했다고 테레사가 말했을 때 타오이에게는 아무런 느낌도 없었다.

오전 10시 15분. 페블 가든 주택 단지 관리자에게 영상 통화를 하자는 알림이 왔다. 40대 중반에 갈색 머리카락과 푹신한 이중 턱을 가졌으며 업로딩을 한 백인 남성이었다. 아주 큰 셔츠가 그의 어깨 위에 축 늘어져 있었다. 타오이는 그의 이름을 듣고도 바로 잊어버렸다.

"가족을 잃으셨다는 소식을 듣게 되어 정말 진심으로 유감입니다."

"갑자기 왜 이렇게 된 건지 도무지 이해가 안 돼요."

관리자가 화면에 보이지 않는 무언가를 힐끔거렸다. "진료 보고서를 보니까 어머님의 백혈구 세포 수치가 굉장히 낮았더라고요. 그게 감염에 취약하게 만든 원인이었던 것 같습니다. 박테리아가 혈류에 굉장히 빠르게 침투했고요. 그 단계에 이르면 회복이 어렵습니다."

"세포 수치가 왜 그렇게 낮았을까요?"

"테레사는 이게 약의 부작용이 아닐까 생각하고 있습니다. 항우울제 부작용이요. 정말 유감입니다, 티이 님. 저희도 이런 경우를 보기가 흔치 않…"

"타오이예요."

"죄송합니다, 타오이 님. 어쨌든 진료 보고서에 따르면 굉장히 보기 드문 부작용이라고 하네요. 물론 이유 여하를 막론하고 이 사건의… 전체 검시와 근본 원인 분석을 요청할 겁니다. 타오이 님은 약 제조사에서 재정적 보상을 받을 자격이 되실 거예요. 해당 건에 대한 진행 상황, 계속해서 알려드릴까요?"

"아, 네."

"저희가 연락드려야 할 다른 가족 구성원분들이 계신가요?"

"없습니다."

"또 궁금한 점 없으세요?"

타오이는 관리자의 둥글고 푸른 눈을 바라봤다. 눈 아래 있는 무거운 지방이 그의 눈을 더욱 두드러지게 했다. 그의 얼굴 전체가 흐릿했다. 중환자실에서는 리비전의 가이아 연결 속도가 느렸다. 당연하죠, 질척대는 얼간이 씨. 궁금한 게 없을 리가요. 왜 그러는 거죠? 이 공간은 뭐가 잘못됐죠? 정신을 컴퓨터에 업로딩할 수도 있는데, 왜 고장 난 몸은 고칠 수가 없는 거예요?

타오이가 대답했다. "없습니다."

"알겠습니다." 그는 헛기침을 했다. "음, 저희가 도와드릴 수 있는 것들이 있다면 알려주세요. 진심으로 위로의 마음을 전합니다. 티이 님. 아시다시피 페블 가든은 피드백과 칭찬, 불만에 항상 열려 있습니다. 제 비서가 티이 편으로 서류를 하나 보낼 거예요."

통화가 끝난 뒤에도 타오이는 오랫동안 중환자실에 앉아 있었다. 타오이는 엄마가 이런 식으로 돌아가실 것이라고는 생각도 하지 못했다. 살균된 병실 안 테레사 베드 위에서, 드로이드들에게 둘러싸여 엄청난 양의 약물을 주입 받으면서. 하지만 타오이는 자신이 무엇을 상상했는지 알 수 없었다. 이따금 신이는 자기 삶의 끝이 우울증은 아니었으면 한다고 강렬하고도 분명하게 말했다. 자신의 엄마가 돌아가셨던 것처럼 죽는 것을 원하지 않았다. 흔적도 없이 사라지는 것보다 살아있는 게 낫다는 믿음, 그 모든 희망을 버리지 않았다.

* * *

마침내 간호사 드로이드들이 중환자실로 돌아왔다. 그들은 끝이 중합체로 된 부드러운 손가락으로 신이의 팔에서 주입 밴드를 벗기고 가슴에 있는 스티커를 떼어냈다. 그리고 신이의 몸에 새 담요를 덮어줬다.

한 간호사 드로이드가 타오이의 손 위에 자신의 손을 올렸다. 피부의 느낌이 이상했다. 마치 한 마리의 죽은 물고기처럼. 차가운 금속 위로 탄력 있는 그물망이 펼쳐진 느낌이었다. 타오이는 움츠러들지 않으려 애썼다.

드로이드가 물었다. "시간이 더 필요하신가요, 타오이 님?"

타오이는 자신이 엄마의 핏기 없는 손을 아직도 꽉 잡고 있었다는 사실을 깨달았다. 그리고는 무언가를 잊어버린 것만 같은 공포심에 압도되었다. 타오이가 마지막으로 신이한테 갔던 게 거의 두 달 전이었을 텐데, 그들은 무슨 이야기를 했었을까? 왜 그렇게 사소한 것들에 대해 수다를 떨었을까? 타오이가 말했어야 하는 다른 것들이 너무나 많이 남아 있는데.

타오이가 답했다. "아니요, 괜찮아요."

"정말 괜찮으실까요? 시간을 좀 더 드릴 수 있는데요. 꼭 하셔야 하는 장례 의식이 있으실지 확인하고자 하는 겁니다. 어머님께서 해당 부분과 관련한 내용은 서류에 작성하지 않으셨거든요."

"아, 아니, 아니에요. 정말로 없어요. 하시던 거 마저 하세요."

타오이는 애써 엄마의 손가락을 잡아떼고 엄마의 손에서 본인의 손을 떨어뜨렸다. 타오이의 피부에는 선홍빛 피가 퍼졌지만 엄마의 피부는 여전히 창백했다. 타오이는 엄마의 얼굴을 억지로도 볼 수가 없었다. 그 생기 없는 찡그린 표정과 푹 꺼진 눈이 타오이의 시야 가장자리에 흐릿하게 남아 있었다.

타오이는 드로이드의 얼굴을 자세히 들여다보며 덧붙였다. "어제는 팔 쳐서 미안했어요."

"그건 제가 아니었지만 그래도 괜찮습니다. 힘드셨을 거라는 걸 이해해요."

그들이 신이의 몸을 싣고 나간 후 타오이는 신이의 방으로 안내받았다. 그녀는 중간 크기의 여행 가방에 신이의 개인 물건이 모두 넉넉하게 들어가는 것을 확인하고는 놀랐다. 신이는 대개 시설에서 나눠준 잠옷을 입고, 시설에서 공급한 세면도구를 사용했다. 타오이는 신이와 살던 버윅 아파트를 생각했다. 건조 음식, 요리 냄비, 잡지, 사진이 담긴 액자, 기념품, 오래도록 닫혀 있던 앤틱샵에서 찾아낸 가구까지. 놀라울 정도로 가득 채워져 있던 비좁았던 아파트를.

타오이는 신이가 물건을 보관해 놓았던 공간에서 희미해진, 그 옛날 '이북 리더기'를 발견했다. 신발 몇 켤레와 은색 지퍼가 달린 은은한 보라색 지갑도 있었다. 시간이 가면서 모서리가 헤진 어두운 녹색 커버의 수첩도 찾았다. 수첩의 얇은 페이지들에는 친숙하지 않은 손글씨로 중국어와 영어가 뒤덮여 있었다. 엄마의 깔끔하고, 가늘고, 기다란 글씨체가 아닌, 지저분하고 둥근 글씨체였다.

타오이는 이 모든 것을 그 여행 가방에 넣었다.

그리고는 침대에 앉아 황량한 방을 둘러봤다. 신이가 이곳에 오기 몇 년 전부터 이미 약해지고 있었음을 깨닫는다. "갑자기 죽는 사람들도 있고, 천천히 죽는 사람들도 있어." 신이는 그 말을 몇 번이고 했었다. 그 말이 무슨 뜻인지 타오이는 이제야 이해할 수 있었다.

타오이는 여행 가방을 뒤로 끌고 방을 나서 엘리베이터에 올라 1층 복도로 돌아갔다. 간호사 드로이드들이 그녀를 둘러싸고 그녀의 실외 복장 장착을 도왔다. 공유 차량을 불러줬으면 하는지 물어봤지만 타오이는 거절했다. 자기부상열차를 탈 생각이었다.

타오이가 마지막으로 페블 가든의 그림자를 걸어 나왔다. 정적인 회갈색 하늘이 그녀의 눈을 찔렀다. 태양은 마치 가이아에 있는 태양과 같이 무미건조하고 위조된 듯, 하늘에 반 정도 잠겨 너절한 빛을 뿜어내고 있었다.

열차로 향하는 길로 몸을 돌리자 타오이의 재킷 틈 안으로 차가운 공기가 손가락처럼 꿈틀거리며 들어왔다. 여행 가방은 도로 위를 달가닥거리고 털털거리며 굴러갔다. 타오이의 리비전은 이미 광고들로 엉겨 있었다. 장례서비스, 유골함, 나무 관, 생분해가 가능한 관, 환경을 생각한 매장 방식, 아름다운 추도 연설, 문화 자문, 사제,

목사, 스님. 앞으로 열두 시간 안에 구매하면 추가 할인을 받을 수 있다는 내용까지.

20

타오이는 가이아로 갔다. 그들이 그러기를 원했기 때문이었다.

"왜 너랑 같이 있지 못하게 한 거야?" 네이빈은 죄책감으로 괴로워했다. 그는 자신의 연락에 타오이가 답하면 현실 세계로 가는 채널을 열 수 있을 것으로 예상했다. 그렇게 되면 그는 타오이, 신이와 함께 그 중환자실에 머무를 수도 있었을 것이다.

"뭐라고 말해야 할지 모르겠어, 네이빈. 그건 다른 문제야."

네이빈의 얼굴 위 찡그린 모양이 더욱 깊게 새겨졌다. "나 최선을 다하고 있어, 타오이."

"나도 알아." 타오이는 그의 연락을 받지 않은 나머지 한 가지 이유를 말하지 않았다. 사실은 그가 필요하지 않았고, 그가 있어도 도움이 되거나 위로가 되지 않을 거라고 생각했다는 사실을. 스스로도 인정하고 싶지 않은 이유였다. "미안해."

"아니야. 사과하지 마. 내가 미안해."

네이빈은 타오이를 붙잡고 그녀의 눈썹에 입맞춤했다. 그러나 정작 울고 있는 사람은 타오이가 아니라 그였다.

에블린은 백합 한 다발을 들고 왔다. 둘은 함께 앉아 약간의 대화를 나눴다. 에블린은 너무나 아름다워 보였다. 옷깃을 스치는 비대칭의 갈색 헤어스타일에, 오른쪽 팔과 어깨, 손목까지 식물 타투가 그려져 있었다. 반면 타오이는 자신이 신발을 제대로 맞춰 신었는지도 기억나지 않았다.

에블린과 타오이가 20대 초반이었을 때였다. 에블린은 일이 끝난 뒤 버윅에 있는 타오이와 신이의 아파트에 갔고, 그 당시 신이가 셋이서 먹을 저녁 식사를 만들어 줬던 기억을 회상했다.

"그때 우리가 아직 그레이트 이스케입스에서 일할 때잖아. 나는 빌어먹을 관리 업무를 하고 있을 때였는데. 맙소사⋯ 그때는 모든 게 정말 단순했는데. 지금이랑 달랐지. 어머님이 진짜 맛있는 수프도 만들어 주셨었고. 왜 가끔 거기에 은행 열매 넣어서 만들어 주셨잖아. 그것 때문에 할머니 기억 많이 났는데."

중심은 밝은 분홍색으로, 끝은 긴 하얀색으로 이루어진 백합의 꽃잎들을 타오이가 어루만졌다.

"정말 따뜻한 분이셨어. 어머님이 내게 어떤 감정을 느끼게 해주셨었는지 아직도 기억이 나. 나를 바라보실 때면 '진짜' 바라보고 있다는 느낌이었어. 모두가 그렇게 할 수는 없는 거잖아."

엄마는 정말로 그렇게 따뜻한 사람이었을까? 타오이는 모두가 한 사람에게서 각기 다른 면을 본다고, 그리고 모두가 다른 사람들에게 각기 다른 모습을 보여주는 것이라고 생각했다.

에블린은 손수건으로 눈 안쪽 구석을 닦았다. 손수건을 뗐을 때는 아무것도 묻지 않은 채였지만. "진짜 돌아가셨다니 안 믿겨. 그리고 너한테서도 어머님 모습이 많이 보여.”

“그래?”

에블린은 약간의 쏩쓸한 미소를 지었다. “응, 어머님이랑 너. 둘 다 터프하고 도움 청하는 것도 싫어했잖아.”

타오이도 애써 웃어 보이려 했다.

“대화가 필요하면 나한테 말해. 뭐 대화하지 않고 그냥 노는 것도 좋고. 나는 할머니 돌아가시고 나서 몇 주 동안은 아무하고도 대화하고 싶지 않더라고. 필요하면 연락해. 언제든지. 알았지?”

타오이는 그러겠다고 약속했다.

아주 오랜만에 자크가 타오이와의 점심 식사를 위해 일을 내팽개치고 나왔다. 그는 타오이에게 가고 싶은 곳이 있냐고 물었다. 타오이는 잠시 생각했다.

타오이와 자크가 버설트 지구에 간 것은 굉장히 오랜만의 일이었다. 변한 건 아무것도 없었지만, 어두운 구조물과 고르지 못한 도로는 조잡하고 구시대적인 것처럼 느껴졌다. 그곳을 배회하고 있는 사람은 거의 없었다. 한, 두 명씩 짝을 지어 기분 좋게 걸어가는 몇 명만 있었을 뿐. 탄탄면 가게에 도착해보니 대기 줄도, 손님도 없었다. 최근 가게 평점이 타오이의 시야에 떠다닌다. 5점 만점에서 2.9점. 그 공간은 더 이상 유행이 아니었다.

가게로 들어서니 주방장이 이리저리 돌아다니고 있었다. 생김새도 이전과 똑같았다. 기름이 얼룩진 앞치마, 축 늘어진 볼, 축 처진 눈까지. 그들이 탄탄면 두 그릇과 칭다오 맥주 두 병을 주문하자 주방장은 뜨거운 국물에 면을 한 소쿠리 담아 기쁘게 내줬다.

자크는 벨벳 블레이저와 갈색 가죽 신발을 착용하고 있었다. 머리카락은 눈썹에서부터 머리 뒤로 말끔하게 넘어가 있었다. 지난번 이곳에 왔을 때보다 자크는 훨씬 나이 들어 보였다. 그런데 그가 젓가락으로 감은 면 한 무더기를 입에 쑤셔 넣자 타오이의 눈에 젊은 자크의 모습이 다시 보였다.

자크가 말했다. "정말 유감이야. 뭐라고 말해야 할지를 모르겠어."

"괜찮아. 나도 뭐라고 말해야 할지 모르겠는걸."

둘은 긴 맥주병으로 건배를 한 후 꿀꺽꿀꺽 들이켰다. 그러고는 햇빛으로 얼룩진 운하 너머를 내다봤다.

"어머님은 왜 업로딩 안 하신 거야? 우리 부모님은 하셨는데."

"그냥 엄마의 결정이었어. 업로딩을 원하지 않으셨지. 오래 살기를 바란 적이 없었다고 하시더라고."

"그게 온전히 어머님의 결정이었다고 생각해? 아니면, 어머님의 우울증 때문이었다고 생각해?"

"온전히 엄마의 결정이었다고 생각해."

"네가 어머님을 설득하려고 더 노력할 수도 있었을 텐데."

타오이는 자크를 바라봤다.

자크는 말을 번복했다. "아, 아니. 내가 말을 잘못했어. 그렇게 말하는 게 아니었는데."

"진심이야, 자크?"

"미안해. 진짜 말도 안 되는 말이었던 거 인정해."

"자크. 다른 모든 사람이 네가 세상을 보는 방식과 똑같은 방식으로 세상을 보지는 않아. 네가 인생에서 가능한 많은 것을 헤치고 나아가려고 노력하는 사람이라는 건 알아. 하지만 어떤 사람들은 그저 살아남을 수 있기만을 바라는 사람도 있다고. 알아?"

생각에 잠긴 자크는 손가락으로 맥주병 입구를 더듬었다.

"잊어버려. 넌 이해할 수 없을 거야."

"알겠어."

자크는 장례 계획이 어떻게 되는지 물으며 신이를 위한 몰입형 추도 연설을 만들겠다고 말했다. 그는 신이의 생애 콘텐츠에 있는 이런저런 것들을 통합해 실제로 인격화할 수가 있었다. 타오이는 아무것도 입에 넣지 않고 볼 안쪽만 잘근잘근 씹으며 자크에게 생각해 보겠다고 말했다.

마침내 가이아에서 쏟아져 나와 빈 아파트로 흘러나온 타오이는 그제야 안도감을 느꼈다.

* * *

예배당은 서른 명 정도의 사람이 들어갈 수 있을 만한 크기였다. 그러나 타오이는 오는 사람이 있다고 하더라도 그렇게 많지 않을 거라고 예상했다. 타오이가 장례식을 현실 세계에서 아무런 상호 작용 요소 없이 일방적인 라이브 스트리밍으로 진행하겠다고 이야기하자 친구들이 항의했다. 심지어 존재하는지도 몰랐던 사람들에게 메시지 두 통을 받기도 했다. 자신의 사촌이라고 주장하는 젊은 남자에게서 온 메시지 하나, 그리고 온 가족의 친구였다고 주장하는 여자에게서 온 메시지 하나. 타오이는 둘 다 무시했다. 진정 신이를 신경 쓰는 사람들이었다면 신이가 죽기 전에 방문했었을 것이었다.

장례식 책임자인 '이반'이 예배당 앞쪽에 플라스틱으로 된 설교대와 천이 씌워진 테이블 하나를 설치했다. 타오이는 그 테이블 위에 용이 그려진 꽃병을 뒀다. 그녀에게는 꽃병의 입구를 막기 위해 찍어낸 특별한 병마개가 있었다. 타오이는 맨 앞쪽 신도석에 앉기 전, 청동으로 된 꽃병 표면에 잠시 자신의 손을 올렸다 뗐다.

예배는 11시 정각에 시작하기로 되어 있었다. 하지만 15분이 지나도 오는 사람이 없었다. 이반은 통로 중간 쪽으로 몸을 기울이고, 타오이에게 얼마나 더 기다리기를 원하는지 물었다. 타오이는 리비전을 벗고 그에게 바로 진행해 달라고 이야기했다.

이반은 그의 크고 흰 손을 연설대 옆에 올려 둔 채로 타오이가 쓴 추도문을 읽었다. 읽기 시작한 지 5분 정도 지났을까. 타오이가 어깨너머로 뒤돌아봤을 때 두 명이 더 있었다. 타오이가 앉은 곳 두 줄 뒤에는 구불구불한 검은색 머리카락에 강렬한 턱선을 가진 중년의 여인 한 명이 앉아 있었다. 예배당 맨 뒤에는 머리가 벗겨지기 시작하는 중국 남자 한 명이 두꺼운 보호 재킷을 벗지 않고 모자를 앞에 든 채로 벽에 등을 기대어 서 있었다.

추도문 연설이 끝나고 이반은 참석자들에게 물었다. 올라와서 꽃병을 보거나 추가로 덧붙이고 싶은 말이 있는지를. 그러나 아무도 움직이지 않았다.

이반은 신이를 기억하며 2분간 묵념할 것을 제안했다. 예배를 마무리하는 의미로 신이가 가장 좋아했던 일렉트로 케이팝이 음향 장치 너머로 재생되었다. 노래는 퀴퀴한 냄새가 나는 예배당, 촛농이 똑똑 떨어지는 촛대, 버려진 포르테피아노와 놀랍도록 어울리지 않았다.

타오이가 고개를 들었을 때 대머리 남자의 모습은 온데간데없었다. 곱슬머리의 여자는 이미 출구를 향해 가고 있었다. 타오이는 이반에게 걸어가 악수를 청하고 예배에 대한 감사 인사를 전했다.

이반은 미안한 듯 말했다. "너무 짧았는데요."

"간단했던 거죠. 우리가 원하던 대로였어요."

타오이는 꽃병을 가방에 넣고 보호 장비를 착용한 후 예배당을 걸어 나갔다. 밖의 햇빛은 눈이 부셨지만 추위는 여전히 살을 에는 듯했다. 고글 없이 나가도 될 만큼 충분히 깨끗한 날이다. 타오이는 필터 속으로 한 차례의 김을 내뿜고는 그것이 하늘로 사라지는 것을 본다. 예배당 문에서부터 보도까지는 여섯 개의 계단으로 이어져 있었다. 맨 아래에 있는 계단에는 빨간색 그래피티가 그려져 있었다. **신은 주것따.**

모퉁이를 돈 타오이는 곱슬머리 여자와 부딪힐 뻔했다. 여자는 목 주변에 마스크를 달랑거리는 채로 담배 한 개비를 들고 낮은 벽돌담 위에 앉아 있었다. 위로 향해 있는 그녀의 얼굴에 연기가 감겨 올라왔다. 통통하고 혈색이 더 좋은 엄마의 다른 버전 같았다.

타오이는 무심결에 그런 그녀를 향해 말했다. "아이 이모?"

여자는 타오이를 쳐다보던 시선을 떨구고 미소를 지으며 담뱃불을 껐다. 그리고 그녀는 광둥어와 영어를 섞어 말했다. "네가 날 알아볼 줄 알았어."

"말레이시아에서 여기까지 어떻게 오신 거예요?"

그녀가 코웃음 쳤다. "얘, 나는 몇 년 동안 말레이시아에 없었어. 언니랑 네가 떠난 지 얼마 안 돼서 나도 거길 떠났거든. 그래도 일단 말해보자면 아주 긴 시간 동안 애들레이드에서 멜버른까지 열차 타고 왔어. 10년 전에는 그 절반도 안 걸렸었는데. 모든 게 거꾸로 가고 있다니까?"

이모는 길고 만족스럽게 담배를 한 모금 피웠다.

"네 엄마가 내 이야기는 많이 안 했을 것 같은데, 그렇지?"

타오이는 어깨에 멘 가방을 한 번 들어 올리고 이모의 옆에 앉았다. "안 해주셨어요. 이민 온 후에는 엄마가 가족에 대한 이야기는 거의 하지 않으셨거든요."

"아, 놀랍지도 않네." 그녀는 주머니에서 담뱃갑을 꺼내 타오이에게도 한 개비 권했지만 타오이는 거절했다. "엄마한테 그 일이 일어난 이후에 우리는 진짜 가족이 아니었어."

"이모를 기억해요. 하지만 삼촌에 대한 기억은 없어요." 엄마의 남동생을 뜻하는 단어를 그녀의 입에 올리자 이상하게 들렸다.

"허. 항상 자기 영혼이라던가 그런 멍청한 것들만 찾으러 전 세계를 다니던 놈이었어. 연락 안 한 지도 몇 년 됐고. 지 큰 누나가 죽었는지 그놈이 아는지는 모르겠네. 아, 어쨌든. 걔도 업로딩 했어. 그러니 소식을 알고 싶었다면 바로 알 수 있었을 거야."

"와주셔서 감사해요."

그녀는 손사래를 쳤다. "감사해할 필요 없어. 나도 쓸데없는 형제인 걸, 뭐. 내가 언제 언니 간호하는 너를 도와준 적이 있니? 없잖아. 그러니 나한테 고맙다고 하지 마."

"오늘은 어떻게 오시게 된 거예요?"

"글쎄다. 그냥 그래야 할 것 같았어. 이런 세상에서 남아 있는 거라고는 가족뿐이잖아. 비록 우리는 가족이라고 하기에도 힘들지만 말이야."

고개를 약간 숙이자 그녀의 턱이 살집 있는 목을 파고들었다. 그 런 그녀의 얼굴이 점점 붉어졌다. 그녀는 신이와 같은 큰 입을 가지 고 있었다. 윗입술 중간 끝은 삼각형으로 뾰족하게 올라가 있었다.

갑자기 타오이가 묻는다. "이모. 제 이름 어떻게 쓰는지 아세요?"

"한자로 말하는 거야? 제길, 아니. 내 이름도 어떻게 써야 하는지 기억이 가물가물한걸?" 그녀는 조카의 표정에서 실망감을 엿봤다. "구글링해 보면 알 수 있을 텐데?"

"다양하게 쓸 수가 있더라고요."

"그게 중요한가?"

"아닐지도 모르죠."

"지금의 네가 누구인지가 중요하지, 과거는 중요하지 않아."

어딘가에서 한 차례의 강한 바람이 불어와 온 구멍의 먼지가 피 어올랐다. 두 여자는 다시 고글을 썼다. 이모는 피우던 담배를 마저 빠르게 피우고 그 끝을 문질러 끈 후 에어 필터를 입에 넣었다. 둘 다 자리에서 일어났다.

"이모, 왜 아직 업로딩 안 하셨어요?" 타오이의 목소리가 약하게 들렸다.

"가이아 담배가 저질이라서." 이렇게 답한 그녀는 머리를 뒤로 젖힌 채 진심으로 웃었다. "넌? 왜 넌 아직도 여기에 있는 거니?"

"엄마랑 시간을 더 보내고 싶었거든요."

"음, 원하는 대로 했네?"

"그런 것 같아요."

바람이 더 강해져 대화를 이어가기가 어려워졌다. 역까지 함께 걸어간 둘은 아이가 주간 라인을 타러 플랫폼으로 향하면서 갈라졌다. 둘은 서로 손을 흔들며 잘 가라는 입 모양을 했다. 열차가 속도를 내 플랫폼에서 벗어나는 순간에도 타오이는 객실 구석에 가만히 앉아 있었다.

* * *

아파트로 돌아온 타오이는 소파에 앉아 신이에게 물려받은 모든 생애 콘텐츠를 다운로드했다. 많지는 않았다. 대개 사진과 영상 조금, 그리고 몇 개의 입력 문자였다. 타오이는 모든 내용을 하나하나씩 뒤져보며 한자를 찾았다. 하지만 그런 건 없다. '타오이'도, '신이'도 없다. 모두 영어뿐이다.

타오이는 신이의 소지품이 든 여행 가방을 열어 연한 초록색 커버 수첩을 꺼냈다. 그건 아마도 할머니 것임이 틀림없었다. 꽃, 건물, 도로 위의 아무개 등 볼펜으로 그린 그림들 속에 글자가 빽빽하게 적힌 문단들이 섞여 있었다. 타오이는 그 한자들을 이해할 수 없어 화나는 마음으로 바라봤다. 어린 시절 배웠던 기억의 조각조각을 파보려 했다. 하지만 나뭇잎들은 바람굴로 흩어지고, 그 뜻들은 사라진 지 오래였다. 그녀는 리비전에서 번역기를 켜 보기도 했지만 그것도 소용이 없었다. 그녀가 태어나기도 전에 할머니는 돌아가셨다. 할머니는 타오이를 만난 적이 없기에 그녀의 이름도 모를 것이다.

타오이는 수첩을 치워버렸다. 그리고는 리비전을 벗어 그 쓸모없는 장비를 쿠션에 내던졌다. 엄마가 죽고 처음으로 그녀의 몸 전체에 분노와 슬픔이 퍼졌다. 그렇게 타오이는 흐느끼기 시작했다.

4부

완성

21

타오이는 아파트 창가에 서서 멜버른 너머를 내다봤다. 신이가 죽고 6개월이 지난 뒤였다. 강렬하고 무의식적인 기억. 그러나 흐릿한 기억이 빨리 감기와 느리게 감기를 반복하며 시뮬레이션되고 있었다. 모두 떠났다. 타오이는 이제 일주일에 이틀만 일한다. 지루함은 높아지는 파도처럼 몰아쳐 그녀를 옭아맸다.

하늘은 고요했다. 더 이상 먼지 폭풍이 도시를 덮치는 일도 없었다. 태양은 더 이상 에너지를 소모할 곳이 없어 부풀어 오른 듯했다. 구름은 마치 강둑에 쌓인 표류목漂流木처럼 몇 주 내내 빽빽하게 모여 걸려 있었다.

땅도 고요했다. 고층 건물들은 먼지 장막을 휘감고 있었다. 살아남은 새와 동물들은 도시 풍경을 떠나 알려지지 않은 은신처로 떠났다. 쓰레기 투입구의 오물들은 주차장까지 넘쳐흐르기 일쑤였다. 박살나서 텅 비어 있는 자판기들이 길 위에 누운 채로 방치되었다. 몇 대의 드로이드만이 도시를 순찰하며 수리하고, 덧대고, 청소했다. 하지만 그들은 찾아보기도 힘들뿐더러 속도도 느렸다. 가이아 외부 인프라에 대한 자금 지원은 가이아 정부의 우선순위가 아니었다.

유일하게 움직이는 건 열차뿐이었고 반짝거리는 뱀 같은 열차 칸들은 미리 프로그래밍 된 코드로 움직였다. 간혹 타오이는 아이들이 날렵한 안드로이드의 안내 하에 역으로 들어가거나 나오는 것을 본다. 단체 탁아소에 있는 아이들은 어찌 됐든 대부분의 시간을 가이아에 연결된 채로 보낸다. 학습 과정에 참여하고 부모와 어울리면서. 가끔은 안드로이드들이 애들을 데리고 현실 세계로 소풍을 나오기도 했다.

오늘 타오이는 아이들을 한 명도 보지 못했다. 그녀는 창가에서 몸을 돌려 주방으로 걸어갔다.

"써니, 오늘 날씨가 어때?"

"현재 바깥 기온은 42℃입니다. 오후 3시쯤 47℃까지 올라갈 것으로 예상되는데요. 바람 없이 건조하고 화창한 날씨입니다. 방사능 수치는 극도로 높고요. 오염 수준도 굉장히 높습니다. 외출하실 거라면 개인 보호 장비를 완전 장착하고 나가시기를 권장할게요."

타오이는 한동안 밖을 나가보지 않았다. 그녀는 냉장고를 열고 과일향 스파클링 워터 한 병을 집었다. 격주로 대형 식품 창고에서 밀키트, 향 음료, 커피, 비타민 알약을 배달 주문했다. 지금까지 배달은 지연된 적이 없었고 해당 회사에서도 사업을 계속할 것이라고 약속했다. 하지만 수요가 줄면 제조가 중단될 것이라는 건 안 봐도 뻔하다. 그래서 타오이는 항상 필요한 양보다 더 많이 주문해 저장해 두고 있다.

타오이는 병뚜껑을 열고 다시 소파로 가서 털썩 앉았다. 리비전을 탭해 수면 모드에서 깨우고 온라인에서 즐길 거리를 검색한다.

가이아의 리얼리티 쇼, 가이아의 다큐멘터리, 가이아의 주식 시장 소식과 같은 몇 개의 채널을 빠르게 넘겨봤다. 그리고 마침내, '밈 미'라는 게임 쇼에 정착했다. 참가자들이 SNS 트렌드의 시초가 되고자 하는 경쟁 프로그램이었다. 타오이는 음료를 홀짝이며 한동안 아무 생각 없이 프로그램을 감상했다. 가상 세계는 나무랄 데 없어 보이고 그곳에 사는 사람들은 나이를 안 먹는 것 같다.

타오이는 리비전에게 지구의 라이브 위성 지도를 보여달라고 요청했다. '밈 미'가 사라지고 공중에서 천천히 회전 중인 거대한 지구의 모습이 3D로 나타났다. 황토색 육지와 푸른 바다, 그리고 여전히 사람들이 사는 곳에서만 희미하게 깜빡이는 붉은 빛. 현재 지구에 사는 것으로 추정되는 인구수는 170만 명. 2년 전에 비하면 극소수다. 네이빈이 업로딩한 지 2년밖에 되지 않았다니, 그리고 다른 모든 친구가 이어서 업로딩한 지 2년도 채 되지 않았다니 타오이는 믿을 수가 없었다. 마치 모든 게 항상 이랬던 것처럼 느껴졌다.

그녀는 지도에서 익숙한 황토색 호주 지형을 확대해 봤다. 호주에 거주하는 것으로 추정되는 인구수는 5천 명. 주요 밀집 지역은 주요 도시 주변에 있었다. 그런데 퀸즐랜드 중간의 햄프턴 내륙에 예상치 못한 밀집 지역이 있었다.

그 5천 명 대부분은 집이 없거나, 고립됐거나, 술이나 마약에 찌들었거나, 만성적 정신 질환이 있는 사람들일 것이다. 그들은 가이아 출시 초반에 접속 자체를 하지 못했을 것이다. 새로운 일자리와 새로운 기술이라는 높은 장벽으로 인해서 말이다. 사회 계층 사다리에서 추락해 현실 세계에 버려지고, 그 수도 점점 줄어든 것이다. 선의를 가진 활동가들조차도 대부분 남겨진 사람들을 위한 운동을 포기하고 있었다.

타오이는 머리가 지끈거려 리비전을 절전모드로 바꾸고 푹신한 소파에 등을 기댄다. 햇빛이 정사각형 모양으로 방 전체에 떨어지며 그녀의 상체에 줄무늬를 그렸다. 그날 오후는 조용했다. 그녀는 도미의 속에서 누그러지던 기계 돌아가는 소리 말고는 아무 소리도 들을 수가 없었다.

타오이의 시선이 선반 위에 놓여있는 마개 닫힌 청동 꽃병을 찾아 헤맸다. 그리고 그 옆에는 다 녹아 아래쪽만 남은 채로 촛대에 꽂힌 양초 하나, 신이의 사진이 담긴 액자가 놓여있었다. 무언가를 기다리는 듯한 신이의 눈은 타오이의 눈을 뚫고 방 전체로 향했다.

타오이는 나이를 세어 본다. 서른한 살이다. 하지만 그보다 훨씬 더 나이 든 느낌이다. 그동안 너무 많은 일이 있었다. 그녀의 몸이 받아들이기에는 너무나도 많은 일들이. 햇빛이 닿자 피부가 따끔거렸다. 땀에 흠뻑 젖은 사실을 깨닫고 타오이는 티셔츠를 위로 벗었다.

모든 옷을 집어 던진 타오이는 욕실로 가 거울 앞에 섰다. 그리고는 손으로 매끄러운 두피를, 푹신한 가슴을, 이곳저곳 점들이 나 있는 작은 배를, 여전히 근육으로 탄탄한 다리를 훑었다. 오른쪽 팔꿈치에는 은빛 흉터가 있었다. 여덟 살 때 헐거워진 판석에 걸려 넘어져 난 상처였다. 그녀는 눈 바깥 구석을 만졌다. 각각 한 쌍의 주름을 가지고 있었다. 그녀는 따뜻하고, 노련하고, 강한 자신의 몸을 느낀다.

22

"소파 아래 먼지 청소가 제대로 안 된 것 같아."

로보백 D8000에게 눈이 있었다면 아마 그 눈은 지금쯤 이글거리고 있었을 것이다. 그녀를 향해 못됐다고 말하는 듯 한 줄의 초록색 LED 조명이 둥근 로보백의 가장자리에서 반짝거렸다. 주방으로 가던 로보백이 길을 멈추고는 다시 거실로 되돌아왔다. 분노 가득한 경고음 소리와 함께 로보백의 하얀색 디스크 모양 몸체가 소파 아래로 들어가 사라졌다.

타오이는 상체를 숙인 채 얼굴을 소파와 바닥 사이에 들이밀었다. 로보백은 소파 아래 영역을 체계적인 격자무늬로 가로질렀다. 첫 번째 모험에서 놓친 먼지들을 빨아들이는 중이었다. 불쑥 소파 밖으로 나온 그는 쓰레기 투입구로 서둘러 달려갔다. 그리고는 자신의 뒤에 달린 뚜껑을 열고서 안에 있던 모든 것을 털어 넣었다.

"훨씬 낫네." 타오이가 이렇게 말하자 날카로운 삐비빅 소리가 다시 한번 들려올 뿐이었다. "너무 자만하지 말라고. 에너지를 아끼면 더 잘할 테니까. 주방이랑 침실도 청소해야 하는 거 알지?"

로보백이 터덜터덜 소리를 내며 사라졌다. 타오이는 관자놀이를 꾹꾹 눌렀다. 자신이 진공청소기를 쫓아다니며 말을 시키고 있다는 사실을 타오이는 이미 자각하고 있었다.

타오이는 주방으로 진격했다. 먼지 한 톨도, 빈 음식 통 하나조차도 눈에 보이지 않았다. 써니는 타오이에게 아파트에 있는 모든 전자 기기를 '상업 표준 청결 수준'으로 유지하고 있다고 알렸다. 오븐 도어를 열자 퍼지는 레몬 향을 느낄 수 있었다.

둘은 스물여섯 살이었을 때 사우스뱅크의 이 아파트를 발견했다. 타오이가 몇 년간 마케터 일을 하고 있을 때였다. 네이빈의 보험 판매 실적이 마침내 운영 비용을 감당할 수 있게 된 때이기도 했다. 둘은 크리몬느의 비좁은 아파트에서 거의 7년을 살았었다. 그러다가 네이빈이 검진을 받으러 가던 날이었다. 빛나는 고층 건물, 반짝이는 가전제품이 갖춰진 이 멋진 집이 나오는 사진을 보게 되었다. 심지어 침실도 두 개나 되는 집 말이다.

크리몬느에서 사우스뱅크로 가는 트램에 탔을 때 타오이가 말했다. "우리가 그 집을 이런 식으로 팔아버리게 될 줄은 몰랐네. 도시 생활에 이렇게 합류해 버리다니."

"나 항상 사우스뱅크 상류층처럼 살고 싶었는데, 몰랐어? 아침에는 비싼 단백질 쉐이크를 먹고, 밤에는 밖에 펼쳐지는 가짜 야라 강 풍경에…"

처음에는 회의적이었던 둘은 자연스레 그 아파트에 마음을 주게 되었다. 세기말 장식, 주방까지 통합된 디스플레이, 가상 현실 전용 방. 당신의 삶에 맞추겠다는 인공지능 써니의 약속. 스스로에게 수

고했다고 등을 토닥여 주고, 스스로 여기에 오기까지 얼마나 열심히 살아왔는지를 알려주는 공간이었다.

타오이는 별도로 마련된 레크리에이션 방으로 머리를 쑥 집어넣으며 말했다. "이 방은 운동할 때 쓰면 되겠다."

"AI 목소리가 끈적끈적하지는 않네."

둘은 길게 생각할 것도 없이 바로 임대를 신청했다. 어떤 커플이 파워 슈트와 디자이너가 만든 신발을 나란히 착용한 채 이 아파트를 보러 오면 대기 명단에서 가뿐하게 뒤처질 것이라는 생각 때문이었다. 이틀 뒤, 걱정이 무색하게도 부동산 중개인에게 그 집에 살수 있게 되었다는 연락을 받았다. 잠시 모든 게 제자리에 딱 들어맞고 있는 듯했다.

타오이는 오븐 도어를 쾅 닫았다. 자꾸 과거를 떠올리는 짓 따위는 그만해야 했다.

"써니. 메모리 드라이브 지우고, 너도 꺼진 상태로 있어 줘."

잠시 정적. "다시 한번 말씀해 주시겠어요?"

"공장 초기화하고 너도 잠시 꺼져 있으라고."

"공장 초기화하실 경우, 2086년 10월 5일부터 생성된 보안 카메라 녹화본, 사진 및 영상 녹화본과 음성 녹음본, 사용자가 프로그래밍한 사용자 선호 설정, 생체 정보 등 모든 사용자 데이터가 삭제됨을 감안해 주세요."

"알겠어. 괜찮으니까 그대로 진행해 줘."

"전원이 꺼진 이후 공장 초기화가 시작됩니다. 공장 초기화 완료까지 2분 30초⋯ 2분 20초⋯ 2분 10초⋯"

타오이는 그들을 가장 키가 큰 것부터 가장 키가 작은 것까지 복도에 쭉 줄을 지어 세워 놓았다.

로보백 D8000. 로봇 운송 도우미였던 머큐리 윈드. 도미 3.0. 줄의 맨 끝에는 트레버가 있었다. 트레버는 몇 년 동안 방치된 상태였다.

트레버의 땅딸막한 사각형 몸, 상단 표면에 탑재된 투박한 스크린, 양쪽에 연결된 주입 튜브와 배출 튜브를 손으로 쓰다듬어 본다. 한때 네이빈의 피가 이 두 개의 튜브 속을 지나 트레버 몸 안을 마구 돌아다녔었는데. 타오이는 드라이버로 트레버의 이음매를 연결하고 있는 나사를 풀었다. 전부 분리하고는 마지막으로 남아 있는 네이빈의 흔적을 바라보았다. 트레버의 내장을 뒤덮고 있는 말라붙은 피와 끈적끈적한 여과 물질을. 쇳덩어리 냄새와 비슷한 피 냄새, 암모니아 향이 나는 듯하다.

몸서리쳐졌다.

타오이는 트레버를 벽장에 도로 밀어 넣었다. 트레버가 벽에 쾅하고 부딪치며 속에 텅 빈 소리를 냈다. 그다음 다른 기계들도 차례대로 정리했다. 스위치 하나를 딸깍 누르자 도미 3.0과 머큐리 윈드, 로보백 D8000 모두 스스로 몸을 접더니 작은 금속 상자와 통이 되었다. 타오이는 이들도 차곡차곡 벽장에 쌓아 넣었다. 잠시 그 앞에 서서 벽장 문이 닫히길 기다렸다. 문득 써니의 전원도 꺼져 있었다는 걸 깨달은 타오이는 뻑뻑해서 잘 굴러가지 않는 벽장 문을 애써 힘주어 닫았다.

* * *

타오이는 딱딱한 바닥에 무릎을 꿇은 채로 뉴팟을 닦았다.

뉴젤은 이미 다 빼버린 지 오래다. 뉴팟이 자가 세척 프로그램 실행을 완료했지만 물 자국이 완전히 사라지지는 않았다. 그녀는 고무장갑 한 켤레와 오랫동안 사용하지 않은 욕실 청소용 세제를 꺼낸 뒤 옷 소매를 걷었다.

타오이는 뉴젤이 묻어 빛나는 뱃살이 볼록하게 올라와 뉴팟의 양쪽 가운데에 꽉 끼어 있던 것을 기억한다. 뉴팟의 양쪽 내부를 닦고 또 닦았다. 이마에 땀방울이 송골송골 맺힐 때까지.

* * *

네이빈이 물었다. "왜 그러려는 건데?"

그의 사무실에서 나눈 대화였다. 이제 네이빈에게는 사무실이 있다. 그는 이곳에서 실크 셔츠에 주름 잡힌 바지를 입고 컨설턴트로 일한다. 그리고 시간을 쪼개 '업로딩 2상 임상시험 피실험자'로서의 언론 홍보, 인간성의 확장성에 관해 논의하는 철학적 모임, 프라이버시와 저작권에 관한 패널 토의, 남아시아 창조 신화에 관한 논문 작성도 하고 있다. 타오이는 네이빈에게 이렇게나 많은 부수적 관심사가 있었는지 전혀 몰랐다. 분명한 건 보험 중개 일에서는 진작 손을 뗐다는 것이다.

"뭘 왜 그래?"

"일 그만두는 거 말이야. 아파트도 정리한다 그러고. 너 이제 가이아에 로그인도 거의 안 하잖아. 우리랑, 아니 나랑 시간도 안 보내고. 그런데 일도 아파트도 정리한다고? 대체 어떻게 된 거야?"

"휴먼퀘스트 그딴 곳에서 일하는 거 완전히 질려버렸어."

타오이는 시스템에서 알고리즘을 통해 자신의 사직서가 수리되는 것을 보았다. 사직서는 한 로봇에게서 다른 로봇에게로 계속해서 전달되다가 마침내 한 인간에게 다다랐다. 그렇게 읽힌 사직서는 서명 후 그 높은 자리에 계신 분에서부터 타오이가 있는 요 아래까지 내려와 그녀의 메일함에 담겼다. 사직서 수리가 완료되었습니다. 추후 고용 기회 문의를 원하실 경우 언제든지 편하게 연락주십시오. 감사합니다. 지역 책임자 삼손 보이드 드림. 그녀는 그 '보이드'라는 사람을 만나본 적이 없었다. 타오이가 돌려받은 사직서 수리 메일에는 VIP 몰입형 세계를 탐험할 수 있는 무료 티켓 두 장이 첨부되어 있었다. '당신의 서비스와 헌신에 감사한다는 증표'라면서. 타오이는 그 티켓을 쓰레기통에 넣었다.

네이빈이 웃음기 없이 말했다. "네가 데이터 처리하는 일에 싫증난 건 알고 있었어. 하지만 아무것도 안 하는 것보다는 낫잖아, 그렇지 않아? 고객도 있었고. 너 그 사람들 도와주는 거 좋아했잖아."

"그 사람들한테 나 같은 사람 더 이상 필요하지 않아. 나보다 가이아가 그 사람들에 대해서 훨씬 알 수 있는 게 많을 거거든."

타오이의 비꼼은 도움이 되지 않았다.

네이빈은 책상에 걸터앉아 어깨를 으쓱했다. "그래, 네 선택이지, 뭐. 그럼 이제 앞으로 뭐 할 계획인데?"

"여행을 좀 떠나 보려고."

네이빈은 극도로 실망한 것 같았다. "여행이라. 그럼 아직도 업로딩은 생각이 없다는 거네?"

"아직은." 타오이는 잠시 기다렸다. "내가 어디 가려는지 궁금하지 않아?"

네이빈은 셔츠 소매를 팔꿈치까지 거칠게 걷어 올렸다. 화나고 무기력해 보이는 모습이었다. "응. 알고 싶지 않아, 타오이. 왜 네 계획에는 내가 더 이상 없는 거야? 우리 계속 함께하고 있는 거 아니었어? 내가 뭐 잘못한 거라도 있는 거야?"

"아니, 네 잘못 아니야. 그런 거 아니야. 당연히 우리는 지금도 함께이고."

"나를 아직도 사랑하기는 하는 거야?"

"멍청한 소리 하지 마." 타오이는 네이빈을 향해 걸어가 팔로 그를 감싸고, 그의 어깨에 자신의 턱을 괸다. "네이빈, 난 널 사랑해. 항상 사랑할 거고. 그냥 내가 꼭 해야 하는 게 있어서 그래."

타오이는 위를 올려다봤다. 네이빈의 홍채가 이쪽저쪽 깜박이고 있었다. 타오이는 그가 본래 인간들이 할 수 없는 방식으로 의식을 나누어 멀티태스킹할 수 있다는 것을 알고 있었다. 네이빈은 이 나무 벽으로 된 근사한 사무실에서 타오이를 꼭 안은 채로 온전히 이곳에 있을 수 있었다. 하지만 그와 동시에 또 다른 어디에선가 논문을 위한 메모를 적는다거나, 내일 진행할 회의에 대해 다시 정리하고 있다거나, 아니면 어머니가 계신 안락한 샌드스톤 지구 원룸에서 찻잔에 차를 따르고 있을 수도 있었다(어머니도 마침내 업로딩을 하셨다). 타오이는 그게 정말 어떤 것인지 절대 알 수 없을 것이다.

네이빈이 한숨을 내쉬었다. 아마도 진짜 이곳에 있는 것일 테다.

오로지 이곳에서만. 타오이를 위해서. 타오이는 목 끝까지 차올라 입 밖으로 나올 것 같은 질문 하나를 하고 싶었다. 하지만 이내 그녀는 그 질문을 삼킨다. 차마 원치 않는 답을 들을 수는 없었다. 차마 그렇게까지 애정을 갈구하고 싶지는 않았다.

"멀리 갈 거야?" 그의 목소리는 그녀의 머리카락에 파묻혀 작게 들린다. 그 느낌이 타오이의 두피를 간지럽힌다.

"응."

그의 목소리에서 당황스러움이 느껴졌다. "뉴팟에 접속 못 할지도 모르겠네. 여기 오기는 할 거야?"

"못 들어올 거야, 당분간은."

"왜 그래, 타오이. 너무 보고 싶을 것 같은데."

"나도 보고 싶을 거야."

네이빈이 또다시 한숨을 쉬자 마치 그의 모든 관절이 다시 자리를 잡는 것처럼 온몸이 크게 가라앉았다. "얼마나 오래 걸리든 기다릴 거야. 알고 있지?"

"그럼."

"최소한 정기적으로 소식은 알려줘. 하루에 몇 번 정도는." 네이빈은 난감한 듯한 타오이의 표정을 보고 상처받은 마음을 감추며 급하게 고쳐 말했다. "아니다, 하루에 한 번만. 근데 여행은 뭐 타고 하려고?"

"일단 열차를 타려고. 그다음엔 아마도 비행기를 타겠지?"

"거기서는 위험할 거야. 내가 도와줄게. 열차 여행 경로 짜는 거할 수 있거든. 차량 공유 시스템도 이제는 안 하잖아. 하지만 네가 쓸 개인 차량 한 대 정도는 다시 살릴 수 있을 거야. 너를 안내해 줄 수 있을…"

타오이는 단호하게 말했다. "괜찮아. 혼자서 해 볼게."

네이빈은 배신감을 느낀 듯했다. 그는 이제 더 이상 감정을 숨길 수가 없었다. 타오이는 위쪽으로 손을 올려 그의 부드러운 머릿결 사이에 손가락을 넣고 뒤로 넘겼다. 뉴팟의 달걀 모양 껍데기에서 튀어나와 끈적끈적한 뉴젤 표면 위로 드러나 있는 그의 민머리가 그녀에게 환영으로 나타났다. 타오이는 몸을 뒤로 쭉 빼 그에게서 멀어진 채로 그의 눈을 바라봤다.

"나를 위한 것이기도 하고, 우리 엄마를 위한 일이기도 해."

그런 타오이를 놓아주며 네이빈이 말했다. "그래도 이해가 안 돼. 하지만 알겠어."

잠시 후 둘은 엘리베이터를 타고 1층으로 내려갔다. 네이빈은 맛 별점 4.5점 이상인 현지 추천 식당 목록을 뒤지고 있었다. 타오이가 말을 꺼냈다.

"사이보그."

"응?"

"나한테 이제 '자기야'라고 안 부르더라? 그거 알고 있었어?"

거의 알아채지 못할 정도의 짧은 정적이 이어졌다. '재측정'의 시간이었다. "그건 모르고 있었네. 미안해, 우리 자기."

"괜찮아." 달리 할 말이 없었고 사과나 정정은 올바른 답이 아니었기 때문에 타오이는 그렇게 답했다. 타오이는 갑자기 휴먼퀘스터에서 다시 일하고 있는 것 같은 느낌을 받는다. 알고리즘이 진실과 거의 비슷한 것에 적응할 수 있도록, 결과를 기반으로 조정하고 재배열할 수 있도록 설문 조사에 답변하고 피드백을 제공하고 있는 듯한 느낌이다. 하지만 그건 진실의 점근선일 뿐이다. 진실에 다다르려고 하지만 절대 다다를 수는 없는.

* * *

챙겨 갈 것들: 건조식품, 드링크 백, 손전등, 여벌의 옷, 침낭, 오래된 태블릿 PC, 할머니의 일기장, 모직 담요 안에 꽁꽁 싸맨 청동 꽃병.

챙겨가고 싶은 것들: 왼쪽에는 타오이가 오른쪽에는 네이빈이 앉아 있던 모습이 푹 꺼진 흔적으로 남은 소파, 네이빈의 옷가지 전부.

타오이는 그가 가장 좋아했던 티셔츠 한 벌만 챙겼다. 그의 체취가 사라진 지 이미 오래된 옷이지만.

남겨두고 가는 것들: 꼭 죽은 민달팽이 한 마리처럼 말려 있는 그녀의 리비전, 쓰레기 투입구에 넣자 아래로 텅텅텅텅 내려가며 한 곡의 음악을 만들어내는 비타민 알약, 새로운 뉴팟과 오래된 뉴팟, 뉴로스킨스, 너무나 매끈한 그들의 아파트.

먼지 가득한 복도를 따라 타오이의 발자국이 남겨지고 있었다.

다른 호실 중 일부의 문이 열려 있었다. 카펫에 널려 있는 장난감과 전자 기기들, 주방 카운터 위에 남겨져 쪼글쪼글하게 썩어 있는 음식, 재킷, 모자, 고글이 걸려 있는 코트 걸이. 그 물건들이 버려진 삶들을 마치 으스스한 하나의 디오라마처럼 보여주고 있었다.

환한 사각형 눈을 가진 다부진 경비 드로이드의 친절한 목소리가 너무나도 크게 울렸다. 외부 세상의 위험에 대해 경고하며 편리한 아파트 시설로 다시 돌아가라고 권하는 목소리가.

23

모든 게 낯설게 느껴진다. 다시 만들어졌고, 부패했다.

부티크 스파는 엉망진창이었다. 병과 단지가 바닥 전체에 굴러다니고 유리문은 산산조각이 난 상태였다. 홈웨어 판매점의 쇼윈도는 외설적인 내용의 그래피티가 장식하고 있다.

마네킹들이 어둑한 상점 안에 줄지어 서 있었다. 표정도, 성별도 없는 그들을 반짝이는 보석이 달린 귀걸이나 팔찌가 장식했다. 디자이너 핸드백과 브랜드 시계들은 쓰임도 하지 못한 채 플라스틱 손 모형에 걸려 있었다. 약탈당하지 않은 물건들이었다. 과거에는 현실 세계의 귀금속을 디지털 세계 물건으로 전환해 가이아에 팔 수 있었다. 하지만 이제 사람들은 어떤 물건이 진품 혹은 위조품이라는 사실에 크게 신경 쓰지 않았다.

하수관에서 떨어진 검은 액체 방울들이 플라스틱 폐기물 더미 주변에 웅덩이를 만들어 놓았다. 알아듣기 힘들 정도로 쉰 듯한 중저음 목소리가 들렸다. "…안전과 행복을 위해 감염병과 오염 물질,

방사능을 피할 수 있도록 적절한 개인 보호 장비를 착용하고 계시기 바랍니다…"

역 안 열차표 판매기는 리비전을 착용하지 않은 타오이의 생체 정보를 인식하지 못하고 움찔했다. 결국 타오이는 태블릿 PC로 모바일 티켓을 간신히 받을 수 있었다.

"다음 시드니행 열차는 두 시간 13분 후에 도착할 예정입니다. 해당 열차에 탑승하실 승객분들께서는 3번 플랫폼으로 와주십시오."

멜버른 공항이 문을 닫은 지는 이미 몇 달이 지났다. 시드니발 비행편이 아직 몇 개 있기는 했으나 온라인으로 예약하려고 보니 업데이트하지 않은 구식 시스템에 오류도 너무 많아서 할 수 없었다. 타오이는 자기부상열차를 타고 시드니 공항에 가서 직접 비행기 표를 살 생각이다. 대기줄은 그리 길지 않을 것이었다.

기차역 통로를 따라 더 걸어갔다. 자판기 한 대가 보였다. 타오이가 다가가자 후광을 비추고 광고 노래를 재생하면서 남아 있는 물품들을 보여줬다. '오후의 홍차' 밀크티 세 병과 칼로리 바 다섯 개. 자판기가 타오이의 생체 정보를 승인한다. 남은 물건을 싹 다 쓸었다. 그리고 그녀는 밀크티 한 병만 빼고 다 배낭에 집어넣었다. 그리고는 유일하게 넣지 않은 밀크티 병의 뚜껑을 열었다. 시원하고 부드러운 달콤함이 그녀의 목을 타고 내려갔다.

앞으로 때워야 하는 시간은 두 시간 남짓. 타오이는 열차가 정말 오기는 하는 건지 의구심이 들었다. 만약 온다고 하더라도 그때까지 이 지하 미로를 배회해야 한다는 사실이 마음에 들지 않았다. 아마 네이빈이 차를 마련하도록 내버려 두었다면 여행은 더 쉬웠을 것이다. 타오이는 왜 싫다고 대답했을까? 그녀는 태블릿을 꺼내 네이빈에게 메시지를 보낼까 하다가 머뭇거렸다.

그녀는 남은 음료수를 모두 마셨다. 넘치는 쓰레기 투입구 앞에 쌓여 있는 썩은 냄새 나는 쓰레기 더미에 빈 병을 버린다. 발밑에 있는 쓰레기 조각들이 참 낯설었다. '고환 정자 추출 공장' 도해가 그려진 오래된 해부학 교과서의 찢어진 페이지. 파란색 공책 종이에 비스듬히 휘갈겨 쓴 난잡한 숫자들과 글자들. 한때 로봇 고양이의 포장지였던 종이 상자. 팔다리도 머리도 없이 몸통만 남은 인형. 이건 언젠가 아이가 가지고 놀던 것이겠지.

타오이는 역에서 걸어 나갔다.

마치 폭풍전야처럼 공기는 너무나 달콤하고 행복했다. 그녀는 하늘을 올려다봤다. 노란 구름 덩어리 조각들이 고층 건물의 네모난 머리들 사이로 퍼즐을 이루고 있었다. 보랏빛의 번개가 번쩍 내리쳤다. 황토색 구름 속 한 차례 우르릉거리는 천둥소리가 들렸다. 타오이는 얼굴을 하늘로 향한 채 비가 단 몇 방울이라도 떨어지기를 기다렸다. 하지만 무겁고 건조한 공기만이 남아 있을 뿐이었다.

* * *

한쪽 팔로는 배낭을 감고 다른 한쪽 팔로는 무릎을 안아 턱을 올려놓은 자세. 타오이는 그 모습으로 열차 창을 통해 밖을 내다보고 있었다. 탄 듯한 갈색빛 평평한 땅을 끝없이 달렸다. 먼지구름 유령의 자취를 햇빛이 강렬하게 쏘아내려 본다. 어떤 땅은 마치 보이지 않는 손이 가장자리를 잡고 늘어뜨린 것처럼 하품하는 입 모양으로 갈라져 있었다. 열차가 산들 사이를 가르고 지나갔다. 터널을 하나

지나고 다음 터널이 나올 때까지. 타오이는 죽은 나무들이 마치 칼처럼 찌르고 있는 검게 변해버린 산의 경사를 바라봤다. 묘비로 가득한 숲을.

마지막으로 열차를 탄 게 언제였는지 타오이는 기억할 수 없었다. 타오이와 네이빈은 업로딩과 관련된 것 때문에 퍼스, 브리즈번, 호바트, 시드니까지. 호주 전역을 돌아다녔었다. 타오이는 그레이트 이스케입스에서 일하려고 자주 왔다 갔다 하기도 했다. 하지만 탄소상쇄세를 납부하더라도 비행기를 타는 게 훨씬 간편했다. 그래서 둘은 죄책감을 느끼면서도 비행기를 탔다. 비행기를 잡아타는 건 환승역 하나를 통과하는 것과 같았다. 육체에서 분리된 채로 이동하는 것이었으니까.

타오이는 칼로리 바를 잘라서 입에 넣으며 맛은 느끼지도 않고 씹기만 했다. 칼로리 바 속이 뭔가 이상하고 끈적거렸다. 그녀는 저 멀리 떨어진 도시를 본다. 수직으로 꽂힌 검처럼 광활하게 펼쳐진 갈색 대지에서 높게 빛나고 있는 건물들을.

열차가 지하로 내려가는 중이었다. 지하의 어둠은 똑같은 간격으로 파란 조명이 반짝거릴 때마다 사라졌다. 이상하게도 어둠이 최면을 거는 듯한 느낌이었다.

"지금 시드니 공항역에 정차 중입니다." 안내 방송이 나오며 열차가 멈췄다.

열차에서 내리니 텅 비어 있는 깨끗한 플랫폼이었다. 빛이 날 정도로 깨끗한 바닥 위로 타오이의 부츠 굽 소리가 너무나도 크게 울렸다. 터미널이라고 쓰인 표지판이 에스컬레이터 쪽을 가리켰다. 타오이는 에스컬레이터를 타고 계속해서 위로 올라갔다.

맨 위층, 한바탕 소음과 화려한 색들이 그녀를 공격했다. 거대한 홀로그램 화면이 벽을 밝히면서 뉴스, SNS 피드, 광고들이 요란하게 움직였다. 여러 사람의 목소리와 광고 음악들은 불협화음을 내고 있었다. 한 화면에는 알고리즘 오류 때문에 200여 명의 노동자가 사흘 연속 시시한 일을 할 수밖에 없었다는 소식이 나왔다. 통로 중간의 화려한 3D 광고에는 새로 생긴 '커런덤 지구'의 아파트가 등장했다. 건축학적 설계를 기반해 지은 아파트라고 했다. 또 다른 화면에는 일부러 실크 조각을 걸치고 공주처럼 포즈를 취하는 SNS 인플루언서의 짧은 영상이 반복 재생되고 있었다.

타오이는 머리를 아래로 숙이고 더 빨리 걷기 시작했다.

고음으로 된 목소리 하나가 갑자기 소음 사이를 뚫고 들어왔다. "저게 누구지?"

타오이가 고개를 획 들었다. 지금 그녀에게 보이는 건 환영일까? 아니다. 이 역에, 여기에, 사람들이 있었다. 아이들이었다. 타오이는 아이들을 못 본 지 너무 오래되어 그 광경이 너무나 생소했다. 날렵한 청색 점프 수트를 입은 대여섯 살쯤 되어 보이는 아이들 열 명 정도가 나란히 두 줄로 걸어가고 있었다. 점프 수트와 둥글납작한 헬멧에 구겨 넣은 작은 몸, 흐느적거리는 팔다리와 동그랗게 나온 배들을 봤다. 타오이의 심장이 아려 왔다. 민들레들이 산들바람에 흩날리기를 기다리고 있는 것 같았다.

안드로이드 둘이 아이들 주변을 보호하고 서 있었다. 타오이가 갑자기 멈춰 섰다. 아이 중 한 명이 손으로 타오이를 가리키며 다른 친구의 팔을 잡아당겼다.

"저게 누구지?" 그 아이가 다시 한번 말을 꺼냈다. 무리 전체가 목을 구부려 아래쪽을 바라보았다. 타오이는 그런 아이들의 순수하고 호기심 가득한 시선에 자칫하면 마음이 약해질 뻔했다. 온 관심이 그녀에게 쏠린 아이들의 눈이 반짝거렸다. 하지만 아이들은 아무 말도 하지 않았다. 타오이는 아이들에게 달려가 그 연약한 그 몸을 위로 휙 들어 올려 안아주고 싶은 충동을 억눌렀다.

안드로이드 하나가 말을 꺼낸 아이의 어깨에 하얀 손을 부드럽게 올리고는 말했다. "쉿, 아샤."

타오이는 아이들이 자신의 갈색 얼굴, 그리고 긴장한 듯한 미소를 볼 수 있도록 모자와 고글을 벗었다. 그리고 손을 올려 인사했다. "안녕, 난 타오이라고 해."

헉 하는 소리가 아이들 사이에 번졌다.

또 다른 안드로이드가 타오이와 아이들 사이를 가로막았다. "더 가까이 다가오시면 안 됩니다."

타오이는 팔을 내려 몸 옆에 딱 붙였다. "뭐 문제 있나요? 저는 그냥 길을 지나가고 있을 뿐인데요. 혼자이기도 하고요."

타오이는 앞으로 한 발자국 내디뎠다. 안드로이드가 계속 그녀를 바라보고 있었다. 환하고 둥근 눈은 깜빡이지도 않는다.

"그냥 인사를 하고 싶었을 뿐이에요. 맙소사, 아이들이잖아요. 아이들이라고요. 아이들을 인간한테서 영원히 떼놓을 수는 없어요. 이건 아니라고요."

안드로이드가 팔을 앞으로 불쑥 내밀었다. 단단한 손바닥이 타오이의 가슴뼈를 눌렀다. 입은 움직임이 없었다. "우리는 인간입니다."

살짝 누른 것인데도 타오이는 마치 세게 밀침을 당한 것처럼 뒤로 휘청거렸다.

"우리는 이 아이들의 가족입니다. 우리를 그냥 내버려 두세요. 아이들은 낯선 사람을 좋아하지 않습니다."

타오이는 안드로이드의 번들거리는 얼굴 너머 아이들의 모습을 쳐다봤다. 옹기종기 모여 딱 붙은 모습, 서로 부딪치는 헬멧 쓴 머리, 혼란에 빠져 찡그린 눈, 두려움에 꾹 다문 입.

타오이가 진정시키려 손을 앞으로 내밀었다. "죄송해요. 겁을 주려던 건 아니었어요."

그 안드로이드는 빛나는 머리를 곧추세우고 손바닥은 교통경찰처럼 앞쪽으로 쭉 내민 그 상태 그대로 한치도 움직이지 않았다. 다른 안드로이드는 비정상적으로 긴 팔로 아이들을 감싸고 있었다. "이리 오렴, 아가들. 갈 시간이야. 다들 짝꿍 손 잡자."

짝꿍끼리 손을 잡은 아이들이 보호자를 따라 큰 호를 그리며 타오이를 에둘러 느릿느릿 지나갔다. 그들이 50m 정도 떨어지고 화면 속으로 삼켜지고 나서야 타오이를 막고 있던 안드로이드도 팔을 내렸다.

"따라오지 마세요." 안드로이드는 타오이에게 잔잔한 목소리로 말하고는 아이들을 따라 성큼성큼 달려갔다.

타오이는 몇 발자국 걷지 못하고 오랜 시간 그 자리에 콕 박혀 서 있었다. 가슴 속 폭풍우가 요란스럽게 휘젓는 와중에 스스로 평정심을 찾으려 애쓰는 중이었다. 타오이는 잔류하면서 본인이 자신의 인간성과 흡사한 것을 고수하고 있다고 생각했다. 하지만 이제는 그녀가 뒤처진 것처럼 보였다. 그들은 더 인간다워졌고 타오이는 더 괴물 같아졌다. 완전히 다른 사람 같았다.

24

 타오이는 배낭 어깨끈을 꼭 잡은 채로 출국장 앞에 서 있었다. 그녀의 앞에 흰 쉬머링 셔츠를 입은 항공사 직원의 홀로그램이 나타났다.

 "죄송합니다. 시드니 공항에서 이륙 예정인 비행편이 없습니다."

 "말도 안 돼요. 홈페이지에 보니까 싱가포르나 홍콩, 태국으로 가는 비행편이 아직 있다고 나오던데…"

 직원이 유감스러운 미소를 짓는다. "죄송합니다. 몇 주 동안 온라인 홈페이지 업데이트가 되지 않았거든요. 잘못 알고 계셨던 게 맞습니다. 출발편이 없는 게 맞아요."

 "비행편이 전혀 없다는 거예요?"

 "앞으로 365일 동안 이륙 예정인 비행편이 없습니다. 그 이후의 기간으로 설정해서 비행편이 있는지 알아봐 드릴까요?"

 "그럼 호주에서 나가는 비행기를 타려면 어디로 가야 하나요?"

 "죄송합니다. 호주를 떠날 예정인 비행편이 없습니다."

타오이의 목이 꽉 막힌다. "전혀요?"

"고객님 정보를 대기 명단에 올려 드릴까요? 향후 변동 사항이 생기면 저희가 바로 연락드릴 수 있도록 말이에요."

망연자실한 타오이는 자신의 정보를 전송하고 공항 호텔 예약에 열중했다. 공항 직원의 홀로그램이 사라졌다. 그와 이야기를 나눈 게 이미 몇 분 전인 것처럼 어둡고 고요한 출국장만이 남아 있었다.

희미한 자국 하나가 공항 바닥을 따라 빛을 발하며 대기 라운지와 체크인 카운터 사이를 가로지르고 있었다. 별다른 선택권이 없는 타오이는 그 흔적을 따라갔다.

* * *

커다란 액자가 디럭스 스위트룸의 탁 트인 거실 공간을 내려다보고 있었다. 액자 속 확대된 사진의 주인공은 피부가 그을린 백인 커플이었다. 아마도 해변에서 신나게 놀다가 찍힌 것으로 보였다. 구석에는 여러 장의 타월과 운동 기구가, 그 주변에는 역기에 끼우는 철제 원반 몇 장이 쌓여 있었다. 주방 카운터에는 뮤즐리와 허브향 파우더 통을 줄지어 세운 모습이 펼쳐졌다.

타오이는 욕실이 딸린 객실로 들어가 수돗물을 틀어 보았다. 아직은 물이 나온다. 타오이는 가방을, 그다음에는 옷을 벗어 던지고 샤워기 아래 섰다. 입을 벌리고 물을 몇 모금 마셨다. 미지근한 물에서는 약간의 쇠 맛이 났다. 몇 분 지나자 물이 적외선으로 바뀌었다. 상냥한 목소리가 타오이에게 철저한 살균을 위해 제자리에서 만세하고 한 바퀴 돌라고 지시했다.

타오이는 나프탈렌 냄새가 나는 타월로 몸을 닦았다. 거울에 비친 낯선 이의 모습이 타오이를 겁먹게 했다. 거울에는 예상했던 것보다 더 나이가 많아 보이는, 마른 몸에, 눈 주변에는 초췌함이 느껴지는 중국 여자 한 명이 서 있었다. 타오이는 손가락으로 두피를 쭉 훑었다. 더 이상 민머리가 아니었다. 머리카락이 얇은 솜털처럼 올라와 있었다. 대부분 검은색이지만 헤어라인 주변에 있는 몇 가닥은 은빛을 띠었다.

마지막으로 가이아에 로그인한 지 일주일도 더 지났다. 네이빈과 친구들에게서 온 메시지가 고대 기술에 맞게 다운그레이드 된 투박한 형식으로 태블릿에 쌓이고 있었다. 왜 리비전을 가져가지 않은 거야? 네가 안전하다는 거 알 수 있게, 어디 있는지 위치 공유 좀 해 줘. 사진 몇 장 보내 줘! 현실 세계 여정은 브이로그로 모두 기록하길. 내가 다큐멘터리로 만들 수 있도록 도와줄게. 완전 끝내줄 거야(당연히 자크에게서 온 메시지다). 괜찮은지만 알려 줘. 얼른 돌아와 줘.

타오이는 네이빈에게 짧은 영상 통화를 걸었다. 연결 속도가 느리다. 태블릿 화면에 네이빈의 얼굴이 흐릿하게 떴다. 그녀는 네이빈에게 지금 자신이 있는 방을 보여줬다. 그리고 퀴퀴한 뮤즐리 한 사발을 먹는 시늉과 함께 그를 안심시킬 수 있도록 활짝 웃어 보였다.

네이빈은 타오이가 예상했던 것보다 덜 걱정하는 듯했고, 더 멀어 보였다. 그는 타오이에게 가이아에서 벌어지고 있는 신나는 일들에 대해 말해줬다. 에블린은 염주, 걱정을 덜어주는 돌, 명상 종, 전통 실내 정원, 쿠션, 54가지의 향을 가진 향초 등 다양한 명상 관련 상품을 파는 브랜드 앰배서더 일을 따냈다고 했다. 자크는 현재 몸과 정신의 역동적인 개념과 미디어의 상호작용 방식에 대해 다른 기업들과 논의 중이었다. 네이빈은 얼마 전 민속학·민속 예술 교수인 라비니 슈클라 교수를 다음 지도 교수로 만나게 되었다고 했다. 그는 지금 논문 연구를 어떻게 계획할지에 관한 생각으로 머릿속이 가득 차 있었다. 그렇게 타오이는 통화를 끝냈다. 마치 누군가와 잡고 있던 손을 뗐을 때 그 사람의 온기가 남아 있는 것처럼 자신의 피부에 그들의 흥분이 각인된 것만 같았다.

타오이는 입에는 뮤즐리 가루를 잔뜩 묻힌 채 침대 위에 온몸을 쭉 뻗고 누웠다. 왜인지는 모르겠지만 타오이는 마지막으로 가르데니아를 만났을 때를 떠올리고 있었다. 시선을 끄는 모습으로 완전히 바뀌어 버린 가르데니아를. 침울하고 완고하던 10대의 가르데니아를. 그리고 그 둘을 연결하던 난해한 미로를. 타오이는 자신의 오래된 고객에 대해 예상치 못한 애정이 밀려드는 것을 느꼈다.

물리적인 제약으로부터 정신을 분리하면 마음에 들지 않는 일부 정신으로부터도 벗어날 수 있게 된다. 자기 안에 있는 톱니바퀴를 어설프게나마 손볼 수 있는 하나의 작은 신이 되는 것이다. 타오이는 에블린과 자크, 그리고 네이빈이 인식조차 하지 못한 채 이런 걸 시도해봤을지가 궁금했다. 자신의 약점을 다시 길들이는 것, 그리고 더 나은 밝은 버전의 자신으로 변형하는 것을. 하지만 그다음 생각했다. 이렇게까지 하기 위해서는 아마도 디지털 정신 같은 것은 필요도 없을 것이라고. 그녀도 마찬가지일 것이다.

태블릿에 알림이 울렸다. 타오이가 항공기 대기 명단 중 첫 번째라는 알림이었다. 혼란스러움이 그녀의 몸 전체를 강타했다. 여전히 비행편이 있으리라 생각했던 자신이 멍청하게만 느껴졌다. 다시한번 온라인 검색을 통해 다른 공항 정보를 확인해야 할 것이다. 하지만 아마도 또 다른 막다른 골목을 마주하게 되겠지. 분명 타오이의 마음속 어딘가에서는 이미 그렇게 생각하고 있었을 것이다. 항공기 운항이 지금도 이루어져야 하는 이유가 있을까? 승객이 하나도 남아 있지 않은데 말이다.

타오이는 불쾌한 냄새가 나는 이불을 머리끝까지 덮어썼다. 내일이면 알게 될 것이다.

25

고가 철로를 따라가는 자기부상열차가 위쪽으로 몸을 올려 눈부신 햇살을 뚫고 지나갔다. 타오이는 눈이 아팠다. 그녀의 눈에 보이는 먼 곳까지 고층 건물들이 쭉 뻗어 빛나는 숲을 이루고 있었다. 어떤 곳은 건물들이 무너져 구부러진 강철과 깨진 콘크리트가 가장자리를 장식하고 있었다. 마치 깜깜한 크레이터처럼 말이다.

타오이는 시드니의 서쪽으로 향하는 열차에 타고 있었다. 아침에 호주에서 이륙하는 항공편을 다시 검색해 보았으나 결과는 어제와 같았다. 그녀는 몇 시간 동안 터미널을 배회했다. 열차를 타고 다시 남쪽으로 돌아가 자신의 텅 빈 살균 상태의 아파트로 터덜터덜 걸어 돌아가고 싶다는 생각을 참을 수 없었다.

서쪽으로 향하는 이번 여정은 즉흥적으로 출발한 것이었다. 그러나 그 느낌은 호텔 객실로 들어오는 한 줄기 빛처럼 타오이에게는 피할 수 없는 그 무엇이었다. 그녀는 마침내 시드니에 왔다. 네이빈을 잃었던 곳으로 간다는 건 타당한 일이었다.

* * *

　타오이는 태블릿에 있는 지도를 참고해 역에서 걸어 나섰다. 도로에는 산업용 창고들이 드문드문 줄지어 서 있었다. 도로 바닥 먼지 가득한 구멍에서 강한 열기가 올라왔다. 그녀의 발가락이 퉁퉁 부었다.

　타오이의 생각은 가이아를 돌아다니고 있었다. 디지털 세상 친구들은 지금 무엇을 하고 있을까? 스릴 가득한 주말을 보내려고 계획 중일까? 아니면 가상 세계에서 재현해 낸 고대 도시 탐험? 그것도 아니면 정신 공간의 경계를 확장하는 일? 그때 예기치 못하게 이사야가 생각났다. 이사야가 코드로 산호의 모습을 만들어냈다고 해도 그녀는 놀라지 않을 것 같았다. 수십 년간 이어진 부패—탄생—부패 단계를 공들여 완성 시켜 그레이트 배리어 리프를 다시 살려내고 있다는 소식을 듣는다 해도 마찬가지였을 것이다.

　타오이는 길을 틀어 쇠창살이 쭉 이어진 넓은 도로로 향했다. 태양 전지판들이 주황빛 아지랑이를 머금고 있었다. 양쪽으로는 불에 타는 듯 이글거리는 바다가 쭉 펼쳐져 지평선과 맞닿은 모습이었다. 태양이 구름 덩어리 뒤로 이동하자 수많은 전지판이 다 함께 몸을 틀어 그들의 자양분을 향해 고개를 쭉 뻗었다.

　타오이는 계속해서 걸었다. 재킷의 지퍼를 내리고 몸 전체에 있는 땀구멍이 숨을 쉬게 했다. 도시가 점점 친숙해 보이기 시작했다. 택시가 이곳에 있는 과속 방지턱을 넘었을 때 네이빈과 타오이의 엉덩이가 좌석에서 떨어져 위로 붕 떴었다. 네이빈이 천장에 머리를 박고 움찔했을 때 타오이는 부어오른 그의 머리에 입을 맞추고는 이제 곧 걱정할 머리가 없어질 테니 걱정하지 말라고 농담을 던졌었다.

앞쪽을 바라봤다. 그곳에 주요 시설이 있었다. 복고미래주의적인 장식들과 함께 마치 스텐실처럼 하늘로 흐릿하게 우뚝 솟은 첨탑이, 그리고 문이 있었다. 날개처럼 양쪽 위아래로 길게 난 은색 문은 굳게 닫힌 상태였다. 타오이가 더 가까이 다가가자 은색 문 표면의 번진 로고가 하나 보였다. 두 휴머노이드가 겹쳐 있는 모양의 뉴로네티카─솜너스 로고였다.

문 옆에 있던 생체 인식 스캐너가 타오이 주변을 돌고 미세한 구멍에서 나오는 빛이 그녀의 눈을 향해 깜박였다. 놀랍게도 문이 양쪽으로 열리면서 넓은 곡선 차도가 나타났다. 타오이는 잠시 숨을 참고 힘들게 경사로를 올라갔다. 희박한 공기가 그녀의 목구멍을 긁었다.

한때 멋진 풍경이 되어주던 뜰은 고고학 유물처럼 보였다. 인공 식물들이 뿌리 뽑혀 저쪽으로 날아가 있었다. 벤치는 여기저기 갈라지고 비바람에 변색된 모습이었다. 청소부 드로이드가 까만 유리 건물에 그려진 그래피티를 열심히 지우고 있었다. "에 오신 것을 환영합니다" 라는 글자 위에 외설적인 그림의 윤곽선이 아직 남아 있었다.

타오이가 다가가자 로비의 문이 자동으로 슥 열렸다. 쾌활한 홀로그램도, 감각 있는 음악도, 그 자체로 트렌디해 보이는 직원들도 없었다. 또 다른 드로이드 하나가 여기저기 먼지가 흩뿌려진 바닥을 쓸었다.

뉴로네티카─솜너스가 이렇게나 쉽게 타오이를 당당하게 들어갈 수 있도록 안내하다니. 꼭 사람을 놀리는 것 같았다. 그러나 확실한 건 이들은 그녀를 위협적인 존재로 인식하지 않고 있다는 것이었다. 타오이는 그저 홀로 남겨진 외로운 영혼일 뿐. 그녀가 할 수 있는 건 뭘까? 그리고 그게 어떤 의미일 수 있을까?

타오이는 어둑한 복도를 따라 걸어갔다. 닫혀 있는 문, 그리고 그녀와 네이빈이 현실 세계의 페이지를 따라가 각각 입회자와 시험 대상자로서 지장을 찍었던 컨설팅 룸을 지난다. 네이빈은 신체를 바이오 연료로 처리하는 방법을 선택했다. 그의 몸은 긴 시간 동안 분해되어 다시 연료로 만들어졌다. 타오이는 네이빈의 신체 기증 사실을 보여주는 전자 증명서를 받았었다. 타오이의 상실감을 돌릴 곳은 그 어디에도 없었다. 타오이는 그 증명서가 그저 하나의 징표일 뿐이라고 하더라도 좋았다. 네이빈의 변화를 나타내는 상징을 자신의 손에 쥐고 싶었다.

* * *

타오이는 엘리베이터를 타고 2층: 스위트룸으로 올라갔다. 수술실이라고 표시된 반투명 유리문과 수술 장비 보관실, 조용한 병실 여러 곳을 지나친다. 발자국 소리는 0.5초 정도 뒤에 다시 그녀의 귀로 되돌아왔다. 타오이는 너무나도 딱딱했던 소파, 얇은 서류철 두 뭉치, 그리고 그녀에게 엉덩이를 흔들어 보이던 네이빈을 기억한다.

스위트룸 2.3호 앞에 선 타오이는 반투명 문 안쪽으로 눈을 들이밀었다. 어떠한 움직임의 기미도 없었다. 센서에 손을 흔드니 문이 열렸다.

높은 창에서 오후의 햇살이 폭포처럼 쏟아지면서 뉴팟과 컴퓨터 단말기 전체에 주황빛으로 붓질을 하고 있었다. 오른쪽에 있는 벽을 따라 나 있는 거울 같은 유리창은 관찰실에서만 이쪽을 들여다볼 수 있게 하는 장치였다. 수술실 뒤쪽에는 한 쌍의 하얀 문이 나 있었다.

네이빈의 몸. 뉴팟에서 들어 올려져 들것 위에 축 늘어진 채로 저 스윙도어를 통해 사라진 네이빈의 몸.

타오이의 다리가 후들거렸다.

그녀는 벽에 몸을 기댄 채로 수술실 가장자리 주변으로 살금살금 걸어갔다. 하얀 문은 굳게 닫혀 있었다. 타오이는 스캐너 패드에 손을 올려 보았지만 빨간빛과 함께 삑 소리가 났다. '출입 거부'였다. 무엇인지는 모르겠으나 무언가가 변하긴 변했다. 이 건물 안의 어딘가가. 타오이는 두 번째 시도를 했다. 문이 열렸다.

타오이는 초록색 타일 벽과 회색 타일 바닥으로 된 긴 직사각형 방을 통과했다. 갑작스럽게 온도가 떨어져 귀 뒤쪽이 오싹했다. 그녀의 오른쪽 공간은 수십 개의 칸과 서랍으로 이루어진 거대한 금속 보관 장치 하나가 거의 다 차지했다. 각각의 칸에는 알파벳 순서로 이름표가 붙어 있었다. 역사와 관련된 몰입형 세계에서 나올 법한 이름표 스티커다. 아드레날린 주사기, 병에 든 소독제, 깔끔하게 정리된 반창고. 다양한 크기로 플라스틱 튜브 끝에 바늘이 달린 캐눌라. 거즈. 서로 엉켜 있는 플라스틱 튜브 속 모르핀. 분홍색 캡슐로 된 파라세타몰.

다음에 나온 몇 개의 선반에는 유리병들이 쌓여 있었다. 그것도 수백 개가. 타오이는 그중 하나를 집어 들었다. 손에 느껴지는 병은 무겁고 차가웠으며 안에는 무색 액체가 철벅거렸다. 펜토바르비탈*이었다. 차가운 무언가가 타오이의 몸 전체를 타고 흐르는 것만 같았다.

그녀는 조심스럽게 유리병을 다른 병들이 있는 곳 옆에 다시 뒀다. 방은 타오이가 생각한 것보다 훨씬 길었으며 바닥은 내리막으로 이어졌다. 양쪽 벽에는 네모난 철문 수십 개가 벽 사이사이에 끼어 있었다.

타오이는 가장 가까이에 있는 철문에 달린 '해제' 버튼을 눌렀다. 얼음장 같은 공기가 얼굴로 확 밀려왔다. '시신 보관 냉동고'였다. 사람 몸 하나가 딱 맞게 올라갈 정도로 긴 슬라이딩 트레이가 있는 어둡고 좁은 공간.

타오이는 문을 닫았다.

끝에 다다랐다. 바닥이 다시 평평했다. 플라스틱으로 된 주름식 커튼이 저쪽 벽을 가렸다. 커튼을 걷은 타오이는 거대한 오븐 도어처럼 생긴 하나의 장비를 발견했다. 온, 오프 스위치, 회전식 온도 조절 다이얼, 그리고 각 표시에 맞는 버튼 여러 개가 달린 '컨트롤 패널'이었다.

장비 오른쪽에는 엄청나게 큰 쓰레기 투입구가 있었다. 왼쪽에는 그 속에 무수한 의료 장비, 전원이 꺼진 작은 컴퓨터 한 대가 쌓인 카트도 있었다.

신체 처리 방법 결정이 아직이시네요? 알칼리수 유골 분해, 풍장, 수목장, 연구용 시신 기증, 바이오 연료로의 재구성…

---

*   일종의 진정제이자, 경련 조절에도 사용됨

그 슬픔은, 해방감은 어디에 있는 것일까. 여기서 무언가 중대한 일이 일어났다. 탄생, 그리고 재탄생. 그때 타오이는 생각하지는 않았지만 느꼈었다. 하지만 이제는 느껴지지조차 않았다.

타오이는 떨리는 손으로 '오븐 도어'의 손잡이를 잡아당겼다. 봉인을 해제하기 위해 온몸의 무게를 실어야 했다. 문이 뒤로 뻑뻑하게 밀리면서 그녀의 손에 불쾌감을 전했다. 악취가 그녀의 얼굴로 훅 밀려왔다. 타는 냄새와 고기 냄새. 안쪽에는 검게 그을린 자국이 눌어붙어 있었다. 메스꺼웠다.

그녀의 등뒤로 희미한 소음이 들렸다. 미묘하게 바스락거리는 발걸음 소리였다. 타오이는 재빨리 몸을 뒤로 돌렸다.

드로이드였다. 맑은 전구로 된 눈동자와 금속망으로 된 팔다리, 곤충처럼 나뉘어진 호리호리한 상체. 그냥 '드로이드'였다. 드로이드가 위잉거리는 소리를 내며 팔을 타오이에게로 뻗었다.

"괜찮으신가요?"

당연히 타오이의 안위를 묻는 질문이다. 당연히 그녀를 내쫓으려는 것이 아니다. 타오이는 안드로이드의 눈을 들여다보며 그 속에 보이는 자신을 발견했다. 자기 몸만큼 큰 배낭을 메고 구부린 몸에 보호 장비 속 때가 잔뜩 묻어 냄새나고 지저분한 한 사람을.

드로이드가 타오이에게 알렸다. "고객님의 생리학적 지표에서 각성 수준이 높게 나타났습니다. 근육은 긴장 상태로 보이고 피부도 붉어졌으며 움직임은 위태롭습니다. 제가 무슨 도움이라도 드릴까요? 티슈, 물 한 잔, 편안한 음악, 무엇이든지 말씀하세요."

"여기서 아직도 사람들을 업로딩하고 있는 거야?" 무심결에 물었다.

드로이드는 한 박자 느리게 반응하며 대답했다. "네, 하지만 이 서비스를 요청하시는 분들이 그렇게 많지는 않습니다. 최근 13일 안에 업로딩 수술이 이루어지지 않았고요. 업로딩을 원하시는 건가요? 그렇다면 수술 전 필요한 서류를 작성하셔야 합니다. 원하신다면 제가 고객님의 리비전이나 다른 전자 기기로 직접 보내드릴 수 있습니다. 아니면 고객님의 집에 있는 뉴팟을 통해 가이아에 접속하시는 것도 좋은 방법…"

"아니야, 그만!" 타오이는 소각로 문을 쾅 닫고 울음이 터져 나오려는 것을 애써 참아보지만 역부족이었다. 결국 주저앉아 무릎을 끌어안았다. 헛구역질이 그녀의 몸을 고문했다.

"이런, 링 님을 화나게 하려던 건 아니었어요."

타오이는 고개를 획 들었다. 슬픔이 단번에 분노로 바뀌었다. "내 이름은 어떻게 아는 거야?"

"링 고객님, 고객님은 43분 15초 동안 뉴로네티카—솜너스 시설 내부를 걷고 계시는군요. 지금도 시간은 계속해서 가고 있고요. 전에 이 본사를 방문한 적도 있으십니다. 우리는 감시 카메라 영상에 찍힌 광범위한 신원 데이터를 보유하고 있습니다. 모두의 안전을 위해서는 당연한 일이죠."

타오이는 벌떡 일어서서 안드로이드에게 삿대질을 했다. "네 안에 있는 건 대체 뭐야?"

"질문을 이해하지 못하겠습니다. 링 님, 제가 링 님을 도와드릴 수 있게 해주세요. 이 건물에서 나가실 수 있도록 안내해 드리겠습니다. 지금 약간… 긴장하신 것 같네요."

"네 안에 대체 뭐가 있는 거냐고 물었잖아!" 이번에는 벽을 쳤다.

소리를 지르고 있냐고? 물론 그건 아니다. 그저 아주 큰 소리로 말하고 있을 뿐. "너 인간이야? 코드? 아니면 로봇?"

드로이드는 타오이 쪽으로 한 발자국 더 다가와 천사처럼 양팔을 쭉 뻗었다.

드로이드의 말이 틀린 건 아니다. 타오이는 지금 초조하다. 너무나도 초조하다. 과도한 흥분 상태고. 예측할 수도 없다.

타오이는 드로이드의 실리콘 손가락이 팔에 닿기 직전에 몸을 피했다. 놀라운 유연성과 절제를 보여주며 이리저리 피하고는 마치 수영장으로 다이빙하는 사람처럼 쓰레기 투입구 쪽으로 팔을 쭉 뻗었다. 타오이의 팔이 먼저 투입구 뚜껑을 통과했다. 그다음 목까지 올린 어깨, 그리고 머리, 그다음 그녀의 큰 먼지 덩어리 몸뚱이가 통과했다. 재킷과 배낭의 보호를 받으며.

투입구 아래로 사라진 마지막 물건은 그녀의 부츠였다. 꼭 장난감 병정이 거꾸로 뒤집혀 나와 있는 것처럼 다 늘어나고 헤진 부츠 말이다. 아주 미세한 흙먼지만이 남아 있었다. 드로이드는 손끝 사이로 그 흙먼지를 잡고 생각에 잠긴다.

* * *

떨어지는 느낌조차 들지 않을 정도로 낙하 속도는 점점 빨라졌다.

매끄러운 벽과 빠르게 움직이는 공기가 그녀의 몸을 부드럽게 잡아주었다. 그 손길에 힘이 다 빠져버린 타오이의 뇌는 진정이 되는 듯했다. 귀에서는 무언가가 터지는 기분 좋은 소리가 났다. 그녀의 몸은 금속과 재에서 나는 악취로 휘감겼다. 웅웅거리는 어둠 전체를 도화지 삼아 환상이 그림으로 그려졌다. 여기저기 햇빛에 바랜 폐기물이 흩어진 강바닥, 타버린 숲, 하품하는 입처럼 갈라진 땅 위의 틈새들. 이미지들이 하나씩 타오이의 눈꺼풀 위로 떠다니다 사라졌다. 마지막으로 본 네이빈의 모습이 보였다. 어깨선에 착 맞게 떨어지는 실크 셔츠를 입고 아름다운 나무 벽 사무실 안 책상에 몸을 기대고 있는 네이빈의 모습이. 창문을 통해 흘러나오는 빛에 의해 살짝 돌린 그의 얼굴에는 생기가 돌았었다.

네이빈이 타오이의 눈꺼풀 위를 떠다녔다.

타오이가 투입구에서 튀어나오자 눈부신 햇살은 마치 금이 간 유리처럼 그녀에게 쏟아졌다. 그녀는 엎드린 자세로 허공에 노를 저으며 평평한 금속 면을 타고 미끄러져 내려왔다. 끝에서 수직 낙하한 길이는 짧았다. 그녀는 콘크리트 바닥에 떨어지면서 턱을 부딪쳤다.

타오이는 몇 분 동안 얼굴을 아래로 한 채 엎드려 있었다. 움직이는 법을 기억해 낼 수가 없었다. 그 후 아무 일도 일어나지 않았고 타오이는 몸을 굴려 일어서 앞으로 맨 배낭을 열었다. 용이 그려진 꽃병이 타월에 잘 감싸져 있는지, 깨지지 않고 잘 있는지 확인해야 한다는 생각이 직감적으로 제일 먼저 들었다. 꽃병은 안전했다. 타오이는 한숨을 내쉬었다.

그녀는 눈을 가늘게 뜨고 온통 햇살이 내리쬐는 주변을 바라봤다. 어깨는 아팠고 턱은 욱신거렸다. 구멍 가득한 콘크리트 바닥 전체에 낯선 타워들이 환상 속 요새에 있는 여러 개의 첨탑처럼 위로 쭉 뻗어 있었다. 타워의 머리가 꼭 붓처럼 구름을 그린 듯했다. 그런데 그때 그 위에 있는 하늘이 희미한 빛과 함께 뒤틀렸다. 일종의

투명한 장애물이거나 지붕 같았다.

네이빈이 2상 임상을 등록하러 가기 전에 같이 간 투어에서 봤던 타워들이 기억나지 않았다. 타오이는 귀에 울리는 자신의 숨소리를 들으면서 가방을 집어 들고 그쪽을 향해 걸어갔다.

타워에 거의 근접한 타오이는 지금 자신이 보고 있는 게 무엇인지 이해하고자 했다. 불규칙하게 늘어선 태양광 전지판들이 깜빡였다. 전기를 생산하며 반짝반짝 빛나고 있었다. 양자 의식이 다 같이 으깨지면서 툭 튀어나온 직소 퍼즐 조각이 되어버린 것이다.

타오이는 손을 뻗어 타워의 벽을 만지다 뒷걸음질 쳤다. 벽은 따뜻하고 부드러웠으며 특정한 짜임새도 없었다. 다만, 이상하고 끈적한 정전기가 흘렀다. 그녀가 손바닥을 뗀 곳에는 반짝이는 조명들이 마치 잠에서 깬 거미의 눈처럼 반짝이고 있었다.

어지러움을 느낀 타오이는 머리를 뒤로 젖혔다. 그녀의 눈이 그녀를 속이고 있는 것일까? 아니면 타워의 벽이 바다처럼 변한 것일까? 아니다. 그녀는 틀리지 않았다. 무정형 표면 전체에 수백 대의 수리 드로이드가 드글거리고 있었다. 그들은 윙윙거리면서 여기저기 손을 댔다. 이리저리 비틀고 부속 장치를 서버에 파묻고는 뒤로 종종거리며 물러나 사라져 버렸다.

타오이의 시선은 타워의 저 위, 더 위로 향한다. 더 이상 시선이 따라갈 수 없는 곳까지. 타워가 까맣게 번져 흐릿해질 때까지.

드로이드 중 하나가 다른 드로이드 사이에서 움직여 그녀에게로 기어 내려왔다. 타오이는 얼어붙어 그 자리에 꼼짝도 하지 않고 서 있었다. 앞에 있는 다리 중 두 개가 벽에서 떨어지면서 마치 안테나처럼 위잉거리며 공중으로 뻗쳐 나왔다. 얼굴도, 목소리도 없지만 분명 타오이에게 무언가를 말하려 했다. 무언가 중요한 것을.

그녀는 그곳에 머무르며 그 비밀을 풀어야 했다. 하지만 그녀가 견딜 수 있는 것은 이 정도일 뿐이었다. 타오이는 빠르게 몸을 돌려 뛰기 시작했다.

26

타오이는 시설 뒤쪽에 있는 배달문을 통해 잘못된 방향으로 나왔다. 여러 겹의 보호 장비 아래에 있는 타오이의 몸이 축축했다. 피부가 녹아 벗겨져서 보호 장비로 스며 나오고 있는 것 같았다. 그녀는 배낭을 벗어 땅에 내려놓았다. 재킷과 장갑을 벗은 후 손바닥으로 자신의 팔, 다리, 상체, 얼굴을 눌렀다. 확인하고, 확인하고, 또 확인했다. 그냥 땀이다. 외면은 온전했지만 내면은 그렇지 않은 것 같았다.

타오이는 가방을 들고 비틀거리며 불규칙한 속도로 걸었다. 한 손에는 재킷이, 다른 한 손에는 가방이 질질 끌려가는 중이다. 태양은 그녀의 목과 어깨를 태우고 세상을 울퉁불퉁한 원석처럼 만들었다. 그녀는 뒷길을 계속 따라가다가 마침내 길게 쭉 뻗어 있는 태양전지판들 사이로 굽은 더 큰 도로를 찾았다. 그렇게 역으로 다시 돌아갈 수 있었다.

해가 하늘 낮게 떠 있었다. 붉은빛이 구름의 아랫배를 칠했다. 고집 센 예측 불가 구름이 수분을 머금고 불어났지만 그걸 땅으로 배출하는 것은 망설이고 있었다.

멀리서 울리는 위잉 소리가 그녀의 귀를 때렸다. 소리가 점점 더 커지더니 역이 있는 쪽에서 오토바이 한 대가 도로 위에 나타났다. 오토바이는 물건들로 잔뜩 쌓인 트레일러 하나를 끌고 가고 있었다. 그리고 그 오토바이는 타오이의 옆에 멈춰 섰다. 타오이의 눈에 가장 먼저 띈 것은 헬멧 아래로 나와 있는 운전자의 '머리카락'이었다. 어깨까지 내려오는 갈색 땋은 머리였다. 머리카락이 있다는 건 몇 년간 가이아에 접속하지 않았다는 뜻이었다.

제멋대로인 타오이의 옷과 비뚤어진 고글을 잡아주며 운전자가 말했다. "괜찮아요?" 여자였다.

타오이는 고개를 끄덕였다.

"여기서 누군가 만나게 될 거라고는 예상도 못 했는데."

몇 번의 시도 끝에, 아무 감각도 느껴지지 않았던 타오이의 혀가 말하는 법을 기억해냈다. "저도 전혀 생각 못 했어요."

여자가 헬멧을 벗었다. 그을린 피부에 나이는 타오이와 비슷해 보였다. 따뜻한 녹갈색 눈을 가진 여자다. 폴리우레탄 섬유 재킷 아래에 있는 그녀의 몸은 강인하고 단단해 보였다. "나는 카티카라고 해요."

"저는 타오이예요."

카티카가 오른손을 내밀었다. 타오이는 당황해서 잠시 그 손을 바라보았다. 카티카가 장갑을 벗고 손을 움켜쥐자 타오이는 찌르르한 느낌이 들었다.

"어디 가고 있었어요?"

타오이는 머뭇거렸다. 투입구를 관통해 머리부터 떨어진 몸이 여전히 불안정했다. 머릿속은 여전히 텅 빈 시체 보관 냉동고, 따뜻하고 끈적끈적한 표면을 가진 서버 타워, 수많은 다리를 가진 드로이드들이 아래로 내려오던 모습, 펜토바르비탈, 펜토바르비탈, 또 펜토바르비탈이 담긴 병으로 가득 차 있다.

힘겹게 침을 삼킨 타오이는 여자에게 집중하려 했다. "호주 밖으로 가는 비행편을 타려고 하고 있었어요. 근데 공항이 운영을 거의 안 하고 있더라고요. 모르겠어요. 그냥 말레이시아로 가는 길을 찾고 있어요."

카티카는 놀란 듯 눈썹을 치켜올린다. "'말레이시아'라. 북쪽으로 가는 열차는 탈 수 있을지 몰라도 비행기는 탈 수 없을 거예요. 민간 항공기가 더 이상 운행을 안 하거든요. 어디에도 가지 않죠."

타오이의 마음이 쿵 하고 내려앉았다.

"정말 원한다면 싱가포르로 건너갈 방법은 있어요. 그것도 쉽지는 않겠지만. 2주마다 한 번씩 타운스빌Townsville을 왔다 갔다 하는 배들이 있거든요. 그다음에는 저도 잘 모르겠네요. 한 곳에서 다른 곳으로 갈 수 있는 길은 많은데, 쉽지 않아서요."

"그렇군요."

카티카가 타오이의 턱을 가리키며 말했다. "저기. 피 나고 있는데, 알고 있어요?"

타오이는 손으로 얼굴을 닦았다. 다 땀이라고 생각했는데, 아직 덜 마른 피와 진물, 약간의 모래가 손가락에 묻어 나왔다. 콘크리트 바닥에 부딪혔을 때 턱이 찢어진 것이 틀림없었다.

"유령이라도 봤나 봐요?"

"뉴로네티카—솜너스에서 나오는 길이에요."

"거기서 뭘 했길래요?"

타오이는 거기서 뭘 한 걸까. 새로운 걸 발견한 것도 아니다. 과거를 느끼고 싶어서 전에 봤던 것들, 그리고 이해하고 싶지 않았던 것들을 본 것뿐이다. 그녀는 작게 웅얼거렸다. "모르겠어요. 그냥 답을 좀 얻고 싶었나 봐요. 아니면 끝내고 싶었거나."

"그래서 성공했어요?"

"오히려 질문만 더 생긴 것 같아요."

"그럼 독한 술이 필요하겠네요."

타오이는 자기 자신에게 필요한 게 무엇인지 알 수가 없었다. 며칠은 못 잔 듯 머리가 어지러웠다. 아마도 투입구에 떨어지면서 생각보다 훨씬 세게 턱을 부딪친 것 같았다. 갑자기 타오이는 자기도 모르게 웃음이 터져 멈출 수가 없었다. 눈물이 차올라 더 이상 웃지 못하고 어깨를 들썩거리며 흐느껴 울 때까지.

카티카는 충격을 받은 듯했다. "저, 저기… 진정해요. 무슨 일 있어요? 진정해요. 괜찮을 거예요."

타오이는 침을 한번 삼키고 울음을 참았다. 갈비뼈가 삐걱거리며 꽉 조여왔다. "뉴로네티카가 현실 세계 사람들을 죽였어요."

카티카는 한동안 아무 말이 없었다. 타오이는 그녀가 답을 하지 않을 거라 생각했다. 그런데 그때 카티카가 한숨을 내쉬었다. "모두가 아는 사실이잖아요."

온몸이 오싹했다.

"멋진 복제본을 만들 수 있잖아요. 완전히 완벽한 버전으로요. 여전히 복제본이기는 하지만요. 근데 그거 알아요? 복제본이라도 하더라도 여전히 그 사람인 거예요. 자기 자신이 누구인지 기억할 거라 믿고 있죠. 모든 것이 본래 자신의 연속선상에 있어요. 정체성이나 기억, 성격까지 모든 게요."

타오이는 주먹으로 눈을 살짝 때려 부서진 고글을 벗어버렸다. "나도 알아요, 안다고요. 그런데 그 사람이 두 명이었던 순간이 있기는 있었던 거잖아요. 클라우드에 있는 그와 실험실에 있는 그. 그리고 잃어버린 거예요. 죽은 거죠. 그런데 이 얘기를 왜 아무도 더 이상 안 하죠?"

하지만 타오이는 그 이유를 이미 알고 있었다. 아무도 이것에 대해 생각하고 싶어 하지 않기 때문에 이야기조차 꺼내지 않는다는 것을. 뉴젤이 피부 속으로 흘러들어오는 것이나, 가이아가 배고픔과 성욕을 가짜로 만들어낸다거나, 메시지나 러브레터, 유언장까지도 써 주는 예측 알고리즘에 대해 생각하기를 원치 않았던 것처럼 말이다. 가장 기본적인 필요를 충족시키는 것에 대해서는 비판적으로 생각하기가 어렵다.

업로딩은 '거래'다. 더 크고, 더 새롭고, 더 빛나는 것을 위한 거래. 지구는 그 쓰임을 다했다. 지구 밖에서 새롭게 살 수 있는 곳에 관한 연구, 그리고 발전 속도는 아주 느렸다. 최소한의 저항을 받는 해결책이었다. 모두를 디지털 유토피아로 이주시키기 위해서 인류는 집단 거부 행동을 영속했다.

카티카가 상냥하게 말을 꺼냈다. "타오이. 나랑 같이 가요. 전 퀸즐랜드로 돌아가는 중이었어요. 저장 식량이랑 기술을 얻으려고 시드니에 왔던 거고요. 거기 몇백 명이 함께 살고 있어요. 우리랑 함께 해도 돼요. 그게 좀 그렇다면 최소한 며칠이라도 쉬고 가요. 타오이한테는 휴식이 좀 필요해 보여요."

피부에 흐르던 땀이 식자 갑자기 타오이는 뼛속까지 추워지는 것을 느꼈다. 이가 덜덜덜덜 떨렸다.

"가죠. 쉬고 나서는 마음대로 해도 돼요."

타오이가 고개를 끄덕였다. 그녀는 배낭을 카티카의 트레일러에 실은 뒤 재킷을 입고 고글을 썼다. 그러고는 오토바이 뒷좌석에 올라탔다. 카티카의 가죽 재킷에 볼을 가져다 댔다. 앞에 앉은 카티카는 고속도로를 따라 부웅 하고 운전하며 낮은 소리로 콧노래를 불렀다. 타오이는 그 소리가 자신의 갈비뼈에 울리는 듯한 느낌을 받는다. 눈부신 움직임과 함께 주변에 있는 모든 것이 흐릿해 보였다. 이상하게도 그게 너무나 위로가 됐다. 바람이 얼굴을 세차게 때렸다. 그녀는 울 수가 없었다.

* * *

둘은 버려진 스포츠 경기장에서 하룻밤을 보냈다. 다음 날, 바위 가득한 언덕 사이로 무언가가 눈에 들어왔다. 파도의 포말이 이루는 잔물결마저 쏙 들어가는 '퀸즐랜드 캠프'였다. 마지막 붉은 먼지 구간을 지나며 타오이는 카티카의 목깃에 닿게 고개를 구부렸다.

카티카는 캠프의 가장자리를 향해 운전했다. 캠프에 가까워지자 타오이는 빛을 반사하는 방울 모양 돔으로 3D 프린트된 이동식 건물을 발견했다. 카티카는 그 건물들이 모두 에너지 중립적이며, 난방이나 조명, 단열을 자가 지속할 수 있도록 설계된 것이라 설명했다. 캠프는 타오이가 예상했던 것보다 더 컸다. 추측건대 이동식 건물이 200채는 되는 것 같았고 나무 오두막 몇 채와 큰 벽돌 건물 하나가 세워져 있었다.

불을 붙이지 않은 화덕 주변으로 한 무리의 사람들이 앉아 있었다. 그들은 에어 필터 마스크를 목에 건 채 담배를 피우기도 하고, 먹고, 다 망가진 찻주전자로 차를 따르고 있었다. 투명한 플라스틱 온실 건물 안에는 더 많은 사람이 움직였다. 손에 갖가지 도구를 들고 땅에서 무언가를 캐고 있었다. 진짜로 자라고 있는 살아있는 무언가를.

카티카가 벽돌로 만들어진 큰 직사각형 건물을 가리키며 설명했다. 여기서 유일하게 다른 건물들보다 지어진 지 몇 년은 더 되어 보이는 건물이다. "저게 우리 창고예요. 우리가 구한 모든 물품을 안전하고 건전하게 보관하는 곳이죠. 산드로가 물품 정리를 정말 잘하거든요. 날씨가 안 좋으면 저기서 밥 먹고, 술 마시고, 놀기도 해요."

비스듬히 기운 창고 지붕에는 태양광 발전 전지판이, 다른 대부분의 오두막 지붕에는 태양열 전지가 설치되어 있었다. "기본적인 생활을 위해 쓸 수 있는 전기는 충분해요. 공급처가 충분해지면 근처에 태양광 발전소를 하나 세우려고 계획 중이에요."

창고 건물 바깥에 서 있는데, 트레일러에서 물건 내리는 것을 도와주려 몇 명의 사람들이 모여들었다. 흰 피부에, 에어 필터 마스크 주변으로 붉은색 곱슬 수염이 튀어나와 있는 키 큰 남자 한 명. 호리호리한 몸에 항공 점퍼를 입고 어두운 피부색을 가진 더 나이 들어 보이는 남자 한 명. 점프 수트를 입고 귀 주변에 검은 머리카락이 동그랗게 말려 있는 아주 젊은 여자 한 명까지.

"이쪽은 타오이예요. 시드니에서 우연히 만났어요."

그들은 타오이와 따뜻하게 악수를 나눴다. 그러고는 각자 자신을 루카스, 산드로, 하루미라고 소개했다. 그리고 더 이상의 질문은 하지 않았다. 타오이는 자신의 지저분한 차림과 삐쭉삐쭉 짧게 자란 머리카락이 헤어라인에 처마를 이루고 있는 모습을 갑자기 자각하고 말았다. 아마 악취도 심했을 것이다.

타오이도 짐 내리는 것을 도우려 트레일러 쪽으로 움직였다. 그때 카티카가 타오이의 팔을 잡았다.

"지금 무슨 힘이 남아돈다고 돕는 거예요?"

"아니요, 괜찮아요."

"지친 거 알아요. 제 숙소 쓰세요. 씻고 좀 누워서 쉬자고요." 카티카의 말이 벽돌만큼이나 무겁게 느껴졌다.

"알겠어요."

둘은 캠프를 가로질러 걸으며 몇 채의 이동식 건물, 오토바이 한 무더기, 샤워기 표지판이 달린 초록색 건물을 지났다. 그 와중에 그들에게 고개를 끄덕이며 인사하는 사람들이 몇 명 더 있었다.

카티카는 작은 나무들로 이루어진 풀숲을 바로 뒤에 두고 있는 나무 오두막 앞에서 멈췄다.

"이 아가는 제가 직접 지은 거랍니다. 침대 프레임, 책 선반, 다이닝테이블 같이 찾을 수 있었던 것들에 쓰인 나무들을 재활용했죠." 카티카는 마호가니 나무로 만든 벽을 만지며 자랑스럽게 말했다. 한 벽면에 다양한 질감과 색깔이 어우러져 있었다.

오두막 안에서는 포푸리와 머스크향이 났다. 작은 부엌과 세탁기, 아이허브와 옛날식 책상도 있었다. 스테인리스 스틸 싱크대에는 사용한 그릇과 머그잔이 가득했다. 벽장에 빌트인 형식으로 달린 좁은 계단은 위쪽 다락방 침실로 이어졌다. 카운터에 있는 대접 하나에 감자 네 알이 담겨 있었다.

타오이는 놀라서 입을 떡 벌리고 바라봤다. "이 감자는 어디서 난 거예요?"

그런 타오이를 보고 카티카가 웃었다. "우리가 키운 거예요. 작은 정원이 있거든요. 걔네가 타오이 안 잡아먹어요. 감자일 뿐이에요, enyi(친구). '감자' 말이에요."

지치고 멍해진 타오이는 책상 옆 등받이 없는 의자에 털썩 주저앉았다. 그리고 카티카가 작은 주방의 찬장에서 힙 플라스크를 꺼내 뚜껑 여는 것을 바라보았다. "위스키 어때요?"

타오이는 고개를 끄덕였다.

카티카가 타오이에게 플라스크를 건넸다. 둘의 손가락이 스치자 타오이는 움찔했다.

"진정해요." 기분 좋게 웃고 있지만 카티카의 눈에는 걱정스러움이 보였다.

"미안해요."

"괜찮아요. 한동안 사람을 못 보면 어떤지 나도 잘 아니까."

타오이는 위스키를 한 모금 들이켰다. 주먹이 펀치 한 대를 날리듯 충격을 주더니 속을 타고 내려가 따뜻한 웅덩이를 이뤘다. 타오이는 한 모금 더 마시며 그 열이 온몸에 퍼지기를 기다렸다. 위스키를 어디에서 구했는지 카티카에게 묻지 않았다. 책상 쪽으로 고개를 돌린 타오이는 한 젊은 여자의 사진이 담긴 액자 하나를 발견했다.

"내 여동생이에요. '노라'라고. 지금은 스물한 살이고요. 뭐 이제 나이가 그렇게 중요하지는 않지만."

"동생은 업로딩한 거죠?"

"그럼요, 당연하죠. 망설이지도 않고 하던걸요? 어릴수록 다들 망설이지 않더라고요. 맙소사, 이렇게 말하니까 내가 너무 나이 든 사람 같네. 그래도 사실이기는 하니까요. 노라랑 떨어져서 지낸 지는 고작 10년밖에 안 됐어요. 우린 '가상 세대'로 함께 묶이기는 하죠. 하지만 노라의 세대는 좀 다르더라고요. 실제로는 '좀 다른 것' 그 이상이었어요. 아예 다른 종 같달까. 정신과 몸을 업로딩하기 이전에도 이미 다르게 연결된 정신과 몸을 가지고 있었죠. 노라는 제가 보는 방식으로 세상을 바라보지 않았어요."

타오이는 문득 빈약한 페블 가든 주택 단지 방 안에서 가짜 정원을 내다보던 엄마의 모습을 떠올렸다. 난 영원히는 커녕 오래 살고 싶다고도 생각한 적이 한 번도 없어… 자신과 엄마 사이의 틈이 더 벌어지는 듯했다. 아무리 애를 써도, 다른 누군가의 눈으로 세상을 바라볼 수는 없는 법이다.

"메울 수 없는 격차가 있죠."

카티카가 고개를 끄덕인다. "맞아요. 그게 나쁘다고 이야기하고 있는 게 아니에요. 노라가 얼마나 똑똑하다고요. 저는 이해하지도 못할 것들을 노라는 볼 수 있고, 할 수 있거든요."

타오이는 빠른 사고 속도와 정신없는 멀티태스킹, 금어초를 나타나게 했다, 사라지게 했다 하는 네이빈의 능력에 대해 생각한다.

"당신도 가이아에 있는 사람들을 떠난 거예요?"

타오이는 벽 쪽으로 고개를 돌렸다. 신 위스키의 끝맛이 또 다른 술을 떠오르게 했다. 아주 오래전 새해 전야 파티에서 마셨던 술맛을. 타오이의 어깨에 맞닿아 있던 네이빈의 어깨에서 느껴지던 따뜻함. 그녀의 발가락 사이로 느껴지던 부드러운 모래. 그리고 그녀의 목 주변에 찰싹거리던 캄캄한 바다를.

소리 내어 그의 이름을 부르면 울음이 터질 것 같았다. 그리고 그 울음을 그칠 수 있을지 타오이는 확신할 수 없었다. 마침내 타오이는 작은 소리로 대답했다. "있죠. 그 사람이 영원히 가이아에 가버리겠다고 했을 때, 꼭 온 세상이 끝난 것처럼 슬펐어요. 근데 솔직히 말하면 그 전부터 이미 그 사람을 여러 번 잃었던 것 같아요. 그 사람은 매년 바뀌었거든요. 저도 마찬가지였고, '과거의 둘'은 이미 사라지고 없었던 거죠. 그 사람, 지금 살아있어요. 하지만 다른 방식으로 살아있죠. 죽은 것이기도 하고 살아있는 것이기도 해요. 변형을 거쳐서 불멸의 존재가 되었으니까요." 타오이는 침을 삼켰다. "근데 생각해보면 어떤 면에서는 우리 모두 그렇게 된 것 같아요."

27

일주일이 이 주일이 되고, 이 주일이 한 달이 되었다. 타오이는 초조하게 가만히 누워만 있었다. 다음 주에 떠나자, 아니면 그다음 주에 떠나자고 계속해서 다짐했다. 가이아에 있는 개인 SNS 피드에 사진과 짧은 영상도 올렸다. 가이아에 있는 친구들은 그 게시물에 그 어느 때보다 더 많은 메시지를 보내고 댓글을 달았다. 다윈은 이 캠프를 '너무나 기쁘게도 사랑스럽고 소박한 곳'이라고 이야기했다. 자크는 여전히 다큐멘터리로 만들어야 한다는 이야기뿐이었다. 타오이, 그 사람들 꼭 인터뷰하고 이야기하는 것도 녹화해. 너무 좋은 기회야. 절대 놓치지 마! 네이빈은 네가 안전하고 혼자가 아니라니 참 기뻐 (키스). 라고 댓글을 달았다.

틀린 말은 아니다. 이 이야기를 다룬 다큐멘터리라면 재밌을 것이다. 가이아를 벗어난 사람들에게는 그곳을 벗어난 각기 다른 이유가 있을 테니까. 예컨대 자기 자신을 '지구의 집사' 같은 존재라고 생각하는 사람들, 연인이나 가족 중 한 명이 업로딩할 준비가 되지 않아 업로딩을 미루고 질질 끌고 있는 커플과 가족들, 음모론자들, 단지 가이아에서의 즐거움에 대해 신경 쓰지 않고, 그곳에서 영원히 살고 싶은 욕망도 없는 사람들, 가이아에 대해 윤리적으로 반대 의견을 주장하는 사람들처럼 말이다. 내재적으로 평등하지 않은 세상, 그곳에 맞지 않는 사람들 소수를 소외시켜 만든 '가짜 유토피아'에는 참여하지 않겠다는 것이다. 그리고 자신의 업로딩 버전을 위해 체현된 자기 자신을 포기하지 않기로 하는 이들도 있다. 본래 버전과 업로딩 버전이 너무나도 달라서 결코 조화를 이룰 수 없을 것이라는 믿음으로.

그러나 타오이는 캠프에서 시간을 보내면 보낼수록 모두 이 캠프에 오게 되는 이유가 '커뮤니티'에 대한, '인간들과의 접촉'에 대한 열망으로 귀결된다는 사실을 이해하게 됐다.

한날 저녁 화덕 주변에 빙 둘러앉아 마른 자두로 만든 시큼한 와인을 마시고 있었다. 루카스가 말했다. "우리가 이 장소를 선택한 가장 큰 이유는 우물 때문이야." 타오이는 불빛 앞에 있는 그의 얼굴을 자세히 살폈다. 그는 타오이보다 몇 살 더 위임이 틀림없었다. "물이 항상 문제잖아. 우물은 우리한테 물을 공급해 주지. 하지만 400명 이상의 수요를 공급할 수 있을 정도로 충분하지는 않아."

산드로가 맞장구를 쳤다. "빗물을 저장할 탱크가 더 필요해. 지금은 네 개밖에 없잖아."

하지만 다른 몇 명은 동의하지 않았다. "그렇다고 하더라도 비가 거의 오지를 않잖아. 왜 귀찮게 더 만들려고 하는 거야?"

타오이가 물었다. "왜 꼭 여기여야 하는 거야? 인프라가 갖춰진 도시와 더 가까운 곳에서 살 수도 있는 거잖아."

루카스와 카티카, 그리고 산드로가 서로를 바라보며 어깨를 으쓱했다.

"이곳의 많은 사람은 대부분 감시당하는 게 싫어서 여기에 온 거야."

"가이아에서 여기도 감시하고 있다는 거 몰랐어?"

"도시에 살았을 때보다는 여기가 덜하기는 하지만."

머리카락 한 가닥을 입에 물고 있던 하루미가 말을 꺼냈다. "우리가 지금 도시에 산다고 하더라도 가이아에서는 굳이 귀찮게 우리를 감시하고 싶어 하지는 않을 거야."

루카스가 말했다. "물론 감시를 하기는 할 거야. 쉬울 테니까. 이미 도처에 카메라가 널려 있잖아."

"우리를 진짜 감시할 수도 있겠지. 우리의 데이터를 수집하고, 우리의 모습을 녹화하는. 그런 거 있잖아. 그건 그냥 '보는' 거랑은 다르지. 가이아에서 우리를 보는 것에 그렇게 신경 쓰지는 않을 거라고 생각해. 우리가 걔네한테 뭔데? 그냥 뒤처진 아무것도 아닌 존재들일 뿐인 거잖아."

루카스가 콧방귀를 뀌었다. "그게 중요한 게 아니야. 거기에 있는 원리가 중요한 거지. 우리에게는."

"우리에게는 감시당하지 않을 권리가 있어." 나머지 모두가 이미 익숙한 장난인 듯, 꼭 루카스가 말하는 것 같은 목소리로 맞장구를 쳤다. 불편한 느낌이 있기는 했지만 모두가 웃고 있었다.

이후 타오이는 이 대화에 대해 궁금해졌다. 가이아에 사는 사람들은 우리가 이해할 수도 없을 정도로 지능적인 존재가 됐다. 그들은 원한다면 세상에서 일어나는 모든 일에 대해 알 수 있다. 모든 거주지와 인구 이동을 추적해 인프라를 유지하고 물자를 제공할 수도 있다. 하지만 하루미의 말이 사실인 것 같았다. 앞으로의 디지털 세계 후손들은 아마 옛날 세상을 꼭 필요하거나 흥미로운 것으로 여기지 않을 것이다. 특히 빠르게 발전하는 환상적인 가이아와 비교한다면 더더욱. 멍청한 이들만이 업로딩을 선택하지 않을 것이다. 그렇지 않은가? 그리고 그 바보들의 판단에 미치는 영향력은 모두 타오이에게서 전해질 것이다.

어떻게 생각해도 이 캠프는 퇴보하는 곳으로 여겨질 게 분명하다. 가이아의 첨단에 비하면 여기에는 오토바이와 전기차 몇 대가 있는 정도니까. 영상 통화를 하던 네이빈이 가이아에 돌아오라고 애원했다. 더 많은 '진짜' 시간을 함께 보내자며. 타오이는 그에게 설명해야 했다. 이 캠프에는 리비전과 아이허브 몇 대가 있기는 하지만 현대 가상 현실 기술은 없다고. 당연히 뉴팟도, 뉴로스킨스도 없다고. 가이아에 로그인하려면 가장 가까이에 있는 30km 떨어진 마을까지 가서 버려진 집 한 채를 찾아 잘 작동하는 뉴팟이 있기를 바라야 한다고. 그 말에 네이빈은 고개를 살짝 떨궜지만 다시 침착을 되찾았다. 그리고 그는 타오이가 아직 마무리하지 못한 문제들을 처리하는 데에 필요한 시간만큼 기다리겠다고, 다시 한번 말했다.

* * *

타오이는 대부분의 아침을 온실에서 보냈다. 전에는 정원 관리 같은 일을 따로 해 본 적이 없었다. 카티카가 타오이에게 흙을 어떻게 되살리는지, 씨앗은 어떻게 심는지, 화분에 있는 묘목을 땅으로 어떻게 옮기는지, 작물에 물이 넘치지 않게 주려면 어떻게 해야 하는지를 보여주었다. 5월 중순은 그들이 못난이 고구마와 다리가 여러 개인 당근, 그리고 작은 호박을 캐는 때였다. 타오이는 이들을 캐며 놀라움을 감출 수 없었다. 그렇게 더할 나위 없이 행복해하는 타오이의 표정을 본 카티카는 웃음을 빵 터뜨렸다.

"아직도 이런 애들이 자라고 있다니, 믿기지가 않아!"

"식물들은 회복력이 좋으니까. 계속 자라고 싶어하거든."

"하지만 땅이 메말랐잖아. 이제는 자연의 순환도 더 이상 안 일어나고 말이야, 맞지?"

카티카는 호박잎을 하나 뜯어 눈앞에 들고는 거미처럼 뻗어 있는 얇고 가느다란 선들을 관찰했다. "있잖아, 나는 여기가 불모지라고 생각하지 않아. 그냥 다 써버려서 그런 거라고 생각해. 근데 이제는 인간 대부분이 사이버 공간으로 사라졌으니까 지구는 쉬면서 회복할 수 있을 거야."

타오이는 땅을 다시 내려다보며, 카티카의 진심 어린 마음과 희망을 본다. 타오이는 카티카가 하는 말을 믿고 싶지만 상상하기가 어려웠다. 기온상승이 멈춰 초목이 뿌리를 내리고, 공기가 다시 자동 정화되는 모습을. 하물며 모든 인간이 죽는다고 하더라도 말이다.

* * *

타오이는 나무 책상에 앉아 초콜릿 맛 단백질 비스킷과 커피로 아침 식사를 했다. 할머니의 수첩 가운데는 박음질로 연결되어 있어 양쪽으로 열면 평평하게 펴졌다. 시간이 흐름에 따라 적갈색으로 변한 반투명한 페이지들이 나방의 날개를 떠오르게 했다. 타오이가 대충 쭉 읽으며 페이지를 넘길 때마다 생동감 넘치게 바스락거리는 종이의 소리가 났다.

타오이는 펜으로 꾹꾹 눌러서 들어간 부분을 손가락 끝으로 만져 훑어보았다. 할머니의 펜촉이 대충 훑고 넘어간 페이지에는 글자들이 들떠 있었다. 또 어떤 부분에 쓰인 줄글은 여린 종이를 깊이 파고들고 늘어서 있기도 했다.

카티카가 오두막으로 돌아왔다. 그녀의 본래 아침 산책 시간을 기반으로 예상했던 것보다 더 빠르게, 태양과 흙의 냄새를 가지고 돌아왔다. 카티카는 비스킷을 하나 집어 들고 차가운 커피에 넣었다 빼서 크게 한입 물었다. 그리고 입에 있는 것을 꼭꼭 씹으며 타오이의 어깨 너머를 훔쳐봤다.

"이게 뭐야?"

"엄마가 갖고 계셨던 거. 보여주신 적은 없었지만."

"어머님 일기장이야?"

"할머니께서 쓰셨던 일기장 같아."

"읽을 때 기분 이상하지 않아?"

타오이는 종이 구석을 만지작거렸다. 사실 타오이는 진짜 읽고 있는 게 아니었다. 그저 보고, 받아들이고 있었을 뿐. 아파트에서 떠나기 전에 이 문장 번역해라, 저 문단 번역해라, 하며 리비전에게 번역을 시킨 적이 두어 번 있었다. 맥락을 벗어나니 그저 여러 가지 뜻을 짜깁기한 어색하고 투박한 내용이 나올 뿐이었다. 제대로 된 말 같지가 않았다.

"엄마가 가지고 계신 게 그렇게 많지 않았는데 이게 있더라고. 그러니 틀림없이 중요한 거였겠지. 나도 모르겠어. 그냥 가까워지려고 노력하는 중이야. 힘들기는 하지만. 이 모든 조각들, 그러니까 내 과거의 모든 조각들 사이에서 길을 잃은 느낌이랄까."

카티카는 등받이 없는 의자에 털썩 주저앉아 천천히 커피 한 모금을 마셨다. "어머님이랑 할머님, 두 분 다 돌아가셨어?"

"응, 업로딩하지 않고."

"유감이야."

타오이는 두 페이지가 찢겨 남아 있는 울퉁불퉁한 부분을 손가락으로 어루만졌다. 아마 쿠알라룸푸르 호텔 방 침대 시트 사이에 구겨져 있던 두 페이지의 자리였을 것이다. "괜찮아. 지금은 더 괜찮아진 것 같아. 그렇지만 그 이야기나, 이름이나, 대화. 그 과정에서 잃어버린 모든 것들 때문에 슬퍼지는 거라는 생각이 들어. 내가 다시는 찾지 못하게 될 것들, 일어날 수도 없었던 것들까지도 말이야. 있지, 나는 우리를 우리의 뿌리와 다시 연결해주는 다리가 분명 있을 거라는 생각을 해."

"근데, 네 다리는 끊어져 있는 것 같네."

타오이는 수첩을 덮고 완전히 덮일 수 있도록 손가락 사이로 책등을 끼워 넣었다. "응, 그런 것 같아. 끊어졌어. 아니면 여태껏 지어진 게 절반뿐이었거나."

28

새까만 어둠 속에서 타오이는 눈을 번쩍 떴다.

유일하게 들리는 건 카티카가 천천히 숨을 내쉬는 소리, 그리고 지붕 위로 바람이 우는 소리뿐이었다. 타오이는 담요가 너무 더워 다리를 내놓았다. 꿈 하나가 여전히 그녀의 마음을 쥐락펴락하고 있었다. 네온 타워, 부산한 환승역, 만화경처럼 펼쳐지는 인파. 가이아의 순간순간이 스쳐 지나가는 꿈이었다. 악몽이기도 하고 애석하게도 슬픈 기억인 꿈 말이다. 그리고 그 아래, 또 다른 꿈을 꿨다. 양자 서버에서 흐르는 뜨거운 피가 하늘을 완전히 가려버리는 꿈이었다. 기계 개미 떼가 몰려왔고 날카로운 개미의 몸들이 마치 홍수처럼 그녀의 머리 위로 쏟아졌다. 그렇게 그녀의 입속에 들어간 개미 떼들은 그녀의 목을 갈라놓았다. 차가운 피부막에서 땀이 식었다. 그녀의 시계에서 파란색 사각형이 깜박거렸다.

신이의 1주기다.

타오이는 카티카를 깨우지 않으려 조심하며 이리저리 꿈틀댔다.

잠옷 위로 두꺼운 스웨터와 재킷을 입고는 양말에 부츠까지 신었다. 그다음 찬장에서 담요로 꽁꽁 싸놓은 뭉텅이를 꺼냈다. 창고에서 몰래 가져온 양초(빨간색에 순록 마크가 찍혀진 크리스마스 유물로 이미 반쯤 타 있음)와 라이터 한 개. 그녀는 조심조심 오두막 문을 열고 방을 슬쩍 빠져나왔다.

그믐달이 떠 있었다. 도마 위에 두고 정확히 반으로 자른 멜론처럼 중간이 딱 갈라진 모습이었다. 캠프 안에서 길을 찾기에는 충분한 빛이었다. 타오이는 이동식 주택 여러 채를, 화덕과 장작이 가득 쌓여 있는 트레일러를, 그리고 오토바이들을 지나 캠프 가장자리까지 걸어갔다. 그다음 자갈 비탈길을 성큼성큼 걸어 언덕 위로 계속해서 올라갔다. 부츠가 자갈을 으드득 밟으면서 먼지가 일었다. 상쾌한 바람으로 인해 그녀의 두피는 얼얼했다. 잠시 후, 평평한 정상에서 거대한 감자 한 알 같이 생긴 바위 하나를 발견했다. 꼭 그곳에서 따뜻한 기운이 뿜어져 나오는 것 같았다.

밤하늘에 안개가 너무 많이 껴서 가장 환한 별 몇 개 말고는 아무것도 보이지 않았다. 그녀의 눈에는 들어오는 별자리는 두 개였다. 센타우루스 자리 알파와 베타, 세 개의 별로 이루어진 남십자자리. 타오이는 무릎을 꿇고 담요를 편 다음 두 손으로 꽃병을 감쌌다. 너무 어두워서 꽃병이 노란색인지 파란색인지 알 수 없었으나 손끝 아래, 에나멜로 그려진 희미한 언덕과 계곡을 느낄 수는 있었다. 그녀는 꽃병을 바위에 기대어 땅 위에 세워 놓고 그 옆에 빨간 양초를 세웠다.

라이터를 켜보지만 바람이 금세 불꽃을 앗아갔다. 그녀는 라이터를 촛불 쪽으로 가져가 다른 한 손으로 주변을 감싸고 다시 불을 켰다. 심지에 불이 붙기는 했으나 고작 몇 초 켜져 있더니 또 금세 꺼져버리고 말았다. 온몸으로 초를 감싸고는 계속해서 시도했다. 코가 거의 땅에 닿을 정도로 그 빌어먹을 양초에 몸을 구부린 채로.

몸을 숙이고 있던 탓에 얼굴에 압력이 가해지며 빵빵해졌다. 양초를 못되게 한 번 세게 쳤다. 그 못난 싸구려 장식품은 바위에 부딪혀 넘어지며 저쪽으로 굴러갔다. 불쌍한 데굴데굴 소리는 괴물 같은 바람의 포효에 잡아 먹혔다. 다시 한번 팔을 들었다가 꽃병 위에 올려 두려 했다.

너는 내 삶의 어두운 터널 속에서 빛나던 신호등 같은 존재였단다.

결국 그녀는 무릎을 꿇은 채로 무너지고 말았다. 눈과 코에서 하염없이 눈물과 콧물이 터져 나왔다.

신이는 2024년에 태어났다. 데이터와 머신러닝의 대소용돌이에 휩쓸려 빠르게 양자 기술로 발전한 '나노세대'의 중심이었다. 나노세대는 살아남는 법을 배워야만 했다. 초연결되어 있고, 즉각적이며, 점점 무정형이 되어가는 세상 속에서 말이다. 정보를 유용한 것과 쓸모없는 것으로 분류하기 위해, 계속해서 멀티태스킹하기 위해, 진실을 연관성 없고 달성할 수 없는 것이라고 여기기 위해 두뇌를 바꿔야만 했다.

타오이는 종종 우울증이 그녀의 가족에게 남은 하나의 오점이라고 생각했다. 그들의 유전자에 남아 있는 불쾌한 하나의 결함이자 치료가 가능한 취약점이라고. 하지만 신이의 우울증 역시 유전자의 결함이라고 부를 수 있다면 그중에서 세상에 대한 슬픔이 차지한 부분은 어느 정도였을까. 슬픔, 그리고 분노. 그녀를 더 인간적으로, 초인적으로 만들어버린 감정은 무엇이었을까.

타오이의 울음이 진정되며 딸꾹질로 변했다. 타오이는 언덕을 내려다봤다. 옹기종기 모여 캠프를 둘러싼 검게 변한 나무 그루터기, 그리고 저 멀리 물결 모양을 이루고 있는 바위투성이의 길. 별들은 희미해져 바늘 끝만큼 작아졌다. 옅은 분홍빛 혀가 지평선을 핥고 있었다. 아무것도 움직이지 않았다. 바람, 그리고 궤도를 선회하는 위성들만이 움직였다. 자연이 만든 것과 인간이 만든 것만이.

진정 할머니와 엄마의 의지로 내린 결정은 몇 개나 되었을까? 그들은 아마도 자신의 운명을 직접 만들어 나가고 있다고 생각했겠지만, 살짝만 뒤로 물러나 바라보면 그들도 그저 세대의 산물일 뿐이었다.

그렇다면 뒤처진 사람으로 남아 자진해서 망명해 있겠다는 타오이 자신의 결정은 어떨까? 이 결정에서 순전히 그녀의 것인 부분은 어느 정도일까? 이 결정에서 얼마나 많은 부분이 진정 그녀에게 속한다고 할 수 있을까? 그녀는 자율성에 깜빡 속아 작은 자신의 존재보다 훨씬 더 큰 힘에 의해 좌지우지되고 있는 단순한 볼모인 뿐인 걸까?

타오이는 얼굴을 닦았다. 뼈가 시리고 무거웠다.

그리고 속삭였다. "넌 여기서 나와 함께 해야 해."

타오이는 한 손으로 이상하리만치 따뜻한 바위를 짚고 다시 일어서서 꽃병을 집어 들었다. 바람이 그녀의 온몸을 채찍질했다. 언덕 아래로 내려와 캠프로 돌아가는 길, 두 마리의 새가 남쪽에서 북쪽으로 날아갔다. 너무 낮게 날아서 혀의 분홍빛이 칠해진 새들의 배를 본다. 두 새의 회색 날개는 일정한 리듬으로 퍼덕거리며 두 생명체를 조용한 마법과 함께 동틀녘 배경 너머로 나아가게 한다.

* * *

타오이는 이곳에 머무르는 상상을 해 본다. 카티카의 오두막에서 나이 들어가며, 비축해 놓은 아침 식사용 비스킷을 먹어 치우고, 혹 투성이 채소들로 수프를 만들고, 업사이클링 가구로 더 큰 오두막을 짓고, 수도와 전기 공급 문제를 해결하는 삶. 그리고 아마도 카티카가 텅 빈 껍데기만 남은 도시의 쓰레기 더미를 뒤지러 갈 때 자신을 데려가도록 내버려 둘 것이라는 상상을.

그런데 마치 너무 깊은 곳이 간지러워서 긁을 수 없는 것처럼 그녀의 몸속에는 어떤 초조함이 자리하고 있었다. 그녀의 머릿속은 에포의 거리를, 엄마와 살았던 비좁은 아파트를, 그리고 선조들이 누워 계시던 다 무너져 가는 봉안당을 헤매고 있었다.

타오이는 오두막 안에 홀로 앉아 낡은 태블릿 PC에서 위성 지도를 열었다. 퀸즐랜드의 센트럴 하이랜즈 지역Central Highlands Region 전체에 에메랄드Emerald, 블랙워터Blackwater, 블러프Bluff, 듀아린가Duaringa, 스프링슈어Springsure 같은 마을들이 흩어져 있는 것을 보았다. 그러고는 호주의 광활함에 놀라움을 금치 못했다. 집에 꼭꼭 숨어 어떤 감시자든 다 차단하고 사는 사람들이 여전히 남아 있는 것일까. 그 답을 알 수는 없을 것이다. 아마 언제까지고 그 답을 알아낼 수 있는 이는 아무도 없을 것이다.

어쩌다 보니 타오이는 수정같이 반짝이는 햇빛 아래 둥근 잔디에 있었다. 머릿속에서 갑자기 숙취가 확 올라왔다. 에블린과 나눴던 씁쓸했던 대화의 순간이었다. 심지어 이제는 부분, 부분 조잡하게 밖에 남아 있지 않은.

넌 네가 다른 사람들을 안내하는 법을 알고 있기에 너 역시도 길을 잃지 않는 거라고 생각하지? 근데 너 그거 알아? 난 진짜 네가 누군지 전혀 모르겠어.

그때 타오이는 에블린의 그 말들을 회피했다. 그 말은 너무 날카로웠고, 그녀는 아직 미숙했다. 하지만 이제 타오이는 그 말들을 조용히 곱씹어 본다. 에블린의 비난에는 진실이 있었다. 타오이가 어렸을 때는 신이가 그녀의 나침반이 되어주었다. 상황이 괜찮을 때면 신이는 타오이의 손을 잡고 새롭게 변하고 있는 세상 속으로 부단히도 끌고 나갔다. 또 상황이 좋지 않을 때는 그 방향을 빠르게 바꿀 수 있도록 주도하는 법을 가르쳤다. 신이와 타오이를 위해 모든 것을 한 곳에 결합할 수 있는 법을.

그 이후 몇 년 동안 타오이는 새로운 집중 대상을 찾았었다. 관계의 무게중심 궤도 주변을 도는 그녀 자신과 네이빈을. 네이빈은 항상 독창성, 감추지 않고 드러내는 부족함, 느긋한 애정으로 타오이의 기운을 북돋아 주었다. 그녀는 항상 네이빈이 의지할 수 있는 단단한 사람이 되고자 했으며 스스로에게서 스스로를 보호하려 노력했다. 그러나 이제 타오이는 안다. 네이빈이 자신을 여전히 깊이 사랑하기는 하나, 자신을 더 이상 필요로 하지 않는다는 것을 말이다.

마치 한 발자국 내딛으려는데 아래에 있는 땅이 갑자기 완전히 사라지는 것 같았다.

타오이는 지도 확대 배율을 줄이고 북쪽을 선택했다. 그리고 파푸아뉴기니와 요크 곶Cape York Peninsula 사이를 구불구불하게 지나며 흐르는 파란색 띠를 바라봤다. 인도네시아의 섬들과 아시아의 큰 발가락인 싱가포르까지 모두 끌어안은 그 띠를. 이 지도가 마지막으로 업데이트된 건 언제일까. 아마도 해수면은 훨씬 더 상승했을 테고 해안 지대의 모양은 이와 다를 것이다.

타오이는 말레이시아 지도로 바꾸어 초록색, 갈색 조각이 숲과 산으로 나타날 때까지 계속해서 확대했다. 이윽고 거기서 에포를 발견했다. 신고전주의적 도시 건물과 비바람으로 얼룩진 상점들, 버려진 쇼핑몰 위를 한참 바라봤다. 그리고 그 마을 주변을 돌아 산 쪽으로 향하는 철로를 따라갔다. 분명 이쯤 어딘가에 그 사찰이 있을 것이다. 하지만 그녀는 구불구불한 길과 석회산 정상에서 길을 잃고 말았다. 한 시간 동안 찾아 헤맸지만 아직도 찾지 못했다.

그녀는 태블릿에 현재 위치와 목적지를 말했다. 태블릿이 생각 후 결과를 알렸다.

"죄송합니다. 목적지까지의 거리 계산이 불가능합니다."

* * *

타오이가 떠나기로 한 날, 카티카는 잠시 그녀와 걸으며 바위 가득한 경사로를 올랐다. 곧이어 언덕 정상에 다다랐다. 정상에 오른 두 사람 모두 땀투성이였다. 둘은 한 바위 위에 앉아 모자로 얼굴에 부채질을 했다.

"나라를 보살피는 법이라면서 할머니가 가르쳐주신 것들을 기억하려고 해보는데. 너무 잊어버린 게 많아." 에어 필터 마스크에 막혀 작아진 카티카의 목소리였다.

타오이는 눈을 뜰 수 없을 정도로 밝은 태양으로부터 눈을 가렸다. 여기서 수 마일 떨어진 곳 너머로 빨갛게 타버린 땅이 보였다.

카티카가 말을 이어갔다. "여기가 나무로 둘러싸여 있는 걸 꿈꿔."

"아마도 다시 그렇게 될 거야, 언젠가는."

"그렇겠지?"

"넌 감자도 키웠는걸."

카티카가 빵 하고 웃음을 터뜨렸다. 그녀의 광대뼈와 위로 올라간 코끝에 햇빛이 반사되며 빛났다. "적어도 우리는 나무 걱정하기 전에 감자튀김은 먹어볼 수 있을 거야, 그치?"

강렬한 바람이 언덕 전체를 휘몰아치면서 타오이의 두피를 간지럽히고 새롭게 난 머리카락을 수직으로 곧추세웠다. 하늘에는 이리저리 엉켜 있는 구름들이 몸부림친다. 저 위 어딘가에, 구름 속에는, 창공에는, 새로운 인간들이 떠다니고 있을 것이다. 전기가 흐르는 정신들이 광활하게 여러 조각으로 나뉘어 그녀가 할 수 있는 것보다 더 빠르게 계산하고 확장될 것이다.

그녀의 마음속에 예상 밖 이미지들이 떠오른다. 신경 전도 물질액체에 잠겨 있는 몸 하나. 재와 그을음이 들러붙어 악취가 나는 소각로. 앞으로 나와 그녀를 실리콘 팔로 감싸 안으려는 안드로이드의 상냥한 백열 전구빛 시선…

타오이가 작게 말했다. "이건 멸종일까, 아니면 진화일까?"

카티카가 그녀를 바라봤다.

"저게 우리인 걸까?"

카티가가 구름을 향해 얼굴을 들었다. "응, 그렇게 생각해. 저건 우리야. 우리는 같은 조상들한테서 온 거니까, 결국."

"그럼 진화인 거네."

둘은 다시 언덕을 걸어 내려왔다. 카티카는 타오이에게 튼튼한 보호 재킷과 방독면을 건넸다. 에어 필터 마스크보다는 무겁지만 더 믿을 만했다. 그리고 그녀는 자율주행 오토바이의 키 한 개를 건넸다.

"이건 받을 수 없어!"

"우리한테는 이미 오토바이가 충분히 있어. 너한테 꼭 필요할 거야. 매카이Mackay와 타운스빌Townsville 사이 열차 선로가 망가졌거든? 두 달 동안 수리도 안 되고 있고. 아마 그럼 수리되지 않을 거라는 의미겠지. 배터리는 편도로 간다고 생각하면 버틸 수 있을 거야. 타운스빌 항구Townsville Port에 전기차 충전소가 한 군데 있어. 거기서 이걸 충전시켜 주고, 오토바이가 알아서 우리 쪽으로 다시 돌아오게 설정할 수 있을 거야. 재킷 주머니 안에 GPS가 있어. 선박은 어디서 운영하는 건지는 모르겠어. 그런데 조사해 보니까 매달 둘째 주, 넷째 주 화요일마다 도착한대."

"고마워, 카티카."

하루미가 약삭빠르게 캐물었다. "떠나겠다는 마음에는 변함없는 거 확실하지?"

"나, 엄마한테 약속했어."

"프로그램 설정 가능한 운반 드로이드가…"

"내가 혼자 갖다 드리고 싶어."

타오이는 이미 배낭 속 초록색 수첩과 헤진 티셔츠 옆에 조심스럽게 꽃병을 챙겨 놓았다.

카티카가 고개를 끄덕였다. 머리를 이마에서부터 뒤로 쫙 넘겨 하나로 묶은 카티카의 모습은 한층 더 어려 보이기도, 한층 더 약해 보이기도 했다. 뉴로네티카—솜너스 앞의 한 도로에서 타오이를 발견해 준 것, 이 캠프와 자신의 오두막으로 타오이를 데려가 준 것, 그리고 무엇보다도 아무런 조건 없이 온정을 베풀어준 것. 타오이는 카티카에게 감사함을 전하고 싶은 것들이 너무 많았다.

카티카가 타오이의 얼굴에 손을 올리고는 엄지손가락으로 타오이의 광대뼈를 쓰다듬었다. 타오이는 카티카가 자신의 그런 고마운 마음을 알고 있다는 걸 느낀다. 처음부터 그걸 볼 수 있었다.

"몸조심해. 알았지? 타운스빌까지 가는 건 쉬워. 그 이상은 나도 잘 모르겠지만."

29

타오이는 늦은 오후 그곳에서 출발했다. 첫날밤에는 밤새 달렸다. 완전히 멀쩡한 정신으로, 물을 마시거나 볼일을 볼 때만 멈췄다. 달빛이 색깔 있는 풍경만 걸러내어 회색 톤으로 덮어 주었다. 그녀는 오토바이의 헤드램프로 만들어진 둥근 빛 속에 떠 있었다. 검은 도로 위에 그려진 하얀 선들이 그녀의 머릿속에도 길을 냈다.

다음 날, 벌거벗은 하늘로 차갑고 창백한 새벽이 모습을 드러냈다. 그녀는 길 한쪽으로 빠져 방독면을 벗었다. 거세게 이는 공기를 한입 꿀꺽 마시고 아침 식사용 비스킷을 먹었다. 구워지지 않은 바닐라 향 페이스트리가 그녀의 혀에 축축하게 달라붙었다. 해가 뜨고 밝아지자 근처 산꼭대기에 농장 몇 개가 있는 것을 알아챘다. 배낭에는 캠프 창고에서 몰래 훔친 주머니 크기의 면도날이 있었다. 고속도로에 오토바이를 잠시 세워 두고 울타리를 넘어 먼지 가득한 길을 따라서 걸어 올라가 볼까 생각했다. 사유 재산이 있는 곳으로. 전력망에 연결된 무언가를 찾기 위해서 말이다.

타오이는 방독면을 쓰고 다시 오토바이에 올라탔다. 한 시간 후, 신호등, 상점, 예배 공간, 스포츠 시설들 몇 개가 더 늘어서 있는 지역에 다다랐다. 그리고 오랫동안 버려진 듯한 게임 센터 앞에 오토바이를 주차했다. 창문은 깨지고 더러웠으나 타오이는 그 입구로 향했다. 경쾌한 음악 소리가 재생되더니 문이 슬그머니 열렸다.

그녀는 센터를 둘러봤다. 바로 안쪽 까끌까끌한 카펫 바닥 위에 누군가 버리고 간 낡아빠진 갈색 부츠 한 켤레. 그리고 먼지 가득한 재킷 한 벌이 버려져 구겨진 더미를 만들고 있었다. 왼쪽에는 전원이 꺼진 안드로이드 네 대가 활기 없는 눈을 하고는 벽에 기대 뻣뻣하게 서 있었다. 오른쪽에는 접이식 문이 달린 상품 진열대가 쭉 서 있었다. 그쪽으로 걸어가 가장 가까이 있는 문을 당긴 그녀는 '뉴팟'을 발견했다. 역시나 전원은 꺼져 있었고 그 위에는 먼지가 한 겹 쌓인 모습이었다.

타오이는 진열대 안으로 들어가 어깨를 움직여 배낭을 벗은 뒤 바닥 위에 살포시 내려두었다. 그녀는 뉴팟의 전원 버튼을 발견하고 이게 되살아나서 차분한 초록색 빛을 내자 안도감에 한숨을 내쉬었다.

"당신의 미래에 오신 것을 환영합니다." 뉴팟이 듣기 좋은 어조로 말했다. 타오이는 향수에 온몸이 떨렸다. 뉴팟이 자가 세척 과정을 시작하자 타오이는 손에 면도칼을 들고 화장실로 향했다. 몇 분이 흐르고 그녀가 다시 나타났다. 완전한 민머리가 된 채로. 지금 뉴팟은 뉴젤로 가득 차 타오이에게 이 깊은 섬광으로 들어오라는 신호를 보내고 있었다. 타오이는 걸치고 있던 모든 것을 벗었다. 센터의 깨진 창문 틈으로 모래투성이 바람이 거세게 불었다.

그녀는 뉴팟으로 올라갔다. 마치 처음 해보는 것처럼 묘하고도 친숙한 느낌이었다. 뉴젤은 그녀의 몸을 누일 공간을 만들기 위해 옆으로 미끄러지고, 다시 그녀의 온몸 구석구석을 파고들어 애무했다. 타오이는 잊어버렸다. 아니, 아마 약간 소독제 같기도 하고, 민트향 같기도 하고, 옅은 표백제 냄새까지. 뉴젤에 이런 냄새가 있었는지도 알지 못했었다.

타오이는 등을 대고 누워, 가이아가 해주는 따뜻한 포옹에 온몸을 쭉 뻗었다. 그리고 네이빈에게 메시지를 보냈다.

데이트 시켜줘, 사이보그.

* * *

타오이는 환승역에서 나와 반짝이는 은색 타일 위로 발을 내디뎠다. 아주 잠깐 동기화가 되지 않아 속에 있는 생각이 그녀와 발을 맞췄다. 마치 숨을 가득 내쉴 때처럼 머리카락이 그녀의 어깨를 간지럽혔다. 타오이는 해가 떠 있는 내내 정원을 가꾸고 무거운 무게의 배낭을 질질 끌고 다니느라 어깨에 느껴지는 고통에 익숙해졌다. 오히려 지금은 그 고통의 부재로 괴로웠다.

그녀는 텅 비어버린 역 주변을 둘러보며 바삐 움직이는 아바타 수천 명이 몰려들고는 하던 것을 기억한다. 이제 구멍만 숭숭 나 있는 벽들은 마치 버려진 벌집 내부를 연상케 했다.

"네이빈?" 타오이의 목소리는 곡선으로 된 천장을 향해 올라갔다가 다시 돌아와서는 그녀의 왼쪽 귀를 타고 울렸다.

사방에서 동시에 그의 목소리가 들렸다. "아, 왔어? 빨리 왔네!"

타오이는 "잡혀 있던 다른 데이트를 취소했더니 빨리 오게 됐네?"라며 능청스럽게 말했다.

네이빈은 여전히 '비체화' 상태였다. "하하, 안 웃기거든요? 나 조금만 기다려줘. 이 연락 연결 좀 끊고, 이 작업 공간도 닫아야겠어…. 아, 됐다. 미안해, 드디어 왔네. 뉴팻으로 로그인해서 너를 만나게 되다니 너무 행복해. 자, 생애 최고의 데이트를 하러 갈 준비가 되셨는지?"

타오이는 바닥에 있는 발가락 너머에 비치는 자신의 모습을 바라보며 말했다. "내가 현실 세계의 몸을 가진 너를 더 좋아한다는 거 알잖아."

"내 몸은 모든 곳에 있는 내 정신과 영혼을 보여주는 것일 뿐이야. 맘 상하네. 하지만 그 의견은 받아들일게."

몇 미터 떨어진 곳에서, 아주 작디작은 티팬티를 입은 거대한 근육질 몸의 보디빌더 한 명이 어디에서인지 모르게 나타났다.

타오이는 코웃음을 치며 빵 터진다. "네 몸이라고?"

보디빌더의 몸이 녹아 사라지고 거대한 운동화 한 짝으로 변해버렸다. 타오이는 목을 길게 뺐다. 다소 익숙해 보이는 발목과 다리에 운동화가 딱 붙어 있었다. 나머지 몸은 천장 때문에 잘려 보이지 않았다.

네이빈의 목소리가 들린다. "앗, 비율 오류가 났네."

운동화 주인의 몸 크기가 빠르게 줄어들었다. 대충 딱 맞는 신체 크기에 팔을 양쪽으로 활짝 벌린 네이빈이 나타났다. "팔 근육 빵빵한 미스터 식스팩보다 이런 내가 확실히 더 좋다는 거지?"

"말이 나오니까 말인데 다시 생각을 좀 해봐야겠어."

그는 눈 깜짝할 새에 타오이의 옆에 와서 그녀의 손가락에 자신의 손가락을 걸었다. "왜 이렇게 늦은 거야. 이제 아무 데도 못 갈 줄 알아."

그는 타오이의 이마에 입을 맞췄다. 예상치 못했던 그의 상냥함. 타오이의 눈에 눈물이 차올랐다. 최소한 진짜 같은, 너무나 다루기 힘든 시뮬레이션이었다. 둘이 나눈 마지막 화상 대화들은 제한적이고 불안정했다. 네이빈의 신경은 다른 곳에 가 있었다. 타오이는 고집스러웠고, 캠프와 뒤처진 사람들에 관심을 보이지 않는 네이빈의 모습에 울적했다. 하지만 오늘은 뭔가 달랐다.

"뭐 하고 싶어?" 타오이의 시선이 그의 목깃을 맴돌았다. "도시에서 벗어나서 뭔가 조용한 걸 할 수 있지 않을까…?"

"무슨 얘기 하는 거야. 나한테 어디 데려가 달라며."

"생각해 둔 곳 있어?"

"그럼." 네이빈은 중지를 사용해 흘러내린 타오이의 머리카락 한 가닥을 귀 뒤로 넘겨줬다. 그 감각이 너무나 이상하고 생생해서 타오이는 순간 겁이 났다. "이제 갈까?"

타오이는 고개를 끄덕였다.

네이빈이 긴 양팔로 그녀를 감싸며 말했다. "눈 감아." 바닥이 사라진다. 타오이는 발가락을 아래로 쭉 뻗어 빈 공간에서 발을 이리저리 움직여 본다. 공기가 변하고 점점 더 짙어지면서 진흙 같은 그녀의 몸 위를 누른다.

심장 박동이 한 차례 울리고, 다시 타오이의 아래에 단단한 무언가가 나타난다. 입술 사이로 산들바람 한 줄기가 흘러들어 태양 아래 아이스크림의 맛이 전해진다. 바닷물이 찰싹이는 소리, 나뭇잎이 바스락거리는 소리, 야생 새 한 마리가 우는 소리. 여러 가지 소리가 겹겹이 쌓여서 그녀에게 다가온다.

"좋아, 이제 눈 떠도 돼."

나무가 가득한 부두와 넓고 빛나는 호수 가장자리가 만나는 곳에서 노 젓는 배 한 척이 흔들거리고 있었다. 호수 주변은 이끼로 뒤덮인 화강암 산으로 둘러싸여 있고, 새하얀 백년설이 그 장엄한 머리를 들고 가슴 아프도록 시린 파란 하늘을 칠했다. 그녀가 여태껏 맡아 보았던 공기의 냄새가 아니었다. 마치 세계 정상에 있는 비밀스러운 나무 그늘 아래에 누군가 그녀를 떨어뜨린 듯한 느낌이었다.

지독한 깨달음과 함께 타오이가 말했다. "산에 있는 외딴 호수에 노 젓는 배라니. 우리의 첫 번째 데이트 장소여야 했던 곳이네."

"여기 와 볼 기회가 없었잖아."

둘은 부두를 따라 걸었다. 따뜻한 나무 바닥의 이리저리 툭 튀어나온 부분이 그녀의 발바닥을 눌렀다. 네이빈이 먼저 배에 올라타고 타오이가 따라서 탔다. 흔들리는 뱃머리 쪽이 가라앉자 타오이는 양팔로 뱃전을 감쌌다. 호숫물이 그녀의 손톱을 야금야금, 맛있고 시원하게 깨물어 먹는다. 물이 너무나 깨끗해서 타오이의 눈에 바위로 된 호수 바닥이 바로 보일 정도다. 군데군데 보송보송한 이끼들이 피어나 있고, 작은 수중 꽃의 쌀알만 한 꽃잎들이 이곳저곳을 수놓고 있었다.

"여기 너무 아름답다, 네이빈."

"그러니까."

네이빈은 부두에 묶여 있는 밧줄을 풀고 선미에 앉아 노를 잡았다. 그는 강해 보인다. 너무나도 강해 보인다. 마치 자애로운 태양이 색다른 디자인의 빛을 뿜고 있는 것 같았다. 부두가 저 멀리 작아져 작은 사각형처럼 보일 때까지 나아가자, 에메랄드빛 나무들이 얽히고설켜 뒤덮여 있는 곳에 다다랐다. 호수의 경계선이 너무나 길게 뻗어 있어 강과 닮아 보였다. 저쪽 끝에 있는 곶# 주변이 이 호수의 끝이었다.

타오이는 그의 노 젓기 리듬에 맞춰 등을 기댔다. 따스함이 담요처럼 그녀의 몸을 덮었다.

"우리 여기 영원히 있을 수 있을까?"

네이빈이 미소 지었다. "그러면 더할 나위 없이 좋겠는데?"

타오이는 가까이에서 네이빈의 얼굴을 들여다보며 그의 얼굴을 구성하고 있는 미묘한 선들을 자신의 기억 속에 주워 담는다. 날카로운 코를 향해 떨어지는 눈썹. 눈꺼풀로 만들어진 반원. 아래쪽 속눈썹과 쌍둥이처럼 나 있어 스스로 그림자를 만드는 풍부한 속눈썹의 붓질까지.

네이빈이 물었다. "여기 얼마나 오래된 세상인 걸까?"

"고요하네. 거의 버려진 곳이겠지."

"맞아, 피드에서 이런저런 내용들 봤던 것 같아."

"도시는 거의 죽어버렸잖아. 열차도 다니지 않고 말이야. 비행기도, 차도 없어."

네이빈의 미간이 찡그려졌다. "끔찍하겠다, 타오이."

타오이는 손 전체가 물에 푹 잠길 때까지 팔을 배 밖으로 축 늘어뜨렸다. "그렇게 나쁘지는 않아. 그냥… 느릴 뿐이지. 모든 게 느리게 진행될 뿐이야."

"너 그렇게 견디고 있는 거, 괜찮은 거 확실한 거야?"

타오이는 등을 뒤로 기대고 자신의 머리 위로 손을 달랑거렸다. 차가운 물방울이 그녀의 가슴으로 뚝뚝 떨어졌다. "사실은 좋아. 너는 그게 그립지 않아?"

"뭐가 그립냐는 거야?"

"글쎄. 잠깐 멈춰 있는 거. 빌어먹을 어떤 일이든 하지 않고 그냥 가만히 멈춰 있는 거."

"전혀."

"어쨌든 최근에 캠프를 떠났어. 엄마 기일 바로 다음 날에. 언덕 꼭대기에서 작은 제사도 지냈는데, 바람이 초를 켜게 도와주지를 않더라고. 걸어 돌아가는 길에는 하늘을 나는 새 두 마리도 봤어. 아름답더라." 타오이는 입을 다물었다. 극심한 실의에 빠져 있던 때의 엄마만큼 자신이 뭔가 수수께끼 같은 이야기를 하고 있다는 생각을 하기 시작했다.

네이빈은 잠시 눈을 감고 있었다. "그게 무슨 뜻이야?"

"이제 다음 여정지로 떠나려고."

네이빈은 노를 배 안쪽으로 돌려놓았다. 납작한 노의 날이 배의 바닥에 부딪히며 쾅 하는 소리를 냈고, 물에 젖은 바닥 부분이 까매졌다. 물의 흐름이 배를 호수 저쪽 끝으로 떠가게 하고 있었다. 눈에 보이지 않는 곳으로 흐르는. 타오이는 이렇게 흘러가다 또 다른 호수와 만나고, 그다음에는 세 번째, 네 번째 호수와도 만나 숨겨진 계곡 아주 깊숙한 곳으로 구불구불 들어갈 수 있지 않을까 궁금했다. 새 한 마리가 산꼭대기 어딘가에서 까악 거리며 떠났다.

무서울 정도로 엄숙한 목소리로 네이빈이 말을 꺼냈다. "타오이.

한동안 너한테 말하지 못했던 게 있어. 가능한 빨리 업로딩을 해야 할 거야."

타오이가 자세를 고쳐 앉자 배가 흔들렸다. "무슨 얘기야?"

"이걸 어떻게 말해야 할지 모르겠는데. 사실 네 두뇌가 나이 들고 있어. 그게 내 눈에 보여. 몇 주 전에는 네 두뇌 깊은 곳에 있는 백질에서 작은 뇌졸중도 있었고. 측두엽도 네 나이 기준보다 작아."

"그게 대체 무슨 뜻인데."

"치매 극초기 증상이 있다는 거야. 이 얘기 들었다고 지금 로그아웃하지 마. 그렇게 미묘한 전조를 알게 되는 사례는 꽤 자주 있어. 너는 아마 앞으로 20년 동안 인지 문제를 겪지는 않을 거야. 하지만 그것 때문에 우울증이나 불안에는 더 취약해질 거야."

"말도 안 돼."

"내가 왜 거짓말을 하고 있다고…"

"나 서른두 살이야! 이렇게 젊은데 무슨 뇌졸중이라는 거야!"

"젊었을 때 작은 뇌졸중이 오기도 해. 그렇게 드문 일은 아니야. 너희 어머님도 몇 번 겪으셨던 거고."

"내 뇌 속을 들여다본 거야?"

"미안해. 나도 알아, 내가 물어봤었어야…"

"알았어."

네이빈이 한숨을 내쉬었다. "솔직히 그냥 저쪽에 있는 거나 다름없어. 네 얼굴만 똑바로 바라보려 하지 않는 것뿐이지."

네이빈은 오른손으로 왼쪽 팔꿈치 안쪽을 문질렀다. 그가 수술 후에 손가락 끝으로 티타늄 플러그의 완벽하게 둥근 원을 따라가며 항상 하던 행동이었다. 이제 그의 팔에는 흠 하나 없다.

백년설로 뒤덮인 산꼭대기에서 차가운 바람이 불어와 그녀의 피부 털을 들어 올렸다. 타오이는 손으로 배의 가장자리를 꼭 잡았다.

급기야 네이빈은 재촉했다. "이제 더 이상 어머님 때문에 거기 있지 않아도 되잖아. 네게 필요한 모든 게 가이아에 있어. 지금 당장 업로딩을 해야 한다고. 뇌가 더 퇴행하기 전에 말이야."

타오이는 조용히 말했다. "하고 싶지 않아."

네이빈이 깜짝 놀란 채로 바라봤다. "웃기는 소리 하지 마."

타오이는 나무판자 위로 철벅거리는 소리를 내는 양발을 내려다봤다. 발가락이 너무나 길고 터무니없이 이상해 보였다. 엄지손가락과 똑같이 생긴 큰 손가락 같달까.

"그만하자, 타오이."

"나 돌아오지 않을 거야. 난 지금의 너처럼… 되고 싶지 않아."

불신이 충격으로 바뀌었다. "뭐? 왜 그런 말을 하는 건데? 업로딩하고 나면 모든 게 얼마나 좋은데. 너 우리 봤잖아. 그 어느 때보다도 삶이 쉬워진다고. 무서울 게 없어."

"난 무서운 거 없어."

"그렇다면 넌 그냥 고집 세고 이성을 잃은 상태인 거야. 지구에 더 이상 남아 있는 게 없다고! 거기에 어떻게 계속 있을 건데? 결국 죽을 거라니까?"

타오이는 큰 엄지손가락 같은 엄지발가락을 씰룩씰룩 움직이며 맞은편의 네이빈을 바라봤다. 그의 슬픔이 그녀에게 정면으로 다가온다.

"절대 안 돼. 네가 그렇게 하도록 내버려 두지 않을 거야. 네가 나를 어떻게 떠나."

"네가 먼저 나를 떠났잖아."

네이빈은 앉아 있던 자리에서 살짝 일어났다. 그 바람에 카누 한쪽에 물이 약간 넘어왔다. "아, 이제 책임 전가할 타이밍인가? 내가 업로딩한 거에 대해서 이제야 뒤늦게 뒤틀린 복수심을…"

"너 내 말 이해하잖아… 네 모습이 그대로였더라도 난 마찬가지였을 거야." 그리고 그녀는 입안에 맴돌던 다음 말들을 밖으로 밀어냈다. "넌 내가 핏츠로이 식당에서 만났던 네이빈이 아니야."

마치 누군가 세게 한 대 친 것처럼 타오이의 말이 네이빈을 강타했다. 그는 다시 자리에 미끄러져 카누 바닥 위에 무릎을 꿇었다. 고개를 든 그의 눈에는 눈물이 가득했다.

숨이 막히는 듯한 목소리로 그가 말했다. "나는 그전과 똑같은 사람이야, 타오이. 견딜 수 없을 만큼 너를 너무나 사랑한다고."

네이빈은 양팔을 밖으로 내던져 호수와 산, 그리고 하늘을 에워쌌다. "너를 위해서 만든 거야. 내가 잔디 하나하나까지 다 설계했다고. 정상에 있는 눈송이도, 네 귀에 들리는 새 울음소리도, 피부에 와닿는 깨끗한 물의 느낌도. 나는 우리를 위해서 여기를 만든 거야. 우리가 원하는 만큼 함께 있을 수 있도록."

그는 결국 흐느끼며 무너졌다.

흔들리는 배 위에서 타오이는 네이빈과 함께 무릎을 꿇고 앉아 자신의 양손으로 그의 손을 잡았다. 그리고 자신의 볼을 그의 따뜻한 손바닥에 가져다 댔다.

"나도 사랑해, 네이빈. 너를 항상 사랑할 거야."

그의 몸에서 그녀를 밀어내는 모든 저항이 사라졌다. 네이빈은 결국 그녀에게 축 늘어졌다.

그는 타오이의 어깨에 대고 중얼거렸다. "말도 안 돼. 정말 말도 안 돼."

타오이는 그의 정수리에서부터 부드러운 솜털처럼 나 있는 머리카락을 지나 그의 목 뒤까지 어루만졌다. 그리고 울퉁불퉁 튀어나와 있는 그의 척추를 따라갔다. 타오이는 상상한다. 한때 그가 얼마나 작은 존재였을지. 그리고 어머니의 뱃속에서 웅크린 아기로서 얼마나 작은 존재였을지. 그리고 그보다도 훨씬 전에 지녔을 희망과 저주를 생각한다. 신장이 잘 작동하지 않게 만든 저주를 지닌, 나선형으로 이루어진 코드로서 그가 얼마나 작은 존재였을지.

"내가 영원히 기다릴 수 있다는 거 알지? 말하고 또 말했었잖아. 네가 옛날 세상에서 해결해야 하는 문제가 있다면 네가 필요한 시간만큼 기다릴 수 있어…"

"나는 네가 나를 기다리기를 원치…"

"타오이, 어떻게 그렇게 확신할 수 있는 거야? 그 누구도 자기 자신을 그렇게 잘 알지 못해. 10년, 20년, 100년… 그 안에 네 마음이 바뀔지도 몰라."

"제발, 네이빈. 나는 네가 나를 기다리길 원치 않아. 나는 이 결정 안 바꿀 거야."

그는 목을 다시 길게 빼고 그녀의 눈을 빤히 바라봤다. 분노, 공포, 절망. 이 감정의 소용돌이가 그의 얼굴 전체를 떨게 했다. "왜 그런 결정을 하려는 거야? 이해가 안 돼서 그래. 아직도 가이아에 있으면 불안해? 나 때문에 그런 거야? 아니면 어머님 때문에?"

타오이는 잠시 그의 말에 대해 생각하고 입을 열었다. "여러 가지 이유 때문이야. 아니면 그냥 한 가지 이유일지도 몰라. 내가 업로딩

하고 싶지 않다는 걸 이제 깨닫게 된 게 그 한 가지 이유일지도."

폭풍이 잦아들 듯 소란도 가라앉고, 마침내 받아들이는 단계에 다다랐다.

"그럼 여기까지인가? 오늘이 네가 가이아에 오는 마지막 날인 거야?"

타오이는 입은 굳게 다문 채로 네이빈을 바라봤다. 목구멍을 꽉 닫고 있었다. 그녀에게서 튀어나올 것들이 두려워서. 울음을 멈출 자신이 없었다. 아마도 너무나 많이 울어버릴 것이다. 요 몇 년간 울었던 그 어느 때보다 훨씬 많이.

그녀는 힘겹게 침을 삼키고 다시 한번 그의 정수리를 어루만졌다. 부드럽게, 마치 성유聖油를 바르는 것처럼.

"여기로 데리고 와줘서 고마워. 정말 완벽해. 내가 딱 원하던 곳이야."

둘은 배 위에서 얼마나 오랫동안 함께 누워있었던 것인지 알 수 없었다. 물의 흐름이 호수 저 끝으로 부드럽게 그들을 잡아당겼다. 곶 주변으로, 저 반대편으로 계속.

30

하늘은 그녀가 보았던 그 어느 때보다 말끔했다. 그녀는 전에 시뮬레이션에서 보기만 했던 것들을 본다. 안개와 조명으로 가득한, 도시 사람들의 눈에는 보이지 않는 것들을. 깜깜한 하늘에서 우리 은하의 보라색 팔이 펼쳐졌다. 별과 행성들이 하나씩 나타났다. 한결같이 주황색을 띠는 목성, 그리고 금색 토성. 전갈자리의 따스하고 붉은 중심 안타레스. 북서쪽으로는 사냥꾼이 손짓하는 오리온자리.

타오이는 버려진 마을과 먼지 가득한 게임 센터에서 서둘러 나왔다. 세척 과정을 두 번이나 돌리고 그녀의 몸에서 피부 껍질이 우수수 떨어지기 시작할 때까지 뉴팻의 양팔이 수건으로 닦고, 닦고, 또 닦아 주었다. 그런데도 여전히 뉴젤의 소독 표백제 냄새와 가장 어두운 부위의 촉촉한 따뜻함이 느껴졌다.

네이빈 다음으로 애써 에블린을 찾았다. 화해하지 않는다면 자신을 용서할 수 없을 것이다. 에블린은 타오이의 연락에 바로 답했다.

그녀는 우아하게 땋아 올린 머리에 달리아가 그려진 치마를 입고 바닐라 향 향수를 뿌린 채로 타오이의 옆에 나타났다. 달라 보였다. 너무나도 달라 보였다. 하지만 타오이는 에블린의 눈을 본다. 오래 전 진짜 자신을 걱정하던 에블린의 눈을. 에블린 역시 괴로워하며 타오이의 얼굴을 보고는 곧바로 손목을 잡아끌었다. 그들은 함께 그래파이트 지구의 가장자리, 해양 초목으로 둘러싸인 조용한 만灣으로 향했다.

에블린이 말했다. "너 떠나는 거지?" 타오이가 고개를 끄덕였다. "네가 업로딩 하지 않을 거라는 거 나는 알고 있었어. 자크 생일 파티 다음 날, 내가 내뱉었던 그 쓰레기 같은 말들은 정말 미안해. 그냥 네가 부러웠어. 나는 항상, 너의, 그런 강점이…"

그래도 타오이는 그녀를 달랬다. "그런 말이 어딨어. 미안해하지 마. 부러워하지도 말고. 나한테만 몰두해서 너무 미안해. 너한테 더 좋은 친구가 되어주지 못한 것도. 그리고 봐봐. 넌 네가 되려고 했던 딱 그 모습이 됐잖아."

둘은 조금 더 대화하다 포옹을 했다. 해변에 앉아 부딪치는 파도 소리를 들으며 잠시 옅어지는 햇빛과 침묵 속에 함께 있었다. 마지막으로 타오이가 에블린에게 부탁했다. 자크에게 사랑한다고 전해 달라고. 그 말을 남기고는 곧장 로그아웃했다.

동트기 몇 시간 전, 달이 떴다. 우아한 신월新月이었다. 이 희부연 빛에 타오이는 지평선 너머 무언가 잠깐 움직이는 것을 봤다. 사람인지 아니면 다른 어떤 존재인지는 모르겠으나 분명 그녀와 나란히 달리고 있었다. 가슴 속에 두려움이 피어올랐다. 누군가가 혹시 타오이를 미행하고 있던 건 아닐지.

타오이는 오토바이를 멈추고 주변을 탐색했지만 평평한 대지와 녹고 있는 것 같은 그림자 외에는 그 무엇도 없었다. 네이빈일 수도 있었을까? 그가 그녀를 보고 있는 것일까? 그에게 그러지 말아 달라고 애원하고 자신을 과거에 두고 떠나라고 애원했는데. 타오이는 고개를 가로저었다. 그는 그녀의 바람을 존중해 줄 터였다. 그만큼 강한 사람이니까.

사실 그녀는 두 명의 네이빈을 사랑했다. 첫 번째 남자와 두 번째 남자. 두 번째 남자는 첫 번째 남자가 버리고 간 것을 익히기만 했다. 타오이는 수많은 네이빈을 알았다. 핏츠로이 식당에서의 네이빈을. 와인에 흠뻑 젖어 싸구려 호텔 방에서 미친 듯 춤을 추던 네이빈을. 테레사의 보호 아래 누워 있을 때 꼭 잡은 손을 떨던 네이빈을. 잠자고 있을 때 어루만진 이마가 축축했던 네이빈을. 수술 로봇이 열어 재배열한 몸을 가졌던 병원에서의 네이빈을. 그리고 고통은 누그러졌지만 상처를 얻어 슬픔과 분노에 휩싸였던 수술 후의 네이빈을. 타오이는 그가 세척을 무시하고 지나갔을 때 얼마나 화를 냈었는지 떠올려 본다. 이제야 자신이 얼마나 그의 고통과 슬픔에 무관심했는지 깨닫는다.

그다음에는 당연히 가이아의 네이빈도 있다. 명석하고, 열렬하며, 항상 열심인 그가. 새로운 세상의 경계에 있는 그녀의 앞까지 뛰어온 그가. 그는 마침내 자신이 있어야 할 자리로 되돌아갔다.

그들의 삶은 갈라지는 길이 모인 정원과도 같았다. 타오이가 방향을 바꾸고 그런 타오이의 흔적을 네이빈이 따라온다면 어땠을까. 타오이는 마음속 눈으로 선택하지 않은 미래가 펼쳐지는 것을 본다. 고속도로 한쪽이 아니라 커넌드림 지구에 있는 아파트에서 잠을 깨는 상상. 덩굴이 길게 뻗어나가 유럽을 떠올리게 하는 도로를 보며 그와 함께 침대 위에서 커피와 페이스트리를 먹고 있을 수도 있었을 것이다. 네이빈과 함께 글로벌 시민권을 얻거나 적당한 기본임금에 맞는 경제 형성을 옹호할 수도 있었다. 그리고 현실 세계에서 그들의 아이가 성장하는 것을 바라보았을 수도, 그 아이를 등교 첫날 학교에 데려다줄 수도 있었을 것이다. 마침내 아이도 업로딩해 영원한 내세에서 그들과 함께 살 수도 있지 않았을까.

하지만 타오이는 예상치 못한 길을 택했다. 스스로가 완전히 이해하지 못하겠다는 이유로.

그녀가 사회의 지표를 다 밀어붙이고 계속해서 앞으로 나아가게 만드는 힘은 무엇이었을까. 아마 할머니의 이상주의 때문이거나 엄마의 극기주의 탓일 테다. 아니면 싸움을 계속해야겠다는 그녀의 속 깊이 자리한 의무 때문일지도 모른다. 할머니와 엄마는 열심히 싸웠다. 만약 그녀가 정신과 몸을 가이아에 굴복한다면 그녀의 신경 패턴에 변경과 수정이 가해질 것이다. 그건 그들로부터 한 발짝 더 멀어지는 것일 테다.

이제, 타오이는 조용히 순응하던 엄마와의 동류의식을 느낀다. 그녀는 가끔 인생에서 큰 결정을 내릴 때, 마치 그 결정이 처음부터 돌에 깊이 새겨져 있던 것처럼 느낄 때가 있었다. 자신이 마치 중력에 이끌려 그 길의 우여곡절을 통해 흘러가는 물 한 방울인 것처럼. 타오이는 이제 더 이상 정당화하거나 자주성 있는 척하려고 자기 자신을 속일 필요가 없다.

지금 여기는 온 세상이 그녀에게 나누어준 딱 맞는 길이다. 타오이는 용기를 가지고 이 길을 걸어 나갈 것이다.

* * *

새로운 여정 사흘째. 오토바이에서 매캐한 연기가 한 차례 뿜어져 나오더니 점차 조용해졌다. 오토바이에서 내려 엔진을 확인했다. 작은 자갈들이 냉각 팬 안에 들어가 있었다. 냉각 팬에 돌이 끼어 배터리가 과열된 것이었다. 타오이는 계기판 위 냉각수 온도계 등이 깜박거리는 것을 알아차리지 못했다. 다시 시동을 걸어보려 했지만 탈탈탈탈 소리가 나다가 이내 잦아들었다. 열두 번도 넘게 시도했다. 결국 배터리에서 마지막 경고음이 울렸다. 배터리 1퍼센트 남음. 그리고 시동은 다시 걸리지 않았다.

"제발, 제발, 제길!"

그녀는 연석 위에 주저앉았다. 도로 전체에 기름이 유출된 것처럼 뜨거운 열기가 이글거렸다. 어느 방향으로 바라보아도 땅은 메마른 갈색이었다. 모든 것이 타는 듯한 해의 열기에 의해 죽어가고 있었다. 타오이의 민머리에도 땀이 흘러 간지러웠다. 너무 긁어서 머리 전체가 따끔거릴 정도였다. 목 뒤로는 열 발진이 올라왔다. 그녀는 배낭을 땅에 내려두고 재킷을 다시 걸쳤다.

본래 여기 있을 것이 아니었다. 도시인이니까. 타오이는 식민지 시대 에포의 상점 앞과 좁고 북적북적한 길을, 멜버른의 네온 타워를, 뉴팟의 살균된 내부를 안다. 이렇게 햇빛에 다 타버려 황무지가 된 세상 말고.

유골이 담긴 통을 바다까지 건너서 버려진 건물에 가져다 두는 것이 그녀에게는 왜 그렇게 중요한 것일까. 타오이가 무슨 짓을 하고 있는 것인지 신이는 절대 알 수 없을 것이다. 신경 쓰는 이 하나 없다. 이 세상 아무도 관심이 없다.

"엄마, 뭐하고 싶어요?"

그녀는 배낭을 열어 보드라운 담요에 싸여 있는 꽃병 위로 손을 올렸다.

"알겠어요, 알겠어. 엄마가 뭘 하실지 알겠네요."

타오이는 GPS를 켜고 자신의 위치를 알려줄 때까지 기다렸다. 타운스빌에서 200킬로미터 정도 떨어진 보웬Bowen이라는 도시의 남쪽에 있었다. 하루 중 가장 더운 시간에 쉬는 것을 감안해 이렇게 걸으면 5~6일 안에 여정을 끝낼 수 있을 것이다. 다음 선박은 놓치 겠지만 그다음 선박을 기다리면 된다.

이른 아침, 저녁, 그리고 가끔 한밤중에만 단속적으로 걸었다. 배낭 어깨끈 아래에 어깨가 쓸렸다. 햇빛에 눈이 부셔 아무것도 보이지 않고 눈물만 났다. 어스름이 지면 시야에 몇 가닥의 선이 희미하게 일렁거렸다. 망막에 상처가 난 것인지, 먼지 폭풍인지, 아니면 어슬렁거리는 유령인지. 타오이는 알 수 없었다. 재킷 아래에 달팽이 한 마리처럼 몸을 구부리고는 도로 한쪽에서 휴식을 취했다. 하루 중 가장 더운 시간에는 오븐 안에 있는 것만 같았다. 타오이는 더운 시간이 얼마나 긴지 정확한 시간과 분을 쟀다.

타오이의 여정은 네 개의 물통과 함께 시작됐다. 곧 물통은 한 개로 줄었다. 그래서 쉴 때마다 스스로에게 허용한 식량은 물 두 모금과 비스킷 반 조각이었다. 입이 너무 말라서 가루 같은 물질이 그녀의 목을 꽉 막았다. 계속해서 기침이 나왔다.

타운스빌에서 20킬로미터 쯤 벗어났을 때 물이 바닥나고 말았다.

타오이는 고속도로에서 우회해 오래된 세기 초 집들이 늘어선 주거 지역으로 향했다. 한 집의 마당을 둘러보고 발견한 수도꼭지를 틀어봤으나 수도 공급이 중단된 상태였다. 모든 블록에 있는 집이 똑같았다. 갑자기 도로가 훨씬 길어 보였다. 땅에 있는 검은 구멍들이 열기를 듬뿍 흡수해 볼록해졌다가 다시 그 열을 타오이에게 내뿜었다. 타오이는 눈 뒤에서부터 퍼지는 낯선 어지러움을 참으며 계속해서 걸었다. 걸음은 더 빨라졌다.

네이빈은 타오이의 뇌를 관찰했고 그녀의 뇌가 줄어들고 있다고, 그리고 이미 조용한 뇌졸중을 한 차례 겪었다고 설명했다. 할머니가 스스로 목숨을 끊게 했던, 그리고 엄마가 불멸을 포기하게 했던 어두운 마음. 이제 그 그림자가 타오이에게 와 있는 걸까? 타오이의 마음에서도 천천히 희망이 사라져 버릴까? 만약 그렇다고 하더라도 타오이에게는 느껴지지 않았다. 무언가 정제되고, 깨끗해지고, 맑아진 것 같았다. 광활한 창공 아래 타오이는 선명하게 살아있다.

* * *

타운스빌에 걸어 들어갈 때쯤 탈수로 타오이의 상태가 불안정했다. 마을에는 잿빛 먼지가 가득했고 그녀가 통과해 온 다른 모든 곳처럼 그곳도 텅 비어 있었다. 그녀는 항구 쪽으로 휘청거리며 넘어졌다. 시야에서 아주 작은 빛이 춤을 추고 있었다. 머리는 고통으로 욱신거렸다. 입에서는 재와 찰흙 맛이 느껴졌다. 그런 그녀의 앞에 바다가 펼쳐져 있다. 너무나 새롭고 푸르러서 그 자체로 빛을 뿜는 것 같았다.

항구의 끝에서 배 한 척이 기다리고 있었다. 그럴 리가 없는데. 타오이가 늦었으니 말이다. 아마도 둘 다 늦어진 것일 테다. 그리고 타오이는 마지막 티끌만큼 남은 에너지를 쥐어짜 배를 향해 달려갔다. 그런 그녀의 등허리에 꽃병이 부딪힌다.

작가의 말

이 책은 2018년, 제가 그냥 공책에 휘갈기던 막연한 하나의 아이디어로 시작됐습니다. 여러 번 고쳐 쓰고 도움도 많이 받으면서 점점 그 이야기가 어떻게 흐르고자 하는지를 알게 되었죠. 이 소설의 변신, 그리고 작가로서의 변신을 위해 많은 사람에게 신세를 졌습니다.

제니퍼 하우프트먼과 함께 카페테리아에 앉아 가졌던 글쓰기 시간이 가장 먼저 떠오릅니다. 조금씩 써 내려가던 소설을 교환해 읽던 순간은 참 애정 가득한 시간이었습니다. 제니퍼의 피드백은 제가 작품을 조금씩 나은 방향으로 고치는 힘이 되어주었습니다. 그녀의 글도 제게 많은 영감이 되어주었지요. 덕분에 글을 쓸 때 더 활짝 열린 마음으로 생각할 수 있었고요.

특히 '비바 라 노벨라'에서 이 작품의 초기작을 수상 명단에 올려주심으로써 제 자신감은 엄청 올라갔습니다. 귀중한 비평을 선사해 주신 앨리스 그런디에게 감사의 인사를 전합니다.

그리고 신인 작가와의 모험을 시작해 주신 우리 두 에이전트, 자신타

디 마세와 다니엘 빙크스에게도 고맙다는 말을 하고 싶네요. 채 다 완성하지도 않은 어지러운 제 작품을 믿고 이 책을 출판할 수 있도록 풍부한 지식으로 저를 지지해 주셨지요. 대단히 고맙습니다.

호주를 비롯한 전 세계 사변소설 쓰기 커뮤니티의 도움이 없었더라면 저는 글쓰기 세계에 발을 들여놓지도 못했을 겁니다. 제 단편 소설의 고향, 다른 작가들로부터의 영감과 조언, 제 작품에 대한 격려, 구속에서 자유로운 사변소설의 무한한 가능성에 대한 기쁨을 그 공간에서 발견할 수 있었거든요. 특히 그곳에 계신 모든 다른 아시아인 사변소설 작가 분들께 감사드립니다. 여러분의 글을 마주하기 전까지는 제게도 기회가 있을 거라는 생각을 하지 못했어요. 여러분의 작품은 정말 귀중하고, 또 중요합니다.

피터 챈, 웨이밍 윙, 레온 클라크, 멜리사 오, 토마스 오버니, 마리 팸, 조나단 캐터몰. 제 완전 초고를 읽고 피드백과 열렬한 환호를 보내준 현실 세계 친구들에게도 정말 깜짝 놀랐고 고마웠습니다. 여러분이 내준 시간, 그리고 여러분이 보여준 우정에 정말 고맙습니다.

어머니의 영향이 아니었다면 저는 작가가 되지 않았을 겁니다. 아주 어린 나이부터 제게 읽는 법을 알려주시고, 지역 도서관에 정기적으로 데리고 가주시고, 또 제가 매번 위태롭게 쌓아 올린 책들을 들고 돌아올 수 있도록 도와주심으로써 제가 글쓰기에 전념할 수 있도록 키워주셨거든요. 제 열망을 위해 노력할 수 있도록 격려해 주신 부모님, 감사합니다.

그리고 피터, 네게 영원히 감사할 거야. 우리의 어린 시절 상상 속 세계들이 간혹 내게 남아서 이야기로 변신하고는 해. 넌 항상 내 글을 가장 주의 깊게 읽어 줘. 그래서 네 의견과 네 유머 감각이 아주 가치 있다고 생각해.

잊을 수 없는 에포의 삼 포 통Sam Poh Tong 사원으로 다시 데려가 준 우리 가족에게도 감사합니다. 그 공간에서 보낸 제 어린 시절의 기억들이 이 책에 나오는 사원에 영감을 주었어요.

마지막으로, 제가 글 쓰는 것을 가능하게 만들어 준 브라이언에게 무한한 사랑과 함께 이 책을 바칩니다.

한국 독자 여러분께

한국에 〈너의 모든 버전*Every Version of You*〉을 소개할 수 있어 영광입니다. 믿을 수 없을 정도로 신이 나네요. 한국어 번역본이 이 이야기의 최초 번역본입니다. 제 이야기가 새로운 독자 여러분께 닿을 수 있게 되어 감사한 마음입니다.

〈너의 모든 버전〉은 가까운 자본주의 미래에 일어날 빠른 과학 기술 발전의 모습을 보여줍니다. 그러나 사랑과 상실, 변화의 초상을 그리고 있기도 하죠. 실제로 이 이야기의 초고 제목은 오랫동안 제가 사로잡혀 있었던 사고 실험의 이름, '테세우스의 배'였습니다. 이는 1세기 그리스 철학자이자 작가였던 플루타르크가 기록한 것인데요. 그는 어떤 배 한 척에 있는 부품 하나하나를 다른 부품으로 교체해도 과연 그 배가 그 전과 같은 배라고 할 수 있는지를 묻습니다. '널빤지, 노, 돛대, 돛 등 배에 있던 원래 부품을 모두 모아 또 다른 배를 한 척 만든다면 어떻게 될 것인가? 만약 그 두 척 중 한 척만이 진정한 테세우스의 배라면, 어떤 배를 그것이라고 할 수 있을 것인가?' 철학자들은 이후 수 세기 동안 이 역설을 확장해 나갔습니다.

테세우스의 배는 우리의 일상생활에서도 확인할 수 있습니다. 우리는 일정 시간이 지나면 사원, 경기장, 궁궐, 도서관, 집 등을 새로 짓습니다. 강이나 숲 같은 자연물에는 단 하나의 이름이 붙어 있지만 물은 끊임없이 흐르고, 숲의 초목은 자라나고 썩기까지의 주기를 여러 번 겪으며 변하지요. 하지만 '테세우스의 배' 사고 실험에서는 우리가 어떤 사물을 구성하는 물리 분자와 원자 즉, 사물의 '물질적 본질', 그리고 그 사물의 전체성, 기능, 목적에 대해 우리가 가진 '개념'을 구분 짓게 합니다.

당연히 그다음은 이 비유를 우리에게로 확대하는 것이겠지요. 우리는 살면서 평생을 성장하고 변화합니다. 머리카락과 피부는 점차 떨어져 나가고, 우리의 뇌조차도 계속해서 변화하는 것은 물론 많은 영향을 받죠. 노인이 될 때까지 온몸에 있는 세포 전체를 몇 번씩이나 교체합니다. 그런데 왜 우리는 수년 동안 그렇게 엄청난 변화를 겪는데도 우리 자신을 '한 명의 사람'으로 정의할까요? 또한 무엇이 우리를 하나의 통합적, 연속적인 정체성으로 묶어두는 것일까요? '진정한 자신'이라는 게 있기는 한 것일까요? 공상과학소설은 아직 가설에 불과한 '마인드 업로딩' 같은 기술과 관련해 고민하고 탐색해 볼 수 있는 굉장히 멋진 방법입니다.

'신인 작가'로서의 가장 좋은 점(이제야 깨달은 것이지만, 이 경험은 앞으로는 다시 없을 단 한 번뿐인 경험이네요)은 사람들이 그 작가의 책을 집으면서 어떠한 기대도 하지 않는다는 것입니다. 저는 〈너의 모든 버전〉을 하나의 질문으로 생각하고 썼습니다. 독자들이 이 이야기를 읽으며 기술이 어떻게 우리의 삶에 점점 더 스며들고 있는지, 우리의 관계가 우리를 어떻게 형성하는지, 우리가 기존에 있던 자기 자신에게서 어떻게 탈피할 수 있는지, 그리고 인간이라는 것은 어떤 의미인지에 대해 생각해 볼 수 있는 하나의 세계를 만들고 싶었습니다. 그리고 무엇보다도, 저는 그저 사람들의 호기심을 자극하는 흥미로운 이야기를 쓰고 싶었습니다.

독자들로부터 제 책을 읽다가 웃었다거나 마음이 아파 눈물을 흘렸다거나, 아니면 책 마지막 장을 넘긴 후에도 아주 오래도록 뇌리에서 이 책이 떠나지 않았다는 이야기를 듣는 것은 정말 황홀한 일이더군요. 하나의 책에서 꽂히는 내용이 사람마다 얼마나 다른지를 알게 되는 건 진정 놀랍고도 아름다운 일입니다. 독자들에게 반응과 질문을 많이 받으면 받을수록 이 이야기를 새롭고 다양한 방식으로 생각할 수 있게 되기도 하고요. 우리는 글을 쓰고 읽는 것을 통해서 계속해서 순환하고 발전하는 대화를 만들어내지요.

제 소설을 한국어로 옮겨준 성수지 번역가에게도 깊은 감사의 마음을 전합니다. 번역은 쉬운 일이 아닙니다. 하나의 이야기를 다른 언어와 문화의 맥락에서 다시 말하고 다시 만들어내는 복잡한 일이죠. 이렇게 〈너의 모든 버전〉 자체도 또 다른 버전으로 변화한 거네요! 사실 누군가가 이 이야기를 읽을 때마다 이 이야기의 새로운 버전이 하나씩 만들어집니다. 독자 개개인의 고유하고, 개인적인 버전의 이야기가 말이죠.

이 글을 읽고 있는 당신이 이 이야기에서 당신만의 의미를 만들어나가리라 생각하니 참 신이 납니다. 나를 믿고 시간을 내어준 당신, 고맙습니다.

한국 독자 여러분께
그레이스 챈Grace Chan 드림

EVERY VERSION OF YOU

너의 모든 버전(큰글자도서)

초판인쇄 2024년 2월 29일
초판발행 2024년 2월 29일

글쓴이 그레이스 챈
옮긴이 성수지
발행인 채종준
발행처 한국학술정보(주)

주소 경기도 파주시 회동길 230(문발동)
문의 ksibook13@kstudy.com
출판신고 2003년 9월 25일 제406-2003-000012호
인쇄 북토리

ISBN 979-11-7217-148-3 03840